불타는
섬

* 이 도서의 국립중앙도서관 출판시도서목록(CIP)은 e-CIP홈페이지(http://www.nl.go.kr/ecip)와
국가자료공동목록시스템(http://www.nl.go.kr/kolisnet)에서 이용하실 수 있습니다.
(CIP제어번호: CIP2014027328)

제2회 제주4·3평화문학상 수상작

# 불타는 섬

양영수 장편소설

은행나무

# 차례

## 프롤로그

'갑자기 일이 생겨서 동행하지 못함. 현봉 올림.'

정례는 현봉 도령이 올 수 없음을 알게 되자 지체 없이 행장을 챙겨들고 집을 나섰다. 쪽지를 전해준 아이는 고맙다는 인사를 받을 새도 없이 벌써 저 멀리로 사라져갔다. 올 때나 갈 때나 거의 뜀박질인 아이가 숨을 헐떡이는 모습을 보면 정례의 마음은 더 불안하고 조급해진다.

정례는 아버지에게 가져가는 음식 보따리를 단단히 거머쥐고 걸음을 재촉했다. 십 리가 넘는 길이니 빨리 걸어도 한 시간은 족히 걸릴 터였다. 날이 더워서 걸음을 빨리하기도 쉽지 않았다. 거치적거리는 치마 대신에 몸뻬바지를 입고 나온 것이 정말 잘했다 싶다. 어제와 그제는 깍치메를 입고 성안 나들이를 하여 걷는 속도를 낼 수 없었다. 이렇게 몸뻬바지를 입으면 땀이 많이 배기는 하지만 다리를 자유롭게 놀릴 수 있어서 걷는 속도가 빠를 것 같았다. 보따리 속에 저녁 음식을 넣은 채롱도 납작한 것에서 옴팡진 통 모양의 것으로 바꿨더니 손에 들고 가기가 한결 편하다. 이처럼 아버지에게 음식을 운반해가는 일을 앞으로도 계속해야 한다면 아예 물 구덕에 넣어 등짐 지고 나르는 것이 좋겠다는 생각이 든다. 아버지는 유치장에 갇힌 지 사흘밖에 안 되었는데도 양 볼이 홀쭉하게 빠진 것이 꼭 중환자의 얼굴이어서 정례는 하루라도 사식 날라가는 일을 거를 수 없겠다 싶었다. 유치장에서 주는 음식을 절반도 넘기지 못하는 모양이었고 소화도 잘 못 시키는 듯했다. 그동안 잠도 설쳤을 것이고 경찰의 모진 심문에 시달렸을 것이니 몸이 축날 수밖에 없을 터였다.

아버지가 앞으로 유치장 생활을 얼마나 더 해야 할지는 모르지만, 그곳에서 덜컥 앓아눕기라도 하는 날에는 정말 큰일이었다. 어제와 그제 경찰서 유치장에 다녀오느라 성안 거리를 잠깐 둘러본 바로는 세상 돌아가는 것이 점점 수상쩍고 어수선해져가는 성싶었다. 툭하면 '왓샤부대'가 거리를 가득 메우며 소란을 피웠다. 그럴 때마다 검은 제복 입은 무장한 순경들이 이리저리 뛰어다니는 모습이 눈에 잡혔다. 들리는 소문으로는, 경찰에 붙잡혀가는 사람도 많고 경찰에 맞서서 덤비는 사람들도 많은데 그 과정에서 살상자도 여럿이 나오고 있다고 했다. 정례네는 시골 마을에 살아서 잘 알지 못했지만, 성안에만 오면 이렇게 시국이 점점 더 흉흉해지는 것을 온몸으로 느낄 수 있었다. 몸 조신해야 할 나이 찬 처녀가 백주에 여러 시간씩 대로상에 나다니는 일이 불안하지 않을 수 없었다. 시골처녀가 경찰서 유치장에 찾아간다는 것은 처음에는 생각도 못했던 일이었다. 그저께 첫날에는 길을 잘 아는 부현봉이 같이 동행해주어서 안심이 되었지만, 어제는 선약이 있어서 동행을 해주지 못한다고 했다. 오늘부터는 다시 동행해주기로 했었는데 갑자기 일이 생긴 모양이다. 요즘 부현봉 형제는 뭐가 그리 바쁜지 툭하면 약속을 깨기 일쑤이다.

몸이 온전하기만 했다면 경찰서 나들이는 어머니가 나설 일이었지만, 밭일을 하다가 발을 다친 어머니가 이 먼 길을 다녀오기는 어려운 일이다. 조팥 검질 매는 일은 해마다 두 모녀의 몫인데 금년에는 이래저래 전에 없던 군일들이 많이 생기면서 하루하루 보내기가 여간 버거운 것이 아니었다. 품삯 일꾼들을 쓰는 날도 많지만, 일꾼들 뒷바라지도 수월한 일이 아니었다. 어머니의 입에서, 촌부자는 일부자라고 입에 발린 신세타령 소리를 제일 많이 듣는 것이 바로 한여름 검질 맬 때인 것이다.

나날이 바쁜 정례를 더욱 경황없게 한 것은 동경 유학생 부현구의 귀향이었다. 8·15 해방이 된 지 일 년이 지나도록 돌아오기는커녕 생사의 소식조차도 없어서 영영 다시 보지 못하는가 무던히도 애간장을 태우게 한 남자였다. 동경에서 대학을 다니다가 졸업을 앞두고 학병으로 끌려갔다는 소식만 들었을 뿐이어서 그가 일본 유학을 떠날 때 굳게 맺은 평생가약이 물거품이 될까봐 얼마나 벙어리 냉가슴이 되었는지 모른다. 그렇게 기다리던 사람이 어느 날 덜컥 정례의 앞에 나타났을 적에 얼마나 반갑고 놀랐는지, 이게 정말 꿈은 아닌지 얼떨떨할 정도였다. 돌아와주기만 한다면 일 년이 지나도 좋을 것이고 또 십 년이 지나면 어떠냐는 것이 그를 기다릴 때의 심정이었다.

기다리던 부현구가 돌아온 다음에도 그의 한쪽 다리 절뚝거리는 것은 또 다른 안타까움을 안겨주었지만 내 앞으로 돌아와주기만 한다면 한쪽 다리를 통째로 잃고 온들 어떠냐는 심정이 되기도 했다. 불구자가 된 본인의 마음은 더 안타까울 것이 아닌가. 약혼녀의 신변을 보호하기 위해 경찰서 나들이에 같이 동행해주는 일을 동생인 현봉에게 부탁하는 부현구의 심경은 얼마나 애처로울 것인가. 그러나, 정례의 마음 한구석에는 딴생각이 슬그머니 떠오르기도 했다. 남자가 다리 불구자가 되었다는 것

은 한 여자에 대해 한 곬 마음을 다지게 하여 딴 여자에게 한눈팔지 않
도록 쐐기를 치는 결과가 될 것이라는 간사한 생각이었다. 전쟁 중에야
소식을 전하기 어려웠겠지만 종전이 되고 나서 일 년 넘는 세월을 왜 그
렇게 감감무소식이었는지 물어보았을 때 부현구의 대답이 시원치 않은
것도 대수롭게 여기지 않았다. 전쟁 막바지에 일본군 학병으로 참전 중
만주에서 중국군 부대하고 싸우다가 한쪽 다리를 다쳐서 병원 생활을
오래했다는 말을 듣고는 그것이 귀향이 늦어진 이유이거니 하고 더 이
상 알아보려고 하지 않았다.

　지난일이야 이제 와서 어떻게 해볼 도리가 없는 것이고 무사히 살아
서 돌아와준 것만도 백 번이고 감지덕지할 일이었다. 정작 정례의 속마
음을 심란하게 만드는 것은 지난봄에 부현구가 집으로 돌아온 후에 보
여준 몇 가지 수상쩍은 낌새들이었다. 처음 한 달가량은 조용히 혼자 지
내는 것 같던 부현구가 차츰 사람들 만나는 일이 잦아지더니 정례와 만
나는 약속까지 번번이 어길 정도로 바쁜 일이 자주 생기는 것이었다. 부
현구는 정례와 비밀리에 만나는 것이 마을 사람들에게 들키지 않도록
마을 뒤 내창에 숲 그늘진 언덕바지 일대를 밀회 장소로 정했는데 이 같
은 만남의 약속이 요즘 들어 여러 번 틀어지고 있는 것이다.

　둘이서 만나는 일이 수월치 않은 것은 각자의 시간 사정이 다르기 때
문이기도 하다. 부현구는 이런저런 모임에 나가서 연설하고 회의를 열고
하는 일이 많아진 모양인데 이런 일은 대개 밤중에 있었고 정례가 밭일
나가는 것은 낮 동안이다. 여러 사람 눈을 피해가며 하루 일을 후딱 마치
고 나서 어두워지기를 기다리는 심정은 마냥 조마조마했다. 눈치껏 살짝
빠져나와 약속 장소로 가려고 하는데 부현구가 심부름 보낸 아이가 헐
레벌떡 뛰어와서 쪽지를 전해주고 갈 때가 여러 번 있었는데, 그 쪽지는

으레 무슨 갑작스러운 일로 인하여 약속을 취소하는 내용이다. 정례가 미심쩍게 여기는 것은 마을 모임 같은 것이 얼마나 중요한 일이기에 마음 잔뜩 졸이며 기다리던 여자를 이렇게 바람맞히느냐 하는 것이다. 자기 때문에 노처녀가 된 여자가 있다는 것을 깡그리 잊어버린 것인지, 잊지는 않고 있지만 대수롭지 않게 여긴다는 것인지, 속상하고 답답하여 언제 한번 단단히 따져보고 싶은 심정이다. 하기는 그의 행동이 점점 대담해지는 게 믿음직스러운 데가 없는 것도 아니다. 내창 숲 그늘에서 만날 때 손목을 잡아주거나 어깨를 다독거려주는 것이 이제는 전혀 어색하지 않게 되었다. 언제부턴가는 어둠 속에서 헤어질 때 가슴을 꼭 안아주지 않으면 서운하기까지 하였다. 처음에는 살짝 입술을 갖다대는 것이 그렇게 부끄럽고 짜릿할 수가 없더니 이제는 여자의 몸을 이렇게 깊숙이 더듬어도 괜찮은 것이구나 하고 느끼게 되었다. 그만큼 그에게 믿음이 가기 때문일 것이다. 부현구가 이렇게 통 크게 나오는 것은 역시 넓은 세상 둘러보고 온 남자의 깜냥이라 생각하면 오래 기다려온 보람이 느껴진다. 귀신 나올 것처럼 어둠침침한 말방앗간에서 그렇게 온몸의 뼈마디가 녹아내리고 머리꼭지가 아뜩해지는 연애 모험이 벌어지리라고 누가 생각이나 했을까.

정례는 부현구와 함께할 미래의 운명이 어떻게 펼쳐질는지, 덜컥 겁이 나려는 걸 가까스로 억누르고 마음을 추스르고 있다. 부현구가 일본 유학을 떠날 수 있도록 결정적인 도움을 준 사람이 누구였는가. 정례는 그때 일본으로 떠나기 전에 찾아온 부현구에게 누구도 예상치 못할 만큼 큰돈을 쥐어주면서 말하는 아버지의 묵직한 목소리를 아직도 생생히 기억하고 있다. 바로 옆자리에 앉아 있는 정례와 부현구를 번갈아 쳐다보면서 건넨 말이었다. 내가 병원을 세우면 신기술을 도입하는 역할은 자네가 맡아야 하네, 이 돈은 병원 설립에 쓰는 최초의 자금이라고 생각하고 받아두게나…… 아버지는 그때 그 큰돈을 마련하기 위해 급하게 밭하나를 팔기까지 했다.

아버지가 그렇게 통 큰 제안을 하게 된 데는 건강하던 오빠가 이름도 모를 병에 걸려 닷새 만에 속절없이 죽어버린 다음의 무상한 마음이 작용했음을 정례는 모르지 않는다. 아버지는 또한, 죽어간 아들과는 소학교 시절부터의 막역한 친구인 부현구를 먼저 간 외동아들의 분신처럼 애틋하게 여겼으리라는 것도 알고 있다. 그러나 아무리 아들 잃은 충격이 컸다고는 하지만, 그것은 작은 부분이었다. 부현구가 그 당시 정례하고 마음을 주고받는 관계가 예사롭지 않다는 것을 알고서 두 사람을 짝지어주기 위한 자상한 배려의 마음을 갖고 있지 않고서야 그런 통 큰 발언을 할 수 없을 터였다. 부현구가 해외로 나가 있는 동안에 누군가로부터 혼담이 들어올 때마다 아버지는 선약이 있음을 강하게 비치면서 이를 물리치지 않았는가.

부현구가 그때 신식병원 설립이라는 아버지의 큰 뜻을 도대체 어떻게 알아들었는지 그가 했다는 대학 공부는 의학 공부가 아니라 엉뚱하게도 사회학이었다는 사실도 그의 속마음을 의심하게 만드는 꼬투리가 되었다. 부현구가 귀향 인사 올리러 찾아와서 정례도 자리를 같이한 가운데 그 같은 이야기가 나왔을 때 아버지가 했던 말도 실망 섞인 어조였음이 기억난다. 이 사람아, 사회학을 공부했다니, 평생 고생길이 열린 거 아닌가. 계급투쟁이니 노사분쟁이니, 맨날 사람들 패거리지어 다투고 싸우는 문제를 붙들고 어디까지 고민하겠다는 거냐고. 의학 공부 했으면 세상이 어떻게 바뀌어도 먹고살 형편은 되는 건데 말이여. 부현구가 사회학을 공부하고 온 것에 대해 그처럼 타박해놓고도 아버지는 그동안 부현구와 마주 앉아 역사가 어떻고 진보가 어떻고 알쏭달쏭한 얘기를 놓고 시간 가는 줄 모를 때가 많으니 알다가도 모를 일이었다. 이럴 때에도 아버지 쪽에서 부현구의 말을 듣는 시간이 훨씬 많은 것을 보면 유학 갔다 온 그의 학문 실력을 인정하는 것 같으니 이 또한 정례로서는 아리송한 일이었다. 정례는 면소(面所)가 있는 이웃 마을의 야학에서 열심히 배우느라고 했지만 남정네들끼리 수군대는 말들을 반도 알아듣지 못했다.

걸음을 재촉하다 보니 정례는 예상보다 빨리 신촌 마을을 지나고 있었다. 원당봉 앞자락의 둥그스름한 모습이 눈앞에 다가선다. 진드르 비행장 터에는 일제 말기에 일본군 부대가 남기고 간 전쟁의 흔적들이 아직도 곳곳에 남아 있다. 일본 사람들은 이곳에 극성스레 서둘러서 비행기 활주로 공사를 시작했지만 전쟁 계획이 수정되는 바람에 미완으로 남기고 떠나버린 것이다. 정례는 원당봉 기슭에 이르자 다리를 쉬기 위해 나무그늘을 찾아 앉았다. 휜히 트인 넓은 벌판이 동쪽으로 펼쳐져 있는 것이 한눈에 들어온다. 멀구슬나무에서 매미들이 지이, 하고 일제히 울어댄다. 옛날 철모르고 들판을 쏘다닐 때에는 신나는 아이들의 우렁찬 합창소리로 들렸던 것인데 지금은 기막힌 일을 당한 사람들이 답답한 심정으로 쏟아내는 울부짖음처럼 들린다.

진드르 비행장터를 바라보는 정례의 마음속은 여러 가지 착잡한 생각들로 가득 찼다. 지금 눈앞에 보이는 것이라고는 병영 막사와 창고들 몇 채밖에 없지만, 이 넓은 땅을 밀어붙여서 비행기 활주로를 만드는 공사에 얼마나 많은 주민들이 여러 달에 걸쳐 강제동원되어 고통을 당했는지 모른다. 정례는 아버지가 이곳에서 활주로 굴착공사 노역 중에 더위와 과로로 기절해 있다는 소식을 듣고 부랴부랴 달려와서 본 적이 있었다. 나중에 정례가 귀동냥으로 알게 된 바로는, 아버지는 일제의 강압 통치에 협조하지 않는다는 불충 딱지를 이유로 면장 자리에서 쫓겨나지만 않았어도 그런 불상사가 없었으리라는 것, 아니 전직 면장이 아니고 일반 주민이기만 했어도 연장자 대우를 받고 굴착공사 같은 힘든 일에는 불려나가지 않았을 것이라는 얘기였다. 딸이 보기에는 아버지의 고집스러운 반골기질이 언제나 화근이었고 이에 대해서는 어머니의 의견도 한가지였다. 일제의 강권통치에 반대하고 있더라도 속으로야 어떻든 겉으로는 세상 흘러가는 대로 그냥 바라보고만 있으면 될 것을 뭣 때문에 나서서 대항했느냐는 것이었다. 이번에 경찰에 붙잡혀 간 이유인 8·15 폭동음모라는 것도 미군정에 대해 반대하는 거사의 모의에 함께 끼어들었다는 것이 아닌. 지난봄에 있었던 3·1절 기념집회나 총파업 사건 때에는 그 많은 검거자들 명단에 아버지가 끼지 않아서 이제 안심이구나 마음 놓고 있었는데 이번에는 삼십여 명밖에 안 되는 검거자 명단에 끼게 된 것이니 이번 사건이 앞으로 언제나 끝날 것인지 걱정인 것이다. 더구나 요즘에는 피의자들에 대한 심문이나 고문 방식이 점점 악랄해져 가고 있다지 않은가.

땀이 아직 다 마르지 않았지만 정례는 무거운 몸을 일으켜 서쪽을 향해 걸음을 옮겼다. 유치장에서 딸을 기다리는 아버지의 얼굴이 벌써 눈앞에 선하게 떠올랐다.

원당봉 앞에서 관덕정 광장까지도 짧지는 않은 거리였다. 해가 서쪽 하늘로 많이 기울어졌지만 8월 염천에 서늘하기를 바랄 수는 없었다. 흐르는 땀을 닦을 생각은 아예 접어버린 당찬 발걸음으로 사라봉 앞을 지나 동문통 내리막길을 다 내려온 다음에 산지천을 건너자 이윽고 관덕정 광장이 한눈에 들어왔다. 제주도청, 법원, 경찰청 등 제주도의 주요 관공서가 모두 모여 있는 곳이었고, 그전에 성안에 올 일이 있을 때는 일부러 시간을 내어 이곳 관덕정과 그 앞의 광장을 둘러보고 가야만 촌사람 성안 구경 한 기분이 났을 만큼 장대하고 엄숙한 느낌이 드는 곳이었다. 그러나 요즘에 이곳에 올 때는 무섭고 으스스한 느낌뿐이었다. 정례는 사식 보따리 든 손을 바꿔 잡고는 곧바른 걸음걸이가 흐트러짐이 없도록 마음을 추스르면서 광장 주위를 한번 둘러보았다. 위엄 어린 관청 건물들이 늘어서 있는 오른쪽 한켠에 '제주경찰감찰청'이라는 나무간판이 있었지만, 한번 힐끗 쳐다보았을 뿐 어쩐지 섬뜩한 느낌이 들어서 얼른 시선을 거두어버렸다. 그러고는 그곳 출입구 한쪽에 순경이 서 있는 초소 쪽으로 다가가서 유치장에 찾아온 용건을 말하고 안으로 들어갔다. 유치장이 있는 본청 건물 오른쪽으로 가다 보니 저쪽 본청 뒷마당에 고목나무 몇 그루가 보였다. 어제 그제도 보았던 곳이라서 그냥 총총걸음으로 다가가는데 그곳 그늘진 곳에 앉아 있던 어떤 순경이 일어서더니 정례를 향해 손짓으로 가까이 오라는 신호를 보냈다.

그 순경은 어제 저녁에도 얼굴을 봤던 사람이었다. 어제는 두 사람이 어쩌다 우연히 만난 셈이었다. 본청 건물 오른쪽 통로로 조심조심 걸어가는 정례의 얼굴을 유심히 보더니 무슨 일로 여기 들어왔는지 물어보고 나서 사식을 갖다주려는 정례 부친의 이름과 검거되어 들어오게 된 사건까지 꼬치꼬치 물었다. 그러지 않아도 겁에 질려 있던 사람의 가슴을 더욱 조마조마하게 만들었던 기억이 아직도 생생했다. 나중에는 정례에게 도와주고 싶어서 물어보는 것이라고 사뭇 부드러운 어조로 말을 끝내주어서 안심이 되었지만 그렇게 한번 우연히 만났던 사람을 오늘은 이렇게 기다리고 있었던 모양이니 이상한 일이었다.

"더운 날씨에 수고 많았시요. 내래 임자가 올 줄 알고 예서 기다리고 있었시요."

"……"

"내래 여기 본청에 근무하는 강용직 순경이야요. 임자 처지가 딱한 것 같아서 이리 나왔시요. 오늘은 아버님 저녁 식사를 여기 구내식당에서 드시게 하시라요. 이렇게 더운 날씨에 저런 골방 같은 유티당에서 어디 말이 돼야디요."

정례는 뭐라고 대답할 새도 없이 강 순경이 손짓하는 곳으로 따라가 보았다. 구내식당이라는 곳은 꽤 널찍한 공간에 여러 개의 널빤지들을 적당히 잇대어놓고 식탁과 의자로 쓰고 있었다. 아직 시간이 일렀는지 식당은 거의 비어 있었다. 강 순경이 다시 나지막한 목소리로 말했다.

"내래 후딱 가서 아버님을 모셔올 테니께니 여기 가만히 앉아서 기다리시라요. 누가 와서 뭐라고 해도 가만 기시라요. 알갔습네까?"

잠시 후에 강 순경과 함께 돌아온 아버지를 보자 정례는 얼른 자리에서 일어섰다. 꼭 잡아보는 아버지의 두 손이 꺼칠하고 앙상하게 느껴졌다. 어제보다도 더 여위어 보였다. 부녀간에 몇 마디 얘기가 끝나자 강 순경이 사이에 끼어들어 입을 열었기 때문에 정례는 그냥 듣고 있을 수밖에 없었다. 강 순경이 귓속말처럼 낮은 소리로 말하는 몇 마디 말들이 아버지의 걱정스러운 앞날을 판가름한다는 생각이 들자 온 신경이 한곳으로 모이는 것 같았다.

정례가 걱정하고 있던 것과는 달리 강 순경의 말은 의외로 간단했고 처음 만날 때와는 달리 부드럽고 호의적이었다. 8·15 폭동모의라는 이번 혐의는 8월 15일 광복절날이 별탈이 없이 지나갔기 때문에 심문 정도로 끝날 것이고 더 이상의 추궁이나 소송까지 가지는 않을 것이라는 얘기였다. 다만 차후의 소요사태 발생을 미연에 방지하기 위해 모의자들 중에 대표자 몇 사람은 본보기 삼아 엄하게 의법조치하라는 지시가 있었고 이번 사건의 경우 정례 부친이 바로 그러한 모의자 대표로 되어 있다는 것이다. 이런 경우에는 혐의자에 대한 조서를 어떻게 꾸미느냐에 따라 결과가 달라지는데, 정례 부친이 폭동모의자 대표로 되어 있는 것은 사실상 단순히 명목상의 이름 올리기에 불과했다는 인정만 받으면 곧 풀려날 것이라는 말이었다. 가만히 듣고만 있던 정례는, 말단 경찰직임에 틀림없는 순경 한 사람의 재량권이 그렇게 강대할 수 있는지 의문이 갔다. 묵묵히 있으면서 뭐라고 감사의 표시가 없는 정례의 마음을 짐작했는지 강 순경은 사찰계 실무자인 자기가 써내는 조사보고서 내용에 따라 피의자에 대한 처우가 달라질 수 있다고 덧붙여 말하는 것이었다.

강 순경은 이어서 정례 부친에게 다른 검거자들의 인적사항과 유치장 안의 불편사항들에 대해서 몇 마디 물어보았다. 부친은 강 순경의 질문에 대해 아주 간단하게, 그것도 마지못한 듯한 어조로 대답해서 정례의 속을 태웠다. 이렇게 친절하게 딱한 사정을 보살펴주고 도와주려는 경찰관에게 왜 감사하고 감동하는 대답이 나오지 않을까 의아스러웠지만, 정례로서는 어떻게 끼어들 수도 없었다. 말이 오가는 낌새로 보아서 부친은 그동안 강 순경에게서 심문을 받은 것 같았고 정례가 모르는 뒷사정이 있는 성싶었다. 그러는 사이에 부친은 식사를 마치고 유치장으로 돌아갔고, 정례는 갖고 왔던 물건들을 챙겨들고 자리를 뜨려고 하는데 느닷없이 그녀의 면전에 나타난 사람이 있었다. 오늘 바쁜 일 때문에 동행하지 못한다고 쪽지를 전했던 부현봉이었다. 헐레벌떡 달려오듯이 식당 안으로 들어온 부현봉은 정례가 앉아 있는 자리로 다가가서 오른손을 내밀어 그녀의 어깨를 가볍게 쳤다. 여기 와 있었구나, 하고 숨이 찬 듯이 말하는 품이 정례를 찾느라고 여기저기 돌아다닌 모양이었다. 정례는 자기 어깨에 닿은 부현봉의 손을 마주 잡으면서 이제 돌아가려던 참이라고 말했다. 바로 이때 옆자리에서 잠자코 바라보고만 있던 강 순경의 입에서 날카로운 소리가 터져나왔다.

"야, 너 누구야? 누구간디 여기 함부루 들어오는 기야?"

"누구라니…… 정례 씨 보호자 같은 사람인디요."

"뭐라꼬? 보호자 같은 사람? 네 이름이 뭐야?"

"부현봉이라고 허는디, 제가 뭐를 잘못했습니까?"

"잘못했지. 부현봉이가 어떻게 김정례에게 보호자가 되냐, 이거야. 썩 나가라우. 퍼뜩 나가지 못 하갔어?"

강 순경에게서 불호령 같은 고함소리가 터져나왔다. 강 순경은 고함소리와 함께 차고 있던 곤봉을 높이 들더니 부현봉의 얼굴 앞에 들이대고서는 마구 흔들기까지 했다. 뭣하면 그것으로 앞에 있는 사람의 면상을 후려칠 것 같은 기세였다. 그 기세에 눌린 부현봉은 뭐라고 더 대꾸할 엄두를 내지 못하고 슬금슬금 뒷걸음치다가 안전거리만큼 떨어지자 곧 몸을 돌리고 금세 밖으로 사라졌다.

정례는 뜻밖에 터져나온 강 순경의 불호령에 질겁하고 어떻게 대응해야 할지 당혹스러웠다. 겁에 질린 채 행장을 챙기고 떠나려는 정례에게 강 순경이 한마디 했다.

"그렇게 놀라지 마시라요. 요즘 시국이 그렇게 만만하지 못한 걸 모르갔시오? 자, 그럼, 임자도 편히 돌아가시라요."

돌아가라는 말을 듣자 정례는 제꺽 자리를 뜨고 나섰다. 조심스러운 걸음으로 경찰청 출입구를 지나고 나서야 비로소 조금 안심이 되면서 얼어붙을 것 같았던 팔다리의 긴장이 차츰 풀려왔다. 관덕정 광장을 벗어나 산지천을 건너고 동문통 오르막길을 가면서도 걸음 속도를 늦추지는 않았다. 뒤숭숭한 성안 거리를 빨리 벗어나고 싶었다. 사라봉 앞까지

허위단심 쉬지 않고 잰걸음을 옮겨간 후 적당한 쉼터를 찾아보았다. 성
안 거리를 무사히 벗어났다는 안도감에서 큰 한숨을 쉬고 난 정례는 길
섶 나무그늘을 찾아 털썩 주저앉았다. 강 순경의 호령을 듣고 경찰청을
뛰쳐나갔던 부현봉에게 문득 미안한 생각이 들었다. 이 무더운 날씨에
뜀박질하다시피 하여 먼 길을 왔을 텐데, 오늘은 경찰관에게 뜬금없이
호된 욕을 먹기까지 했던 것이다. 흉허물 없이 지내는 사이라고는 하지
만 오늘 일은 사내의 자존심이 상할 만한 모욕이지 않았을까 염려되는
것이었다.

정례가 나무그늘에 앉아 있는 모습을 어디에서 발견했는지 길섶 한
모퉁이에서 부현봉이 불쑥 나타났을 때 그녀는 잠시만 깜짝 놀랐고 곧
이어 반가운 마음이 왈칵 일었다. 홧김에라도 혼자만 돌아가지 않고 중
간에서 기다려 준 것이 고맙고 기특했다. 부현봉은, 오늘 급히 열기로 하
던 회의가 취소되는 바람에 늦게라도 정례 뒤를 따라 나왔다는 뒤늦은
사정 얘기를 들려주었다. 정례는 부현봉이 강 순경에게 당한 수모에 대
해 기분 상한 이야기를 할까봐 저어되었으나 그는 잠시 침묵하고 나서
그녀의 걱정과는 좀 다른 화제를 꺼냈다. 이제까지보다 무거운 어조였다.

"오늘 만난 그 순경허곤 어떤 관계우꽈? 어떵 알게 된 사름이라마씸?"

"어제 나허고 처음 만나십주. 그때 나신디 아버지가 검거된 사건에 대
해 물어봤는디 오늘 만나난 이번 사건이 쉽게 풀릴 거엔 ᄀ란예. 그 순경
이 보고서만 잘 써내민 경 헌덴마씸."

"앞으로랑 그 순경 만나지 맙서."

"그건 무사마씸? 그 순경이 도와주어사만 일이 잘될 거엔 허는디예."

"암만 해도 그 순경이 수상허우다."

"그건 또 무사마씸?"

부현봉은 더 이상 말대답을 하지 않았다. 물끄러미 정례 쪽을 바라보다가 한라산 쪽을 올려보다가 하면서 시무룩한 표정으로 한동안 아무 말도 꺼내지 않는 것이었다.

　정례는 부현봉이 입을 닫아버리는 품이 수상쩍었으나 더 이상 따져 묻지 못했다. 잠시 후 두 사람은 자리를 털고 일어섰다. 어둡기 전에 집에까지 가려면 서둘러야 할 시간이었다. 그러나 정례가 보기에 부현봉은 걸음을 서둘러 재촉하려는 기색이 없어 보였다. 묵묵히 입을 다물고 앞만 보면서 걸어가는 그의 표정을 보니 무슨 생각에 골똘히 잠겨 있는 것 같았다. 정례는 자신의 답답한 마음을 전하기 위해 어떤 말을 해야 할지 생각 중이었는데 잠시 후 부현봉이 먼저 말문을 열었다. 부현봉의 말을 듣고 보니, 그에게는 세상 돌아가는 것을 잘 모르는 정례가 오히려 답답하게 여겨졌을 법했다. 부현봉이 작심한 듯이 털어놓은 말들은 정례의 궁금하던 마음을 많이 풀어주었다. 부현봉이 먼저 들려준 얘기는 정례 부친의 혐의 사실에 대한 것이었다. 8·15 폭동모의 사건이 크게 다루어지지는 않으리라는 것과 부친이 이 사건의 주모자로 되어 있다는 말은 강 순경에게서 들었던 것과 같았다. 그렇지만, 앞으로의 전망에 대해서 부현봉은 강 순경보다 퍽 비관적인 견해를 갖고 있었다. 지난 3월 제주도 전체가 3·1절 발포사건과 총파업으로 난리통이 되었을 때 정례 부친에게도 혐의가 없었던 것이 아니었으나 그 당시에는 남로당원들 중심으로 검거되었기 때문에 무사히 넘어갔지만, 이번에 다시 폭동모의에 걸려들었으니 경찰의 의심을 더 받게 되었고, 제주도 지역사회에서 부친의 명망이 높다는 사실이 당국의 주목을 더 받는 이유라고 했다. 부친은 일찍이 경성(京城) 유학생 시절부터 서울의 좌익운동가들과 상당한 유대관계가 있었으며, 일정시대에는 한때 면장을 지냈으면서도 일제에 적극 협조하지 않았고, 해방 후 조천면 인민위원회 위원장을 지내는 등 이 지역 민심의 동향에 영향력이 큰 인사로 분류되고 있으며 그렇기 때문에 미군정 당국에서는 제거해야 할 인물로 지목받고 있다는 것이다. 또 하나 정례가 깜짝 놀란 것은, 작년 말에 제주도 남로당이 결성될 때 부친이 막대한 자금을 기부한 사실이 발각되면 그거야말로 큰일이 되리라는 얘기였다. 부친 이름을 남로당원 명단에 올리지 않은 것은 이 같은 혐의에서 벗어나기 위한 숨은 의도라고 했다. 결국 사찰계 실무자의 조서 내용이 중대한 결정타가 된다는 것은 허풍이 아니며, 여기에서 정례에게 수상할 정도로 호의적인 태도를 보이는 사찰 담당 강 순경의 저의가 관심사로 떠오른다는 얘기였다. 부현봉의 말로는 강 순경의 말투나 행동거지로 보아 그가 서청이라 불리는 서북청년단 출신임에 틀림이 없으며, 서청 출신 경찰이 보이는 호의는 일단 수상하다고 봐야 한다는 것이었다. 서청은 지난 4월에 발령받은 제주도지사의 호위병으로 들어오기 시작했는데 지금은 상당수가 입도해 제주도의 주요 경찰 업무에 참여하고 있으며 그들의 악질적인 행패가 점점 심해지고 있다는 말도 덧붙였다.

부현봉에게서 자기 형 부현구의 귀향 내력에 대한 말이 나올 때에도 정례는 귀를 바짝 기울이고 들었다. 그것들은 정례 자신이 들어서 알고 있던 것과 거의 같았지만, 부현구가 종전 후 일 년이 지나서야 집에 돌아온 이유가 공산당 정권이 들어서는 평양에 체류했기 때문이었다는 말은 정례에게 새로운 소식이었고 은근히 걱정스러운 마음이 일게 만들었다. 부현구가 만주에서 일본군 학병으로 중국군과 싸우던 중 백기를 들고 투항하려 했는데 신호가 잘 전달되지 못하여 총알을 맞고 다리에 부상을 입었다는 것은 정례가 이미 들은 대로였지만, 부현구가 투항해 들어간 중국의 팔로군 부대에서 다리 부상을 치료받는 동안 투항병에 대한 그들의 따뜻한 배려에 감동한 결과 중국 공산당의 열렬한 지지자가 되었고 그것이 계기가 되어서 귀향길에 북한의 평양에서 공산당 정권 수립 과정을 지켜보느라고 많은 날을 보내게 되었다는 것은 처음 듣는 말이었다. 정례는 모택동이 거느리는 팔로군 부대가 민폐 절대금지라는 인도주의 군기를 잘 지켜서 백성들의 마음을 감동시키고 중국대륙 전체를 장악할 수 있었다는 말을 부현구에게서도 잠깐 들은 기억이 떠올랐다. 그러나, 그런 것은 그녀에게 별로 크게 여겨지지 않았고 그가 공산주의자가 되어 돌아왔다는 것만이 큰일처럼 생각되었다. 정례가 갖고 있는 얄팍한 지식으로도, 지금 제주도에서 남로당원들이 위험인물로 의심받는 것은 그 남로당이 바로 공산당이기 때문인데, 부현구가 그런 공산당에 물들었다면 그의 미래가 걱정되지 않을 수 없는 것이었다.

공산주의가 빈부귀천 구별 없이 다함께 잘사는 세상을 만들자는 사상이라는 것 정도는 부현구에게서도 여러 번 들은 기억이 있지만, 정례로서는 도무지 이해가 안 되는 부분이 많다. 그런 세상이 오기만 한다면야 나쁠 것이 없지만, 빈부귀천 구별 없는 세상이란 어떤 것일지 알쏭달쏭하고 그런 세상에서 열심히 일할 사람이 있을지도 모르겠는 것이다. 부현구가 이같이 뜬구름 잡는 사상에 물들었다고 생각하니 이런 남자하고 같이 살아갈 앞날이 막막하게만 여겨진다. 그러지 않아도 부현구가 대처로 나가 대학 공부를 한다고 했을 때부터 공부 많이 한 남자가 자기하고 말이나 잘 통할 것인지 걱정되었던 것이 솔직한 심정이었는데 그 난데없는 공산주의 사상이라는 것이 두 사람 사이에 마음의 벽을 쌓는 것만 같다. 함께 농사를 지으며 살든지, 큰 공부 해온 것이 아까우면 하다못해 면서기라도 하면 좋았을 것인데, 착하고 얌전하던 남자를 괜히 바람 들게 만든 것만 같아서 그에게 일본유학의 길을 열어준 아버지의 정성이다 원망스러워지는 것이었다.

　부현봉도 무슨 생각에 골똘히 잠겼는지 한동안 말이 없었고, 그사이 두 사람의 발걸음은 벌써 마을 안길로 접어들고 있었다. 정례의 마음은 이래저래 걱정으로 가득 찼다. 우선 급한 문제는 아버지가 언제 풀려나느냐 하는 것인데 여기에는 강 순경이라는 수상한 사람이 어떻게 나오느냐 하는 것이 무엇보다도 중요할 것 같았다. 당장 내일 유치장에 사식 나르기 심부름을 가느냐 하는 것도 어떻게 될지 모를 일이었다. 아버지의 석방 문제가 풀린 다음에 정례의 걱정거리는 당연히 부현구가 앞으로 당할 일들이었다. 요즘 들어 부현구가 이런저런 집회에 자주 나가는 일들이나 정례와 만나는 약속이 잘 틀어지는 것도 모두 그의 불안한 앞날을 말해주는 것만 같았다.

/
1
장
/

# 그해
# 현충일날


철승은 현충일 전날 저녁 부랴부랴 항공편으로 귀향하지 않을 수 없었다. 대학원 과정 레포트 써내는 일로 바쁜 일정이었지만 모친의 청을 거역할 수는 없었던 것이다. '홀어멍 외아들'이라는 자신의 처지가 새로운 무게로 그의 마음에 다가왔다. 제주국제공항에 발을 디딜 때에는 자신이 태어나고 자란 땅의 기운이 온몸으로 올라오는 것 같았다. 서울에서는 맑게 갠 하늘이었는데 비행기를 내리면서 가랑비를 맞게 된 것도 그의 어깨를 짓누르는 고향 땅의 무게처럼 느껴졌다. 철승은 내리는 비를 피할 생각도 없이 뚜벅뚜벅 걸음을 옮겨 버스정거장으로 향했다.

조천면 한산1리 집에 들어와서 본 모친의 얼굴은 불그레 상기되어 있었고 고열에다 정신까지 혼미한 상태였다. 그런데도 모친은 병원에 가보자는 아들의 청을 거절하고 자신의 병은 자기가 잘 알고 있으니 걱정 말라고 손사래를 치는 것이었다. 현충일날 아침에도 모친의 열병은 차도가 없었다. 철승은 병원 갈 생각은 전혀 하지 않는 모친의 만류대로 병수발 걱정은 접어둔 채로 면사무소에서 열리는 현충일 추념식에 참석했다. 어제 저녁에 내리던 비도 다행히 그쳐 있어서 가벼운 마음으로 나갈 수 있었다.

전에도 여러 번 참석해 본 적이 있었던 철승으로서는 언제나 비슷한 현충일 추념식이 다소 지루하게 느껴졌다. 면장을 비롯한 몇몇 단체장들의 순국선열 추모사 같은 것도 모두 그렇고 그런 것이다 싶었다. 만사 제쳐놓고 급히 귀향해 내려온 자신의 처지가 마음에 켕기기도 하였다. 추념식이 진행되면서 이같이 불편하던 심기는 차츰 진정이 되었다. 엄숙한 국민의례의 형식이 만들어주는 분위기 덕분이었다. 별로 넓지 못한 면사무소 마당을 빼곡히 채운 백 명은 족히 될 군경유가족과 공무원 등 참례자들의 근엄 단정하고 질서정연한 모습이 산란하던 철승의 마음을 정중하고 경건하게 다잡아주었다. 장중한 곡조의 현충일 노래가 울려퍼질 때 그의 마음은 자못 숙연해졌다. 겨레와 나라 위해 목숨을 바치니 충혼은 영원히 겨레 가슴에…… 모친의 대리 역할로 국가유공자 모범 유가족 표창을 받기 위하여 추념식장 앞으로 호명되어 나갔을 때에는 가슴속이 어떤 뿌듯한 감회로 벅차오르기까지 하였다. 그동안 수없이 들어온 국가유공자의 명예가 현충일 추념식 자리의 장중한 분위기를 타고 더욱 돋보이는 것 같았다.

철승은 이날 오후 제주도청 소회의실에서 열린 도지사와의 간담회에까지 참석해야 했다. 현충일을 기하여 도지사 표창을 받은 이십여 명의 모범 유가족들을 위하여 간담회라는 이름의 모임을 베풀고 전쟁과 국난으로 결손가정이 된 사람들의 고단한 생활을 위로하는 시간이라 했다. 도지사가 주는 현충일 선물로는 한라산 표고버섯 한 상자씩도 있었다.

동석했던 제주지방원호청장은 국가유공자 유가족들에 대한 생계비 지원을 해마다 확대 실시하는 것이 현 정부의 시책이라고 운을 떼면서 금년에 나온 지원 방침 중에는 일정 한도 내에서 장기저리의 생업자금과 무주택자 주택마련자금의 대출제도가 있으며 오늘 모범 유가족으로 표창받은 사람들에 대해서는 별 하자가 없는 한 우선적인 선정의 기회를 줄 것이라고 발표하여 철승의 관심을 끌었다.

도지사가 베푼 간담회 자리에서 철승은 애월면에서 모범 유가족 표창을 받았다는 대학 동창 성우칠을 만나게 되어 악수를 나누었다. 제주대학 어문학부 재학 시절의 친구였는데 서로가 원호대상자녀임을 모르는 상태에서 대학 사 년을 마쳤다가 졸업 후 오 년 만에야 알게 되는 셈이었다. 두 사람은 저학년 때 같은 교양과목 수강반에 속해 있었으며, 신입생 때 나란히 학내 서클 연극반에 가입해 고감도 엠티 행사까지 같이 치른 다음에 흐지부지 그만두어버린 불미스러운 추억도 공유하고 있는 사이였다. 인사를 나누는 동안 이 친구가 남과 얘기할 때 표 나게 말을 더듬는 버릇이 있고 말끝을 이상하게 얼버무리기 잘했다는 것도 기억에 떠올랐다. 과묵한 데다 잘 웃지 않고 어쩌다가 웃을 때는 한쪽 입술이 곧잘 묘하게 말려올라가고 무슨 말을 할 듯 말 듯 입술을 두어 번 실룩거리다가 입을 꼭 닫아버리는 이상한 버릇이 있는 친구였다. 나중에 알고 보니 이 친구는 무슨 때문인지 다른 신입생들보다 나이가 세 살이나 많았지만 재수생인 철승으로서는 그 때문에 외려 더욱 친근하게 느껴졌던 것 같았다. 오래전 학창 시절의 추억을 공유하는 친구를 이렇게 공적인 행사 자리에서나마 나란히 동석하게 된 것은 이날 현충일을 맞는 철승의 감회를 더욱 뜻 깊게 만들어주었다.

기억을 되살려낸 철승은 성우칠이 대학을 졸업하면서 바로 중학교 국어과 교사로 발령받았음이 떠올랐다. 철승은 자신도 교사가 될 심산으로 교직 과목을 이수했던 것이 생각나면서 교직 생활의 이모저모를 물어보고 싶었지만 그럴 수가 없었다. 느닷없이 두 사람 사이에 나타나서 그의 손목을 끌고 나가는 사람이 있었기 때문이었다. 간담회 자리에서 도지사 옆자리에 앉았던 제주재향경우회의 박종혁 회장이었는데, 그는 간담회가 끝나고 동석했던 사람들과 헤어지는 대로 철승을 청사 로비로 데리고 내려와 나란히 앉게 하더니 한참 동안 그의 부친과의 옛날 우정을 회고하면서 반가운 만남의 시간을 만들어주었다. 가까이에서 오가는 많은 사람들이 듣고 있을지 모르는데도 박종혁 회장은 우렁우렁 울리는 괄괄한 목소리로 말을 이었다. 4·3 사건 당시에 그 자신과 철승의 부친은 서로 이웃하는 마을에서 지서 주임을 맡아보았던 경찰 동지로서 당장 내일 죽을 일도 예측 못하던 그 난리통에 생사와 고락의 운명을 같이 했다는 것이고, 철승의 부친 강용직이야말로 제주경찰 역사에 오래 남을 수훈을 세웠다는 얘기였다. 아비 없는 아들의 외로움을 달래주기 위함이었는지는 모르지만, 경우회장이 철승 부친에 대해 들려주는 우정 어린 회고담은 그 비슷한 입에 발린 찬사를 싫증나게 많이 들어온 철승의 가슴에도 적지 않은 울림을 일으켜주었다. 경우회장의 거침없는 표현으로는, 강용직 같은 애국 경찰이 이덕구의 반란군 결사대를 격멸시켰기에 망정이지 그러지 못했다면 제주경찰은 대한민국의 건국사에 영원한 수치로 남아 있을 것이라는 얘기였다.

"자넨 4·3 사건이 어떻게 일어난 줄 아는가? 그때 빨치산 무장대의 구호가 어떤 것이었는지는 아는가?"

"……?"

"단독선거 결사반대, 이것이 당시 빨치산들이 외치던 구호였다네.

5·10 총선거를 막아내자는 거, 남한에서만 단독선거 치르고 단독정부 세우는 건 절대 안 된다는 거, 이것이 그네들의 주장이었다니까. 이 땅에 단군 이래 최초로 민주정부 세우는 것을 반대헌다는 거였어. 선거 반대 허는 방법이 어땠는 줄 아는가? 선거관리위원 집에 난입해서 사람 죽이지, 선거일에 투표인 명부를 탈취해서 소각하지, 심지어는 선거에 협조헌 이장을 죽이기까지 했단 말여. 만약 그때 빨치산 무장대 주장대로 남한에서 단독정부가 구성되지 않았더라면 김일성이가 한반도를 다 먹었을 거여. 뻔헌 일이여. 좌익에서는 제국주의 미국 물러가라고 외쳤지만, 안 될 말이었지. 대한민국을 해방시켜주고 독립국가로 인정받게 해주고 그랬는데 은혜도 모르고 물러가라니 안 될 말이었지. 북한은 좌익사상으로 똘똘 뭉쳤는데 남한에서는 좌우익 간 사상대립으로 혼란스러웠으니 그런 난리통에 좌익 주장대로 5·10 단독선거 포기허고 한반도 단일정권이 들어섰다면 김일성 세상이 될 것이 뻔헌 일 아녀……?"

이제까지 많이 들어본 얘기여서 철승은 말머리를 돌리고 싶었다.

"그 시국에 희생자가 많았다는데 회장님은 어디 다치지 않으셨습니까?"

"난 운이 억수로 좋았던 거지. 부상 한번 안 당했으니까. 4·3 사건 그 난리통에 얼마나 무서운 일들이 벌어졌는지 자넨 말해도 모를 거여. 살인 방화에다, 약탈과 절도에다, 관공서 파괴에다, 그런 무법천지 세상, 생각만 해도 끔찍허다니까. 한밤중에 경찰지서를 습격해서 죄 없는 순경을 죽이질 않나, 어떻게 된 시국인지 경찰관이 안심허고 다리 펴서 잘 수 없는 세상이었어."

"회장님 근무지에선 그런 사건을 어떻게 막아내셨는고예?"

"막다니, 공비들 습격을 어떻게 막아. 캄캄한 밤중에 불시에 쳐들어오는 걸. 난 얼마나 운이 좋았는지, 함덕 지서 주임을 그만두고 다른 데로 전근 가는 바로 그날 그곳이 습격을 받았다는 거여. 아마도 내가 그곳에서 그대로 근무하는 줄 알고 습격했는지도 몰라. 나도 경찰관으로는 꽤 열성이었으니까. 그런데 나보다도 더 열성적인 경찰관이 자네 부친이었어. 자네 부친이야말로 제주경찰 역사에 길이 남을 인물이야. 자네 부친은 남다르게 용감허다 보니까 불행을 당헌 거여. 이덕구 결사대를 공격한다는 게 보통 용감헌 사람은 엄두를 못 낼 일이었지. 어쩌다 맞대고 싸울 때 사살하는 거야 동작만 빠르면 될지 모르지만 후탈이 무서웠어. 그 당시엔 한쪽에서 먼저 공격을 가허고 피해를 입히면 다른 쪽에서도 꼭 보복을 가해서 해코지허던 세상이었으니까. 그때 이덕구 아지트의 소재를 아는 산사람이 하나 자수를 했는데 이 사람을 앞세워 공격을 하게 됐거든. 우리 경찰관들 중에는 이덕구 결사대와 대적해서 공을 세우려고 마음먹은 이들이 꽤 되었지만 함부로 덤비지 못했던 건 보복당헐 위험 때문이었지. 일 계급 특진에다 큰 상금이 걸려 있었으니 욕심 날 만도 했지만 그러고 난 다음의 후탈이 무서웠던 거지. 자네 부친도 용감하게 공은 세웠지만 결국엔 공비 잔당들에게 복수를 당허고 돌아가신 거여.”

박종혁 회장은 가볼 데가 있다면서 자리에서 일어섰다. 그는 철승에게 들려주고 싶은 옛날 세상 얘기가 끝없이 많다는 말과 함께 자신의 명함을 하나 꺼내어 건네주었다. 듣고 싶은 말이 있으면 언제든지 경우회 사무실로 연락하고 찾아오라는 것이었다. 난세의 그 험난한 시대에서도 소신껏 당당하게 살아온 사람처럼 자신감이 넘치는 목소리였다.

철승은 도청 정문을 향해 조심스럽게 걸어가는 박종혁 회장의 뒷모습을 물끄러미 바라보았다. 그 모습은 하나씩 서서히 사라져가는 전시대의 어두운 잔영같이 보였지만, 그 잔영의 어딘가에는 철승 자신이 아직 발견하지 못한 엄청난 비밀들이 숨겨져 있지 않을까 하는 예감이 문득 떠올랐다. 이번 현충일은 그에게 그 사라져가는 전 시대의 잔영들과 만나보는 중요한 시점이 될 것 같았다. 여러 가지 면에서 금년 현충일에 급히 귀향한 것은 잘한 일이라는 생각이 들었다. 박종혁 회장에게서 들은 말들은 그 대부분이 처음 듣는 것이 아니었지만 오늘 다시 들어보는 것이 국가유공자 가족으로서의 그의 감회를 새롭게 했다. 또 하나, 유가족 생업자금 대출계획을 알게 된 것도 퍽 다행한 일이다 싶었다.

그동안 모친 명의로 받는 유가족 연금이 생계에 큰 보탬이 되었고, 그는 대학 과정까지는 제주도에서 마쳤기 때문에 학자금이 크게 들지 않았다. 대학 졸업 후 그는 어느 방면에서 평생직업을 찾을 것인지 고민하고 방황하다 보니 두어 해 세월과 함께 적지 않은 돈을 날려버렸다. 일생을 바칠 회심의 직업을 얻으려면 우선 통역대학원을 다니는 게 좋을 것으로 결론을 내렸던 것인데, 대학원 재학 기간에 들어갈 경비도 만만치 않을 터였다. 이제 장기저리라는 생업자금을 대출받게 되면 이것을 가지고 모친이 그동안 꿈만 꾸고 손대지 못했던 간단한 한복집이라도 차릴 수 있을 거라는 생각이 들었다. 심부름할 여자 일꾼 한 사람만 구하면 가능할 것이라는 말을 모친에게서 여러 번 들었던 것이다. 철승은 내일 당장 지방원호청으로 가서 대출신청을 한 다음에 서울로 올라가야겠다는 생각을 하면서 집으로 향했다.

와병 중인 모친이 걱정되었던 철승은 도중에 들르는 데도 없이 조천행 버스를 타고 서둘러서 집으로 들어갔다. 그런데 안방에 누워 있어야 할 모친이 수돗가에 앉아서 세탁물을 주무르고 있었기 때문에 그는 잠시 자기 눈을 의심했다. 머리 아픈 것이 어찌 됐느냐는 질문에, 내 병은 내가 안다, 하고 모친은 짤막하게 대답할 뿐이었다. 철승은 모친의 상태가 회복된 것을 가지고 뒷말을 덧붙일 필요는 없다 싶어서 오늘 있었던 현충일 행사의 개요와 생업자금 대출 신청에 대해 대충 보고했다. 마땅히 기뻐해줄 것이라는 예상과는 달리 모친은 아들의 말을 듣는 둥 마는 둥하고 별다른 반응의 기색을 보이지 않았다. 가벼운 미소 한번 비치지 않은 것은 좀처럼 웃는 일이 없는 성질이니까 그렇다고 해도 잘되었다는 말 한마디조차 해주지 않는 것이 아들로서는 서운한 일이었다. 철승은 모친의 두통이 아직 다 낫지 않은 탓이려니 생각하고 오늘 하루는 더이상 무슨 말을 하지 않기로 했다.

다음 날 아침 철승은 얼굴 표정이 한결 밝아진 것 같은 모친을 보고 안심이 되었다. 어제와는 달리 부담 없이 말을 걸 수 있겠다 싶었다. 제주 시내로 가서 원호청 대출 신청을 하고 저녁때 서울로 간다는 하루 중 계획을 말하고 나서, 6월 하순에 시작되는 여름방학에는 고향에 내려오지 못할 것이라는 하기 어려운 말까지 건넸다. 잠시 아무 말이 없던 모친은 정색을 하고 입을 열었다. 이번 여름방학에는 고향에 좀 머물러줄 수 없느냐는 것이었다. 지난겨울에는 서울에 통역대학원 진학을 앞두고 영어스피치 훈련이 필요하다고 하여 대부분 서울에서 지냈으니 이번 여름방학에는 모친의 심정을 배려해줄 수 없겠느냐는 당부를 듣고 철승은 답답한 마음으로 대답했다.

"한국대학교 통역대학원은 경 쉽게 졸업허는 디가 아니우다. 경 허고 제주도 학생들 외국어 실력은 서울 학생들 따라가기 어렵다는 거 몰람수광. 방학 기간에 영어학원에라도 나강 실력을 쌓아사 떨어진 실력을 보충헐 수 이서마씨임."

모친은 결국 아들의 주장을 꺾지 못하고 여름방학에 아들 얼굴 보는 일을 단념하기로 했지만, 한 가지만은 양보하지 않았다. 그것은 가을이 시작될 무렵 연례적인 벌촛날에는 반드시 내려와야 한다는 것이었다. 철승은 이 일에 대해서도 별로 마뜩잖은 표정을 지으면서 시원한 응답을 하지 않았다. 서울에서 내려온다 해도 벌초할 묘는 입도(入島) 1세대인 부친의 묘 하나밖에 없다는 것을 잘 알고 있는데 그 정도는 어머니가 알아서 할 수도 있지 않으냐고 말하고 싶었던 것이다.

"묘 흔 자리 벌초허젠 서울에서 내려오렌 말이우꽈."

"다 경 헐 만헌 이유가 이시난 곤는 말이여. 여름방학 내내 서울 있당 그때 흔 번 ㄴ려오는 것이 경 못 헐 일가. 혼자 사는 어멍 생각을 어떵 그치룩 못 헌덴 말이니."

철승은 더 이상 어머니에게 거역하는 말을 할 수가 없었다. 어머니의 말이 자신의 외로운 신세를 암시하기에 이르면 아들로서 더 할 말이 없어지는 것이다.

# 벌촛날에 만난
사람들

　그해 초가을 무렵 벌촛날을 맞아서 철승은 다시 고향에 내려왔다. 모친이 바라던 대로였다. 금년에는 제주사람들의 전통적인 벌촛날인 음력 팔월 초하루가 마침 일요일과 겹쳐서 서울에서 내려오는 교통편이 혼잡했지만 모친과의 약속을 어길 수는 없는 일이었다. 벌촛날보다 하루 전날 제주에 도착하여 집으로 향하는 철승의 머릿속에는 벌써 집에서 자기를 기다리고 있을 홀어머니 모습이 떠오르고 있었다.

　다음 날 더워지기 전 이른 아침에 두 모자는 나란히 낫을 들고 집을 나섰다. 벌초할 묘가 있는 이웃 마을 한산2리 지경의 공동묘지까지 한참을 걸어가야 했다. 집을 떠날 때까지도 보이지 않던 비구름이 하늘을 덮으면서 일기예보에도 없는 가랑비가 내리기 시작했기 때문에 두 사람은 걸음을 재촉해야 했다. 서로 이야기를 나눌 틈도 없었다. 생각보다 빨리 묘지에 도착했지만 비에 젖지 않기 위해 일을 서둘렀다.

일을 서두르는 동안에도 철승은 모친의 거동에 어딘가 미심쩍은 데가 있음을 발견했다. 모친은 묘 안팎에 풀을 베다가는 수시로 우두커니 앉아서 묘역 가운데의 봉분을 멍하니 바라보거나 먼 데 하늘을 멀거니 쳐다보기를 자주 하는 것이었다. 약한 비가 더 커질지도 모르는데 서둘러 일을 마치려고 하는 기색도 별로 보이지 않았다. 어디 몸이 아프시냐고 물어봤더니 엉뚱한 대답이 돌아왔다. 아들하고 벌초하는 것이 대견스럽다느니, 언제면 손주가 생겨서 같이 벌초하는 걸 보게 될지 잠깐 생각해봤다는 것이다. 철승의 응답도 엉뚱한 것이 되어버렸다. 부친의 묘가 주변의 다른 묘들보다 큰 것은 부친이 사망 시에 권세가 컸기 때문이었는지 물어보았더니, 모친은 '나 몰르키여'라고 한마디 했다가 잠시 후에 '죽은 사름 권세 춋앙 무시거 허젠'이라고 한마디 덧붙인 다음에 멈추었던 풀베기 일을 다시 시작하는 것이었다.

철승은 풀 베는 일이 지루해지지 않기 위해서는 아무 이야기나 주고받는 것이 좋겠다는 생각이 들었다. 이런저런 가벼운 신변 이야기를 나누다가 원호처에서 생업자금 대출 받은 돈으로 한복가게 차리는 계획은 어떻게 되어가는지 물어보았다. 그 사업도 준비할 것이 많아서 서너 달은 기다려야 개업이 될 것 같다는 짤막한 대답이 돌아왔다. 역시 모친의 마음은 어디 딴 데로 가 있는 모양이었다.

묘역은 꽤 넓은 편이었고 풀이 무성한 데다 빗물에 젖어 있어 풀베기가 수월치 않았다. 묘 한 자리 벌초치고는 꽤 많은 시간이 걸렸다. 한산 1리와 한산2리 주민들이 공동묘지로 쓰는 곳이었지만, 옛날에는 일정한 경계선 없이 불규칙하게 묘지를 썼기 때문에 각개의 묘역이 넓어져서 후손들 벌초 부담만 가중된다는 말을 듣던 터였다. 철승의 풀베기 솜씨가 서툰 탓에 시간이 많이 걸리기도 했다. 풀을 베다가도 오늘 하루에 몰려 있는 벌초꾼들이 옆길을 지나가기라도 하면 작업을 중단하고 인사를 건네느라고 시간이 지체되기도 했다. 철승은 고향 사람들에게 인사 차리는 일에 영 자신이 없었다. 벌촛날 인사는 특히 그렇게 느껴졌다. 정오가 가까워서 벌초가 끝났는데 하필이면 일이 끝나고 나자 비가 그쳤다. 홀가분한 마음으로 행장을 정리하고 마을로 향하려고 하는 철승의 옆에 서 있던 모친이 말했다.

"야 철승아, 요 아래 작은 묘가 흔 자리 이신디 그디 강 벌초해주어동 가게. 벌초해줄 자손이 어신 묘를 그냥 보기가 딱허지 않으냐. 다행히 비도 그쳐시메."

"……?"

대답을 못하고 어정쩡하게 서 있는 아들을 두고 모친은 혼자서 먼저 걸음을 옮기고 있었다. 한라산 쪽으로 올라가는 오솔길로 먼저 들어서서 저만치 멀어져 가는 모친을 잠시 바라보던 철승은 도리 없이 뒤를 따라갈 수밖에 없었다. 모친은 잠시 걸어가더니 어떤 묘소 앞에서 걸음을 멈추고 아들이 다가오기를 기다렸다가 입을 열었다.

"이디여. 고단허게 살단 사름인디 지난겨울에 죽었저. 벌초해줄 자손이 어시난 우리라도 좀 수고해주게."

"……?"

"무사 경 바라보기만 햄시니. 어멍 곧는 말이 닮아 뵈지 않으냐?"

"어머니가 경 곧는디 제가 어떵 거역해집니깡. 곧이 허고 말고마씸."

철승은 모친을 따라서 처음 보는 낯선 묘에 벌초를 시작했다. 묘역이 유별나게 좁은 데다 떼를 입힌 지 오래되지도 않아서 베어낼 풀들이 많지는 않았다. 이 묘에 묻힌 이는 어떤 사람이기에 어머니의 동정을 이렇게 사는 것일까. 틈을 보아 물어보려고 했지만, 묵묵히 손을 놀리는 어머니의 표정은 사뭇 무겁고 엄숙하여 뭐라고 말 붙이기가 어려웠다. 묘를 쓴 지 얼마 되지 않은 데다 묘지 관리가 워낙 허술하여 떼를 입힌 자국이 울퉁불퉁 고르지 못했고, 아직 땅바닥에 뿌리를 깊이 내리지 못한 잔디는 빗물에 씻긴 듯 듬성듬성 땅 위로 불거져나와 있었으며, 여기저기 흩어져 자라고 있는 엉겅퀴나 고사리 등 키 큰 잡초가 그 위를 불규칙하게 뒤덮고 있었다. 묘를 쓸 때 정지공사를 대충 마친 다음에 한 번도 묘역을 돌아보지 않은 티가 역력했다. 방금 돌아보고 온 부친 묘의 봉분은 크기도 했거니와, 땅바닥에서 올라온 아담한 능선들이 꼭대기에 이르러서는 오로지 기운찬 봉우리를 쌓는 데에 집중하고 있었는데, 여기 묘는 봉분이 아래로 맥없이 눌려 있는 것처럼 턱없이 낮은 높이에서 끝나 있고 그러다 보니 무덤 전체의 형상은 마치 엉거주춤 아무렇게나 쌓여 있는 흙무더기와도 같아 보였다. 가운데 봉분이 이렇게 엉성한 데다 아직 묘소 둘레에는 흔히 있는 산담도 없고 봉분 앞에 묘비도 세워져 있지 않아서 얼른 보면 아예 사람의 무덤 같은 느낌조차 주지 않을 정도로 스산하고 황량한 느낌이 들었다.

이상한 무덤도 다 있다고 생각하면서 벌초를 마친 철승은 낫을 거두고 모친을 향해 돌아섰다. 모친도 마침 베어놓은 풀들을 치우고 있었다.

"이만허민 된 거 닮수다. 그만 갑주마씸."

"됐저. 수고했저. 역시 아덜이 아덜이여."

아들은 모친의 입가에 비치는 가벼운 미소를 보았다. 소리 없이 살짝 스쳐가는 웃음기 같은 것이었지만 거기에는 믿음직한 아들을 두고 있다는 마음 든든함이 묻혀 있어 보였다.

철승은 모친보다 앞장서서 묘지를 떠나려고 몸을 돌리고 있는데 바로 그때 저쪽 맞은편에서 올라오고 있는 한 젊은 여자가 시야에 들어왔다.

비가 그친 다음에 걸어왔는지 입은 옷이 비에 젖은 것 같지는 않았다. 오늘 벌촛날에 어울리는 간편복을 입고 있었지만 그렇게 보더라도 젊은 여자치고는 허술한 차림에 틀림없는 복장이었다. 철승은 그대로 앞을 향해 걸어가다가 뒤를 돌아보았더니 모친은 벌초 끝낸 묘지 앞에 아직도 머물러 있었다. 무슨 일인가 하여 모친의 시선을 따라가 보았더니 모친은 지금 올라오는 중인 낯선 여인과 마주 보고 있었다. 그러는 동안에 젊은 여인은 철승을 지나쳐서 모친이 서 있는 묏자리 가까운 데로 걸어가고 있었고, 모친은 다가오는 그 여인을 기다리는지 가만히 멈춰서 있었다. 철승이 혼자서 귀가 길로 들어설 것인지 망설이는 것을 본 모친은 어서 내려가라는 듯이 고개를 두어 번 끄덕이는 것이었다.

잠시 서서 젊은 여인과 얘기를 나누던 모친은 오래 지체하지는 않고 출발했으므로 앞서가던 아들을 곧 따라잡을 수 있었다. 아들 옆으로 다가온 모친이 입을 열었다.

"난 저 사름 벌초허레 오지 못 헐 줄 알았주게."

"저 묘는 벌초헐 사름이 없덴 허지 않읍디강."

"저 사름은 고인의 조케 되는 사름인디 어디 멀리 갔젠 해연 벌초허레 못 올 걸로 봤주게."

"어느 무을 사름이우꽈."

"우리 친정집이 이서난 한산2리 사름덜이주게. 느네 친구덜은 한산2리에 사는 사름 어시냐?"

"한산2리 아이덜도 초등학곤 우리 한산1리 아이덜허고 흔 학교에 다니난 나도 그 무을에 친구가 여러 사름 이십주."

"옛날 중산간에 이실 땐 한산1리 이 마을보다도 큰 무을이라 났저. 4·3사건 때 폭삭덜 망해연 해변으로 느려왔주만은."

"저치룩 묘지 돌아볼 사람이 와도 우리가 대신 벌초헐 필요 이서마씸?"

"우리 친정집에 얽혀진 디가 이신 집이난 느네 아방 산 벌초헐 때 같이 돌아봐주젠 했주게. 옛날부터 귀신 위해영 놔두민 어디 안 간덴 헌다."

모친은 아들의 말문을 막듯이 화제를 돌려버렸다. 철승은 더 이상 물어보지 못하고 하산하는 걸음을 재촉했다. 두 사람은 늦더위에 땀을 뻘뻘 흘리며 걸어서 일주도로변 마을 안길을 거쳐서 바닷가 식당 동네에 이르렀다. 무얼 먹겠느냐는 모친의 질문을 받고 아들은 제철은 아니지만 오랜만에 시원한 자리물회를 먹고 싶다는 청을 내놓았다. 모친은 아들의 말에 묵묵히 따라주었다. 바닷가 식당들은 벌초꾼 손님들로 붐비고 있었다. 두 사람은 이왕이면 제일 큰 식당으로 골라서 들어가고 있는데 식사를 마치고 나오는 한 무리의 사람들과 입구에서 마주쳤다. 그중에 한 사람이 철승과 무슨 이야기를 나누는 동안 모친이 먼저 들어가야 했다. 잠시 뒤에 식당 출입문 안으로 들어가던 철승은 어쩌다가 밖으로 나오던 손님의 어깨를 잘못 건드리고 말았다. 아마도 그 손님이 술에 대취한 부자연스러운 몸을 돌리면서 신발을 신으려고 하다가 철승의 몸과 부딪친 모양인데, 이를 두고 그 손님은 인상을 쓰면서 시비를 거는 것이었다.

"야, 넌 학교 선배한테 길도 비켜줄 줄 모르냐?"

"아, 미안합니다, 선배님."

"오랜만에 고향에 왔으면, 인사라는 게 있어얄 게 아냐고, 인사 말이다. 경 허고 말야, 너 남의 집 묘에 벌초를 해주민 누구네 묘인 줄이나 알고 해주냐?"

"아, 아직은 잘 모르는디예."

"허, 그러냐? 그래, 호로자식은 별수 없다니까."

철승은 어이없는 봉변을 당하는구나 싶었지만 술 취한 사람하고 무턱
대고 시비를 가릴 수는 없는 일이었다. 뒤늦게 모친이 기다리는 자리로
가서 식사를 하면서도 꺼림칙한 기분이 가시지 않았다. 자리에서 일어서
기 전에 용기를 내어 물어보았다.

"어머니, 아까 우리가 벌초해준 묘, 누구네 묘우꽈. 이 무을 사름덜은
다 아는 거 같은디……"

"아, 우리 친정집으로 얽혀진 집에 묘엔 허난. 그 집이 난리통에 망해
부난 벌초헐 사름이 어서진 거 알 사람은 알 테주."

아들은 모친의 표정이 대답을 피하는 것 같이 보여서 더 이상 뭐라고
물어보지 못하고 식당을 나왔다.

그날 밤 자정도 이슥하게 지난 어느 때였다. 잠에서 깨어난 철승은 목
이 말라서 물을 마시러 부엌문을 열고 들어갔는데 식탁 의자에 혼자 우
두커니 앉아 있는 모친을 보고 멈칫 걸음을 멈추었다. 움찔 놀라면서 무
슨 일이냐고 물어보는 아들에게서 얼른 시선을 돌리는 모친의 표정이
심상치 않아 보였다. 무안해진 아들도 얼른 고개를 돌리고 냉장고 안에
서 마실 것을 찾으면서 모친의 거북한 자리를 피해주었다.

철승은 다음 날 아침 일찍이 어제 식당에서 만났을 때 시비를 걸어왔
던 초등학교 선배네 집으로 찾아갔다. 동네 사람들끼리 찜찜한 뒷맛을
남기고 싶지 않았던 것이다. 어제 그쳤던 비가 다시 내리기 시작했으나
멀지 않은 길이라서 우산을 들쳐 쓰고 갔다. 어제 식당에서 본의 아니게
몸을 부딪친 것이 미안했다고 말한 다음에, 덧붙여서 남의 집안 벌초를
해준 것은 뭘를 모르고 어머니가 시키는 대로 한 일인데 혹시 무슨 잘못
된 일이라도 있는지 알고 싶다고 넌지시 물어보았다. 학교 선배 유세한
다고 철승에게 호령하던 그 사람은 어제와는 딴판으로 나왔다. 그때 식

당에서 자기는 술에 취해 인사불성이 되었던 관계로 무슨 일이 있었는지 도무지 기억이 없다고 말을 바꾸었고, 벌초꾼이 없는 묘를 함께 돌아봐주는 것은 누가 봐도 좋은 일이라고 하면서 자기가 무슨 시비를 걸었다면 제정신이 아니었기 때문이니 용서하라고 오히려 사과조로 나오는 것이었다.

더 이상 옥신각신하지 않고 선배네 집을 나온 철승은 잠시 망설였다. 마침 비가 그쳤기도 해서 모처럼 발걸음을 더할 용기를 내고 이웃 마을 한산2리로 가서 초등학교 때 친구 한 사람을 만났다. 오랫동안 왕래가 없는 친구를 뜬금없이 찾아가는 것이 부자연스럽기는 했지만 지나다가 가볍게 들른 척하고 넌지시 말을 붙였다. 이 친구가 알려주기로는 그 마을에서 지난겨울에 죽은 나이 든 사람으로는 부현구라는 이름의 오십 대 남자밖에 없다는 것인데 고인은 이 친구네 집과는 그리 멀지 않은 동네에 살고 있었지만 생전에 마을 사람들과 왕래를 별로 하지 않아서 그 집안의 속내를 잘 알지는 못한다고 했다. 그러나 이 친구에게서 얻어들은 몇 안 되는 사실들만으로도 고인에 관해 흥미를 일으킬 만큼은 충분했다. 이 친구가 들려주는 바로는, 부현구라는 이름의 고인은 일제시대에 일본유학을 다녀왔을 정도로 여유 있는 집안이었지만, 4·3 사건 난리를 거치는 동안 사람들과 재산을 다 잃어버리는 비운을 당했다는 것이고, 고인과 가까운 친척으로는 같이 살던 조카딸 말고는 아무도 없으며, 한산2리 마을에서 이 사람의 과거 내력에 대해 무엇을 알아볼 만한 이로는, 옛날에 읍내에서 소학교 교장이었고 지금은 이 근방에서 훈장노인 또는 훈장어른으로 통하는 칠순 노인이 있다는 얘기였다.

철승은 이번에는 망설이지 않고 훈장노인네 집으로 향했다. 훈장노인 댁을 물어물어 찾아가봤더니 마을 끝 외진 곳에 있는 아담한 초가집이었다. 두 내외만이 단출하게 살고 있는 그 노인은 겉보기의 수수함에 비해서는 꽤 깔끔한 살림을 하고 있었고, 뜻밖의 손님을 맞아들이는 목소리도 퍽 시원스럽게 들려왔다. 칠순 나이에도 불구하고 흐트러짐 없이 쩌렁쩌렁 힘찬 목소리로 말하는 노인의 모습을 마주하자 철승은 적이 안심이 되면서 자기도 예상치 못했던 뜻밖의 모험심이 발동했다. 부현구라는 인물이 한때 일본 유학생이었다는 사실과 현재는 이 세상에 부재한다는 사실을 바탕으로 하여 대담한 거짓말을 꾸며냄으로써 노인에게서 되도록 많은 대답을 끌어내보자는 생각이었다. 서울에서 잠시 내려와 있는 자기는 이 마을 부현구 씨의 옛날 친구였던 사람의 아들로서, 제주도에 온 김에 오래전 친구의 안부를 알아보았으면 좋겠다는 아버님의 분부를 받고 찾아와본 결과, 그분이 반년 전에 고인이 된 것을 알게 되었는데, 고인이 작고하시기 전에 어떤 일들이 있으셨는지 그중에 몇 가지라도 알 수 있다면 집에 돌아가서 전하고 그동안 못다 한 부친의 우정을 조금이나마 위로해드리려 한다고 사뭇 공손하게 청원드렸던 것이다. 노인은 철승의 말뜻을 얼른 알아차리고 선선하게 응대해주었다.

"허, 오늘 이 집에 귀한 손님이 오셨구만. 부현구하고 옛날 친구였으면, 자네 부친도 일정 때 일본 유학생이었던 모양이로고."

"예, 맞습니다."

"모처럼 멀리서 온 사람에게 좋은 소식 전하지 못하여 안됐네그려."

노인은 으흠, 하는 헛기침과 함께 잠시 뜸을 들이고 나서 말을 이었다.

"부현구는 내가 끔찍이 아끼던 제자였지만 별로 빛을 보지 못하고 한 세상 하직한 셈이여. 어, 거 무슨 말부터 시작할지 모르겠네. 자넨 그 4·3 사건이라는 거, 말이라도 좀 들어봤는가 모르겠네."

"예, 잘은 모릅니다만, 여기 와서 좀 들어봤습니다."

"부현구는 그 4·3 사건 난리통에 용케 살아남긴 했지만 거의 폐인이 되다시피 되어버렸지. 아까운 인재가 그냥 촌구석에 묻혀서 살다 갔으니까."

"그동안 그분 건강은 어떠셨는지요."

"술병으로 고생하기 전에는 별다른 속병이 없었지, 아마. 그보다는, 다리 한쪽을 제대로 못 쓴 것이 크게 불편했었지. 학병시절에 절름발이가 되어 돌아왔는데 4·3 사건 때 고문받느라고 덧났다는 거여. 걷기가 불편해서 잘 나다니지 않았으니까 나하고도 별로 만나지 못했지. 그 험한 시국에 부현구도 고문받느라 몸이 상했고, 나도 고문받다가 허릴 다쳐서 집 안에 들어앉게 되었으니 그게 다 4·3 사건 그 난리 때문이여."

훈장노인은 틈틈이 앉은 자세를 고치는 품이 허리 아픔이 자주 밀려오는 성싶었다. 철승은 기회 있을 때마다 아, 네, 그러셨군요, 등등의 표현으로 노인의 성의 있는 담화에 감사의 뜻을 전하기는 했으나 자신의 긴장된 말투가 의심을 사지는 않을지 조마조마한 심정이 되었다. 노인이 불편한 몸을 자주 뒤척이기는 하면서도 무엇을 의심하는 기색을 보이지는 않았기 때문에 철승은 조심스럽게 다음 질문을 이어나갔다.

"그분은 해방 후엔 줄곧 제주도에서 살으셨나요?"

"잠깐 나갔다 와서는 줄곧 여기서 산 셈이지. 자넨 얼마나 알고 있는지 모르겠네만, 제주도 인구 십 분의 일이나 죽게 만든 그 사건에서 좌익 지도자들이 아주 멸족당하다시피 됐는데, 부현구는 세상 되어가는 꼴이 자기 뜻대로 안 되었는지 일찌감치 입산 투쟁을 그만두고 일본으로 내뺐더랬지. 그런데 지금도 이상한 것이 두어 해 나가 있던 사람이 다시 슬그머니 들어왔다는 거라. 북한이 6·25 전쟁을 터뜨리면서 남북통일이 될 걸로 보고 한몫하려고 왔다는 말도 있었지만, 확실한 건 나도 잘 모르지.

용케도 몸을 숨기고 있다가 무슨 요직에 있던 친구 덕에 귀순자로 처리
되고서는 죽음을 면하고 살아남게 되었던 거 같아."

"일본서 돌아오신 다음에 그분은 어떻게 살으셨나요, 무슨 생업이 있
으셨을 거 아닙니까?"

"이 사람이 재주는 많았어. 허지만, 한쪽 다리를 잘 못 써서 어디 멀리
나다니지는 못했기 때문에 한자리에서 할 수 있는 목공일을 했지. 소목
장이가 되어가지고는 책상, 제사상, 반닫이, 찬장 등을 만들어 팔았는데
원래 손재주가 있었고 그 방면에 감각이 있어서 이 일대에선 꽤 알아주
었지."

"이 마을 와서 알았는데 이분은 조카딸하고 같이 살으셨다고 하든데
요."

"그랬지. 이 사람이 그 난리 중에 일본 갔다가 돌아온 것이 마침 부현
봉이라는 자기 동생의 딸이 고아가 되어버린 때였기 때문에 그 아이는
큰아버지를 자기 친아버지처럼 여기고 살게 된 거지. 결국 부현구는 그
조카딸 키우기 위해 귀국한 셈이 되어버린 거여."

"그분 아우님이 돌아가신 것도 그 4·3 사건 난리에 그리되셨다는 말
씀이십니까?"

"그렇게 된 거지. 지가 무슨 역사를 안다고 혁명의 선봉에 서려고 했는
지, 형은 살아남고 동생이 죽어갔으니 뒤바뀐 셈이여. 혁명 일으키는 사
상 공부 하고 온 사람은 형이었고, 옆에 있던 동생은 어깨너머 들은 풍월
로 빨간 물이 들어갖고는 이덕구 결사대에 끼어들었단 말이지."

"정말 기구한 운명이셨던 것 같습니다. 돌아가서 말씀 잘 전하겠습니
다."

철승은 노인과 헤어져 나오면서 긴 한숨이 저절로 나왔다. 자신의 연

극이 발각되지 않고 무사히 통과되었다는 게 용한 일이었다. 마치 위장 간첩이 경찰 검문소를 통과할 때 느낄 것 같은 아슬아슬한 심정이 되었다. 이 훈장노인은 낯선 젊은이의 말들이 고의로 꾸며낸 거짓임을 알았어도 그냥 넘어가주지 않았을까 하는 생각까지 들었다. 어쨌거나 문제의 묘에 묻혔다는 좌익운동가 부현구에 대해서 어느 정도 알게 된 셈이지만 그랬다고 해서 모친이 벌초를 해주고 싶은 이유를 알아낸 것은 아니었다. 철승은 노인에게서 들은 말들을 상기하면서 머릿속 생각들을 정리하느라 먼 길을 터벅터벅 걸어서 그의 마을로 돌아온 다음에도 떠오르는 의문의 무게를 견딜 수 없어 바닷가로 발걸음을 옮겼다. 바닷가 바위에 걸터앉은 그는 광활하게 멀리 펼쳐진 바다와 수평선과 하늘을 하염없이 바라보면서 생각의 갈피를 잡아보려고 했다.

철승은 문득 재향경우회의 바종혁 회장에게서 들은 말이 생각났다. 그의 아버지 강용직은 이덕구 결사대를 격멸함으로써 일등무공훈장의 명예를 얻을 수 있었고 이에 대한 보복을 당하여 죽음에까지 이르게 되었다고 했다. 그런데 지금 이 마을 훈장노인의 말에 따르면, 부현구의 동생 부현봉이 바로 그 이덕구 결사대에서 활동하다가 죽었다는 것이 아닌가. 그리고, 그 결사대원 부현봉의 딸이 바로 어제 공동묘지에 벌초하러 왔던 그 젊은 여인이라는 얘기가 되는 것이었다.

철승은 생각할수록 수상스러운 모친의 행동을 두고 별별 상상과 공상이 다 떠올랐다. 모친은 자기 남편의 공격을 받고 이덕구 결사대원인 부현봉이 죽은 것을 모르고 있을 리가 없을 터인데, 그렇다면 나한테 부현봉의 형의 무덤에 벌초를 하라고 시키는 행동은 도대체 뭐란 말인가. 모친은 남편이 부현봉을 죽인 것이 죄스러운 생각에 그의 형의 무덤에 벌초를 해주고 싶었다는 것인가. 그럴 수도 있기는 하지만, 그건 아무래도 자연스럽지 않아 보였다. 입산 무장대를 격멸한 것은 국가의 명령에 따른 의무수행이었지만 남의 집안 벌초를 대신 해주는 것은 사사로운 인정에 따른 행동이 아닌가. 모친이 이덕구 결사대원의 형의 무덤에 벌초를 해주고 싶었다면 그것은 그럴만한 다른 곡절이 있다는 것이고, 그 곡절은 필시 다른 더 중요한 사연, 더 개인적인 사연일 터였다. 모친은 무슨 중요한 비밀을 숨기려고 하는 것임에 틀림없을 것 같았다. 그러고 보니 모친은 어제 벌촛날도 아들의 시선을 멀리하려고 하고 말대답을 피하려 했음이 기억났는데 이는 필시 아들에게 숨기려는 비밀과 무관하지 않을 것 같았다.

날이 어두워짐을 본 그는 발걸음을 옮기고는 조용한 바닷가 대중음식점에 찾아들어 전에 없이 취하도록 마셨다. 아무래도 맨 정신으로는 모친에게 다그쳐 물어볼 용기가 나지 않을 것 같았다.

밤이 이슥해져서 집에 돌아온 철승은 모친 앞에 무릎을 꿇고 앉아 울먹이는 소리로 어려운 화두를 꺼냈다.

"어머니, 속 시원허게 말해줍서. 흐나밖에 어신 아들안티 흐지 못 헐 말이 어디 이수광?"

"오냐. 나도 언젠가는 말헐 때가 올 것으로 생각했다. 그래도, 경 술 취헌 정신으로 들을 말은 아니여. 그러는 네 심정은 알키여만은 오늘랑 들어강 잠이나 자라. 술이나 깨건 얘기허게."

마치 아들한테서 이런 질문이 나올 것을 미리 알고 있었던 것처럼 모친의 목소리는 침착하고 차분했기 때문에 철승은 더 이상 무슨 말을 잇지 못했다.

새벽녘에야 겨우 잠이 든 철승은 아침 늦게 깨어났다. 집 안을 둘러봐도 모친의 모습은 보이지 않았다. 갑자기 이상한 예감이 들어 모친 방에 들어가 보니 방 안에 널려 있던 물건들이 많이 줄어들었다는 느낌이 들었고 남아 있는 물건들도 간소하게 잘 정리되어 있었다. 모친이 어젯밤 얘기하는 품이 어딘가 단호한 어조였음이 생각나면서 화장대 앞을 보니 하얀 편지 봉투가 보였다. 불안하던 예감이 들어맞았다. 아들은 울렁거리는 가슴을 안고 봉투 속 하얀 종이에 또박또박 쓰인 모친의 필적을 읽어내려갔다.

철승아 보아라.

너의 얼굴을 마주할 면목이 없어서 이렇게 글로 써 남기는 나의 심정을 이해해주기 바란다. 오랜 세월 거짓말과 비밀 속에 살아왔지만 이제 고백할 때가 된 것 같다.

네가 벌초해준 묘의 주인은 너의 생부였다. 네가 알고 있던 너의 부친 강용직은 너의 친부가 아니라는 말이다. 그 묘의 주인이 우리 친정집하고 관계가 있다는 나의 말은 거짓말이었다. 그 난리통에 있었던 무수한 거짓말들과 온갖 어지러운 사건 사고들을 어떻게 다 말할까. 그냥 그럴 수밖에 없었다고 알아주기 바란다.

애초부터 나의 뜻대로 된 것은 별로 없었다. 내가 강용직과 맺어진 것은 빨갱이로 낙인찍혀 멸족될 것 같은 가문을 구하기 위해서였다. 지금 생각하면 부끄러운 일이었지만, 그 당시에는 그런 생각도 들지 않았다고 하면 너는 이를 어떻게 들을지 모르겠구나. 그때는 이미 너의 생명이 나의 몸 안에서 자라고 있었지만 우리 모두 살아남기 위해서 온갖 수단을 쓰는 데 나의 본심 같은 것은 별로 소용이 없었다. 이북에서 온 강용직 순경은 서청단 출신으로 그 당시 권세가 컸기 때문이다.

너의 호적상 부친 강용직이 너의 생부 부현구의 동생 부현봉을 사살

했다는 것도 우리의 복잡하게 얽힌 사연의 한 부분이지만, 우리의 사연은 겉으로 알려진 것보다 훨씬 더 복잡했다는 것을 알아주기 바란다. 고아가 된 부현봉의 딸이면서 너에게는 사촌누이 관계인 부민희는 이제 그 집안에서 살아남은 유일한 자손인 셈이다. 너의 생부가 너를 같은 하늘 아래에 두고도 아들이라고 한번 불러보지 못하고 살면서 여조카 부민희를 키울 수밖에 없었던 심정을 이해해주기 바란다.

난리가 끝난 다음에 너를 너의 친부에게로 돌려보낼 수 없었던 나의 애통한 심정을 어떻게 말할까. 국가유공자 자식과 좌익운동가의 자식이 세상에서 어떻게 다른 대접을 받았는지 너는 이제 좀 알리라고 본다. 좌익전력자 부현구는 육체노동 말고는 할 일이 없는 인생을 살아야 했다. 그러나 이제 너의 생부는 죽어서 묻힌 몸이니 네가 제 아비 묘에 벌초하고 절한들 어떤 국법이 막을 수 있겠느냐. 살아서 뒤틀려진 일이 죽어서 바로잡힌 것이라 생각해라.

여기에 쓰인 내용 중에 다른 것들은 아는 사람들이 더러 있을 것이다만은 너의 생부가 누구인지에 대해서 아는 사람은 하늘 아래 아무도 없을 것이다. 혹시 이런 사실을 눈치챈 사람이 있다고 해도 그 뒤틀린 삼십 년 세월을 이제 와서 어떻게 되돌려놓겠느냐. 그리고 이처럼 호적상 부친과 생부가 바뀌는 일은 그 난리 속에서는 비일비재했음을 알고 너의 출생 비밀에 대해서 너무 상심하지 말아주기 바란다.

앞으로 나의 생각이 어떻게 바뀌어 큰마음 먹고 다시 귀가할지 모르겠는 것이 지금의 내 심정이다. 네가 충격을 받고도 잘 견뎌내는 것을 보면 나도 안심이 되어 귀가할 수 있을 것이다. 그러니 나의 행방이나 안부에 대해 걱정하지 말고 나를 찾지도 말았으면 한다. 네가 무사히 평상심을 얻는 날이 내가 너에게로 돌아가는 날이 될 것이다.

너의 어머니가 눈물로 쓴다.

글씨로 보나 문장으로 보나 모친의 편지는 차분하고 조리 있게 써내려간 것임에 틀림없었다. 여러 시간 걸려서 쓴 편지인 것을 보면 갑자기 내킨 기분으로 집을 나가지는 않은 것으로 생각되었다. 철승은 편지를 내려놓은 다음 두 눈을 감았다. 가슴이 마구 울렁거리고 머릿속이 먹먹했다. 역시 그랬었구나 하는 심정이 되면서 어제와 그제 모친을 보았던 기억 속의 장면들을 뇌리에 떠올려보았다. 벌촛날 이후 있었던 모친의 이상한 낌새가 무슨 뜻인지 이제야 알 것 같았고, 더 멀리 지난 현충일에 모친이 앓았던 두통의 원인도 이제 와서 비로소 드러나는 것 같았다. 그 오랜 세월 그 엄청난 비밀을 혼자 간직하고 사느라고 아들 앞에서는 그 어떤 얼굴 표정도 함부로 나타내지 않았던 어머니였던 것이다. 빨갱이 전력자 부현구, 그 초라한 무덤에 묻힌 이가 나의 친아버지라니. 내가 바로 세상 사람들이 그리도 저주하는 폭도 새끼였다니. 나와 가장 가까운 피붙이인 빨치산 지도자들과 싸운 공으로 최고무공훈장을 받은 강용직 순경, 바로 그의 보호 그늘 밑에서 나는 명예와 호강을 누리고 살았지만, 대한민국의 순직 경찰관 강용직의 무공훈장과 관련된 명예와 찬사들은 이제 나에게 무의미하거나 수치스러운 말이 될 터였다.

이로부터 번민과 방황의 나날이 이어지는 동안 철승은 쓰디쓴 고독의 맛을 참아야만 했다. 자신의 존재의 뿌리가 뽑히고 온몸의 기력을 일시에 잃어버리는 무력감과 허탈감에 빠져들었다. 어디로 나다니지도 않았고 누구를 만나지도 않았다. 자신의 존재의 뿌리가 세상의 저주와 비난을 받을 것이라는 지레짐작은 극심한 상실감과 자기모멸감을 가져다주었다. 발밑 땅바닥이 무너져 내리면 이렇게 한없이 추락하는 마음이 될까 싶었다. 대명천지 밝은 하늘에서 검은 장막이 내려와 컴컴한 세상이 되어버린 느낌과도 같았다. 벌초하러 갔던 그 낯선 묘에 무거운 발걸음으로 다시 찾아가서 한참이나 바라보다가는 그냥 돌아오고 말았다. 자신의 친아버지가 묻힌 무덤이라는 것을 알게 되었지만 그 무덤에 엎드려 절하여 부자간 예를 올릴 엄두가 나지 않았던 것이다.

철승은 자기모멸과 고독감의 아픔에서 벗어나기 위해 이를 악무는 고심을 거듭했다. 과거사에 얽혀드는 무력한 허탈감에서 벗어나 마음을 추스르고 하루 빨리 새로운 출발을 도모해야만 했다. 비운의 과거를 두고 절망하지 않으려면 미래의 새로운 삶을 열어가야 한다는 결심을 다지는 것이었다. 철승은 그러나, 빨갱이 아버지를 어떤 마음으로 받아들여야 할지 갈피를 잡지 못하고 끝없는 자기심문을 겪어야 했다. 나 자신의 출생과 성장에 지대한 영향을 주었을 이 역사적 사건에 대해 그동안 그렇게 무관심하게 지내왔다는 것은 얼마나 이상한 일인가. 어머니는 왜 그렇게 이 사건에 대해 무관심한 척하셨으며 그 어마어마한 비밀에 대해서 일체 함구하셨을까. 오래 묻어둔 과거사의 사연들, 그 엄청난 진실을 이제야 들춰내야 할 정도로 우리 모두가 그렇게 바쁘게 살아왔단 말인가. 후덕한 성정 같지 않게 무겁고 새침한 표정을 하고 다닌 어머니의 표리부동함은 그동안 이 기막힌 비밀을 숨기고 있었음인가. 베일에 가려진 아비의 생애와 출신 내력 같은 것에 대해 아들에게 뭐 하나 속 시원히 전해주지 않았음은 어미 되는 당신의 아픈 마음 언저리에 얽혀 있었을 말 못할 사연들 때문이었던가. 그렇게 엄청난 파괴력을 가진 지뢰가 아들이 밟고 다니는 땅 밑에 묻혀 있다는 것이 어머니는 조마조마하지도 않았다는 것인가. 이제 전혀 새로운 사람으로 변신해야 하는 나는 어떤 마음가짐의 길을 열어야 할 것인가. 우선 국가유공자 아들이라고 세상에 알려진 가면극 같은 부자관계의 타성에서부터 벗어나야 할 것이 아닌가. 국가사회가 공인한 결혼과는 무관한 출생이 나 자신의 운명임이 드러난 이 마당에 나는 혈통에 관한 한 홀가분하게 자유로운 입장에 서야만 빨갱이 아버지의 존재를 받아들일 수 있을 것이다. 그다음에 내가 해야 할 일은 빨갱이 아버지가 어떤 일생을 살았는지를 정확히 알아보는 것일 테다. 그 결과로 그 당시 제주도 주민들의 좌익 활동이 어떤 역사적 필연성을 지니고 있었는지를 알게 되면, 세상의 평판이야 어떻든 간에 아들로서의 믿음과 경배를 그 빨갱이 아버지에게 바칠 수 있을 게 아닌가.

새로운 삶의 좌표를 세우기로 결심한 철승은 좌익운동가였다는 친부의 생애에 대해 정확하고 자세하게 알아보기 위해서는 4·3 사건의 진상은 물론이고 더 나아가서 제주도를 둘러싼 국내외 정세까지 다각도로 조사하고 연구할 필요가 있다는 판단에 이르게 되었다. 이러한 결심을 굳힌 그는 우선 대학원 과정을 당분간 중단하기로 하고 한국대학교 통역대학원 한영과에 전화를 걸어서 휴학 의사를 밝혔다. 어디로 어머니를 찾아나서지는 않기로 했다. 어머니는 차분하게 편지를 써놓고 나가면서 아들이 받을 마음의 충격을 걱정하셨다는 것이다. 자기 자신의 허탈감을 이겨내고 새로운 삶의 의미를 일으켜세울 때, 그날이 곧 어머니를 보게 되는 날이 될 터였다.

# 역사
# 속으로

　철승은 4·3 사건에 관련된 과거사를 추적 조사하고 이를 바탕으로 그 당시 좌익운동의 의미를 헤아려보기로 마음먹었지만 그 일을 어디서부터 어떻게 시작할지 막막했다. 한동안 마음의 갈피를 못 잡던 철승은 우선 세상 사람들이 4·3 사건을 어떻게 받아들이고 있는지를 알아보기로 했다. 책장 속에 묻혀 있던 고등학교 국사 교과서를 꺼내어 제주 4·3 사건에 대한 서술을 살펴보았더니, 이 사건은 북한이 공산주의자들을 사주해 일으킨 폭동으로 나와 있었다. 철승은 좀 더 자세한 역사서술을 보기 위해 제주대학 도서관으로 가서 한국현대사 관련 서적을 몇 권 펴보았지만, 그 속의 내용들도 교과서 수준을 크게 벗어나지 못했다. 허망한 공산주의 이념에 물들어 무지한 백성들을 선동하여 무장폭동을 일으키고 민주주의 독립국가 건설을 방해한 자들이 4·3 사건 주동자들이라는 것이었다. 철승 자신이 막연하게나마 알고 있는 내용이었다. 한 역사서에는 비장한 어조로 공산주의자들의 선동에 속아 넘어간 지역 주민들의 참상을 전하고 있었다. '한때 인민공화국 세상이 되면 전 도민이 평등하고 인간답게 잘 살게 된다고 호언장담하던 허위선전자들은 하나둘씩 사라져가고, 감언이설에 현혹된 무지몽매한 백성들은 산속 동굴과 숲속 움막에 몸을 숨기면서 공산주의 몽상가들의 솔깃한 말을 철석같이 믿고 산짐승처럼 피해 다니다가 귀중한 생명과 재산과 세월을 헌신짝처럼 버리고 말았다'는 것이다. 국방부에서 펴낸 《한국전쟁사》라는 두툼한 책도 보았는데, 여기에도 제주도 남로당 세력이 대한민국의 건국을 방해하기 위해 일으킨 폭동으로 서술되어 있었다. 어조와 표현 방식이 다를 뿐이지 그것은 철승이 지난번에 경우회장으로부터 들은 말과 대동소이한 맥락이라 할 수 있었다.

역사책 몇 권을 들추어보는 동안 철승은 몇 가지 의문의 가닥이 머리에 떠오르기 시작했다. 대부분의 역사서술들이 4·3 사건을 공산주의자들의 무장폭동이나 반란이라고 규정했으면서도 그것의 원인에 대한 분석은 거의 전무한 것은 무엇 때문인가. 이처럼 큰 역사적 사건이라면 그것의 객관적인 배경과 원인을 규명하는 말이 있어야 할 것이고, 폭동 주동자들의 거사 목적과 동기에 대해서도 뭔가 언급이 있어야 할 것이 아닌가. 단독선거와 단독정부를 반대하여 무장봉기를 했다면 그러한 반대의 이유도 분명히 있었을 것이다. 일부 주동자들의 판단착오나 정치적 야욕이 개재하고 있었다 하더라도 다수의 민중이 그 주동자들을 따라서 봉기에 가담했다면 그것도 그럴 만한 원인과 이유가 있었을 것이 아닌가. 그 당시 제주도에 좌익사상이 많이 유포되어 있었다고 하지만 절대 다수 민중의 집단봉기를 어떻게 사상이나 이념투쟁의 관점으로만 설명할 수 있겠는가. 한산2리 훈장노인의 말로는 그 당시 제주도 인구 십 분의 일이 죽어간 엄청난 사건이라고 하는데도 그 같은 희생에 대해서는 언급을 하지 않는 이유가 무엇인가.

4·3 사건의 진상에 대한 철승의 궁금증을 증폭시켜주기로는 관련 서술이 피상적인 표현으로 짤막하게 끝나는 역사서들보다 한 젊은 작가의 최근작 중편소설 하나가 훨씬 힘이 있었다. 그가 이 소설을 읽게 된 것은 그보다 훨씬 연하일 것 같은 한 대학생의 귀띔에 따른 것이었다. 도서관에서 우연히 만난 그 학생은 철승이 역사책들 가운데에서 4·3 관련 부분을 뒤적거리는 것을 넘겨다보고서는, 그런 책들은 다 거기서 거기예요, 현기영의 〈순이삼촌〉이라는 소설 아직 안 읽어봤나요? 하면서 조그만 종이쪽지에 메모까지 해주었다. 목소리를 낮추고 한쪽 눈을 꿈쩍 감아 보이는 그의 모습이 마치 무슨 비밀 얘기나 건네는 듯하였다. 바로 그날 읽어본 그 소설은, 사람들이 이토록 억울하게 짐승 취급당하고 이토록 허망하게 죽어갈 수 있는가 하는 비탄을 자아냈다. 그러나 이같이 엄청난 사건의 내력과 배경에 대해서는 별로 알려주는 것이 없어서 아쉬운 것도 사실이었다. 그것은 마치 어두컴컴한 창고 속에 몹시 수상쩍고 괴이한 물건들을 잔뜩 숨겨놓고는 그 안에 들어가 헤쳐보고 만져보고 싶은 궁금증을 불러일으키는 격이었다.

철승은 결국 이웃 산간마을의 훈장노인을 다시 찾아가보기로 마음먹었다. 저번에 찾아갈 때는 거짓말로 자기 신분을 속였지만 이번에는 적당한 말로 이실직고의 길을 열어야겠다는 쪽으로 마음을 정하고는 용기를 내 노인과 마주 앉았다. 정직한 자기소개의 말을 어디서부터 시작해야 할지 궁리하면서 잠시 침묵의 시간을 보냈지만 자유로운 대화의 물꼬를 튼 것은 오히려 노인 쪽이었다.

"오늘은 어려운 거짓말 꾸며댈 필요가 없으니까 안심허게, 허허."

"네? 무슨 말씀이신지……"

"저번 날은 자네가 나한테 거짓말 꾸며대느라 혼나지 않았나. 자네가 말한 것들이 모두 거짓이라는 걸 내가 다 알아버렸으니 오늘은 홀가분하게 사실대로 얘기하자는 거지."

"이거 정말 죄송스러워서 몸 둘 바를 모르겠습니다. 그런데 저번 날 제가 거짓말한다는 걸 어떻게 아셨는지요."

"나도 처음엔 눈치를 못 챘지. 그런데 자네 말을 듣다 보니까 서울 사람 억양이 영 아니라서 자네 신분을 의심하기 시작했지. 그러다가 결정적인 단서는 자네 얼굴에서 잡았네. 자네 얼굴이 얼마 전에 죽은 부현구 얼굴을 많이 닮은 거라. 참 이상하다, 하고 생각하고 있는데 자네 말하는 모양새를 가만히 보니까 이건 부현구하고 부자간이 틀림없구나, 하는 생각까지 하게 된 거지. 연령대도 그럴듯하고."

"이젠 피할 도리가 없겠습니다. 저, 이렇게 된 이상 제가 큰절 올리고 저를 알아주신 고마움을 표하겠습니다."

"허허, 반갑소. 세상에 이런 일도 다 있네그랴. 자, 우리 악수나 한번 하자고."

훈장노인은 넙죽 엎드려 절하는 철승의 손을 마주 잡고 흔들어주었다. 칠순 노인의 손이라 그렇게 기운차지는 않았지만, 부드럽고 따뜻한 손이었다. 철승은 자기 정체가 드러나면서 악수까지 하고 나자 앉은 자리가 편해짐을 느끼면서도 예상치 못했던 낯선 여행길에 성큼 들어서는 기분이 되었다. 낯선 길에서 더 이상 헤매지는 말자는 생각으로 서둘러 말을 이었다.

"그런데 한 가지 여쭈어볼 것이 있습니다만, 저에게는 아버님의 선생님이신데 제가 어떤 호칭으로 불러드리는 것이 좋겠습니까? 그냥 선생님만으로는 좀 가벼운 것 같습니다."

"아니, 가볍지 않네. 선생님, 좋지 뭘."

철승은 오래되고 두꺼운 베일을 벗는 심정이 되었다. 여기까지 와서 마음의 동요를 추슬러야지 더 이상 흔들려서는 안 된다는 다짐을 하면서 그는 요즘 겪고 있는 고민이며 그 배경이 되는 가족상황까지 대충 말해버리기에 이르렀다. 어차피 노인에게 그 일단을 들켜버린 비밀이었다. 숨어서 듣고 있는 사람이 있는 것도 아니었지만, 그리고 두 사람 중에 어느 쪽이 먼저 시작했는지도 모르지만, 두 사람의 목소리는 어느 샌가부터 귓속말처럼 낮은 음성으로 나오고 있었다. 나직한 소리로 나오는 말이었지만 그것은 철승의 마음을 다소 후련하게 만들어주었다. 모친의 고백을 듣고 나서 극심한 자기분열의 아픔을 겪으며 생각의 갈피를 못 잡고 있던 그에게 눈앞의 훈장노인이 그가 뚫고 나갈 돌파구의 방향을 가리켜주는 것처럼 여겨졌던 것이다.

훈장노인은 철승에게 아직 오리무중 상태인 4·3 사건의 진상과 해석에 대해 많은 것을 알려주었다. 그중 특히 철승의 주목을 끈 것은, 4·3 사건에 대해 현시점에서 나온 거의 모든 서술과 해석은 순전히 승자의 논리에 의한 것이라는 노인의 주장이었다. 그것은 마치, 두 사람이 서로 반대쪽에서부터 마주 향하여 몰던 차량이 충돌하여 그중 한 사람이 죽고 나머지 한 사람의 정황 설명만을 증거자료로 채택해서 사고의 경위를 인지하고 잘잘못을 판정하는 것과 같다는 얘기였다. 인간역사가 아무리 승자의 기록이라고 하지만, 그렇게 기록된 역사가 진실의 전부일 수는 결코 없다는 것이다. 가령 제주사람들이 5·10 선거 반대를 기치로 시위하고 항쟁했던 것도 이 선거에 의해 세워진 단독정부의 관점에서는 반정부 반국가 행위이지만, 단독선거 실시가 단독정부의 출범을 낳고 단독정부 수립이 민족의 영구 분단을 초래한다고 할 때 그것이야말로 어느 특정 정권의 이념문제보다도 중대한 반민족 행위라고 볼 수 있다는 것이다. 단선반대의 민중운동은 그 단선에 의해 단독정부가 수립된 다음에는 일사불란하게 반국가 행위로 규정되었지만 단선에 의한 단정이 들어서기 전 자유언론이 어느 정도 보장되었던 시기에는 찬반양론이 허용되었다는 얘기였다. 단독정부가 들어선 다음에는 단정에 반대하던 좌익 성향의 언론사들은 하나둘 퇴출되어 사라졌고, 그 단정의 연장선인 현재의 반공정권 치하에서는 오로지 우익 성향의 보수언론만이 살아남게 되었으며, 이에 따라 오늘날 현대 한국사에 대한 일반적인 해석은 한 가지 색깔의 것들만 볼 수 있는 것이라 했다.

훈장노인이 들려준 얘기 가운데 특히 4·3 사건 주동자들의 성격 분류는 그의 탁월한 역사적 안목을 짐작케 했다. 노인의 해석에 따르면 4·3 사건 주동자들은 세 그룹으로 나눌 수 있는데, 첫째 그룹은 공산주의 이념파이고, 둘째는 일제(日帝) 청산이 안 된 부패정권과 폭력경찰에 대한 항쟁파이고, 셋째는 단선단정 반대파인데, 현재 유포 중인 교과서나 역사서에서는 첫째 그룹에만 초점을 맞추고 있기 때문에 4·3 사건은 곧 공산주의자들의 봉기처럼 인식되고 있다는 것이었다. 이들 세 가지 노선 각각에 대한 역사적 의미부여에 있어서도 훈장노인의 분석은 예리했다. 미소 간의 이념대립이 첨예했던 냉전시대였기 때문에 미군정이 가장 두려워한 노선은 공산주의 이념파였고, 지역주민들의 투쟁 에너지를 강화시켜준 노선은 일제의 만행을 청산하지 못하는 부패정권과 경찰에 대한 항쟁파였고, 민족사적인 당면 과제를 떠안고 진지하게 고민한 노선은 단선단정 반대파였다는 것이 노인의 주장이었다. 미군정과 이승만 정권은 그네들의 자기방어적인 필요에 따라 4·3 사건을 정치이념적인 투쟁으로 몰아붙였지만, 사회주의 사상가들이 말하는 자본가나 노동자 계급이 존재하지 않았던 제주도에 무슨 계급투쟁론이 가당했겠냐는 말도 덧붙이면서, 4월 3일 제주도 전역에 뿌려진 삐라의 선언문에도 미군정과 폭력경찰에 대한 항쟁이라는 말은 있었지만, 공산주의나 혁명이라는 표현은 없었다고 했다. 그러고 나서 훈장노인은 이들 세 그룹에 속한 지도자들을 대충 꼽아보았는데, 남로당 간부 역할까지 맡았던 김달삼과 일제시대부터 공산주의 운동가였던 조몽구는 첫째 그룹에 속하고, 이덕구와 그의 충실한 추종자인 부현봉 등은 둘째 그룹에 속하며, 해방 전부터 민족주의 운동을 했던 안세훈과 훈장노인의 제자였던 부현구 등은 셋째 그룹에 속했지만 이들 중에 다수가 5·10 총선거가 끝나자 허탈한 심정이 되어 퇴장을 했다는 것이었다. 4·3 사건 주동자로 가장 잘 알려진 인물은 김달삼과 이덕구, 두 사람이었는데, 북한에서의 조선로동당 창립에도 기여한 김달삼은 혁명가적인 공명심이 강했고, 불의를 보고는 참지 못하는 열혈청년 이덕구는 공산당이나 노동당의 조직을 결성하거나 지휘하는 일보다는 제주지역 민심을 외면하는 부패정부에 맞서서 투쟁하는 일에 열성이었다고 했다.

철승의 관심을 크게 끈 것은 그의 생부의 노선에 대한 훈장노인의 해석이었다. 노인의 말에 따르면, 그의 부친 부현구는 민족분단의 비극을 막는다는 지상 과제를 투쟁 목표로 삼았다는 것이다. 철승의 머릿속에서는 부친의 노선에 대한 공감이 일시에 떠올랐다. 지금 시점에서 돌아보면, 그 당시에 단선 단정을 용인한 결과로 남북분단과 동족상잔의 참극이 발생했고 현재 남북한 간에는 이민족간 대립 이상의 철통 장벽이 존재하고 있지 않은가. 이념대립은 역사의 한 페이지에 불과하지만 민족의 역사는 영원한 것일 테다. 정치이념의 오류는 시대변천에 따라 수정될 수 있겠지만 오늘날의 민족분단 고착화는 구제불능 상태임을 고려해볼 때, 부친의 4·3 사건 참여는 거시적인 역사의식에 바탕을 두고 있고 다른 어떤 노선보다도 식견과 용기가 뛰어나지 않았는가. 특히 훈장노인이 철승의 부친 부현구의 노선 선택에 대해 부언해준 보충설명은 그에게 부친에 대한 믿음을 더욱 굳게 해주었다. 부현구는 태평양전쟁 참전 중에 중국 팔로군에 귀순한 후 중국 공산주의자들에게 감복하여 좌익사상으로 기울어진 적도 있었으나 귀향길에 평양에 일 년 간 체류하면서 목격한 북한 공산주의자들의 실상에 실망했기 때문에 제주도에서의 남로당 결성에도 소극적이었고 이런 사정이 부현구가 그 난리통에서 살아남는 데에도 무관치 않았다는 얘기였다.

철승은 4·3 사건에 대한 이해를 넓히는 좋은 기회라고 생각되어 여러 가지 질문을 하고 싶었다. 그중에서도 그 난리통에 죽어간 인구가 엄청났다는 사실에 대해 물어보지 않을 수 없었다.

"저번에 선생님 찾아뵐 때 제가 듣기로는 4·3 사건 희생자가 전체인구의 십 분의 일이나 되었다는데 그건 정말 믿기지 않는 이야기 아닙니까? 무슨 큰 전쟁도 아니었고 어떻게 그런 일이 있을 수 있습니까?"

"정확한 사망자 수는 아직 알 수 없지. 나도 경찰직에 있던 사람에게서 나중에 들은 이야기지만, 그 사람들도 대강 추산해본 거라네. 그때 사망자가 많아진 것은 집단학살이 많았기 때문이었어. 토벌대나 입산무장대나 총부리를 어떤 개인에게 겨눌 때는 한꺼번에 그렇게 많은 사람을 죽일 수 없지 않은가. 그렇지만, 사람들을 많이 모아놓고 일시에 몰살시킬 때는 문제가 달라지지."

"사람들을 일시에 많이 죽일 때는 죽일 사람 죽이지 않을 사람을 구별할 수 없는 거 아닙니까."

"그러니까 문제가 되는 거지. 전쟁 역사에서 집단학살이 최악의 범죄란 말이 그래서 나오는 것이고."

"집단학살이라면 무장대 쪽에선 할 수 없는 거 아닙니까."

"무장대도 무리 지어서 마을을 습격할 때가 있었으니까 집단학살을 안 한 건 아니지만 크게는 하지 못했지. 마을 습격은 밤에나 가능한 일인데, 캄캄한 가운데 쳐들어와서 죽창을 휘두르고 총을 쏜다고 해도 얼마나 죽겠냐고. 목표 조준이 제대로 안 되니까 말이지. 그렇지만 토벌대는 훤한 대낮에 온 마을 사람들을 운동장에 줄 세워놓고 정조준 바로 해서 쏠 때가 많았으니 비교가 되겠는가."

"그런데요, 그 난리로 죽은 사람들 모두가 다 억울하겠지만 토벌대에 의해 죽임을 당한 이들이 훨씬 더 불행한 것 같습니다."

"암, 그렇고말고. 무장대에게 죽은 경우에는 대개 전사자 대우를 해주어서 유가족들에게 국가에서 보상도 해주고 사회적으로 동정도 받고 있지만, 토벌대에게 죽은 경우에는 이 같은 보상이나 동정은커녕 국사범죄인의 가족이나 된 것처럼 생매장되고 있지. 그런데 그 혼란 시국에 무장대에게 죽을지 토벌대에게 죽을지 하는 건 정말 종이 한 장 차이였지. 한 가족 부자간이나 한 동네 앞뒷집 사이에 원수 된 경우도 적지 않았다니까."

"어쩌다가 제주도 역사에 그런 일이 다 있었습니다. 선생님 생각은 어떠십니까. 그때하고 지금하고 생각이 달라지신 건 없으신지예."

"달라졌지. 지금은 달라졌지만 그땐 나도 좌익혁명가를 자처했었지. 그때 우리처럼 나이든 사람들은 뒤에서 구경만 한 셈이지만 마음속으로는 그 난리가 그렇게 큰 희생을 치르지 않고 어느 정도 보람이라도 남기는 방향으로 끝나기를 바랐던 거지. 그랬지만 그런 희망이 부질없는 것이었다는 게 지금 생각이야. 미군정 통치에 반대하거나 5·10 선거에 반대하거나 모두 그 당시에는 되지 않을 일을 요구한 거여. 그런 속담 있지 않은가. '누울 자리나 보고 다리를 뻗어라'고 말이지. 정부를 상대로 선전포고한 김달삼이나 이덕구 유격대의 교전 능력이 얼마나 한심한 거였는지 생각해보면 그렇다는 거지. 식량이나 군수품 조달도 근근이 이어가는 형편이었지, 유격대원들의 훈련 상태나 무기도 한심했지, 그런 데다 전투지휘자라는 사람은 일제 때 학병으로 잠시 출전해본 것이 전투 경험의 전부인 이십 대 청년이었으니 어떻게 이길 가망이 있었겠느냐 말이지. 그런 데다 정부 토벌대 뒤에는 세계 최강의 미군이 있었는데, 이덕구 진영 뒤에는 소련군은 고사하고 한국 내 공산당의 지원도 전무했단 말일세. 4·3 봉기를 선동한 청년들이 젊은 혈기 하나 믿고서 애초에 이기지 못할 싸움을 시작한 것이 잘못이었어. 그때 우리 제주도 주민들 간에 좌익사상이 유행이었다고는 하지만 우리 나이 든 사람들이 나서서 무장봉기과 청년들을 큰 소리로 말리는 것이 옳았다는 생각이 들어."

"선생님도 그 당시에 좌익으로 통하셨으면 무사하기 어려우셨던 거 아닙니까."

"몇 번 불려가서 심문을 받긴 했지만 이렇게 살아남았으니 운이 좋았던 거지. 내가 운이 좋았던 건 제자들 덕분이기도 했어. 소학교 선생 하면서 가르친 제자들이 그때 마침 경찰 요직에 있었더랬어. 하여간 내가 부현구보다도 더 오래 살 줄은 정말 몰랐네그랴. 오늘 손자뻘 되는 자네가 뜬금없이 내 앞에 나타나다니 사람은 정말이지 오래 살고 볼 일이여, 허허."

철승은 훈장노인 댁에서 꽤 긴 시간을 보냈다. 노인은 철승을 배웅할 때에도 자리에서 일어서는 것이 매우 불편한 모양이어서 그의 마음을 안타깝게 했다. 그는 훈장노인에게 고개를 깊이 숙여 인사를 올리고 올레 밖으로 나왔다. 걸음을 잠시 멈추고 뒤를 돌아본 그의 앞에 오래된 초가집이 새로운 모습으로 서 있었다. 이전에는 그냥 흔히 보는 아담한 시골 초가집이던 것이 이제 보니 예사롭지 않은 고건물, 제주도의 묻힌 과거사가 담긴 역사기념관처럼 그의 시야 가득히 안겨오는 것이었다. 그는 자기도 모르게 가만히 눈을 감고 허리를 굽혀 눈앞의 초가집을 향해 인사를 올렸다.

벌써 어둑해진 마을길로 나서서 천천히 걸어가는 철승은 만감이 교차했다. 시야를 온통 가렸던 짙은 안개가 한쪽 구석에서부터 아주 조금씩 걷혀 나가는 것 같은 느낌이었다. 아직도 걷혀야 할 안개는 끝이 없을 터였다. 어머니 없는 빈집으로 돌아온 철승은 잠자리를 뒤척이면서 아직 오리무중인 시야의 어느 쪽 안개부터 걷어나갈지 곰곰이 궁리해보았다. 훈장노인의 말 가운데에서 해방 후 한동안 있었던 자유언론 시대에는 4·3 사건의 경과에 대한 보도가 지금과 크게 달랐다고 한 부분이 상기되면서 서울행 나들이를 할 필요가 있겠다는 생각이 들었다.

며칠 후 철승은 이웃집 아줌마에게 당분간 집을 봐달라고 부탁한 후 서울 나들이의 여정에 올랐다. 서울에 도착한 철승은 그길로 바로 남산 중턱에 있는 국립중앙도서관으로 갔다. 그러고는 정기간행물실에 의자 하나를 정하고서 죽치고 앉아 해방 직후 국내 주요 일간신문들을 열람하기 시작했다.

철승은 4·3 사건에 대한 신문기사를 찾아보기 전에 그 전해에 일어난 3·1절 발포 사건과 3·10 총파업에 관련된 기사를 먼저 보고 싶었다. 1947년 3·1절 기념행사를 치르고 나서 미군정의 학정에 대해 항의 시위하던 군중들 틈에서 사상자 십여 명이 나온 것이 불씨로 남아 있다가 이듬해에 4·3 무장봉기라는 엄청난 불상사로 이어졌음을 알고 있었기 때문이다. 3·1 사건과 그 미흡한 뒤처리에 기인한 3·10 총파업을 둘러싼 언론보도를 들춰본 철승은, 그 당시 언론사들의 논조는 좌우익의 구별이 어려울 정도로 대동소이했고 그들이 미군정에 항거한 이 시위사건에 대해 매우 동정적이었음을 알 수 있었다. 해방 후 혼란기에 중도성향을 띠었다는 〈경향신문〉에는 '이 파업에 관공리는 물론 제주 출신 순경들까지 참가한 것은 제주의 특성을 아는 사람으로서는 조금도 놀랄 것이 없는 일이다'라고 나와 있었고, 좌익계인 〈독립신보〉에서 제주사람들의 시위와 파업에 대한 기사를 보았더니, '제주도의 궐기'라는 제호 아래 육지 출신 경찰의 행패 사실들이 나열식으로 보도되고 있었다. 그런데 전통적인 우익계 신문인 〈조선일보〉와 〈동아일보〉에도 3·1 사건 당시 제주 지역의 반항적 민심을 동정적으로 보는 기사가 나왔음이 그의 관심을 끌었다. 3·1 사건에 대한 〈조선일보〉 기사는 이 사건 발생에 함께했던 주동자급 인사가 투고한 것이었는데, '관용성 있는 도민들이 순조롭게 기념식을 끝내고 축하행렬로 해방의 환희에 넘치고 있을 때 기마순경이 아동을 부상시키고 아무런 말도 없이 질주하는 오만불손한 태도에 격분한 구경꾼 중에서 투석하는 사람이 있었다'라고 되어 있었다. 또한, 〈동아일보〉 기사에는, 3·1 사건의 주도 집단인 인민위원회의 활동을 호의적으로 평하여 '제주도의 인민위원회는 건준(建準) 이래 양심적인 반일제(反日帝) 투쟁의 선봉이었던 지도층'이었고 '우익단체와도 격렬한 대립이 없었다'고 나와 있었다.

3·1 사건의 시점에서는 아직 공산주의라는 정치이념 문제나 단선반대라는 거창한 체제 문제로 확산되기 이전에, 무책임한 미군정 치하의 미진한 일제청산이나 무자격 경찰의 패악이 가뜩이나 민생고 문제로 흥

흥해진 지역 주민들의 울분을 터뜨렸을 것으로 생각되었다. 4·3 사건과 같은 계획적이고 조직화된 거사를 치르기 위해서는 집단행동을 추동하는 막강한 사회심리적 에너지가 필요한 것인데 거사 일 년 전 3·1절 기념식에 운집한 군중들의 시위는 바로 이 같은 에너지 분출을 예고하는 동시에 이를 예비한 것 같았다. 교통이 매우 불편했을 것임에도 제주북초등학교 3·1절 기념행사에 이만 명 이상의 군중이 집결하여 시위를 하였고, 이 시위사건에 뒤이어 벌어진 3·10 총파업에 공무원 학생 민간인 가릴 것 없이 제주도민 절대다수가 참가했던 사실로 미루어볼 때 그 당시 미군정의 횡포와 부패가 얼마나 심했는지를 충분히 짐작할 수 있었다.

대동소이한 논조를 보이던 그 당시의 언론보도가 좌우 양쪽으로 갈라서는 국론분열은 3·10 총파업이 시일을 끌면서 미군정의 제재를 받게 되고 지역민과 미군정 사이의 대립이 첨예화되는 것과 동시에 일어나고 있었다. 미군정이 이 파업을 북조선과 공모하는 반미항쟁으로 몰아붙이면서 제주도를 '빨갱이 섬'으로 낙인찍게 되자 이때부터 언론사들도 미군정의 노선에 동조하는 우익성향과 이에 반대하는 좌익성향으로 갈라서기 시작했는데 이 같은 양상은 이듬해의 4·3 사건 보도기사들에서 확연하게 나타나고 있었다. 4·3 사건 직후에 나온 미군정 경무부의 공식 발표는 무장대 봉기를 '총선거에 반대하는 폭동'으로, 무장대를 '폭도' 또는 '반란자'로 규정했는데, 당시 우익계 신문들의 보도는 이를 그대로 수용했다. 〈동아일보〉는 '도내 14개소 경찰관서를 습격하여 총격 투탄 방화하고 경찰관과 그 가족을 참살한 데서 발단된 남로당계의 폭동'으로 보도했고, 〈대동신문〉은 '제주도 반선 폭동사건' 등의 표현을 쓰고 있었다. 이에 반해서 중도 또는 좌익계 신문들은 '제주도 소요사건' '제주도 인민봉기' 등 보다 동정적인 표현의 제호를 달고 있었다. 좌익계 신문들은 미군정에 이반하는 지역민심을 종용하는 기사를 싣고 있었는데, 〈독립신보〉에는 '조선의 자주통일 민주독립을 쟁취하는 구국투쟁에 나선 제주도 사건은 그 동기가 단선 단정을 반대하고 일어난 애국적인 것이다. 제주도 인민에 대한 폭압을 중지하라'는 내용의 좌익계 사회단체 성명서를 게재하고 있었고, 〈우리신문〉에는 '여하한 국가와 민족을 막론하고 창의와 비판의 자유가 권력이나 무력으로 억압당할 때 인민들이 이에 항거 투쟁한다는 것은 너무나 당연'하다는 사설까지 싣고 있었다. 민란의 해결방안을 제시하는 일에 있어서는 중도성향 신문들의 대담하고 충정 어린 제언들이 눈길을 끌었는데, 〈경향신문〉은 '사건 원인은 경찰이 민심과 유리된 것이다. 서북청년단 같은 사설단체를 경찰력으로 이용한 데 대하여 비난이 높아가고 있다'는 모 신임 검찰관의 말을 전하고 있고, 〈조선중앙일보〉는 '제주도 출신자로 신망 있는 자를 치정책임 부서에 등용함으로써 도민의 신망을 회복하여야 폭도들에게 준 정치적 구실의 근인을 없앨 수 있다'는 모 법정변호사의 말을 전하고 있었다. 또한, 행정부의 요직자 자신이 사태의 원인을 부패권력에서 찾고 있음을 알려주는 중도계 신문의 기사도 눈길을 끌었으니, 〈서울신문〉은 '제주도 사태가 이렇게까지 악화된 것은 시정방침에 신축성이 없었다는 것과 관공리가 부패했다는 것'에 원인이 있었고, '고름이 제대로 든 것을 좌익계열에서 바늘로 터뜨린 것이 제주도 사태의 진상'이라는 현직 검찰총장의 말을 전하고 있었다.

4·3 사건 당시의 주요 일간신문들에서 제주도 관련 기사들을 어느 정도 훑어본 철승은 그 당시 한국 정세에 대한 미국신문들의 논조가 궁금해졌다. 담당 직원의 마뜩잖은 눈총을 눈 딱 감고 깔아뭉개면서 정기간행물실 깊은 곳에서부터 미국의 주요 신문들을 뒤적이며 찾아보았다.

5·10 선거 전후의 미국 정부 동향에 관한 기사가 드디어 눈에 띄었다. 그동안 쌓아둔 영어실력이 있었기에 가능한 일이었다. 1948년 5월 7일 자 〈워싱턴 포스트〉 아시아 외신란 '서울발 연합통신'의 기사는 '한국의 우익인사 미군정 부패를 비난하다'라는 제목을 달고 있었다. 한국의 우익인사라 함은 김규식을 가리켰다. 철승이 알고 있기로는, 김규식은 미국에서 대학 공부를 하고 미국에서 독립운동을 한 친미파였는데도 이렇게까지 대담한 반미 발언을 했다는 것이 놀라웠다. '한국의 원로 정치가 김규식은 오늘 타락한 남한의 미국 행정부를 비난하면서 다음 주 월요일 남한에서 실시될 유엔 후원의 선거를 비난했다. 한국의 가장 영향력 있는 정치가로서 중도우파인 김은 미국인들을 사십 년 동안 한반도를 통치했던 부정직한 일본인들과 비교한 반면 소련의 북한 점령 업적을 찬양했다. 김의 발언은 남한의 과도 입법부 의장으로 그를 직접 선택한 미군정 당국에 특별히 당혹스러운 것이었다. 그는 월요일에 있을 선거가 한반도의 분단을 고착화시킬 것이기 때문에 반대한다고 말했다.'

해방 직후 한국의 역사를 보는 철승의 식견을 넓혀준 것으로는 신문만이 아니라 소설도 있었다. 이병주의 정치소설들 중에는 해방 후 이념적 혼란을 소재로 하는 작품들이 적지 않았는데, 특히 남로당 내부 인사들의 사상적 혼란을 내용으로 한 것이 철승의 역사인식 지평을 넓혀주었다. 이병주 소설에서 한 주인공은 처음에 순수한 박애정신에 따라서 남로당원이 되었으나 좌익운동가들이 말하는 인민의 해방이라는 것이 억지논리의 자가당착일 뿐만 아니라 현실감각 또한 한심하다는 이유로 전향한다는 줄거리였는데 그 작품에서 특히 철승의 주의를 끈 대목은, 5·10 선거에 반대하는 남로당 노선이 비현실적이었다는 이 주인공의 비판이었다. 북한에서 이미 확고한 좌익정권이 수립되고 있는 정치현실에서 미국이 남한에서의 단독선거 방침을 포기하지 않을 것이 분명하다면 남로당 지도자들은 단독선거 반대투쟁이 전혀 승산이 없을 것임을 알았어야 했고, 그들은 그런 현실인식을 바탕으로 단독선거에 당당히 참가하여 국회의 정당 활동을 통하여 합법적으로 좌익세력을 확대하는 노선으로 나갔어야 했다는 것이 그 주인공이 남로당 노선에 실망한 이유였다. 철승은 4·3 사건 당시 그의 생부인 부현구의 단독선거 반대노선에 공감했던 기억이 문득 떠오르면서 한 나라의 정치현실을 보는 식견과 관점이 얼마나 복잡 미묘한 문제들을 안고 있는 것인지 막막한 심정이 되어 한동안 읽던 책을 내려놓고 허공을 응시했다.

여러 날을 바쳐서 4·3 사건 전후의 언론보도를 확인해본 철승은 자신의 역사인식 조망을 가렸던 자욱한 안개가 많이 걷히는 듯했다. 훈장노인의 말대로였다. 1948년 8월 15일 이승만에 의한 친미 우익정권이 남한에 들어서기 전에는 좌우익 양쪽의 자유로운 언론활동이 용인되었다는 것이 노인의 말이었다. 제주도 시골 마을에서 귓속말로 얻어들었던 지식과 수도 서울의 국립중앙도서관에서 며칠 동안 조사해본 결과를 종합할 때 한국 언론의 역사와 운명을 같이했던 4·3 해석의 역사를 대강이나마 들여다볼 수 있었다. 그해 가을 제주도 중산간 마을에 초토화 작전이 실시되고 제주도 전역에 비상계엄이 선포되는가 하면 좌익활동을 전면 금지하는 국가보안법이 국회를 통과하면서 그때까지 어렵게 살아 있었던 이 나라 자유언론의 역동성은 영영 자취를 감추게 되었으며, 이와 함께 4·3 사건에 대한 공적인 인식과 서술도 죽음처럼 경직된 시대를 맞게 되었다는 것이다.

철승은 한 주일 동안의 옛날 신문들 조사를 끝내고 큰 한숨을 내쉬었다. 아쉬운 대로 한국 현대사와 4·3 역사에 대한 공부가 어느 정도는 되

었다 싶었고, 앞으로는 그 혼란의 시대 좌익활동가들에 대한 저주의 손
가락질을 보고 그 자신이 무조건 고개 숙이는 일은 없을 것 같았다. 당
대 사람들의 판단을 후세인들이 옳다 그르다 판정내리기 어렵다면, 현행
교과서처럼 일률적으로 한쪽 판단만 옳다고 강변해서도 안 된다는 것을
깨우친 것이다. 그 당시 언론보도를 보면 봉기자들의 주장에 분명히 옳
은 점도 있지만 불법행위와 폭력을 수단으로 했기 때문에 문제가 커진
것 같았다. 한편으론 그렇게라도 하지 않으면 하소연을 들어주지 않았던
시절이었으니, 4·3 시국의 옳고 그름을 제대로 가려내기 위해 공부를 하
려면 앞으로도 갈 길이 멀다는 생각에 그는 막막한 심정이 되었다.

/
4
장
/

추석
전후



 철승이 남산국립도서관에서 4·3 당시의 역사 기록을 더듬어보는 동
안 계절은 벌써 가을로 접어들고 있었다. 아침저녁으로 서늘한 바람이
느껴졌다. 달력을 보니 추석 명절이 한 주일 안으로 다가와 있었다. 그는
뜨거워진 머리의 열기를 식히는 기분으로 한국대학교 통역대학원에 들
러서 휴학원서를 제출했다. 한 학기 정도 마음을 추스르고 나면 부친 문
제로 인해 산란해진 심정이 진정되어 복학할 수 있으리라는 생각이었다.
 철승은 대학 정문을 나서면서 그날 바로 제주행 비행기를 타기로 했
다. 서울역 앞 항공사에 가서 알아봤더니 이른 시간 항공권은 매진되었
고 저녁 일곱 시께나 출발할 수 있다고 했다. 추석이 가까운 데다 주말이
라 승객들이 몰리고 있어서였다. 그는 가까운 남대문시장 구경을 하면서
시간을 얼마간 보낸 다음에 일찌감치 김포공항으로 가는 버스에 몸을
실었다. 일곱 시가 되기에는 아직 멀었지만 넉넉하게 남은 시간을 공항

대합실에서 보낼 작정이었다.

공항에 도착하여 비행기 좌석배정을 받은 다음 대합실 안에 비교적 조용한 구석을 찾아 이쪽저쪽 기웃거리다 보니 아는 얼굴이 눈에 들어왔다. 지난 현충일에 제주도청 간담회 자리에서 만났던 대학 친구 성우칠이었다. 가까이 가서 말을 걸어보니 두 사람은 우연찮게도 같은 시간에 같은 항공편을 이용하는 것으로 되어 있었다. 성우칠도 일찌감치 공항에 나와 비행기 시간을 기다리는 중이었다.

철승은 성우칠의 옆자리로 가서 앉은 다음에야 그의 일행으로 보이는 어떤 여자가 그에게서 멀지 않은 자리에 앉아 있는 것을 뒤늦게 알아보았다. 본의 아니게 남의 데이트에 훼방 놓은 게 아닌가 싶어 겸연쩍었지만 이미 엎질러진 물이었다.

동석한 여자는 성우칠보다 조금 어려 보였다. 갸름하고 반반한 얼굴에 화장기 같은 것은 보이지 않았지만 바탕이 미인형인 것은 분명해 보였다. 너무 단정하다 싶은 옷차림에 머리 매무새도 눈에 띄게 깔끔한 것이 첫눈에도 얌전한 시골여자처럼 보였다. 얼굴 표정에서 어쩐지 경직된 느낌이 드는 것도 그러했다. 철승은 이들 두 사람이 동석 중인 것을 알아보지 못한 것에 대해 뭐라고 우스개 같은 변명을 하려고 했지만 엄숙하기까지 한 여자의 얼굴을 보자 얼른 입이 열리지 않았다. 줄곧 꼿꼿한 자세로 묵묵히 기다리던 여자는 성우칠이 철승과의 인사말을 끝내자 비행기 시간이 다 됐다면서 가벼운 목례와 함께 사람들 많은 저쪽으로 멀어져 갔다. 그쪽을 멀거니 바라보는 철승에게 성우칠이 뒤늦게 소개하듯이 말했다.

"느, 나하고 오늘 출장 같이 다녀온 제주도 사람이야. 브, 비행기 탑승 시간이 나보다 빠른 모양이라."

성우칠의 말 더듬는 버릇은 여전했다. 철승은 멀어져간 여자의 양어깨가 어쩐지 축 처진 것같이 느껴져 하마터면 엉뚱한 말을 할 뻔했다. 저 사람 뭐를 잃어버렸나, 많이 상심한 사람처럼 보이네…… 그러나, 그의 생각이 말이 되어 나올 때에는 전혀 다른 것이 되어버렸다.

"좋은 파트너만 있으면 출장도 할 만하겠어, 허허."

"으, 여부가 있는가. 그, 그러니까 나도……"

성우칠은 어쩌다가 가볍게 던진 철승의 말을 어떻게 들었는지 입술을 실룩거리며 뭐라고 덧붙여 말하려고 하다가 그만두는 눈치였다. 입가에 아주 잠깐 웃음을 비치면서 말끝을 흐리는 것이 자기가 하려던 말이 쑥스럽게 여겨진 모양이었다.

철승은 좌불안석이 되는 기분이었지만 어쩔 도리가 없는 일이었다. 어차피 그의 파트너였던 여자는 비행기 탑승시간이 다 되었다는 것이고 남자 두 사람이 공항에서 한두 시간 기다릴 수밖에 없는 처지가 되어버린 것이다. 간단한 안부 이야기가 오간 다음에 철승은 성우칠이 중학교 국어과 교사라는 것이 생각나서 어떤 용무로 서울에 다녀가느냐고 물어보았다. 그냥 학교에서 무슨 출장 올 일이 있어서 왔다 간다는 간단한 대답이 돌아왔으나 철승은 더 이상 물어보지 않고 그냥 지나치기로 했다. 어쩌면 이 친구가, 대학원 다니는 대학 동창을 부러워할지도 모른다는 생각이 들어서 직장에 관련된 얘기는 피하는 것이 좋을 것 같았다. 성우칠도 어쩐 일인지 자기의 학교 직장 얘기는 비켜갔다. 화제는 자연히 이 것저것 산만하게 흩어지고 있었다. 비행기 표 사정이 좋지 않을 때에는 어떻게 대기표라도 이용하느냐 하는 경험담이 한동안 계속되었다. 서울에서 전철 타는 것이 서툴러서 고생했던 이야기가 있고 나서는 서울시와 제주시의 대중교통편 이용하기와 시장 물건 구매하기가 어떻게 차이

나는지도 화제에 올랐다. 동대문시장보다는 남대문시장이 더 활기차고 더 서민적이라서 정이 간다는 이야기를 하다가 철승은 이내 미안해져서 화제를 돌렸다. 자기가 서울 생활을 해본 것은 일 년도 안 되는데 그걸 갖고 아는 체를 한다는 것이 경망스러워 보였던 것이다.

성우칠과 얘기를 나누는 도중에 철승은 항공권 발권 창구로 가서 두 사람의 기내 좌석을 옆자리로 바꿔달라고 요청하는 적극성을 발휘했다. 그러나 막상 기내에 자리를 잡고 나자 두 사람 모두 말 상대로서의 역할에는 소홀했다. 성우칠은 간밤에 무슨 잠 못 잘 중요한 일이 있었는지 자리에 앉고서는 금세 꾸벅꾸벅 깊은 잠에 빠져버렸다. 이를 본 철승은 고심에 찬 서울 나들이를 끝내고 돌아가는 자신의 처지에 생각이 모아지면서 싱숭생숭 심란한 마음이 되어 눈을 감고 명상에 잠겨 있다가 깜빡 잠이 들어버렸다.

잠에서 먼저 깨어난 사람은 성우칠이었다. 철승이 착륙 안내의 기내방송 소리에 깨어보니 그는 이미 잠에서 깨어나 신문을 뒤적이고 있었다. 착륙을 앞둔 승객들이 모두들 내릴 준비에 들어가서 부산하게 움직이는데 성우칠이 철승에게 느닷없이 청을 건넸다.

"으, 우리 어디 가서 소주나 한 잔 하고 들어가면 안 될까. 으, 어차피 저녁 먹을 시간이고……"

철승은, 말을 마치고 그를 물끄러미 바라보는 성우칠의 얼굴을 마주 바라보았다. 입가에 살짝 어색한 웃음기를 보이는 친구의 얼굴에 어쩐지 어두운 그늘이 드리워져 있었다. 말머리에서 조금 더듬고 말끝을 애매하게 얼버무리는 성우칠 특유의 버릇이 안쓰럽게 느껴졌지만 철승은 유쾌하게 웃으면서 말했다.

"좋은 생각이네. 될까 안 될까 여부가 있는가. 내가 먼저 청하려던 참이었네."

제주 공항에 발을 내리자 피부에 와닿는 공기의 서늘함이 제주의 가을이 서울에서보다 더 가까워졌음을 알리는 것 같았다. 저번 벌촛날 귀향할 때도 비가 내리더니 오늘도 하늘이 잔뜩 흐려서 금방이라도 비가 내릴 듯했다. 서울과 제주도의 날씨가 얼마나 많이 다른지를 번번이 실감하는 기분이었다. 흐린 날씨 때문이겠지만 벌써 어둠이 짙게 깔리고 있었다. 택시를 잡아 탄 두 사람은 공항 가까이 신제주 입구에 있는 흑돼지구이집으로 향했다. 자리를 정하고 앉은 다음 먹을 것이 들어오기도 전에 성우칠이 다소 긴장된 목소리로 먼저 입을 열었다.

"스, 사실은 내가 오늘 학교에 결근하고 서울 가서 공무원 시험 보고 오는 길이네. 그, 구급 교육행정직 시험이라는 거 있잖은가."

"공무원 시험을 보다니, 교사보다 행정공무원이 더 좋다는 말인가? 아니, 교사보다 더 좋은 직장이 어디 있단 말인고."

"그, 그렇지만……"

"개인시간이 많아서 자기세계라는 걸 가질 수 있고, 정치 바람 불지 않고, 교사직이 얼마나 좋은 덴지 모른단 말인가."

"느, 나도 그런 생각을 했었네. 그, 그렇지만 난 교사직에는 어울리지 않아. 즈, 적성이나 능력이 교사직은 감당 못할 것 같단 말이지."

"거 무슨 말인가. 아직도 신임교사 힘든 시절을 못 벗어난 거 아닌가. 연륜이 쌓이면서 실력도 늘고 요령도 생기고 허는 거 아닌가 말일세."

"그, 그런 점도 있을지 모르지만, 사람에 따라서는 어떤 직업에 영 어울리지 않을 수도 있을 거 같아."

"자네가 교사직에 어울리지 않는 건 뭣 때문이지?"

"스, 성격장애, 성격장애 때문이야. 느, 내 성격 가지고는 무능교사밖에 안 되고 평생 기를 못 펴고 고생할 거 같아."

"이 사람아, 세상에 완벽한 성격이란 게 있다고 생각하나? 누구나 한 구석이 좀 모자랄 수 있고, 그걸 알고 고쳐나가는 데에 사람 사는 맛이 있는 거 아닌가 말일세."

"느, 나도 그런 말을 할 줄 알아. 느, 나도 완벽한 성격을 꿈꾸는 몽상가는 아니라고. 스, 성격개조라는 말, 나도 좋아하지만, 스, 성격 중에는 고칠 수 있는 것이 있고 고칠 수 없는 것이 있는 거 같아. 스, 습관적이거나 외형적인 것은 성격개조가 가능하지만 정서적이고 감성적인 성격은 어쩔 수 없다고 봐."

술의 힘을 빌려서 두 사람의 대화는 더욱 열기를 띠어갔다. 성우칠은 자신의 성격 문제에 대해 많은 고민을 해본 것처럼 그 나름의 심도 있는 성격이론을 전개하고 나서 자신의 성격장애가 개조하기 어려운 고질적이고 정서적인 것임을 예를 들어 설명하는 것이었다. 자신의 판단에 대해 자신감을 갖지 못하는 우유부단한 성격으로는 무능교사가 될 수밖에 없다는 것인데, 이 같은 일은 우선 그가 담임하는 학급 학생들에게서 나타난다고 했다. 그가 맡는 학급은 의례히 전교에서 가장 많은 지각 조퇴 결석 건수가 발생하고 있으며 학업성적 또한 최악이라고 했다.

가령 어느 날 아침 지각한 학생들에게 까닭을 물어본다 할 때, 그 학생들은 제각기 지각하지 않을 수 없는 합당한 이유와 원인을 갖고 있다고 생각되기 때문에 뭐라고 강력하게 꾸짖지 못한다는 것이다. 나이 어린 중학생들로 하여금 지각하지 않을 수 없게 만든 것이 부득이한 집안사정이었든, 동작이 굼뜬 성질 탓이었든, 우연한 교통사고 때문이었든, 이유와 원인은 항상 있게 마련이고 그때마다의 불가피한 상황이 그의 눈앞에 어른거려서 맥 빠진 훈시가 되어버린다는 것이었다. 또한, 아침저녁으로 실시하는 자습시간에는, 학생들 각자의 자율에 맡기는 온건책과 쥐죽은 듯 정숙함을 강요하는 강경책 사이에서 갈팡질팡 줏대 없는 담임교사가 되어버린다는 얘기였다. 온건책으로 나가면 교실 분위기가 방만해져서 난장판이 되어버리고, 강경책으로 나가면 학생들이 느낄 억압감과 긴장이 비교육적인 것 같아서 오래 가지 못한다는 것인데 실제로는 강경책을 쓸 때가 별로 없다고 했다.

"세상에 제일 불행한 사람이 무능교사인 것 같아. 학생은 학생대로 성적이 오르지 않으니 불행하지, 선생은 선생대로 인기가 없으니 우울하지, 그러니까 일종의 악순환인 거지."

"난 좀 생각이 다르네. 자기 성격의 약점을 아는 사람이 상대방을 더 잘 이해할 수 있을 거니까 자네 같은 선생이 유능교사가 될 수도 있다고 봐. 내성적이던 사람에게 성격이 바뀌는 계기가 두 번 있다는구만. 하나는 직장을 가졌을 때이고 또 하나는 결혼할 때라는 말이 있더라고. 그러니까 자네도 결혼하면 성격개조가 될 수 있을 거란 말이지. 처음에 직장 가졌을 때에는 자기 성격의 한계를 확인하는 기회가 되고 다음에 결혼 생활 할 때는 그 한계를 돌파하고 극복하는 기회가 된단 말이지."

이렇게 시작된 것이 결혼 이야기였는데 철승은 자연스럽게 나온 성우칠의 결혼관에 대해 듣고서 사람 마음이 어쩌면 이렇게 다를 수 있는지 고개를 내젓지 않을 수 없었다. 성우칠은 자신의 배우자로서 적당한 여자는 헤프게 잘 웃지 않는 사람이라는 것이었다. 왜 그러냐고 물었을 때 성우칠의 대답이 걸작이었다. 세상에는 웃을 만한 일이 별로 있지 않다는 것이며, 무엇보다도 좀처럼 웃지 않는 자신을 싫어하지 않으려면 여자 쪽에서도 잘 웃지 않는 성질이어야 한다는 기상천외한 웃음 경계론을 내놓는 것이었다.

마찬가지로 미죽고 담력이 없어서 강력한 자기주장을 못하는 자기 같은 남자에게 가장 부적합한 배우자는 똑똑한 티 내고 자신만만한 여자, 못난 사람 앞에서 특히 기세등등한 여자라는 것이었다. 이 말을 듣는 순간 철승은 얼른 생각나는 사람이 있었다. 오늘 오후 김포 공항에서 성우칠과 함께 앉아 있었던 여자, 얼굴 표정에 웃음기라고는 전혀 없었고, 남한테 이런 것이 내 감정이니 알아달라고 내보일 것이 없을 것처럼 목석 같은 인상을 주었던 여자가 얼핏 떠올랐던 것이다. 철승은 자기도 모르게 입이 열리고 탄성 같은 한마디 말이 터져나왔다.

　"그럼, 오늘 김포 공항 대합실에서 내가 보았던 그 여자 같으면 자네한테 딱 맞는다는 얘기 아닌가."

　"솔직히 말하면 그렇다네. 오늘 그 여자도 나처럼 교육행정직 시험을 봤는데 그런 여자라면 내 심정과 성격에 잘 어울릴 것 같아."

　"그 여잔 언제부터 알고 있는 사이지?"

　"작년에 내가 제주도 교육청에 무슨 문의할 일이 있어서 갔다가 알게 된 여자야. 그 여자가 교육청 근무 하는 걸 보고 나도 그런 단순 업무를 하고 싶었던 거야. 책상 앞에 앉아서 서류나 만지면 되고, 여러 사람 만나서 말 상대하고 하는 일이 없으니 얼마나 좋을까 하는 거여. 그 여잔 지금 임시직이어서 정규직으로 올라가기 위해 시험을 본다는 건데, 그걸 보고 나도 교육행정직 시험 볼 생각을 헌 거지. 우리 두 사람이 다 합격하면 같은 직종에 근무하게 되는 거야. 같은 행정직이라 해도 교육청 근무도 있고 학교 서무과 근무도 있긴 하지만."

　"어쩌면 평생 같은 방면에서 근무하게 되겠구나."

　"아직은 희망사항이지. 오늘도 많이 생각해봤지만, 우리 사인 마치 천생연분인 것만 같아. 세상에 그처럼 애교 부릴 줄 모르는 여자를 제일 잘 이해할 수 있는 남자가 바로 나 같은 사람이고, 나처럼 소심한 남자를 제일 잘 이해할 것 같은 여자가 바로 이런 여자가 아닐까 하는 말일세. 그럴싸하게 생각해서 그런지, 이 여잘 처음 봤을 때에도 오래전부터 어디서 많이 봤던 사람같이 친근감이 느껴졌고 말이지, 어쩐지 운명의 만남인 것만 같단 말이지."

두 사람의 대화가 열을 띠다 보니 먹는 일보다는 마시는 일이 더 바빠졌고 그 결과 두 사람 모두 거나하게 취기가 올랐다. 화제는 심각하고 무거웠지만 술기운을 빌린 탓인지 제법 호기를 부리는 어조가 되고 있었다. 철승은 성우칠의 어조에 활기가 더해지면서 어느 사이엔지 그의 말더듬는 버릇도 거의 사라지는 것을 보았다. 그의 어눌한 평소 말투가 그것을 짓누르던 무거운 자의식의 멍에를 호기롭게 벗어던지고 그의 속살 같은 제 모습을 보여주는 것 같았다. 어느 틈엔지 눈망울도 홀쩍 커졌고, 게슴츠레한 눈뿌리에는 취기가 벌겋게 타오르고 있었으며 그의 입심은 이제까지 없던 울컥한 기세를 얻고 있었다. 철승은 점점 올라오는 취기를 의식하는 한편 성우칠이 늘어놓는 사설을 흘려들어서는 안 된다는 다짐을 하고 있었다.

"난 어린 시절부터 말야, 우리 아버지가 폭도한테 죽창으로 찔려 죽을 때의 장면을 내 머릿속에서 얼마나 많이 그려봤는지 모른다구. 어린 나이에 주위 사람들이 들려주는 여러 가지 귓속말을 가지고 나 나름대로 그 장면을 그려보기를 골백번 했다는 거여. 어리석은 줄 알면서도 자꾸만 떠오르는 그 장면이 나의 성격형성에 결정적인 영향을 주었단 말일세, 내 말은."

성우칠이 자신의 우유부단한 성격의 원인을 4·3 사건 때 죽은 자기 아버지 탓으로 돌리는 얘기를 꺼냈을 때 철승은 이 친구가 지금 술기운을 빌려 농담을 하나, 하고 그의 얼굴을 다시 한 번 눈여겨 살펴보기까지 했다. 그러나 그의 두서없는 말을 잘 들어보니 그의 자조적 발언이 술기운을 빌려서 나온 것임에는 틀림없었지만 결코 농담으로 하는 말은 아니어서, 철승은 허투루 들어 넘길 수가 없었다.

시골 농사꾼이던 성우칠 부친이 죽은 것은 4·3 사건이 터진 지 일 년 정도 지난 때였다니까 입산무장대의 활동이 아직도 간간이 있을 때인 모양이었다. 초췌한 얼굴의 한 무장대원이 밤중에 성우칠네 집으로 찾아와서 먹을 것 달라는 요청을 손짓으로 했다고 한다. 성우칠 부친이 무장대원의 얼굴을 보고는 이웃 마을 학교 다닐 때 가까이 지냈던 친구의 형임을 알아보고 누구의 형님 아니시냐고 하면서 그냥 선선히 먹을 것을 내주려고 하다가 문득 생각난 것이, 뭣 모르고 산사람에게 먹을 것을 내주었다가 경찰에게 들통 나서 죽음까지 당한 예가 있다는 사실이었다. 성우칠 부친은 자기 딴에는 순발력을 발휘하여 급히 표정을 바꾸고 무장대원을 못 본 척하며 자리를 피하면서도 먹을 것이 있는 곳을 기웃거리는 시늉을 함으로써 그 사람이 원하는 것을 가져가게 했다는 것이다. 거기까지는 좋았는데 이야기 뒷부분의 향방이 그만 참극을 부르고 만 셈이었다.

먹을 것을 훔치듯이 둘러매고 산으로 난 길로 향하던 그 무장대원이 얼마쯤 가다가 걸음을 멈추고 떠올린 생각이란 것이 아마도, 입산자들에게 분명 호의적이지 않은 이 마을 청년이 산으로 향하는 자기 신분을 알아버렸으니 후환을 없애야 한다는 자기방어 대책이었던 모양으로 다시 발길을 돌리고 찾아와서는 이 무고한 농사꾼을 갖고 있던 죽창으로 찔러놓고 도망쳤다는 것이다. 성우칠 부친은 죽창에 찔리고도 며칠 동안 간신히 살아 있으면서 그 운명적인 장면에 대해 가족과 이웃사람들에게 설명했던 것이 오래 전해져 내려왔고 급기야 그 당시 대여섯 살 어린 나이였던 성우칠이 자란 다음에는 상상 속에서 아버지 죽는 장면을 재현하는 길을 닦아놓았다는 것이다.

성우칠의 머릿속에서 재구성되고 재현되는 그 운명의 장면은 점점 부풀려지고 여러 가지 색깔로 윤색되었지만, 그 가운데 중요한 부분은 자기 아버지가 어떤 처신을 보였으면 죽음을 면했을 것이냐 하는 점이었다. 입산자에게 먹을 것을 내주지 않는다는 것은 십중팔구 죽음을 부르는 일이었기 때문에 선택할 만한 처신 방법이 못 되었다. 입산자에게 거부하는 기색이 없이 먹을 것을 순순히 꺼내주었다면 그렇게 호의적인 사람을 죽이지는 않았을 것이라고 하는 사람도 있었지만, 또 어떤 사람은 만약에 산사람에게 그런 호의적인 대접을 보여주고 살아났다 해도 그런 사실이 경찰에게 알려지면, 그즈음에 그 마을의 다른 사람들이 그랬던 것처럼, 빨갱이 끄나풀로 몰려 죽음을 당할 수도 있을 것이라고 말했다는 것이다. 아들은 부친이 죽은 나이가 되기 훨씬 이전에 절묘한 방법을 생각해냈다고 했다. 굶주린 사람에게 먹을 것 내주기를 거절한다는 매정함을 보이지도 않고 집주인이 자진해서 꺼내주지 않아도 굶어서 찾아온 사람이 먹을 것을 슬그머니 꼬불쳐 갈 수 있도록 고팡문을 살짝 열어두는 방법이었다. 결국 아들이 고심하여 상상해낸 현명한 방법에까지 아비의 상상력이 미치지 못한 관계로 생긴 불행이어서 아들의 안타까운 마음은 더욱 쓰라린 것이 되었다는 얘기였다.

"자네한테는 내 말이 억지처럼 들리나?"

"아닐세. 들어보니 그럴 만도 해여."

철승은 술 취한 친구가 늘어놓는 장광설에 대해 백안시할 수가 없었다. 아버지 죽는 장면의 혼란스러운 인과관계 구성이 그의 성격장애에 영향을 미치게 된 내력을 모두 듣고 난 철승은 얘기를 시작할 때의 엉뚱스러움 대신에 많은 공감을 느낄 수 있었다. 그러니까, 부친이 산사람을 만난 그 운명의 장면에서 어떤 방향의 현명한 처신을 했더라면 자신의 죽음을 면하고 아들을 고아로 만드는 비운을 피했을 것이냐 하는 문제에서 성우칠 자신은 나름대로 그럴듯한 자구책을 생각해냈지만 부친이 그것을 활용할 기회는 다시 올 수 없었던 것이다. 부친은 결국 어리석은 행동의 결과로 죽음을 당한 셈이지만, 아들은 부친의 행동과는 다른 자구책을 찾아내는 고심을 거듭하다 보니까 생각한 것을 다시 다시 생각하는 버릇을 얻었고 그 생각한 결과를 실지 행동으로 검증하지 못한 결과로 자신의 결론에 자신감을 갖지 못하는 우유부단함이 생겨났다는 것이다.

부친이 산사람에게서 죽음을 당했다는 사실은 성우칠의 어린 시절부터 마을 사람들과의 대인관계에도 악영향을 끼쳤다고 했다. 그의 출신 마을에서는 그 당시 서청 출신 경찰의 패악이 매우 심하여 이를 피하여 입산하는 사람들이 많았고, 마을에 남은 사람들에게도 산사람들을 동정하는 쪽으로 전반적인 분위기가 기울어져 있었다는 것인데, 이 같은 배경이 성우칠로 하여금 마을 사람들에 대하여 미묘한 거리감을 느끼게 했다는 것이다.

우선, 그의 부친이 입산자의 죽창에 찔렸다는 사실이 배고픈 입산자에게 먹을 것을 거절한 것으로 해석이 되어 마을사람들에게 독한 사람으로 알려지게 되었다고 했다. 성우칠에게는 자기 부친을 죽인 산사람이 원수처럼 되었지만, 산사람들에게 먹을 것을 주었다고 해서 경찰에게 욕을 당하는 다수의 마을 사람들에게는 산사람을 홀대하는 행동이 동정을 받지는 못했다는 것이다. 그의 부친에 대해서는 빨갱이한테 살해당한 민보단원으로 신고하여 국가유공자의 명예를 얻게 되었지만, 까딱 잘못해서 경찰에게 죽은 사람들은 난리가 끝난 다음에도 빨갱이 딱지가 그대로 남아 있어서 국가의 보상 같은 것은 있을 턱이 없었기 때문에 성우칠은 국가유공자 유가족이라는 사실조차도 오히려 부담스럽고 껄끄럽게 여겨졌다고 했다.

성우칠이 4·3의 상처를 어느 정도 객관적인 관점에서 이해하는 데에는 적잖은 세월이 걸렸다고 했다. 난리통에 죽은 사람의 과거 행적이야 어떠했든, 경찰에게 죽으면 빨갱이가 되고 산사람에게 죽으면 애국자가 되는 데다 잘하면 유가족 연금까지 나오게 되지만, 집안마다 그 나름의 이유로 그때의 일들을 함부로 입 밖에 내지 않았다는 얘기였다. 경찰에게 죽은 이의 가족은 빨갱이 가족이 되기 때문에 함부로 발설할 수 없다고 하지만, 성우칠의 경우처럼 산사람에게 죽은 이의 가족들도 비명에 간 사람의 과거 일을 쉽게 발설할 수 없는 것은 오래 인정을 나누며 동고동락하던 마을사람들과 같은 줄에 서지 못한 것을 두고 죄 없는 죄책감까지 느꼈기 때문이라는 것이다. 4·3 시국에 경찰에게 죽은 이들의 가족과 산사람에게 죽은 이들의 가족 간에는 이렇게 보이지 않는 장벽이 존재했고, 그 틈서리에서 눈치 보며 자기 입장을 떳떳이 내보이지 못한 성우칠은 점점 우유부단한 성격으로 굳어져갔다는 얘기였다.

"난 열아홉 살 고등학교를 졸업할 때까지 오촌 당숙네 집에서 얹혀살았네. 자넨 눈칫밥 먹는다는 말 아는가. 그 시절 나는 남의 눈치나 살피는 우유부단한 행동을 할 때마다 그 원인을 하나씩 거슬러올라가다 보면 그 시발점은 언제나 아버지의 죽음이라는 결론이 나왔다네. 아버지가 죽고 나서 어머닌 어디론가 행방불명이 되고, 고아가 된 나에게 친척집 더부살이 길이 열리면서 앙- 하고 울음 한번 실컷 울어보지 못하고 먹고 싶은 거 달라고 떼거지 한번 써보지 못하고 어린 시절을 보냈다는 거여."

성우칠이 부친의 죽음에 대한 절치부심의 상상 공상 몽상을 얼마나 많이 했는지를 보여주는 예는 자기 부친을 죽인 살해자를 산사람에서부터 경찰로 바꾸어놓고 비교해보는 일에서도 찾아볼 수 있었다. 이 같은 비교가 그의 상상 속에 자연스럽게 자리 잡게 된 것은 바로 그 동네에서 우연찮게 일어난 사건 때문이었다. 성우칠 부친이 상해당한 것보다 하루 전날 바로 이웃집 사람이 입산자에게 보리쌀 한 자루 주었다는 이유로 악질 순경에게 매 맞아 죽은 것을 가지고 성우칠은 자기 부친의 경우하고 비교대상으로 삼게 되었다는 것이다.

"그 순경은 재수 없는 사람 하나 죽여놓고 무슨 영웅이라도 된 것처럼 여봐란 듯이 마을 안을 휘젓고 다녔다는 거여. 어렸을 때 기억이 남아 있는 게 별로 없는데 그 까만 제복의 순경 모습만은 생생하게 남아 있단 말이여. 마을사람들에게도 그 순경 모습은 안 잊혀질 거여. 내 아버지가 산사람에게서 칼부림당하는 장면은 직접 보지 못했으니까 기억에 남을 수가 없었지만, 그 당시에는 그 거드름 피우는 순경 모습만 어디서 보이면 거기에 덮쳐서 아버지가 매 맞아 죽는 장면까지 떠올랐단 말이지. 나중에 들었는데 그 순경은 바로 그 악명 높은 서청 출신 경찰이었다는 거여. 서청 출신 경찰은 다 그렇게 악질이었는지, 난 그때 우리 아버지가 그 같은 악질 경찰에게 죽지 않고 산사람에게 죽은 것이 다행이라는 방향으로 내 생각을 돌렸다는 거여. 사람 죽이기를 미친개 패듯이 하는 악질 경찰에게 죽기보다는, 죽을 날이 언제인지 모르고 그날 그날 피신해 다니는 사람, 자기가 살아남기 위해 다른 사람을 죽여야 하는 산사람에게 죽은 것이 낫지 않으냐고 자신에게 다짐하며 살았단 말이지. 그런데 난 이런 마음을 세상 사람 아무에게도 내보일 수 없었으니 답답한 일 아닌가."

성우칠의 얘기를 듣고 있던 철승은 문득 생각에 짚히는 데가 있어 꿈 쩔하는 마음이 되었다. 4·3 사건 당시 제주도에 와 있던 서청 출신 경찰 의 횡포에 대해서 읽은 기억이 되살아난 철승은 성우칠의 말을 제지하 고 한마디 하고 싶었으나 좀처럼 끼어들 틈새를 얻을 수가 없었다. 성우 칠을 그대로 두면 한없이 신세타령을 계속할 것 같아서 철승은 밤 시간 이 늦었음을 핑계 대고 자리를 털고 일어섰다. 어느 순간부터인가 술기 운에서도 화들짝 깨어나고 있었다. 술값을 서둘러 계산하고 친구를 인도 하여 차에 태워주고 난 다음에 택시를 잡아타고 집으로 향했다.

아무도 없는 집으로 정신없이 들어선 철승은 간수해두었던 어머니의 편지를 부랴부랴 찾아서 펼쳐보았다. 혹시나, 했던 대로였다. 성우칠의 얘기를 들으면서 문득 생각났던 부분이 어머니의 편지 안에 분명히 쓰 여 있었다. 그는 자기 부친이 육지 출신 경찰이었다는 생각만 했지 이북 출신 서청단의 아들로 살아왔다는 것을 그만 깜빡하고 다녔던 것이다. 서울에서 옛날 신문들을 뒤져볼 때도 이 부분을 왜 그냥 무심코 지나쳤 는지 모를 일이었다. 그에게 모범 유가족 표창이 돌아가도록 해준 숨겨 진 과거의 내력을 성우칠이 알게 되는 날을 상상만 해봐도 끔찍했다.

성우칠이 무심코 늘어놓았던 두서없는 푸념들은 철승에게 나는 누구 인가, 하는 질문을 던지며 그의 존재의 뿌리에 대한 회의가 다시 소용돌 이치게 했다. 세상 사람들이 모르는 출생의 비밀, 역사의 죄인인 빨갱이 의 아들이라는 자학과 모멸감을 불식할 근거를 겨우 찾아냈다고 생각하 게 되었을 때, 세상 사람들이 알고 있는 제주 역사 속의 자기 부친, 가공 할 폭력 경찰의 정체를 놓고 더 큰 수치감에 빠져들게 된 것이었다. 영웅 적인 빨치산 토벌대로 알고 있던 자기 부친 강용직 순경은 사실은 제주

사람들의 철천지원수, 서청 출신 경찰이었고 제주사람들의 생존권과 자존심을 유린하고 무자비한 살상의 만행을 저질렀다는 것이 아닌가.

뒤틀린 역사의 아이러니가 어디까지 갔었는지 아직은 잘 모르지만, 극악무도한 폭력 경찰이 명예로운 국가유공자로 둔갑되어 그 아들로 알려진 자의 세상살이를 호강스럽게 만들어주었다니, 혼란스러운 마음을 주체하지 못한 철승은 여러 날 동안 햇빛 밝은 밖으로 나갈 수가 없었다.

여러 갈래로 헝클어지는 생각의 갈피를 수습할 겨를도 없이 철승의 심란한 마음을 더욱 흔들어놓는 일이 벌어졌다. 집 나갔던 어머니가 추석 명절을 맞아 돌아왔는데 혼자가 아니라 그의 낯선 여동생과 더불어 나타났던 것이다. 단신으로 제주도에 입도하여 가정을 이루었던 아버지의 외아들에게 여동생이 있을 턱이 없었지만, 철승은 부민희라는 이름의 여인을 그의 여동생이라고 칭하면서 소개하는 어머니의 담담한 어조를 거스를 수가 없었다.

부민희는 철승이 지난번 팔월 초하루 벌촛날 공동묘지에서 본 적이 있었으므로 초면은 아니었다. 철승은 그날 부민희를 잠시 스치는 시선으로 보았을 뿐이지만, 어딘지 어두운 그림자가 감도는 그녀의 얼굴이 그날의 기억을 되살려주었다. 부민희가 그의 생부 부현구의 여조카라는 것은 집 나갈 때 써놓고 간 편지에 쓰여 있으니까 아들에게 다시 설명해줄 필요가 없다는 것이 어머니의 생각인 것 같았다. 어머니는 추석 닷새 전 아침에 돌아오고 여동생은 추석 이틀 전에 뒤따라 들어온다는 것도 미리 약속해두었던 모양이었다. 이러한 약속을 했다는 것은 어머니와 여동생이 그동안 어딘가에서 만나 얼마 동안 같이 있었다는 것이 되는데, 그러고 보면 편지를 써놓고 집을 나간 데에는 아들을 볼 낯이 없다는 이유와 함께 어딘가에서 부민희를 만나본다는 이유도 있었을 것 같았다.

철승은 이 같은 생각을 혼자서 해볼 뿐이지 어머니에게 뭐라고 물어볼 수는 없었다. 앞으로도 부민희를 여동생이라고 부르고 지내라는 것이 어머니의 암묵적인 요망인 것 같았으나 오누이 사이임을 알리는 어떤 얘기를 주고받을 것인지 철승은 아직 감이 잡히지 않았다. 어머니는 추석 차례 지낼 준비로 바쁜 모양이었고, 뒤늦게 나타난 부민희 또한 바쁜 어머니를 도와주는 양으로 철승에게서 오누이같이 다정한 말 한마디라도 들어보려는 기색을 보이지 않았다.

철승은 제물 마련 등 추석 차례의 준비를 전적으로 어머니에게 맡겼으며 이는 추석 당일에도 변함이 없었다. 머릿속에 정리되지 않고 남은 문제들이 그의 마음을 짓누르고 있어서 누구에게 말을 걸기도 거북했다. 어머니는 철승에게 추석 차례상을 방 두 개 두 군데에 차리도록 시켰다. 차례상 두 개에 진설할 제물들을 마루방에 가지런히 내놓으면서 한쪽 것은 어머니가 쓰는 안방 제사상에 올리고 다른 쪽 것은 아들이 쓰고 있는 건넌방 제사상에 올리라고 말하는 어머니의 목소리는 흔들림 없이 담담했다. 제물들 진설이 끝난 다음에 제사상 머리에 붙일 지방 쓰는 것까지 어머니는 미리 생각해두었던 양으로 두 군데 제사상에 모두 '현고처사부군신위(顯考處士府君神位)'라고 쓰도록 했다.

절을 올리게 되자 어머니는 그전 추석날에 했듯이 아들과 함께 나란히 서서 안방 제사상에 배례하고 상식(上食)을 올렸다. 그리고 나서 건넌방에 배례하고 상식하는 것은 철승과 부민희가 나란히 서서 하도록 하고 어머니 자신은 옆에 서서 그냥 바라보기만 했다.

철승으로서는 처음 해보는 차례 방식이었고 부민희와 나란히 서서 배례하는 것이 마음에 준비가 되어 있지 않아서 어색하고 거북한 거동이라는 느낌을 피할 수 없었다. 가만히 생각해보니, 만약에 어머니가 삼십 년 전 권세 있는 남자와 마음에 없는 결혼 형식을 치르는 일이 없었다면 자기는 명실 공히 부민희하고 사촌 오누이가 되어 부씨 집안에서 제사 명절을 올렸을 것이라는 생각이 들었다.

자신은 이 나이가 되어서도 혈육의 도리가 어떤 것인지 감을 잡을 수 없거늘 어머니의 소신 있는 행동이 오늘 따라 대단하게 보였다.

# 역사의
# 상흔을 보다

부민희는 추석 다음 날 어디론가 가버렸다. 철승은 어디 외출 나갔다가 돌아와 보고 그녀가 자취를 감춘 것을 알았지만, 어머니에게 그 내력을 물어볼 수는 없었다. 어머니 또한 아들에게 그녀의 행방에 대해 확실히 말해주지 않고 다만, 어디 가서 먹고살 궁리라도 해얄 게 아니냐, 하고 말하고는 입을 다무는 것이었다. 철승은 아직 부민희하고 오누이 관계라는 실감을 전혀 못하고 있었고, 부민희 또한 추석 차례를 지내는 동안이나 그 이후에도 철승에게 오빠라는 호칭으로 부르기를 아주 어렵게 아주 조금 했을 뿐이었다. 그러고 나서는 오빠라는 사람에게 한마디 말도 없이 자취를 감추어버린 것이다. 부민희가 사라진 다음에도 그녀의 어두운 표정과 싸늘한 시선의 여운이 아직도 집안 도처에 남아 있어서 이를 의식하는 철승의 마음에 무거운 숙제를 안겨주는 것 같았다.

추석 기간 중 집안 분위기에 있었던 서먹서먹한 긴장이 끝나고 나서도 철승의 마음은 편하지 못했다. 어떻게 가슴속 멍울을 가라앉힐지 막막한 심정이었다. 4·3 사건에 대한 역사 공부를 하려던 계획도 더 이상 내키지 않았다. 그동안 얻은 역사 지식만 해도 제대로 정리되지 못하고 가슴속에 뭉쳐 있는 것만 같았다.

답답하고 막막한 심정에 무턱대고 시내를 벗어나서 야외로 나가 돌아다니기도 했다. 정처 없이 가다 보면 오름 올라가는 발길이 되기도 했다. 오름 올라가는 정해진 길을 놔두고 발걸음 내키는 대로 가다 보면 발길을 막는 가시덤불이나 내창 같은 장애물이 나타나기도 했다. 다시 돌아서서는 있던 길을 찾거나 없던 길을 만들며 가다 보면 어느덧 시간이 늦어져서 어두운 길을 겨우겨우 헤매어 내려오기도 했다. 뜻밖에 쏟아지는 소나기를 맞고는 입은 옷을 홀딱 젖는 일도 몇 차례 있었다. 제주도에 이전에도 이렇게 비가 많았는지 의아스러울 정도였다. 마치 그 속에 귀가 번쩍 뜨이는 계시가 있을 것처럼 거친 황야와 산록지대에서 헤매기가 여러 날이었지만, 가슴속 응어리는 풀어질 줄을 몰랐다. 오름 올라가서 아래를 내려다보면 중산간 지대의 크고 작은 마을들이 보이기도 했다. 저 마을들은 필시 4·3 난리통에 모진 수난을 당했으려니 생각하니 다시 더 이상 내려다볼 엄두가 사라지는 것이었다. 중산간 오름들 끝자락에서 사람들이 살았던 옛마을 터를 만나기도 했다. 무심히 지나다 보면 푸른 이끼가 무성하게 자란 돌담 흔적들이 있고 난데없이 대나무 숲이 나타나고 오래된 팽나무나 감나무 등속이 보이면 아, 이곳에도 옛날에 마을이 있었구나, 알게 되는 것이었다.

들판과 오름들을 헤맨다고 마음속 응어리가 풀릴 수는 없는 일이었다. 이번에는 며칠을 두고 방 안에 처박혀서 이불 속을 뒤척였지만 그런 시간이 산란한 마음을 추슬러줄 수 없기는 마찬가지였다. 그러던 철승은 무언가 일을 해야 마음 정리가 될 것이라는 생각이 들었다. 마냥 손 놓고 하는 일 없이 세월을 보내는 자신이 미워졌고, 슬픔을 치유하는 것은 고민이 아니라 행동이라는 속담이 떠올랐던 것이다. 그는 여러 날 머리를 짜내서 그가 시도할 만한 어떤 일거리가 있을지 궁리해보았다. 신문과 방송의 뉴스와 광고까지 보고 듣고 했으나 별로 탐탁한 일거리가 생각나지 않았다. 여러 날의 고심 끝에 그는 한 가지 좋은 착상이 떠올랐다. 제주 시내의 영어 학원가를 찾아가보자는 생각이었다.

외국어 학원가를 찾아갈 때 철승의 처음 생각은 자신의 영어 실력을 키워줄 적당한 학원을 알아보는 것이었다. 외국어 공부는 해도 해도 끝이 없는 것이라서 잘 찾아보면 영어회화든 독해력이든 자신이 수강할 과목이 제주 시내 학원가에 있을 것도 같았다. 그러나 몇 군데 학원에 직접 찾아가본 결과 자신이 수강하기보다는 영어 강사로 직접 뛰는 쪽을 택하기로 했다. 그리고 수강생들이 많이 모이는 곳이 좋을 것 같아서 외국어 전문학원보다는 여러 과목을 가르치는 종합입시학원을 택하기로 했다.

학원강사 자리는 어렵지 않게 구할 수 있었다. 제주 시내에서 가장 오래되었고 지금도 제일 잘 나간다는 제주제일학원에서 때마침 영어 강사를 구하고 있었으며, 그가 적을 두고 있는 한국대학교 통역대학원의 유명 간판도 유리하게 작용했다. 그에게 영어과 교사자격증이 있다는 것도 천만다행이었다. 철승이 재수생이었을 때 이 학원에서 공부했다는 말을 들은 (모두들 양 원장이라고 부르는) 원장은 처음 만난 그 자리에서 오케이 결정을 내려주었다. 이런 것이 바로 운명의 만남이라는 표현까지 써가면서 철승을 선뜻 반기는 양 원장의 인상도 싫지 않았다. 원장실에서 최종 면접을 마친 철승을 곧바로 교무실로 데리고 들어가서는 앉아 있는 강사들을 일일이 일으켜세우면서 소개를 시켰는데 철승을 무슨 대단한 실력이 있는 유명 강사처럼 추켜세우는 원장의 성급한 친절도 그냥 고맙게 생각키로 했다. 아마도 영어과 강사 구하는 일이 시급했던 모양이었다.

제주제일학원의 학급 편성은 종합반과 단과반으로 나뉘어 있었는데, 대학입시를 준비하는 연중계획에 따라서 여러 과목의 수업이 실시되는 종합반은 상중하의 학력 등급에 따라 분반된 세 개 학급의 수강생들이 이미 정해져 있었고, 한 달이나 두 달 단위로 강의교재 하나를 다루는 단과반에서는 매번 수강생 얼굴들이 바뀐다고 했다. 종합반 중에서도 소수 정예반인 상급반 정원은 삼십 명인데 중급 및 하급반 정원은 육십 명으로 잡고 매달 나오는 학력 평가에 따라 상하급 간에 교류 이동을 시킨다고 했다. 종합반 강의는 주간에 있고 단과반 강의는 야간에 있기 때문에 강의실 세 개를 주야간 교대로 사용할 수 있지만 야간에는 국영수 주요 과목 강사들이 세 개의 강의실을 모두 사용해버리기 때문에 학원에서만큼은 주요과목 강사들의 벌이가 훨씬 많다는 얘기였다.

전체적으로 봐서 종합반 수업에서 가르치는 수강생들의 수가 단연 많지만 학원강사들의 열성과 관심은 흔히 단과반에 더 많이 집중된다는 것이 양 원장의 친절한 설명이었다. 종합반 수업은 다른 과목 강사들하고 나누어 들어가는 협력관계로 진행되고 일 년 중 다루는 수업 내용도 거의 정해져 있지만, 단과반은 해당과목 강사 한 사람만의 책임으로 진행되고 더구나 다루는 교재도 담당 강사 자신이 결정하기 때문에 매달 얼굴이 바뀌는 수강생들의 수로 그 강사 개인의 실력과 인기를 가늠하게 된다는 설명이었다. 강의가 인기만 있으면, 어디에서 오는지 모를 수강생들이 떼거리로 몰려와서 단기간에 큰돈을 버는 것도 이 단과반이라는 얘기였다. 철승은 이 단과반에서는 영문독해력 강의를 개설하기로 했다. 영문독해 연습이야말로 종합적으로 영어실력을 기르는 첩경이라 생각되었고 수업시간에 영어공부 이외의 다양한 화제를 꺼내기에 적합할 것 같았기 때문이다. 이 단과반 수업은 수강생 인원이 최소한 열 명은 되어야 설강이 되고 시간당 강사료는 수강인원에 비례한다는 강사 처우의 방침에 대해 양 원장은 철저하게 자본주의적인 경영방법이라는 표현을 썼지만, 어차피 수강생들에게 인기 있는 강의가 되기를 바라는 점에서는 학원 측이나 강사 측이나 마찬가지일 터였다.

첫 대면에서부터 뛰어난 구변을 구사하는 양 원장의 인상이 철승의 주의를 끌었다. 유창하고 친절한 그의 말솜씨는 과잉 표현에다 너무 솔직하다는 느낌을 주었기 때문에 그의 말을 듣고 나서도 한동안 그 말의 진의가 어디에 있는지 갸웃거리게 할 정도였다. 사람을 가리지 않고 망설임 없이 자기표현을 쏟아내는 그의 말투에는 박력이 넘쳐났다. 철승이 교사자격증과 주민등록초본 등 구비서류를 제출하고 강사 채용이 확정되는 날 원장실에 들렀을 때 양 원장은 이런저런 안내와 격려의 말을 하고 난 다음에 느닷없이 그에게 즐겨 부르는 십팔번 노래가 무엇이냐고 물었다. 철승은 별로 생각해보지 않던 문제여서 얼결에 배호의 〈누가 울어〉라고 대답해버렸는데 이에 대한 양 원장의 응답이 철승의 마음을 뜨끔하게 했다. 배호의 노래는 너무 구슬프지 않으냐, 좀 더 신나고 명랑한 노래를 좋아할 수 없겠냐, 우리 제일학원 강사들도 우울하고 맥 빠진 노래들을 좋아해서 탈이다, 앞으로 우리 학원 강사들 간에는 십팔번 노래 발표회를 열게 될 것이니 좀 더 밝고 힘찬 노래를 준비해두는 것이 인기관리를 위해 필요할 것이다, 요 앞에 요즘 신종 유흥업소인 가라오케 노래방이 생긴 것을 아느냐, 그런 곳에 가서 시간을 투자하면 투자한 만큼 효과가 있을 것이다, 이렇게 걸쭉하고 자신만만한 장광설을 늘어놓는 것이었다.

양 원장의 과장되고 박력 있는 표현은 아침마다 어김없이 나타나서 철승은 한동안 어리둥절했다. 그는 아침 일찍 출근하여 원장실에 들어가 있다가 강사들이 모두 나올 만한 시간이 되면 교무실로 들어와서 그들에게 일일이 손을 내밀어 악수를 했고 그때마다 '오늘도 좋은 아침'이라는 구호가 흘러나왔다. 그는 교무실의 잔심부름을 맡고 있는 사환아이에게도 빠짐없이 손을 내밀었다. 그의 단호하고 힘찬 말투는 신념에 찬 구호를 외치듯 했지만 그의 입가에는 잔잔한 미소가 어려 있었고 자신의 박력 있는 아침인사를 느긋하게 즐기는 표정이었으므로 별로 부자연스럽게 느껴지지는 않았다. 제주사람인데도 서울에서 여러 해 살다 온 사람답게 의젓한 서울말을 잘 구사하는 것도 그의 튀는 말투에 대한 공감을 얻는 데에 한몫을 한다 싶었다. 같은 구호의 아침인사를 날마다 반복하는 것이 지루하게 들리지도 않았는데 그것은 구호를 소리 내는 방법과 악수하는 손을 잡고 흔드는 방식이 날마다 바뀌기 때문인 것 같았다. 살며시 낮은 소리로 하는 날이 있는가 하면 우렁우렁 울리는 높은 소리로 하는 날이 있었고, 구호의 어느 부분에 강세를 주느냐에 따라서도 느껴지는 어감이 달라졌다. 처음에는 여름방학이 끝나고 새 기분 내는 것인가 했는데 양 원장이 아침마다 보여주는 이 같은 박력과 강단은 날이 가고 달이 가도 변함이 없었다. 그가 손을 내밀어 악수를 청하면 묵묵히 손만 흔드는 사람도 있었지만 '오늘도 좋은 아침'이라고 복창하는 사람들도 있었고, '맞습니다' '옳습니다' 등의 맞장구로 기분 좋게 화답하는 사람들도 있는 것으로 보아서 양 원장의 이 같은 아침인사는 제주제일학원 교무실의 관행으로 정착된 것 같았다.

철승은 강사로서의 열성을 두루 아끼지 않기로 결심했으나 종합반보다 단과반에 관심이 더 가는 것을 어쩔 수 없었다. 개강 첫날 강의실에 들어가 보니 수강생 인원이 겨우 설강 하한선인 열 명 남짓이어서 철승의 자존심을 여지없이 꺾어놓았다. 학원강사 초년생의 설움이거니 하고 실망의 빛을 겨우 감추면서 수강생들 얼굴을 쭉 둘러보았다. 겨우 고등학생 정도의 어린 나이에서부터 서른 살가량으로 짐작되는 성인에 이르기까지 연령층이 매우 두꺼웠다.

첫날의 실망에도 불구하고 철승은 단과반 영어시간의 수강 분위기가 그런대로 싫지 않았다. 나이 든 성인 수강생이 여럿이라는 것도 좋았고, 종합반 수강생들처럼 무리지어 몰려다니지도 않았고, 강의 중에 소란 피우는 학생들 때문에 주의가 산만해지는 일도 없었다. 다만 날씨에 따라서 수강생들 출석률이 들쑥날쑥 변동이 심하다는 것이 신경 쓰이는 일이었다. 종합반 수강생들처럼 규칙적인 시간생활을 하지 않는 수강생들이라 그럴 수밖에 없다는 게 양 원장의 말이었다. 이 클래스는 직장인들이 많은 관계로 저녁 일곱 시에 시작되고 있었지만, 출석률 변동은 예측하기 어려웠고, 한두 주일이 지나자 수강생들은 개강할 때의 절반으로 쑥 줄어들었다. 심지어는 불과 다섯 명이 출석하는 날도 있어서 철승의 마음을 슬프게 했다.

단과반 영어과 강의에 대해서 신경이 더 쓰이게 된 데는 한 가지 이유가 더 있었다. 단과반 국어강의를 맡고 있는 고교 시절 친구 부성배 때문이었다. 이 친구는 고등학교 삼 년하고 제주대학 사 년을 같이 다녔으면서도 줄곧 서먹서먹한 관계였기 때문에 철승이 이 학원 강사로 오려고 할 때도 먼저 찾아보거나 하지 않았었는데 이제는 졸지에 한 직장의 동료이자 경쟁자가 되어버린 셈이었다. 철승은 부성배를 볼 때마다 늘 불만스럽고 화난 표정이었던 그의 예전 모습이 생각나서 차 한잔 하러 가자고 먼저 청하지도 못하고 겨우 가벼운 인사 정도만 나누는 사이로 지내고 있었다.

그가 강사로 부임한 지 한 달도 되기 전의 일이었다. 부성배를 과묵하고 자기표현을 잘 안 하는 사람으로만 기억하고 있었던 철승으로서는 뜻밖의 장면을 보게 되었다. 강의를 끝내고 교무실로 돌아오는 중에 누군가가 뭐라고 고함치는 소리를 들었는데 문을 열고 들어와보니까 그것은 부성배가 양 원장에게 삿대질까지 하면서 지르는 고성이었다.

"……원장이란 사람이 소신이 있어야지, 그렇게 이랬다저랬다 하면 강사들은 뭐가 됩니까?"

"그렇게 고성 지르면 큰일 난 거 같잖소. 새로 오신 강 선생님 저렇게 놀라는 거 봐요. 그리고 원장에게 소신이 없다는 말은 좀 그러네요. 시간표 바꾸는 거야 상황이 바뀌면 있을 수 있는 일 아닌가요. 소신 없다고 하는 대신에 사고의 유연성이라고 생각하면 안 되나요?"

흥분하는 부성배와 달리 양 원장은 노기 같은 것은 없이 얼굴에 웃음기를 잃지 않았다. 두 사람은 더 이상 다툼이 없이 각자 제자리로 돌아갔지만, 부성배의 이 같은 돌출 행동은 철승으로 하여금 그에게 가까이하는 것을 더욱 어렵게 만들었다.

철승이 부성배와의 접근을 피하면서도 그의 동태에 각별하게 관심이 가지 않을 수 없는 것은 그가 국어과 강사이기 때문이었다. 단과반의 영어 수업과 국어 수업이 같은 시간인 저녁 일곱 시에 시작되는 데다가 철승이 영어 수업을 하러 나갈 때에는 부성배가 들어가는 국어과 강의실 앞을 지나치지 않을 수 없고 그럴 때에는 그 강의실에 나와 있는 수강생의 수가 한눈에 훤히 보이는 것이었다. 그때마다 단과반 국어과 강의실에 수강생 수가 영어과보다 확실하게 많아 보인다는 사실이 신경 쓰이지 않을 수 없었다.

학원강사 나가는 일은 이런저런 신경 쓸 것이 뜻밖에 많았지만 철승은 최선을 다한다는 일념으로 하루하루를 보냈다. 그 자신이 생각해도 대단할 정도의 열성이었다. 개강 후 두어 주일이 되자 철승은 자기가 맡은 단과반 수강생들의 얼굴과 이름, 그들의 수업 태도와 버릇 등을 어느 정도 파악하기에 이르렀다. 신참 강사로서의 미숙함을 정성과 노력으로 보충해야 하는 일종의 수습기간이라고 생각하기로 했다. 이러는 가운데 유별나게 철승의 주목을 끄는 수강생이 하나 나타났다.

황대청은 철승의 첫날 강의시간부터 남다른 데가 있었다. 수강생들이 강의실에 들어올 때는 보통 뒤쪽 좌석부터 앉기 시작하기 때문에 강의실 앞쪽 좌석들은 강의가 시작되고도 그 대부분이 빈자리로 남아 있는 것이 이 학원 강의실의 풍경이었다. 그런데 황대청은 첫날 강의시간부터 맨 앞쪽에, 그러니까 교단에 선 철승과는 제일 근접한 첫 줄 가운데 자리에 앉았다. 그런데 이 자리는 강사와는 제일 근접하지만 다른 수강생들 무리와는 제일 먼 거리에 있기 때문에, 얼른 보면 제일 눈에 잘 띄는 자리이면서도 수강생들 사이에서 알음알이를 만들어가기에는 가장 불리한 자리이기도 했다. 그리고 철승이 실제로 강의를 진행하다 보면 강의실 전면의 교단에 서 있기보다는 그 한가운데로 자리를 옮겨서 이리저리 걸어다니며 수강생들의 얼굴을 바라볼 때가 더 많기 때문에 강사와의 접근성에 있어서도 유리한 자리라고는 할 수 없었다.

황대청이 걸치고 다니는 입성도 사람들의 주의를 끌기에 족했다. 고등학생 나이 정도로 보이는데 학생들 차림과는 전혀 비슷하지도 않은 작업복 비슷한 옷을 위아래로 입고 나왔고, 두발 상태나 신발 종류 같은 것도 너절한 인상을 주었다. 황대청의 강의실 내 행동이나 옷차림 못지 않게 철승의 시선을 끈 것은 그의 찬바람 이는 듯한 얼굴표정과 눈빛이었다. 황대청은 강의실이나 복도에서 철승을 만날 때 고개를 까딱하는 약식 인사 차리는 것조차 아주 인색했다. 그는 굳게 잠긴 입을 좀처럼 여는 일이 없었고, 항상 차돌같이 경직된 표정을 바꿀 줄 몰랐으며, 누구하고 시선이 만날 때 어설프게 피하지는 않았으나 그렇다고 누구를 정면으로 쳐다보는 일도 없이 비스듬히 비켜가는 시선은 칼날처럼 날카로운 오싹함을 품고서 보는 이의 심장을 향해 무엇을 쏘는 듯했다. 그것은, 이유 없이 말머리를 더듬거리고 말끝을 얼버무리는 성우철의 답답한 성질과도 달랐고, 그늘진 표정으로 남의 시선을 피하는 듯한 부민희의 안쓰러운 얼굴하고도 달랐다.

황대청의 유별난 버릇과 외양은 누구에게도 좋은 인상을 얻지 못할 법했는데 철승에게 단 하나 고맙고 기특한 것은 지각하거나 결석하는 일이 없다는 것이었다. 수강생 수가 적어서 빈자리가 많다는 것은 학원 강사에게는 자격지심을 일으켜서 기죽게 만들고 결국에는 강사료 계산에도 직결되는 중대한 관심사가 아닐 수 없었다. 황대청이 딱 한 명의 수강생으로 나와 앉아 있었기 때문에 무능력 강사 딱지 맞는 씁쓸한 기분을 면한 날도 몇 번 있었을 정도여서, 출석자가 하나도 없어서 빈 강의실을 어정거리다가 돌아가는 불상사가 없으려면 황대청이가 결석하는 일만은 일어나지 않기를 바라게 되었다.

황대청이가 내리 사흘이나 학원에 나오지 않았을 때 철승은 가만있을 수가 없었다. 그 사흘 중에 마지막 날에는 다른 수강생들까지도 모조리 출석하지 않아서 철승은 한 시간 내내 텅 빈 강의실에 덜렁 혼자 앉아 별별 궁상맞은 생각을 다 하게 되었다. 실의에 빠져들던 철승은, 최선의 자구책은 황대청 한 사람을 확실하게 잡아두는 것이라는 결론을 얻게 되었다. 어딘가 모질고도 왜곡된 집념으로 살고 있다는 인상을 주는 황대청의 얼굴이 자꾸만 눈에 어려 오며 그의 신상을 알아보면 무슨 수를 쓰든 뭔가 방도가 있을 것 같았다. 결석이 전혀 없던 황대청이 학원에 연속 사흘 안 나온다는 것은 그의 집안에 그럴 만한 문제가 생겼다는 것을 뜻할 터이니 그 문제를 알아보는 것이 급선무라 생각되었다.

그는 지체 없이 학원 사무실에 들러서 황대청의 신상카드에서부터 그의 집 주소를 베꼈다. 때마침 학원 사무실에 앉아 있던 부성배 선생이 어떤 일로 학생 신상카드를 보는지 물어왔을 때 철승은 무슨 비밀을 들킨 것처럼 표정을 굳히고 대답을 얼버무리고 말았다. 밖으로 나오고 나서야 철승은 후회가 되었다. 황대청이라는 단과반 수강생네 집에 가정방문 간다는 이야기를 못 할 것도 없지 않은가. 더구나 지난 반년 동안 황대청이 단과반 국어강의를 들은 적이 있었다면 그의 수상한 버릇이나 신상문제에 대해 부성배에게 물어볼 수도 있었지 않은가 하는 생각도 들었지만 다시 발길을 돌이키지는 못했다. 노상 어딘지 화가 난 것 같은 그의 표정이 생각났고 요즘에는 뭔가 불길한 상상에 잠겨 있는 것 같은 인상이 머리에 떠오르는 것이었다.

황대청네 집은 시내버스를 삼십 분이나 타고 가야 되는 제주시 외곽지대 외딴 마을에 있었다. 이 집에 찾아가는 것이 옳은 일인지 정말 내키지 않는 발걸음이었다. 비가 꼭 올 듯한 날씨여서 더욱 그랬다. 외딴마을이라서 그런지 만나는 사람마다 황대청네 집 위치를 알고 있었기 때문에 쉽게 찾을 수는 있었다. 농촌 시골 마을에 있는 집 치고는 꽤 큰 편이었지만 낡고 초라한 옛날식 농가였는데 요즘에는 이같이 외딴마을에서도 보기 드문 초가집이라서 얼른 눈에 들어왔다.

황대청이는 집에 없었고 그의 아버지만 자리에 누워 있는 채로 철승의 방문을 맞았다. 낯선 손님의 방문을 맞는 집주인은 누워 있는 자리에서 겨우 일어났으나 방 안에 어지럽게 널려 있는 물건들을 정리할 생각은 없는 모양이었다. 처음에는 그의 방문을 이상히 여기고 경계하는 기색이어서 철승은 약간 과장된 말로써 주인의 경계심을 풀어주어야 했다. 사설학원에서 선생이 학생네 집을 방문하는 일이 좀 이례적이긴 하지만, 이 학원의 원장은 남다른 교육열을 가지고 있어서 각 클래스에 모범될 만한 수강생 한 사람 정도는 신상 문제에까지 관심을 갖도록 하고 필요하면 도와주는 일도 장려하고 있는데, 이같이 하는 것은 곧 대외적으로 학원 인기를 높이고 더 많은 수강생들을 유치하려는 원장의 경영 방침이라는 것이 철승이 자신의 가정방문에 대해 급히 꾸며낸 해명이었다. 이 같은 해명을 듣고도 황대청의 아버지는 별로 반기는 표정을 보이지 않고 멍하니 방문자의 얼굴을 쳐다볼 뿐이었다. 황대청이 학원에 나오지 않는 이유를 물어봐도 어디 다른 데에 나갈 일이 있기 때문이라고만 말하고는 더 이상 알려주지 않았다. 자기 아들이 종합입시학원에서 고졸자들과 나란히 앉아서 수강하며 수강 태도도 모범적이라는 칭찬 말을 해주어도 그런 말이 믿어지지 않는지 별다른 반응을 보이지 않았다.

철승은 곤혹스러워지기 시작했다. 아들의 신상문제에 대해 관심 표시도 없고 아들에게 생긴 사정을 알려주지도 않는 부친을 마주하고 있어도 더 이상 얻을 것이 없을 듯했다. 철승이 간단히 인사하고 밖으로 나올 때에 수고했다는 빈말 인사라도 있을 줄 알았는데 묵묵부답이었다. 이 집에서는 사람들 접근을 피하는 것이 부전자전 대물림인가, 하는 반발심이 생겼지만, 이들에게는 뭔가 심상치 않은 비밀이 있을 것 같은 직감이 들었다. 밖으로 나오면서 둘러본 초가집 농가는 좀 전에 들어올 때보다도 더 낡고 허름해 보였다. 초가집 지붕이 이렇게 두꺼워지려면 얼마나 오랜 세월이 지났을까, 하는 의문이 들 정도로 두툼하고 색깔 바랜 지붕이 굵은 줄로 얽어매져 있었다. 지붕을 얽어맨 줄은, 제주도 전통 초가집의 지붕에서처럼 띠로 엮은 것이 아니라, 바닷가 포구에 배를 정박시킬 때 쓰는 굵은 고무줄 같은 것이었다. 그러니까 멋스러운 옛날 풍치가 느껴지는, 보존 대상으로서의 초가집이 아니라, 그냥 옛날 살던 집을 고치지 않고 방치한 결과로 남은 초가집이었다. 철승이 방금 빠져 나온 방에 달린 빛바랜 창살문도 군데군데 창살이 부러진 채로인 것이, 어떤 사람이 들어오고 나가는지 알은체하지 않는 집주인의 모습과도 닮았다. 마지막으로 둘러본 초가집 앞마당에는 무성하도록 방치된 잡초들이 이 집안 식구들이 보내는 하루하루의 생활이 어떤 것인지를 말해주는 성싶었다.

철승은 더 이상 발을 옮겨놓지 못하고 그 자리에 서서 퇴락한 초가집과 그 앞에 잡초 무성한 마당을 바라보았다. 그의 뇌리에는 어느덧, 아, 여기도 있었구나, 하는 울림이 일고 있었다. 불행한 사람의 역사는 불행한 가족사에서 출발하지 않던가. 철승은 바깥세상에서 일어나는 시대 변화를 비켜간 이 집의 역사가 점점 궁금해졌다. 황대청의 얼굴에 비치는 그 냉랭한 표정은, 성우칠과 부민희의 경우처럼 불가항력의 가족사, 무력한 개인의 뜻으로는 도저히 맞설 수 없는 비운의 가족사가 남긴 상흔일 것이라는 직감을 지울 수 없었다.

철승은 잠시 망설였으나 꼭 내릴 듯했던 비가 참아주는 것이 그의 마음에 용기를 주었다. 황대청의 주소를 갖고 이 마을이 속한 동사무소로 찾아갔다. 해당 창구에 물어봤더니, 본인이 아니면 주민등록등본을 발급받을 수 없다는 대답이었다. 도리 없이 학원으로 되돌아온 철승은 학원 사무실로 다시 들어가서 황대청의 신상카드 안에 적힌 주민등록번호를 베끼고 나왔다. 이번에는 시청 민원실로 찾아갔다. 거기에서 근무하는 고등학교 때 친구를 찾아보고 황대청의 호적등본 발급을 강청하다시피 당부했다. 사정 이야기를 적당히 꾸며대기도 했다. 한참 승강이 끝에 겨우 말이 먹혀들었다. 호적등본 발급은 시청 소관이지만 이것도 당사자 이외에게 발급해주는 것은 관련 규정을 무시한 것이라고 했다. 호적등본에 기재된 황대청의 가족 상황을 보았더니 아버지와 아들 단둘만이 살아 있는 것으로 되어 있었다. 이 2인가족의 호적등본을 보면서 철승의 관심을 끈 것은, 황대청의 조부가 별세한 것이 4·3 사건이 터진 1948년이었고 향년 삼십이 세였다는 사실이었으며, 대충 계산을 해본 결과 황대청의 부친이 열 살쯤 되는 해였다.

반드시 그러리라는 확증은 없지만 철승의 머릿속에는 얼른 4·3의 국난이 할퀴고 지나간 한 집안의 역사가 머리에 떠올랐다. 그 난리가 터진 해에 이 섬에 사는 삼십이 세 한창 나이의 남자가 어떤 다른 사유로 죽었겠는가. 오탁한 역사의 물결이 그의 선택과는 반대 방향으로 흘렀기 때문에 그때 이후 삼십여 년 세월이 지난 이 시점에 와서까지 그의 아들로 하여금 저토록 처연하게 세상과 등지고 살게 만들지 않았겠는가. 난리통에 아버지를 잃은 열 살짜리 그 아들이 삼십여 년이 지나서 마흔 남짓 나이가 되었으니 만약에 이십 대 초에 아들을 보았다면 그 아들은 지금 고등학생 나이가 될 만했다.

철승은 낯선 이름들이 적힌 호적등본을 내려다보면서 숙명적인 만남이란 바로 이런 것이라는 누군가의 목소리를 듣는 것 같았다. 철승의 머릿속에 얼핏 떠오르는 것은 그 자신의 경우와는 정반대되는 위치에서 4·3 사건 희생자의 가족이 되었을 것만 같은 황대청네 부자의 모습이었다. 철승 자신네 가족은 불명예스러운 이유를 근거로 하여 명예로운 국가 보상을 받고 호강하면서 국민된 생존권을 누리고 있음에 반하여, 국가의 보상은커녕 사회에서 소외당하고 역사의 낙오자로 굴러떨어진 황대청네 가족은 그 난리통 속에서 도대체 어떤 몹쓸 죄악을 저질렀을까. 철승 자신네 가족과 황대청네 가족들이 처해 있는 양극단의 정황을 상상할 때 그것을 가만히 모르는 체 수수방관한다는 것은 그의 양심이 허락하지 않았고, 뭔가를 행동으로 보여주지 않으면 햇빛 비치는 세상 밖으로 걸어나갈 염치가 없을 것 같았다.

철승은, 황대청네 가족의 불행이 4·3 사건에 유래된 것일 가능성을 염두에 두고 그 내력을 좀 더 상세히 알아낼 방도를 생각해보았다. 그 집안의 불행한 내막을 일부나마 알려줄 사람은 황대청의 부친일 수밖에 없지만, 그 집을 다시 방문하여 그때 일을 알아보려고 하면 알아보려는 과거사의 아주 조금이라도 기본으로 알고 가서 말을 붙여야 할 것 같았다. 철승은 궁리 끝에 이런 목적의 예비지식을 알려줄 사람으로는 그 마을의 이장이 적격자일 것이라는 결론을 내렸다. 그는 곧장 그 마을로 들어가서 현직 이장의 성명이 황성학임을 알아냈고 그 이장네 집까지도 알아놓았지만, 이런 목적으로 다짜고짜 이장댁을 찾아갈 수는 없는 일이었다.

다시 궁리 끝에 철승은 황성학 이장의 학생 시절 동창관계부터 알아보기로 했다. 혹시나 하는 생각에서 철승은 자신의 고교동창회 회원 명부를 들추어보았다. 색인 명단에서 황성학이라는 이름을 찾아내어 검색해보았더니 천만다행으로 그 마을 황 이장은 철승과는 같은 고등학교 출신이었고 딱 십 년 선배였다. 동창관계의 돈독함으로 말하면 고등학교 동창이 최고이지 않은가, 하는 순발력 있는 낙관론까지 머릿속을 스치는 것이었다.

철승은 며칠 후 아침나절 일찌감치 황성학 이장네 집을 직접 찾아갔다. 자신을 고교 십 년 후배라고 소개한 후 철승은 준비하고 간 거짓말 용건을 꺼냈다. 자기는 제주도 전통 초가집에 관심이 많이 있던 차에 며칠 전 이 마을을 지나다가 적당해 보이는 집을 하나 발견했는데, 그 집이 혹시 매물로 나와 있는지는 마을 이장이 제일 잘 알 것 같았지만, 그날은 바빠서 못 왔고 오늘 아침 일찌거니 방문하여 그런 관계의 사정을 알아 보려는 것이라고 조심조심 둘러대었다. 별로 경계하는 기색도 없이 듣고 있던 황 이장은, 이 마을에는 초가집이 딱 세 채밖에 없는데 그중에 어느 집을 말하는지 모르겠다고 했다.

"지붕을 고무 밧줄로 얽어맨 초가집이엔 허민 알아지쿠과."

"아, 그 정도민 알아지크라."

"제가 직접 그 집에 들어간 집 주인허고도 말을 나누어 봐신디 영 무시거엔 말을 안 허는 거라예."

"그 집 주인은 원래 경 헌 사름이라. 그 사름은 이 무을 사름덜허고도 왕래가 거의 어시난 그 속내를 몰르주. 말이사 바른 말이주, 집이 너미 오래되고 헐어네 누게가 돈 주고 사젠 헐 물건도 못되주게. 경 허고 그 집은 동티 붙은 집이엔 해연 누게가 사젠도 않았주."

"네? 동티 붙은 집마씸?"

"빨간 물 들언 망헌 집 아니라게."

이 한마디 말에 철승은 찔끔했다. 그러나 초가집 팔고 사는 이야기가 이 정도로 끝나고 그 집의 주인 쪽으로 화제가 돌아간 것이 다행이다 싶었다.

"네? 빨간 물 들언 망헌 집 마씸?"

"4·3 사건 때 말이주게. 그때 망헌 집이 오죽 많아서."

"그때 그 집안 어른덜이 줄을 잘못 섰던가마씸?"

"줄 잘못 서는 정도가 아니었주. 전시체제에 탈영병이엔 허민 최고형 깜 아니라? 4·3 사건 한창 때에 그 집 하르방이 국방경비대에서 탈영했 젠 해여. 그것도 집단탈영의 주범이었젠 허난, 죄는 큰 죄주게."

"국방경비대엔 허민 그 당시에 군대였잖우꽈. 그때 군대 생활이 그렇 게 고생되었던가마씸?"

"고생 때문이 아니고 빨치산 무장대에 가담허젠 탈영해시난 죄가 더 컸던 거주."

"그 집 주인이 4·3 사건 때 탈영병 아들이어시민 그동안 고생 많이 했 겠수다예."

"그 사름 고생 많이 헌 것사 나도 잘 알주. 죽지 않으난 산 거고, 명이 기난 산 거주. 열 살엔가 고아가 되어가지고는, 죽을 고비 많이 당했젠 허주. 우리 히곤 먼 친척이나네, 옛날엔 명절도 곧이 허곡 해났젠 허는디, 이젠 통 왕래가 어선 그 집안 사정 잘은 몰르주."

철승은 선배 이장과의 면담을 적당히 줄이고 밖으로 나왔다. 이야기를 많이 하다 보면 방문 목적에 대해 의심을 살 염려가 있다는 생각이 떠올 랐던 것이다. 이 정도만 가지고도 황대청네 집을 다시 방문할 밑천은 되 었다 싶기도 했다.

이장 댁을 나와서도 아직 오전 시간이 많이 남았음을 본 철승은 내친 김에 황대청네 집으로 발걸음을 옮겼다. 예상대로 황대청이 아버지만 그 전처럼 혼자서 집을 지키고 있었다. 방문자를 맞는 주인의 표정이나 문 안 인사말에 대한 반응이 냉랭하기는 이전 방문 때와 다름이 없었다.

철승은 오늘 두 번째 방문에서 황대청의 부친을 설득하여 그의 아들 로 하여금 학원에 다시 나오도록 하기 위해서는 학원 원장의 적극적인 교육방침만 언급해서는 부족할 것 같아서 강사로서의 딱한 사정 이야기를 부각시키기로 했다. 즉, 이 학원의 방침은 모든 강좌에 수강생이 최소 열 명은 되어야 설강이 되는데 지금 황대청이가 수강을 포기해버리면 그 열 명이 채워지지 않을 경계선에 와 있으며, 인원 미달을 막기 위해서는 철승 자신이 수강료를 대신 내줄 의향도 있다는 말로 둘러대었다. 자기 아들에 대해 희망을 걸 수 있는 화제가 나왔는데도 황대청 부친의 미온적인 반응은 별로 달라지는 기색이 없이 그저 멍하니 말하는 사람의 얼굴을 쳐다볼 뿐 오랫동안 묵묵부답이었다. 철승은 설득을 포기하고 밖으로 나올 수밖에 없었다. 그러나 정면으로 부정적인 반응을 보인 것은 아니었으니까, 다음에 찾아와서 청하면 뭔가 달라질 것도 같았다. 오늘 심기가 편치 않은 사람을 잘못 건드렸다가 현재의 무표정 반응이 온전한 거부 반응으로 바뀔 수도 있는 일이었다.

철승은 학원으로 돌아와서 곰곰이 돌이켜보았다. 자신의 방법이 너무 소심했으며, 더 정면으로 부딪칠 수도 있었지 않나 하는 아쉬움이 들었다. 황대청 부친과 좀 더 솔직하게 마음이 통해야 될 것이라는 반성이었다. 그러기 위해서는 먼저 4·3 사건 당시 경비대의 탈영 사건에 대해 좀 더 알아야 할 것 같았다. 철승은 우선 재향경우회의 박종혁 회장을 찾아가서 물어보기로 했다.

박종혁 회장의 대답은 예상대로 탈영병들에 대한 비난 일색이었다. 그는 자신의 소학교 때 친구 하나가 그 탈영병 집단에 끼여 있어서 더욱 관심을 가지고 있었다는 것인데, 그 어지러운 시국에 가장 가증스럽고 추악한 젊은이들이 탈영병들이었다는 얘기였다.

"하, 소학교 다닐 땐 그 친구가 제일 똑똑하다고 했었는데 그렇게 허망하게 일생을 끝낼 줄은 정말 몰랐단 말이여."

철승이 하나하나 물을 필요도 없이 박종혁 회장은 마치 오랫동안 준비해둔 것처럼 이야기보따리를 술술 풀어놓는 것이었다. 5·10 총선거가 끝나고 열흘 정도 지났을 때 모슬포에 주둔하던 국방경비대 소속 군인 사십여 명이 탈영하여 입산무장대에 가담하는 일이 터졌는데, 이들 탈영 자 거의 전부가 제주도 출신이었기 때문에 그 당시 제주 사회에 큰 충격 과 혼란을 안겨준 사건이라는 얘기였다. 박종혁 회장이 이해하기 어려 운 것은, 그 탈영사건이 일어날 당시에 입산무장대와 군부대는 서로 싸 우는 적대관계도 아니었고, 그렇게 모진 강훈련을 시킨 것도 아니었는데 도 불구하고 이 젊은이들이 준전시 체제에서 무조건 총살감인 탈영병이 되었다는 사실이었다. 그렇게 해서 얻은 것이라고는 한창 나이에 쓸데없 는 고생만 하다가 당한 헛된 개죽음이었지, 죽고 나서는 자신의 생애와 가문의 역사에 불명예 딱지만 얻어 붙였지, 국가적으로는 분열과 혼란을 더 크게 민들었지, 이렇게 실패한 인생이 어디에 다시 있겠느냐는 것이 었다. 철승은 이 같은 사건 설명을 간단히 듣고 그냥 돌아왔다. 이 사건 의 내역을 대충 아는 것이 방문 목적이었으므로 더 이상의 질문을 할 필 요가 없었던 것이다.

집에 돌아온 철승은 잠시 생각 끝에 아무래도 한산2리의 훈장어른을 만나 봐야겠다는 쪽으로 결심을 하게 되었다. 박 회장의 말만으로는 아 무래도 성이 차지 않았던 것이다. 다음 날 훈장어른을 만나서 경비대 탈 영 사건에 대해 비교적 자세한 설명을 들어본 철승은 이 어른의 뛰어난 식견과 역사의식을 인정하지 않을 수 없었다. 훈장어른은 우선 당시 모슬 포 주둔 경비대원들의 대체적인 성격을 분석하는 것으로 말문을 열었다.

해방 직후 미군정하에서 급조된 남한의 군대가 국방경비대였는데 여 기에 지원하는 사람들 중에는 건강하면서도 무직자인 젊은이들이 많았 으며, 특히 일제시대 때 일본에 가서 학병으로 복무하거나 노동자로 돈을 벌다가 해방 후 귀향했는데도 직업을 구하지 못한 제주 출신 젊은이들이 모슬포 경비대에 대거 입대하여 부대 내의 분위기를 좌우하는 주요 집단이 되었다고 한다. 또한, 이들 제주 출신 경비대원들 가운데에는 한번 경찰직에 속해서 복무하다가 육지 출신 경찰관들의 괄시와 냉대를 피하여 경비대로 옮긴 사람들의 존재가 두드러졌다는 얘기였다. 미군정 치하의 경찰이 친미적 집단으로 변함에 따라 민족주의 성향이 짙은 경비대와 경찰이 긴장되고 소원한 관계에 있었다는 것도 당시의 경비대가 경찰보다는 제주 지역 민심을 얻기 쉬운 배경을 이루었다는 것이다. 4·3 봉기가 있었던 날에도 무장대는 경비대에 손가락 하나 까딱하지 않았다고 했다.

4월 3일의 민중봉기 이후 약 반년 동안 제주경찰이 이 지역의 치안을 전담한 관계로 경찰과 입산무장대는 직접 교전하는 적대관계였음에 비하여, 경비대와 무장대 사이는 싸우는 관계라기보다는 다소 우호적인 면까지 있었다는 것이 훈장어른의 말이었다. 무장대원들이 경찰과의 교전에서 막강한 파괴력을 보여준 이 기간 중에는 제주도 전역이 무장대의 천하가 되는 듯했던 관계로 제주 출신 경비대원들 중에는 아예 그들에게 합류하여 역사의 공로자가 되고자 하는 젊은이들이 생겨난 것으로 생각된다는 얘기였다. 그러나 경비대 탈영자들에 대한 훈장노인의 최종 평가는 퍽 부정적인 것이라서 철승으로 하여금 인간역사의 미묘한 아이러니를 실감하게 만들었다. 노인의 견해에 의하면, 이들 집단 탈영자들은 입산무장대에게 사기를 높여주고 승리의 자신감을 고취해줌으로써 결국은 실패할 운명의 무력투쟁을 오래 끌도록 만들어서 무참한 희생과 피해를 더욱 크게 만들었다는 것이다. 또한, 제주도의 경비대원들이 대거 탈영하여 빨갱이가 되었다는 것은 제주도가 빨갱이 섬이라는 것을 증명하는 사례라는 말이 떠돌게 되었으며, 이 탈영사건으로 보강된 무장대의 세력에 대해 두려움이 커진 미군정으로 하여금 군경 양면의 토벌대 작전을 강화하고 더욱 잔인한 진압정책을 쓰게 만드는 구실을 만들어주었다는 것이다.

훈장어른을 만나고 나온 철승은 거대한 역사의 물줄기에 휩쓸리는 인간의 운명 같은 것이 뇌리에 어른거리는 듯했다. 집으로 돌아와서도 우울한 마음이 사라지지 않았다. 역사의 격랑 앞에 무력한 개인의 존재가 바로 자신이었다. 어쩌면 그때 경비대 탈영병들은 소속 부대를 이탈하여 도주하면서 철승 자신과 같은 마음의 갈등으로 고민하고 있었을 법했다. 그들은 정의를 포기한 국가 공권력의 길과, 불의의 척결을 표방하면서도 탈법의 폭력밖에는 저항 수단이 없는 반역자의 길, 이같이 합쳐질 수 없는 두 갈래 길을 놓고 어느 쪽 길을 택할 것인지 고민했을 터였다. 철승은 이들 탈영병들의 처지와 비슷한 자기분열이 바로 그 자신의 출생이 운명적으로 놓였던 갈등 상황인 것 같았다. 한쪽에는 정의를 파기하면서도 패배할 수 없는 막강한 국가권력의 하수인인 서청단원, 다른 한쪽에는 정의를 표방하면서도 패배할 수밖에 없는 상황에서 폭력과 탈법의 최후 발악을 선택한 배반자인 빨치산, 이렇게 공존할 수 없는 두 인물을 뿌리로 하여 세상에 태어난 그는 아직 어느 한쪽에도 마음 붙일 수 없는 처지에 있는 것이다.

바로 다음 날 철승은 황대청 부친을 찾아갈 생각이었으나 막상 집을 나서려는 순간 발길이 썩 내키지 않았다. 실의에 빠진 사람에게 위로의 말을 해주고 그가 미처 몰랐던 역사의 한 부분을 전해준다면 그의 마음에 새로운 삶의 지평 같은 것이 열리지 않을까 생각했었으나 그것이 잘될까 두려움이 앞서는 것이었다. 황대청 부친은 지금 중범 반역자 아들이라는 딱지가 붙여진 채 세상을 등지고 있는데 철승이 갖고 있는 얄팍한 역사지식 몇 조각을 전해준다 한들 그게 무슨 힘이 될까 하는 생각이었다.

그날 하루 철승은 무력감 속에서 아무 일도 손에 잡히지 않았다. 학원 강의시간을 때우는 것조차 힘들었다. 하루 시간을 번민 속에 보낸 다음에 잠자리에 들어서도 밤새 몸을 뒤척이면서 생각의 갈피를 잡으려고 안 간힘을 썼다. 흩어지려는 생각을 겨우 수습했는가 싶은 순간 다시 새로운 의문에 빠져들었다. 패덕의 폭력경찰이었던 나의 부친이나 국군 탈영병이었던 황대청의 조부나 역사의 죄인이었다는 점에서는 같다. 양쪽 다 탈법적인 폭력을 수단으로 했다는 점에서 역사의 심판을 받아야 한다. 하지만 한쪽이 구사한 폭력은 국법 질서를 지킨다는 명분으로 공권력을 남용함으로써 다른 한쪽이 법질서를 파괴하고 불법 폭력을 행사하도록 하는 명분과 구실을 만들어주었다. 어느 쪽 폭력이 더 큰 죄악인가.

폭력경찰에 대해 정의의 이름으로 항거했다가 죽어간 이들을 억울한 역사의 희생자로 단정하려는 순간 철승의 머리에는 또 다른 물음이 떠올랐다. 악을 퇴치하기 위한 악은 정당한가 하는 것이다. 아무리 빗나간 폭력경찰이었어도 국법 질서의 지킴이 역할을 하는 이상 이를 공격하는 폭력행위를 어떻게 정당화할 수 있는가. 세계의 역사에서 어느 나라 정부 치고 국법 질서의 파괴자를 그냥 수수방관했던 예가 있었겠는가. 황대청 부친을 의기소침에서 구해주려는 나의 의도가 아무리 좋다 한들 어떻게 반란군의 폭력 활동까지 미화할 수가 있겠는가.

철승은 여기까지 생각을 정리해보았지만 이로써도 흡족한 마음에는 이르지 못했다. 그렇지만, 자신과 황대청 부친의 현재 처지를 비교해봤을 때 그것이 불공평하다는 점은 명백했다. 폭력경찰의 하수인으로 불의에 영합했던 자의 아들은 호강을 하고 정의의 이름으로 수난당한 자의 아들은 세상의 버림을 받는 꼴이 아닌가. 국법질서가 유지되기 위해서 그 같은 부조리가 불가피하다고 한다면 그 같은 부조리의 덕분을 입어 호강하는 자라도 나서서 뭔가를 해야 할 것이 아닌가. 우리 집과 황대청네 집, 양쪽 집안에서 운명의 갈림길을 결정한 것은, 어쩌다가 행운의 양지에서 살았느냐 비운의 음지에서 살았느냐 하는 차이였지 않은가. 역사를 설명하는 논리가 어떤 것이든 내가 어디에 고개 들고 다니려면 황대청네 부자를 도와주기 위해 뭔가를 해야 할 것이 아닌가. 그럴진대 황대청의 불행을 보고 내가 했다는 생각은 어떤 것인가. 어쩌다가 역사의 양지에 떨구어져서 호강하고 사는 사람이 했다는 생각이, 학원강사 자리 하나 잘 유지하려는 알량한 이기심으로 황대청 부친의 결심을 유도하고 이를 이용하려고 했다니 이 얼마나 부끄러운 일인가.

철승은 흔들리는 마음을 다독이는 가운데 다음 날 다시 황대청네 집을 방문했다. 황대청 부친의 무표정한 얼굴을 다시 마주한 철승은 이제까지 준비했던 거대담론 역사 이야기를 설득력 있게 풀어갈 방법을 찾느라고 고심했다. 아들의 장래에 대해 희망을 걸려면 부친 자신의 삶에 대한 의욕을 일으켜야 하고 그러기 위해서는 그가 수치로 여기는 가족사의 이면에 대해 새로운 해석을 내려야 할 터였다. 철승은 머릿속에 정리해 둔 고심어린 이야기를 흔들림 없이 꺼낼 수 있도록 하기 위해 한껏 표정을 감추고 감정을 억제했다.

그는 먼저 4·3 사건에 얽힌 그 집안의 과거사 언급이 자연스럽게 들리도록 약간 잔꾀를 쓰기로 했다. 그 집안의 불행했던 과거 일을 좀 아는 어떤 친지에게서부터 우연히 들어서 대충 알게 되었는데 철승 자신도 아주 비슷한 처지의 가까운 친구가 있기 때문에 각별한 관심을 가지게 되었다는 식으로 사실을 적당히 꾸며대어 말할 수밖에 없었다. 그 친구의 아버지도 그 난리에 무장대 활동을 하다가 불행하게 죽어갔다는 이야기, 조실부모한 외로움과 지탄받는 가족사에 대한 수치심으로 오랫동안 방황하던 이 친구는 학교를 마치고 결혼해서 아이들이 씩씩하게 크는 모습을 바라보고 자기가 키우는 식물들 새싹이 힘차게 자라는 모습을 지켜보는 일에 재미를 붙이면서부터는 세상을 좀 달리 보는 것 같더라는 이야기까지 힘들게 마쳤다. 그리고 나서 철승은, 과거 역사의 해석은 역사의 승리자들에 의해서 결정되는 것이며 역사의 승리자하고 존경받는 선각자하고는 일치하지 않는 경우도 많다는 말로 이어갔다. 옛날부터 국민의 기본권이 유린되는 포악무도한 정권에 대해서는 민란이나 의거라는 이름의 반항이 있었고, 이 같은 반항은 그때 당장은 인정을 못 받더라도 후세에 가서 사건의 진상이 밝혀지면 명예회복이 될 수도 있는 일이며, 이 같은 잘잘못 판결의 역전이 있음으로써 역사는 발전하는 것이라고 하더라는 말까지 겨우 덧붙였다. 황대청 부친은 여전히 묵묵부답이었다. 시선조차 말하는 사람 쪽으로 향하지 않고 허공을 응시하고 있었다. 오랜 침묵이 흘렀다. 굳게 닫힌 사람의 마음을 열게 하고 잠자던 자존심을 깨워주기 위해 꺼낸 말들은 아무런 반응도 끌어내지 못했다. 철승은 시간사정을 핑계 삼아 자리를 털고 일어서지 않을 수 없었다.

철승은 그날 밤 잠자리에 들어서 한참을 뒤척거린 다음에야 자신의 방법이 틀렸음을 깨달았다. 황대청 부친은 학원 선생이라는 작자가 자신에게 훈시조의 역사 강의 듣기를 강요하는 것을 얼마나 얄밉게 보았을까 생각하니 부끄러운 생각에 낯이 달아오르는 듯했다. 그는 하루 동안을 더 고심하다가 다시 황대청네 집을 방문했다. 선생 티를 내려면 그것에 어울리는 이야기가 나와야 한다는 다짐을 단단히 하고 마음을 추슬렀다. 황대청 학생의 장래 문제에 대해 이야기를 시작하면서 철승은 기운이 솟았다. 황대청의 수업 받는 태도를 놓고 잠재적인 우등생의 집중력이 보인다는 칭찬을 하면서도 주제넘는다는 느낌이 들지 않았다. 어린 시절을 억울함과 욕구불만 속에서 보낸 사람들은 두 가지 방향으로 나갈 수가 있는데, 반항심리 쪽으로 기울어지면 파괴적인 성격이 되지만 불우한 환경에 대한 인내심을 키우면 오히려 강인한 투지력이 나올 수도 있다는 흔히 듣는 교육학 상식을 말할 때에는 목소리에 힘이 실리기도 했다. 학생들 가르치는 선생의 보람과 기쁨은 부모와 다를 것이 없고, 날마다 학생들 얼굴을 들여다보며 생기는 선생의 관찰력은 다른 전문직업인의 경우처럼 세상이 인정하는 것이라는 자찬을 하면서도 거북하지 않았다.

역시 아버지에게는 아들 생각이 제일인 듯 황대청 부친은 허공을 향하던 시선을 철승에게로 옮기더니 잠시 침묵한 다음에 입을 열었다. 양미간에 잔뜩 주름을 만들면서 나온 목소리는 힘이 없고 풀이 서지 않았지만, 철승의 말을 그냥 흘려 넘긴 것은 아님이 역력했다.

"누겐 아덜 걱정허지 않은 줄 알암수광? 아이새끼가 말을 들어주지 않는 걸 어떵 헙니까?"

황대청 부친은 이런 말로 시작하여 이제까지 함구하던 아들의 신상과 집안 사정에 대해 적지 않은 얘기를 들려주었다. 아들이 학원에 나가지 못하는 것은 자기가 요즘 다리를 다쳐서 자리보전하는 바람에 계획이 달라진 때문이라고 했다. 한 마을 안에서 자자분한 석공 일을 하는 자기가 어쩌다가 실수하여 다친 다리라서 어디 가서 보상받을 수도 없고 언제 이것이 나아서 다시 일을 할 수 있을지도 모르기 때문에 아들의 장래 문제는 자기 스스로 해결해야 할 처지에 놓이게 되었다는 것이다. 앞으로 학원비 낼 일도 걱정이며 학원에 다녀봐야 장래가 막막하니 아들 자신이 확실한 일거리를 잡아야 될 것 같은데, 때마침 어디 건축공사 하는 곳에서 미장이 일을 배울 좋은 기회가 생겼기 때문에 그곳에 나가기 시작했으며 미장이 기술은 확실한 일거리를 보장한다는 말이었다. 고등학교를 가지 않은 이유를 물어보았더니 본인이 학교 가기를 싫어하는데 어떻게 하느냐는 맥 빠진 대답만이 돌아왔다.

"그놈이 중학교 졸업헐 때 아방이 고등학교 가지 말라고 헌 줄 알암수광? 고등학곤 절대로 안 간다고 고집을 피우는디 어떵 헙니까."

"그렇습니까? 우리 학원에선 열심허는디예. 학원에서 공부해도 길이 열릴 수가 있으니까 지금 당장 중요한 건 학원에 다시 나가는 겁니다. 학원 수강료 문제는 우리 원장님하고 잘 의논해서 좋은 방법을 알아볼 테니까 우선 학원에랑 보내줍서. 공부허는 건 한번 중단허민 나중에 보충하기가 정말 힘든 거라예."

"그놈이 이 애비 말을 들으민 오죽 조쿠강. 난 애비 노릇 잘 못 헌다는 생각 때문에 아들안티 뭐엔 쎈 소리 못허난 아덜은 애비가 지안티 관심이 어성 경 허는 줄 아는지, 하여간 이 애비 말을 잘 듣지 않는 걸 어떵 헙니까."

"아버님하고 저하고 힘을 합하면 대청이도 알아들을 겁니다. 고등학교 다니는 문젠 제가 잘 얘기해서 대청이 마음을 돌려볼 거고, 우선 학원 나오는 거부터 잘 말씀해보십서."

정중히 인사하고 집 밖으로 나온 철승은 발걸음이 가벼워짐을 느끼면서 큰 한숨이 저절로 나왔다. 오늘 네 번째 방문에서 비로소 큰일을 이루어낸 기분이었다.

철승은 황대청 부친 앞에서 아들의 진로지도에 대해 약속을 했지만 그것은 그의 능력이 미치지 못하는 일이었다. 그는 다음 날 오랜만에 학원에 나온 황대청을 교무실로 불러다가 그의 신상에 대해 물어보면서 의사소통의 어려움을 절감했다. 왜 고등학교를 가지 않았느냐고 묻는 말에 그의 대답은 간단했다.

"학생들이 보기 싫습니다. 다른 학생들도 저를 보기 싫어하고예."

"다른 학생들이 너를 싫어하는 줄 어떻게 알았지?"

"걔네들이 저를 피하는 건 저를 싫어하는 거 아닙니까?"

"걔네들이 너를 피한다는 건 어떻게 알았지?"

"왜 제가 그걸 모릅니까? 제가 그렇게 바보로 보입니까?"

"네가 먼저 걔네들을 피하니까 걔네들이 너를 피하는 건 아닌가 말이지. 왜 이유 없이 다른 아이들이 너를 피하겠냐 허는 거지."

"하여간 싫습니다. 다른 학생들이 저를 알은체하는 것부터가 싫습니다."

"좀 싫어도 고등학교를 나와야 대학을 갈 거 아냐? 요즘 세상에 대학 안 나오고 사람대접 받을 수 있겠냐고."

"고등학교 안 나와도 검정고시로 대학 갈 수 있잖습니까. 제가 학원 나오는 것도 검정고시 볼려고 하는 겁니다."

철승은 여기에서 황대청과의 대화를 멈추었다. 그의 결심은 단단히 굳어져 있는 듯하여 당분간은 그런 말을 하지 않기로 했다. 우선 이 정도만으로도 보람 있는 성과다 싶었고, 황대청이 학원 수강을 계속할 수 있도록 부친의 마음을 돌려놓은 것도 큰 보람이라 생각하기로 했다.

황대청의 수강료가 걱정이 된 철승은 양 원장하고 이 문제를 의논할까 말까 몇 번을 망설였다. 자신이 황대청의 수강료를 대납할 생각도 없는 게 아니었지만, 이것은 그 자신이 학원강사를 그만둔 다음에도 계속 남아 있을 문제였던 것이다. 그는 이틀간을 망설인 끝에 원장실 문을 두드렸다. 양 원장은 언제나처럼 과장된 말로 그의 방문을 반겼다.

"어서 오십쇼. 오늘은 어쩐지 일진이 좋을 것이라 했는데 강 선생님 방문을 받게 되는군요."

"제가 일진 좋은 날을 오래 기다리다가 왔다는 거 아닙니까."

철승은 원장의 걸걸한 인사말에 맞장구를 치느라고 하긴 했지만 어떻게 말을 시작할지 잠시 뜸을 들인 다음에 입을 열었다.

"원장님네 집안은 4·3 사건 때 큰 변이 없으셨습니까? 그때는 아직 나이가 어려서 기억은 없으시겠지만."

"그렇지요. 4·3 사건이 한창일 때 제가 태어났으니까 기억나는 건 없지만, 제주도 사람치고 4·3 사건 피해자 아닌 사람이 어디 있겠습니까. 워낙 대형 태풍이었으니 싹쓸이 풍파가 미치지 않은 곳이 없었지요."

"태풍이 크게 불어도 높은 동산 바람코지가 있고 납작하고 구석진 곳 태풍의 그늘이 있었을 거 아닙니까."

"아, 그건 맞수다, 맞아. 그러니까 우리 집은 바람코지였지요, 바람코지. 그런데, 오늘 강 선생님께서는 어떻게 뜬금없이 4·3 사건 때 이야기를 하실까요?"

"아, 네, 그냥 ……"

철승은 잠시 말을 끊고 생각해보았다. 양 원장의 말은 그의 집안에서도 4·3 사건의 피해가 컸다는 것이 아닌가. 오늘 괜히 4·3 사건 얘기를 꺼낸 것이 아닐까. 더구나 황대청의 조부가 그 당시 국군부대 탈영의 주범, 세상 사람들이 저주하는 국사범이었다는 사실을 원장이 알면 괜히 긁어 부스럼이 될 것이 아닌가. 불우한 환경임을 동정받기는커녕 괜히 서로 무안해지는 결과가 될 것이라는 지레짐작이 들자 철승은 급히 화제를 돌려서 말했다.

"저, 알아볼 일이 하나 있는데 말입니다, 이 학원에는 장학제도라는 게 없는가요. 불우한 학생을 도와주는 그런 거 말입니다."

"장학제도가 없다고 할 수는 없지요. 원장의 재량에 따라서 수강료를 면제해주면 되니까요. 뭐, 사정이 딱한 학생이 있습니까."

"네, 그러긴 합니다만은 말씀드리기가 좀 뭐하네요."

"어떤 학생입니까. 가정이 불우하지만 사상이 온건하고 품행이 방정하고 학업성적이 우수하고 그런 학생 아닙니까."

"사실은 그런 학생이 못 되니까 말씀드리기 거북하네요. 가정이 불우한 건 맞지만 사상이 불온하고 품행은 불방정하고 학업 성적은 들쭉날쭉하고 그러네요."

"양부모는 다 있답니까."

"홀아비에다 외아들인 결손가정입니다."

"그러니까 좀 예외적인 가정이군요."

"부친이라는 사람이 영 의욕이 없고 세상 괄시받는 생각만 하다 보니 홀아비 신세가 된 모양입니다. 그런 결손가정이니까 이 아이도 좀 괴팍한 성질이 되어버린 거 같고요."

"그 가정이 혹시 4·3 사건으로 파탄 난 집안 아닙니까."

"바로 그렇습니다만은, 제가 말씀드리기 거북했던 게 바로 그겁니다."

"그렇군요. 4·3 사건이 만들어낸 결손가정의 대표적인 경우가 바로 그런 외톨이 가정 아니겠습니까. 세상의 괄시를 받는 아이들은 주눅이 들어서 공부하는 머리가 잘 안 돌아가지요. 그런 가정환경이라면 우선적인 장학 혜택을 주는 것이 우리 학원의 방침입니다."

"아, 그렇습니까. 정말 뜻밖의 말씀이네요. 4·3 사건의 피해를 많이 입으셔서서 각별히 동정심을 갖고 계신가보지요."

"아, 그런 게 아니고요, 저는 4·3 사건의 피해자가 아니라 수혜자예요. 세상 사람들 모두 고생하던 때 특별한 혜택을 받은 사람이니까 이제라도 빚진 것을 갚아야 한다는 생각이지요."

"4·3 사건 수혜자라니, 어떤 말씀인지요."

"그건 얘기가 길어지니까 언제 다음에 하기로 하지요."

황대청의 수강료 문제는 의외로 쉽게 풀렸다. 양 원장은 황대청의 학원 수강료를 무기한으로 면제시켜주겠다고 나온 것이다. 철승은 교무실로 돌아온 다음에 사환을 시켜서 황대청을 불러오도록 했다. 황대청이 오면 원장실로 즉시 찾아가보도록 시킬 생각이었다. 그를 기다리는 동안 양 원장에게서 들은 말이 생각나면서 그의 말의 진의가 의아스러웠다. 4·3 사건의 특혜를 받았다니, 그 난리통에 그의 가족들에게 무슨 크게 돈 벌 일이라도 있었단 말인가. 전쟁통에도 돈 버는 사람이 있다는 말은 들었지만 아무려면 굶주리고 추위에 떨던 사람들 천지였던 그 시국에 특혜 받고 돈을 번 사람이 있을 수 있었을까, 아무리 생각해도 이상한 일이었다. 그게 아니라면, 4·3 사건의 특혜라는 것이 철승네 집에서처럼 부적절하게 받는 국가연금이라는 말은 아닌가, 하는 생각도 떠올랐다. 그렇다면, 철승 자신이 가끔 그러는 것처럼, 그런 부적절하게 받는 연금을 4·3 사건 피해자인 사람들에게 돌려준다는 발상일 수도 있을 것 같았다. 모친의 명의로 나오는 연금이어서 뭐라고 말은 못하지만, 철승은 사실 그의 부친이 순직하면서 남겨준 연금을 수령하는 것에 대해 남모른 부담감을 느껴왔던 것이다. 자칭 4·3 사건 수혜자라는 양 원장 발언의 진의야 어떻든 그의 유쾌한 입담을 들은 철승의 마음은 크게 고무되었다.

# 국방경비대 탈영병의
# 육필수기

　황대청이 학원에 다시 다니게 된 다음에도 철승은 가정방문하던 것을
중단하지 않았다. 황대청의 학원 수강뿐만 아니라 그의 부친 황지상 씨
의 동정에도 관심이 커졌기 때문이다. 철승은 황지상 씨의 말 한마디 한
마디가 옛날 뒤틀렸던 세상의 면면을 보여주는 것 같아서 예사롭지 않
게 들렸다. 고독에 찌들린 이 중년 남자의 말투나 얼굴 표정 하나하나가
어떤 보이지 않은 깊은 곳, 알 수 없는 과거의 심연 속에서 나오는 것 같
았다.

　황지상 씨는 다리 다친 데가 많이 나았는지 가벼운 막노동은 다시 나
가는가보았다. 자기 땅에 농사일이 조금 있고 농사일을 쉬는 틈틈이 남
의 집에 석공일 같은 것도 나갔었지만 이제는 힘이 들지 않는 밭농사 같
은 것만 품팔이 나간다고 했다. 황지상 씨는 자신에 관한 이야기는 피하
려고 하면서도 철승이 방문을 가면 그전과는 달리 반가운 표정을 지어

보였고 간단한 마실 것을 내놓기도 했다. 아들 걱정 해주는 사람을 박대할 수는 없는 모양이었다. 그전 같으면 술도 한 잔 대접했을 텐데 한때 과음이 지나쳐서 중증 간염을 얻은 다음에는 금주하고 있다는 신상 얘기를 털어놓기도 했다.

황지상 씨를 만나는 것은 비 오는 날을 택하기로 했다. 날씨가 궂으면 황지상 씨가 바깥일을 나가지 못하는 관계로 마음에 부담감이 적어지는 것이었다. 철승 자신도 이런 날에는 마음이 더 차분해지고 과거를 돌이켜보는 홀가분한 기분이 되었다. 어찌된 일인지 금년에는 비 오는 날이 예년보다 많은 것 같았다. 비 오는 날이 되면 아, 오늘은 이 집을 방문하는 날이구나, 하는 생각이 나기까지 했다. 비가 오는 날에는 아무 말 없이 침묵이 흘러도 무료하지 않았고 오래 묻혔던 과거사가 슬그머니 떠오르기도 잘하는 것 같았다.

불행한 과거를 살아온 황지상 씨가 때로는 자기의 운명이 최악의 것은 아니라는 쪽으로 생각하며 스스로 위로하기도 한다는 말을 했을 때 철승은 놀라는 마음이 되었다. 그동안 세상에 원한을 품고 사는 사람 같이 보였지만 그 원통한 속마음을 나름대로 곰삭이고 있었다는 뜻으로 들려서 존경스럽기조차 했다. 황지상 씨의 자기위안 방법은, 4·3 사건을 겪었던 더 불행한 사람들의 사례를 떠올리는 것이었다. 다른 탈영병의 가족들은 발견되는 대로 모두 총살당했음에 반하여 자신은 난리가 조용해질 때까지 외딴 마을 외갓집에 피신해 있던 덕분에 목숨을 지킬 수 있었다는 것이고, 결혼식도 없이 데려다가 같이 살던 어릴 적 친구가 장래성 없는 남편이라고 도망가버리기는 했지만, 그래도 아들 하나를 낳아주었으며, 그 아들이 다섯 살 될 때까지 길러주고 사라졌다는 것이 고마운 일이고, 하나 있는 아들이 그런대로 건강하게 크고 있다는 것이 대견스럽다는 얘기였다. 그의 또래 친구들 가운데는 자기 눈앞에서 부모가 처참하게 총 맞아 죽는 장면의 기억 때문에 오랜 세월 악몽에 시달린 사람들도 있었는데 그의 부모는 아무도 모르게 영영 행방불명이 되었으니 그것도 다행이라면 다행이지 않겠느냐고 말하는 여유까지 보였다. 세상에서 손가락질당하고 사는 것도 이제는 면역이 되었는지 예전처럼 그렇게 속 쓰리게 느껴지지는 않는다면서 허허, 웃기조차 했다.

황지상 씨가 철승과 마주 앉아 이야기를 나누던 어느 비 오는 날에 일어난 일이었다. 그날도 두 사람은 이런저런 세상 돌아가는 이야기로 시간을 보내고 있었다. 황지상 씨가 아들에 대한 솔직한 애정과 관심을 보임에 따라서 이제까지 서먹하던 대화의 분위기는 한결 부드러워지는 느낌이 들었다. 학원에서 보이는 황대청의 생뚱맞은 기행과 발언들을 화제로 올려도 앉은 자리가 별로 거북하지 않았다. 그러던 중 어느 대목의 얘기가 끝났을 때 황지상 씨는 앉았던 자리에서 몸을 일으키고는 방 한쪽 장롱 서랍을 뒤지더니 무슨 수첩 같은 공책을 꺼냈다. 작은 크기의 오래된 공책인데 색깔이 바래고 표지가 너덜너덜 헐어빠진 것이었다. 그는 그 공책을 손에 꼭 쥔 채 철승의 얼굴을 향해 시선을 돌렸다. 그의 표정이 사뭇 엄숙하여 철승은 흐트러졌던 자세를 곧추세웠다. 두 사람이 마주 앉은 자세로 서로를 지긋이 응시하는 가운데 잠시 침묵이 흘렀다. 이윽고 황지상 씨가 입을 열었다.

"말허단 보난 우리 두 사름은 예사로운 사이가 아닌 거 같수다. 어-, 난 오늘 이걸 우리 대청이 선생님신디 드리젠 마음 먹었우다. 우리 모친은 친정집에서 나를 키우단 경찰에 끌려가기 전에 이 물건을 나에게 물려주멍 잘 간수허렌 했우다. 철들어네 펼쳐보난 우리 부친이 쓴 무슨 수기였우다. 부친은 토벌대에게 죽었을 거라고 추측만 허주 말년의 행방은 나도 알 수가 없고 이것만 어떵 허연 가족안티 전해주었던 모양이우다. 언젠가는 이걸 읽을 사름이 이실 거엔 기다려왔는디 이날 이때까지 그런 사름이 나타나질 않았우다. 세월은 가고 적당헌 사름이 나타나지 않안 걱정해신디 이제사 딱 맞는 임자를 만난 것 같안 반갑수다."

철승은 황지상 씨가 가만히 건네주는 색 바랜 공책을 두 손으로 받았다. 너무 뜻밖의 일이었고 분에 넘치는 선물이었다. 거듭 감사를 표하며 헐어빠진 공책을 받아든 철승이 자리를 뜨려고 하자 황지상 씨는 오늘따라 모처럼 집 밖으로까지 나와서 배웅해주는 것이었다. 손에 들고 있는 헐어빠진 공책이 한결 무겁게 느껴졌다.

정신없이 집에 돌아온 철승은 떨리는 마음으로 들고 온 공책을 펼쳐보았다. 숨을 죽이고 가만 가만히 펼쳐보는 공책의 한 갈피 한 갈피가 누렇게 색 바랜 그대로 그의 눈을 부시게 하는 것 같았다. 서두에 써넣은 '황정수의 투쟁수기'라는 글씨는 여러 번 반복하여 덧대어 쓰였던 듯이 더 굵고 선명하게 보였다. 수기는 일지 형식으로 쓰여 있었는데 기회가 될 때마다 간간히 써놓은 듯 며칠 간격으로 나와 있었다. 연도 표시는 나와 있지 않았지만·전후관계로 보아서 4·3 사건이 나던 1948년에 쓴 것임을 알 수 있었다. 월일 표기를 보니까 4월 17일이 일지가 쓰인 첫날이었고 마지막 날짜는 6월 20일로 나와 있었다. 수기가 쓰인 기간은 두 달 정도밖에 안 되었지만, 처음부터 이 수기를 두 달만 쓰려고 시작했던 것은 아니고 중도에 어떤 사정이 생겨서 예정보다 일찍 끝난 것이 아닌가 생각되었다. 두툼한 공책이 절반도 안 쓰인 채 많은 부분이 백지로 남아 있는 것은 그 때문인 듯했다. 철승은 가슴이 떨리는 듯 흥분된 마음을 진정시키면서 읽어내려갔다.

4월 17일

오늘 하루에만 동지들을 다섯 명이나 모았다. 말을 걸어본 일곱 명 중에 두 명만이 거절했다. 어제까지 확약을 받은 일곱 명을 합치면 모두 열두 명이다. 이대로 간다면 일백 명 동지들을 모으는 데에 한 달이면 족할 것 같다.

간단한 암시로 뜻이 통하는 동지를 만날 때는 정말 기운이 난다. 오늘도 그랬다. 점심 먹고 나서 잠시 쉬는 시간에 내가 슬며시 다가가서 한쪽 귀에다 대고, 산으로 갈 동지를 찾고 있소, 하고 말하면서 싱긋 웃으면 금세 반응이 나타나는 것이다. 그중에 한 사람은 싱긋 웃는 나의 입을 보고 따라 웃으면서, 기다리는 중이었소, 입산 동지 만나서 반갑소, 하고 화답해 왔다. 제일 한심한 놈들은 내가 던진 암시를 낌새도 알아차리지 못하는 놈들이다. 이들은 예사롭지 않은 나의 귓속말을 듣고 나의 진지한 표정을 보면서도 한다는 말이, 산은 무슨 산, 우린 훈련시간에도 한라산에 많이 가는 걸, 하는 식으로 대답하는 것이다.

처음에보다 이심전심 화답이 빨라지는 것은 우리 경비대원들이 보기에 세상이 바뀌는 것을 예감했기 때문일 것이다. 소문에 듣기로는, 어제 4월 16일에 남로당 제주도 총책인 김달삼 동지 이름으로 '5·10 망국선거 반대 무장봉기 성명서'가 발표되었다고 한다. 나보다는 네 살이나 젊다는 이십 대 청년이 이렇게 영용한 지도자 역할을 하다니 인물은 인물인 모양이다. 나의 책무가 성공리에 끝나면 산속 캠프에서 이 지도자를 만나 속을 터놓고 시국을 논할 날이 올 것이다.

4월 19일

왜 이렇게 내 마음이 왔다 갔다 하나. 이제 와서 생각을 바꿀 수는 없지 않은가. 화살은 이미 시위를 떠났다. 4월 3일 봉기가 너무 성급했다고 한들 이제 와서는 돌이킬 수 없는 일이 되고 말았다. 선거 반대 무장봉기를 선언한 김달삼 동지도 이미 시위를 떠난 화살을 돌이키지 못하는 안타까운 심정일까. 그는 아마도 자기의 승리를 확신하고 있을지 모른다. 젊은 혈기가 있는 것이다.

나도 가족들 걱정 때문에 일찍이 군대에 들어오지 않았으면 요즘은 무장대에 함께 끼여 있었을 것이다. 뒤늦게 이제라도 참여를 한다면 내 몫의 책무를 찾아서 해야 하지 않겠는가. 지금 내가 할 일은 우리 경비대원들을 최대한 많이 포섭하여 동지들 힘을 키우는 것이다. 지금 입산한 동지들이 군대훈련을 많이 받아보지 못했음을 감안하면 맹훈련으로 다져진 우리 경비대 출신들은 앞으로 무장대 가운데에서 가장 정예부대가 될 것이다. 기거할 집도 없고 먹을 양식도 없이 헐벗고 굶주린 입산 동지들에게 희망을 주는 것이 나의 임무가 아닌가. 미래에 건설할 사람답게 사는 세상, 이것만이 우리의 희망이다.


4월 21일

세상 사람들이 우리의 목적을 불신하게 만드는 일이 연이어 일어나고 있다. 휴가 나갔다가 돌아온 사람이 전하는 말인데, 좌익계 청년들이 별거 아닌 일로 점잖은 노인 한 사람을 죽였다고 한다. 우리 이웃 마을에서 일어난 사건인데, 그 일대에서는 잘 알려진 촌장어른이셨다. 동네 청년 하나가 자기 집에 먹을 거 구하러 온 입산자를 냉대했다는 이유로 그 마을 좌익계 청년들에게 집단구타를 당해 반죽음 상태가 된 것부터가 너무했던 것 같다. 이것을 본 그 동네 노인이 말로 달래도 듣지 않아서 그 청년들을 경찰에 고발했더니 경찰 수감 며칠 만에 풀려난 후 그

노인을 찾아가서 구타하여 죽여버리고 도망쳤다는 것이다.

또 하나, 박영도라는 애월면사무소 직원이 무장대의 습격을 받고 무참한 죽음을 당했다고 한다. 이 사람은 출신 마을이 우리 마을과 가까이 있고 나와는 비슷한 연령대여서 나도 좀 아는 사이인데 매우 선량한 사람으로 기억이 된다. 하필 이런 사람을 공격 목표로 삼은 것은 경찰 간부의 가까운 친척이기 때문인 것 같다. 박영도는 자기 집에서 잠을 자다가 무장대원에게 살해되었는데, 사체는 백 미터나 떨어진 경찰 간부 친척네 집 앞에서 발견되었던 것이다. 박영도가 보관 중인 거액의 공금이 탈취된 것으로 보아 금전 취득도 이 야간 습격의 목적인 것 같지만, 경찰에 대한 경고 효과를 노렸을 것으로 짐작이 된다.

무장대가 이처럼 무리하게 폭력을 쓰는 것은 약자이기 때문일 것이다. 간절한 소원을 조용히 말로 해보다가 되지 않으면 큰소리로 외쳐야 되고, 그것도 안 되면 멱살잡이를 하든지 자살소동을 벌이게 되는 것이 아닌가. 4월 3일 봉기에서 우리가 폭력을 쓴 것도 우리 힘이 그렇게 약하지 않다는 과시를 함으로써 무시당하고 살지는 않겠다는 결의를 보여주는 것이지 폭력 자체가 목적은 아니지 않은가.


4월 23일

우리 경비대 주둔지와는 바로 옆 마을인 대정읍 동일리에서 선거관리위원장이 무장대에게 피살되었다고 한다. 그의 집에 보관 중이던 선거관련 서류도 없어졌다고 한다. 그동안은 무장대의 공격 대상이 경찰이었는데, 이제 선거 사무소와 관련 공무원으로 확대되고 있는 것이다. 들리는 말로는, 무장대의 습격을 두려워하는 선거관리위원들이 스스로 사퇴하거나 업무종사를 거부하는 일도 일어나고 있다고 한다. 5월

10일 선거가 임박하면서 유사한 사건이 더 많이 일어나리라고 모두들 수군거리고 있다. 점잖은 사람들은, 단독선거 실시를 반대하는 것은 자유이지만 선거 관련 종사자를 죽이는 것은 안 된다고 말할 것이다. 인명 살상을 좋아할 사람이 어디 있는가. 이 같은 최후수단까지 나와야 하는 상황이 안타깝다. 대를 위해서는 소를 희생시킬 수밖에 없지 않은가. 5월 10일 남한만의 단독선거가 실시되면 이 나라는 남북으로 쪼개질 것이 뻔하고 남북분단이 되면 동족상잔의 전쟁이 터질 것도 뻔한 일인데 어떻게 가만히 보고만 있느냐는 말이다.

용기를 내다가도 맥이 빠지는 것은 이렇게 투쟁하면 단독선거 실시가 정말로 저지되겠느냐 하는 생각이 들기 때문이다.


4월 25일

조천에서 무장대의 은거지를 습격하던 경찰이 오히려 두 사람 사망자를 내고 물러났다고 한다. 요즘 무장대와 경찰 간의 교전은 무장대가 승리하는 경우가 단연 많은 것 같다. 경찰 쪽이 무기와 장비 면에서 훨씬 더 유리한데도 그렇다는 것이다. 제주도에서는 경찰이 온갖 포악 만행을 저질러 미움을 받고 있으니 무장대에게 패하여 달아나는 경찰의 꼴을 상상하며 좋아할 사람들이 많을 것이다. 경찰의 눈에는 제주도 주민들이 그렇게 만만하게 보이는가. 주민들은 기본적인 생필품이 모자라서 쩔쩔 매는데 공출이다 뭐다 뺏어가려고만 들고, 무슨 배급 나오면 저희끼리 잘라먹고, 그동안 관행처럼 있어온 일본과의 교역물품을 보면 밀수품이라고 딱지 붙이고 압수해다가 자기네 물건처럼 팔아먹고, 육지 경찰관에게 돈 꾸러미나 통돼지를 갖고 가서 교섭이란 것을 하지 않으면 하르방과 손주 사이에 뺨 때리라 하거나 젊은 여자 잡아다가 옷

벗으라 하고, 뭐라고 항의하면 공산당이라 누명 씌워서 잡아가고, 이런 세상이니 경찰이 이 지역에서 받는 미움이 어떠하겠는가.

무장대원들이 경찰과의 교전에서 이기는 것은 악에 받쳐 싸우기 때문이다. 그들은 사람 취급 못 받는 것이 억울하여 싸우고, 굶지 않고 살아남기 위해 싸운다. 그들은 들판과 동굴에서 먹지도 자지도 못하는 가운데에서 눈에 불을 켜고 그들의 원수를 갚으려 하고 옥에 갇힌 그들 가족의 원수를 찾아나서는 것이다. 경찰은 명령 때문에 싸운다. 명령 때문에 마지못해서 싸우는 경찰은 돌담 뒤에 숨어서 방향도 모른 채 원거리 사격으로 시간을 보내는 동안, 울분에 차 있는 무장대는 용맹하게 앞을 보고 전진하며 총을 쏘고, 도망한 경찰이 남긴 무기를 주워간다고 한다. 미군정 책임자들은 제주사람들이 공산주의 나라 만들려고 싸우고 소련이나 북한의 지령을 받고 싸운다고 말하는 모양이지만, 그렇게 막연한 이유로는 이같이 용맹해질 수 없다. 우리 무장대는 지난 4월 3일 경찰지서 십여 개소를 습격할 때 게릴라 전투요원 오백 명 정도에 불과했으나 그 이후 입산자들이 늘어나고 있다고 한다. 그러나 입산 투쟁을 진압할 군경의 전력도 계속 증강되고 있어서 사태는 예측불허이다.

일제 강점기에는 일본경찰한테서 식민지 백성 된 설움을 당했다. 일본이 물러간 자리에 이제는 미국이 들어와서 일제에 못지않은 미제의 탄압을 가하는데 이에 더하여 육지 사람들의 포악상이 제주사람들 마음을 멍들게 하고 있다. 제주사람들은 경찰에 들어가기도 어렵고 들어가고도 요직으로는 갈 수 없는데 그건 제주사람 경찰은 모두 빨갱이와 내통하기 때문이라고 한다.

내가 일본에서 노동자 생활 오 년 동안 숨소리 죽이고 눈치 보면서 살다가 귀향할 때에는 해방된 나라에 돌아와서 기를 펴고 살 것이라고 믿었는데, 날벼락 같은 미군정의 명령 때문에 세상 꼴이 말이 아닌 것이다. 내가 그렇게 애써서 만들어놓은 제주-일본 간 도항선편을 인정받기만 했어도 내가 국방경비대에 지원하는 일은 없었을 것이다. 해방 후 제주도에는 육만 명이나 되는 출향민들이 들어왔지만 마땅한 일자리가 없고 식솔만 늘리는 결과가 되어 심각한 생필품난에 부딪치고 있음을 미군정은 그렇게 몰라준단 말인가. 밀항선이라는 어이없는 이유를 달고 허가를 내줄 수 없다고 하는데 한편에선 뇌물을 받아먹고 운항 허락을 내주는 간상모리배들이 있다니 세상에 이렇게 먹통 같은 정부가 또 어디 있을까. 제주도민들의 생필품 조달은 대부분이 일본에서 들여올 수밖에 없었다는 것을 온 세상이 다 알고 있는데, 이 같은 생명줄을 잘라놓고서 무사할 줄 아는가. 마약이나 귀금속을 몰래 들여오는 것을 밀수라고 하지 먹고 입는 생필품을 밀수입하는 얼빠진 나라도 있다는 말인가.

4월 26일

오늘은 착잡한 심정으로 지낸 하루였다. 아침식사를 마치고 잠시 쉬는 시간에 한 친구에게 접선하려다가 논쟁이 시작되었는데 이것이 오전 훈련을 마친 다음 점심시간까지 이어졌다. 나는 처음에 이 친구가 내 말을 진지하게 듣길래 큰 기대를 걸고 말을 하다 보니 헛수고가 되어버렸다. 폭력사용은 정의가 아니라는 그의 말에 나는 혁명은 정의감만으로 이룰 수 없고 여기에다 인민의 원수에 대한 증오심과 분노가 더해야 하고 증오심과 분노가 폭발한 것이 폭력사용으로 나타나는 것이라고 했더니 그는 묵묵히 일어나서 가버리는 것이었다.

혁명은 폭력을 요한다는 공산혁명의 강령이 자꾸 떠오르면서 사상과 신념을 전하는 것이 얼마나 어려운지를 실감하는 우울한 하루였다.

4월 29일

어제는 기념할 만한 날이었다.

상황이 바뀌고 있다. 이 섬에 싸움이 멈추고 평화가 온다는 것이다. 우리 연대장이 생명의 위험을 무릅쓰고 적진의 한가운데 무장대 본부로 들어가서 평화협상을 벌인 결과 양 진영이 교전을 멈추고 제주도 사태를 평화적으로 해결하기로 타협을 보았다고 한다.

나는 우리 9연대 연대장이 초토화 작전 같은 강경책을 쓰라는 미군정의 압력을 물리치고 선무공작 같은 유화책을 주장했음을 알고 있었지만, 이렇게 용감하고 똑똑한 인물인 줄은 이번에야 알았다.

우리 9연대의 오백여 명 병사들은 어제 아침부터 연병장에 모여 연대장의 평화협상 진척 상황에 따라 행동한다는 지시를 받았다. 오후 한시가 되어서야 무장대 측과의 평화회담을 두 시부터 연다는 합의가 됨에 따라 우리는 부동자세를 하고서 무장대 사령부로 회담하러 떠나는 연대장의 연설을 들었다. 어쩌면 그의 마지막 고별사가 될 수도 있는 비장한 연설이었다. 그의 목소리는 죽음을 눈앞에 둔 사람처럼 분명히 떨리면서도 어딘가 당당하고 결연한 기상이 담겨 있었다. 지금 자기는 미군정 장관으로부터 전권을 위임받고 무장대 대표를 상대로 약속된 평화협상을 하러 간다는 발표를 하고 나서, 자신의 언질의 신빙성을 보여주고 회담의 성공을 담보하기 위하여 자신의 가족들을 인질로 맡겨둘 결심까지 하고 있고, 어쩌면 회담이 결렬되고 자기 목숨이 달아날 수도 있다는 발언까지 덧붙였는데, 이를 듣는 우리 경비대원들은 자못 숙연한 자세가 되었다. '만일 반도들이 나를 살해한다면 이는 민족반역행위이니 장병들은 철저히 소탕하여 나의 원한을 갚아달라. 만일 오후 다섯 시까지 연대장이 돌아오지 않으면 살해된 것으로 알고 전투행위를 개시한다.' 이 말을 마치고 연단을 내려설 때 우리는 그가 걸어가는 방향으로 힘찬 거수경례를 올렸으며 그가 탄 지프차가 우리 시야에서 사라질 때까지 올려붙인 손을 내릴 줄 몰랐다. 그리고 우리는 우리 연대장이 자신에 찬 걸음걸이로 다시 그 자리에 나타날 때까지 장장 네 시간을 기다렸던 것이다.

경찰에서는 무장대를 폭도라고 부른다고 하는데, 무장한 산폭도들이 우글거리는 야전사령부에 부관 한 사람 데리고 들어가서 평화협상 하겠다는 것부터가 영웅적인 행동이 아닌가. 연대장이 내놓았다는 협상 조건도 영웅답다. 무장대가 모든 무기를 내려놓고 하산하면 그동안 관행이었던 행정 부조리를 개혁하고 경찰 대신에 경비대가 치안을 맡는다는 것이 연대장의 약속이었지만, 무장 봉기 주동자들을 어떻게 응징하느냐 하는 것이 난제였던 모양인데 연대장의 제안은 정말 통 큰 협상가의 발상이었다. 들리는 이야기로는, 범법자들에 대해서는 법대로 처리해야 국법질서가 서겠지만 그렇게 되면 다수의 봉기 주동자들을 극형에 처해야 되는 결과를 무장대 측에서 받아들일 수 없다는 난관에 부딪쳐서 협상 시한인 오후 다섯 시를 넘길 뻔했다고 한다. 그 운명적인 순간에 연대장이 제안한 것은, 입산자들의 무장해제와 귀순만 성사된다면 주동자들에게 해외 망명의 기회를 만들어주겠다는 약속이었다. 해외 망명이란 한 나라의 정권이 왔다 갔다 하는 혁명 투쟁의 막후에서 퇴출 상대방에 대한 유혈 처단 대신에 선택하는 평화협상 조건이 아닌가. 일개 연대장에 불과한 영관장교 신분에서 무엇을 믿고 그런 대담한 제안을 내놓았는지 모르지만, 무장폭도들에게 해외로 도피할 비밀선박

주선까지 제안했다는 것은 그의 소신과 뚝심을 짐작케 한다. 아마도 협상이 좌절될 경우에 있을 엄청난 유혈참극만 막을 수 있다면 이 정도의 파격적인 타협은 미군정에서도 용인할 것이라는 믿음이 서 있었을 것이다.

해외 망명을 주선해주겠다는 연대장의 제안에 대한 김달삼 동지의 응답도 영웅답고 감동적이다. 김달삼 동지는 연대장의 호의적인 제안에 감사의 뜻을 표하면서도, 평화협상이 성공하여 교전상태가 그치면, 자기는 해외 도피 같은 짓은 하지 않고 당당히 자수하여 이번 의거의 모든 책임을 질 것이고, 법정에서 제주경찰의 포악무도함을 만천하에 공표함으로써 입산무장대의 투쟁이 정당함을 주장하겠다고 나섰다는 것이다. 이 어찌 제주가 낳은 이 시대의 영웅이라 하지 않겠는가.

협상조건의 확실한 이행을 보증하기 위해 약속 이행이 끝날 때까지 가족들을 인질로 내놓겠다는 연대장의 제안에 대해서도 김달삼 동지의 수용태도는 전투 지휘자의 냉정한 판단력과 가족 가진 사람의 따뜻한 인정을 모두 보여주었다. 인질이 될 가족은 연대장의 노모와 부인 그리고 두 살 난 아들이었는데, 김달삼 동지는 이들을 거주 불편한 자기네 병영 대신에 아랫마을의 일반 민가에 편히 모실 수 있도록 하고 다만 그 주변을 감시하는 일만 자기네가 알아서 하겠다고 자진하여 제안했다는 것이다. 나의 머리에 떠오르는 김달삼 동지의 모습은, 냉정한 혁명가이면서 뜨거운 피가 도는 인도주의자의 그것이다.

어제 회담에서 평화협상이 타결되었고 오늘 오후에 벌써 협상 결과에 따른 조치가 실시되기 시작했다. 오늘 오전에 일차적으로 모슬포 연대본부와 제주읍 비행장에 귀순자 수용소가 설치되었으며, 앞으로 점차적으로 서귀포와 성산포에도 귀순자 수용소를 세우되 경비대가 이를 직접 관리하고 경찰의 출입을 통제한다고 했다. 내가 속한 9연대 1중대 2소대가 귀순자 수용소 설치를 맡았다. 우리는 시간 가는 줄 모르고 지친 줄 모르는 가운데 연대장의 명령에 따라 귀순자 수용소를 만들었다. 이렇게 보람 있고 신나는 일이 어디 다시 있을까.

오전 중에 간이 막사를 짓고 오후 두 시부터 귀순자 신고를 받았는데 신고 받을 준비를 끝내고 한 시간이나 기다려도 귀순한다고 오는 이가 단 한 사람도 나타나지 않아 우리는 실망했다. 그렇게 부풀어오르던 희망이 물거품이 되다니 우리는 전신에 맥이 탁 풀렸다. 그런 가운데 어떤 젊은 아주머니 두 사람이 나타났을 때 우리는 거의 동시에 환호를 올렸다. 오늘 새벽부터 한라산 일대에 뿌려진 삐라를 통하여 귀순자는 이제까지 사용했던 무기를 갖고 나와서 반납하도록 홍보가 되어 있었는데 이들 두 아주머니가 가져왔다는 무기는 죽창이었다. 별로 써보지 못한 듯한, 어설프게 만든 죽창 몇 개를 접수하여 반납 무기 목록에 적어넣으면서 우리는 잠시 숙연해져서 말문을 열지 못했다.

현장 시찰을 나왔던 연대장은 즉석에서 작은 지시 하나를 내렸다. 산에 있다가 내려오는 사람들은 배가 고플 테니까 찐 고구마나 감자를 내다가 귀순 신고 오는 이들에게 나누어주라는 것이었다. 찐 고구마 대접 때문은 물론 아니었겠지만 아주머니 두 사람이 앞장서서 길을 터놓은 다음 오후 몇 시간 동안 귀순 신고 오는 사람들이 점점 늘어나서 우리 모두는 마감 시간인 오후 여섯 시를 넘기고도 한참 동안 더 기다리며 접수창구를 지켰다. 첫날에 신고하러 오는 사람들이 남자들은 별로 없고 대부분이 여자들이었는데 그 이유를 두고 우리들끼리 즐거운 왈가왈부를 벌였지만 뒤늦게 다시 들렀던 연대장이 그것은 어린아이 젖 먹이거나 하는 육아 관련 걱정 때문일 거라고 말하자 그것이 바로 정설이 되어버렸다.

　제주도에 폭력은 사라지고 평화가 올 것인가. 우리 김익렬 연대장이 성사시킨 평화협상대로만 되면 얼마나 좋을까. 그렇게만 되면 나도 지금까지 비밀리에 추진해온 입산동지 규합을 더 이상 계속할 필요가 없어진다. 싸워서 크게 이기는 것보다 싸우지 않고 작게 이기는 것이 진정으로 이기는 길이라고 했거늘 그렇게만 된다면 얼마나 좋겠는가.


　5월 3일

　평화의 섬이 되리라는 제주의 미래에 먹구름이 일고 있다. 우리 연대장이 애써 깔아놓은 평화 노선의 기초가 위태로워진다는 것이다. 연대장의 지시대로 귀순 신고 오는 사람들을 귀한 손님 모시듯이 잘 대접하고 안전한 귀가까지 책임져준 결과로 하산자가 급증하여 이제 이 섬에 살상사건은 그만 없어지는 걸로 생각하고 있었는데, 부처님 같은 우리 연대장에 대해 유언비어 모함이 난무하고 있다는 것이다. 폭도들이 세력을 넓힐 시간을 벌기 위한 술책에 연대장이 놀아나고 있고, 연대장은 평화협상 이전부터 폭도 두목과 내통하고 있었다니 천인공노할 모함이 아닌가. 이런 내용은 이미 경찰 정보로 중앙에 보고되었다고 하니, 이건 분명히 그 악질 경찰에게서 나온 악질 조작극일 터이다. 다른 한편에선 또 다른 유언비어가 입산자들 사이에 나돌고 있다는데, 그것은 우리 연대장이 기만전술로 귀순자들을 모아놓고 한꺼번에 몰살하는 계획을 세우고 있다는 것이다. 이건 얼른 들어도 믿을 사람이 없을 억지 날조라고 생각되지만 하도 정신들이 나간 세상이라서 별별 소문이 다 떠도는가 보다.

5월 6일

걱정하던 일이 현실로 나타나고 말았다. 무장대 토벌에 대한 미군정의 강경책을 견제하던 김익렬 연대장이 해임되고 미군정의 총애를 받는다는 박진경 중령이 후임으로 왔다. 떠돌던 유언비어가 독을 키우더니 드디어 제주도 천지에 사람들 죽어가는 소리가 들리는 듯하다. 들리는 말로는, 김익렬 연대장이 해임된 것은 그의 유화책을 고수했기 때문이라고 하는데, 그렇다면 후임으로 온 박진경 연대장은 미군정의 방침대로 제주도 초토화 작전을 쓴다는 말이 아닌가. 오늘 신임 연대장이 취임식에서 우리 대원들에게 들려준 연설 내용을 보아도 그런 예측이 틀림없을 것이다. 그는 '우리나라 독립을 방해하는 제주도 폭동사건을 진압하기 위해서는 제주도민 삼십만을 희생시키더라도 무방하다'고 했다. 어떻게 이런 말이 나올 수 있단 말인가. 제주도 사람들은 대한민국 국민이 아닌가. 국민이 없고서 무슨 나라이고 무슨 독립인가. 그는 제주도 사건이 우리나라 독립을 방해한다고 했는데, 그렇다면 무고한 국민들 죽이라는 미군정의 꼭두각시 되는 것이 독립이라는 말인가. 이해가 안 가는 것은 미군정의 방침이다. 국민을 탄압하면 반발이 일어나고 폭동이 터지고 할 것을 왜 모른단 말인가. 미국이라는 나라는 민주주의 모범국이라고 하던데 이러고도 민주주의라고 할 수 있는가. 박진경 연대장은 머리가 어떻게 된 게 아닌가 의심스럽다. 취임식 연설에서 자기 아버지가 친일 정치집단의 주요 인물이었다는 말은 왜 하는가 말이다. 친일파 골수의 아들이 친미 골수가 되는 것도 자랑이라고 취임사에서 밝힌단 말인가. 우리 9연대의 미래가 암담하고 제주도의 운명이 걱정스럽다. 이런 연대장의 손가락 끝에 매달려 있는 제주도 삼십만 주민의 명운이 뻔하지 않은가.

나의 진로를 다시 심각하게 생각해야 되겠다. 김익렬 연대장의 평화주의 노선이 자리 잡히는가 하여 입산동지 포섭을 중단하고 말았는데 사태가 이렇게 역전하고 있으니 나도 다시 궤도수정을 해야 할 것이다.


## 5월 20일

마침내 국방경비대를 탈영하여 산으로 들어왔다. 그동안 전임 연대장의 평화협상 등 뜻밖의 사정이 없었다면 더 일찍 입산했을 것이고, 처음에 계획하던 일백 명 동지 규합도 성취했을 터이다. 그러나 그 사이에 포섭 작업을 중단했었고, 심지어는 의기투합 동조를 보이던 대원들도 여러 사람 놓치고 말았다. 그때 탈영을 포기하자는 말을 하고 그네들을 놓쳐버린 것이 후회스럽다. 애초에 무장대 연락책에게 말을 꺼낼 때에는, 5월 말 탈영 계획이 성공할 경우에 대비하여 일백 명 정도 수용할 수 있는 야영 아지트를 준비해달라는 부탁까지 했었는데 안타까운 일이다. 다시 포섭을 시작하여 인원을 늘릴 수도 있었겠지만, 신임 연대장 취임 후 삼엄한 공포 분위기가 감돌고 있어서 까딱하면 발각될까 염려가 되니 변고가 생기기 전에 후딱 실시하기로 결심했던 것이다.

탈영 모험을 추진하는 과정에서 우리 집단에 반드시 포섭해야 하는 동지가 있었다. 우선 중대장급 장교가 포함되어 있어야 한다고 생각했다. 수십 명의 집단을 인솔해서 부대를 이탈하려면 누가 봐도 이들을 지휘하는 것처럼 보이는 중대장 한 사람이 있어야 한다는 생각이었다. 우리가 영내를 빠져나가는 시간은 자정께로 잡았는데 이 시간에도 중대장이 수십 명 병사들을 인솔하여 영외로 나가는 작전은 누가 봐도 의심하지 않을 일인 것이다. 중대장 세 사람 중에서 한 사람 정문길 중위를 어렵지 않게 포섭했는데 정 중위는 이상하게도 우리 일행을 인솔하여 영외로 나가다가 다시 귀대했다. 그는 형식상 우리 일행의 지휘자 모습으로 연대본부를 이탈하여 나와서 이 킬로 떨어진 대정지서 습격까지 지휘하는 것을 끝으로 하여 자기 자신은 다시 영내로 돌아갔다. 우리의 탈영이 발각된 다음에 어떻게 처신할 계획인지 걱정되었지만, 그럴 만한 이유가 있으려니 생각하고 있을 뿐 어쩔 도리가 없었다. 다음으로 우리에게 꼭 필요한 동지는 운전병과 탄약계 대원이었다. 탄약계 대원은 당번제로 날마다 바뀌므로 우리 일행 가운데에서 당번 탄약계 대원이 나오는 날 거사를 하도록 계획을 세웠다. 그다음에 운전병은 좀처럼 바뀌지 않으므로 고정된 운전병을 반드시 포섭해야 하는데 이 일이 어려웠다. 탈영 행동을 신속하게 하고 장거리를 가야하며 게다가 우리가 계획하는 무기와 탄약을 싣고 나가려면 운전병은 반드시 포섭해야 하는데 트럭 한 대를 교대로 운전하는 운전병 두 사람 중에 하나도 포섭하지 못한 상태로 하루하루 날짜가 지나가서 나는 피가 바짝바짝 마를 지경이었다. 운전병을 하나도 포섭하지 못할 것이라는 판단을 내리자 나는 중대 결심을 하지 않을 수 없었다. 우리가 거사를 감행할 때 그날에 해당되는 운전병을 포섭되지 않은 상태로 반강제로 데려가기로 한 것이다. 설마 이제까지 동고동락하던 전우들을 죽음으로 몰고 갈 배신이야 하겠느냐, 하는 한 가닥 희망에서 나온 선택이었다.

5월 20일 자정 무렵까지 하사관 열한 명과 사병 삼십 명, 도합 사십일 명의 탈영 동지들의 집결이 무사히 이루어졌다. 사전에 전달된 대로 이들은 정해진 시간에 각자의 소속 부대를 요령껏 빠져나와서 1중대와 무기고 사이에 있는 빈 천막 안에 모두 모였다. 트럭 운전병으로 하여금 우리 일행의 거사에 동조하도록 만드는 데에는 중위 계급장을 단 정문길 중대장의 말 한마디가 주효했다.

"자, 서두르자. 긴급 야간출동이다."

이 한마디 명령에 운전병은 아무 말 없이 운전석에 올라탔던 것이다. 인원 확인이 끝나자 우리 일행은 무기와 탄약을 옮겨 실은 트럭을 타고 서문을 통과해야 했는데 보초병이 바리케이드를 치워주지 않으면 안 되는 상황이 되었다. 나는 곧 하차하여 트럭을 정지시키는 보초병에게로 걸어가서 다짜고짜 팔 하나를 붙잡아 끌고 트럭에 올라타면서 긴급한 용건으로 나가는 중인데 차차 말해주겠다고 엄포를 놓았다. 보초병은 우리 일행의 긴장된 얼굴들과 완전무장한 차림을 보고 더 이상 우리에게 시비를 걸지 않았다. 이 보초병을 그대로 두면 출입구의 바리케이드도 문제였지만, 우리의 탈영이 즉시 보고되어 비밀이 빨리 누설될 것이므로 그냥 끌고 나올 수밖에 없는 상황이었다.

입산무장대로 가는 도중에 우리가 벌인 두 번의 경찰관서 습격은 고도의 계략으로 밀어붙인 장쾌한 모험 활극이면서, 한 꺼풀만 살짝 틈새를 드러내면 우리의 목숨이 몽땅 달아날 수 있었던 아슬아슬한 사기극이었다. 나는 대정지서로 가는 도중에 중사 계급장을 소위 계급장으로 바꿔 달았다. 지서 순경들 앞에서 장교가 아니면 말발이 먹히지 않을 것이므로 불가피한 일이었다. 그 당시 대정골 보성향사에 설치되어 있던 대정지서는 4·3 봉기 당시에 무장대의 습격을 받아 여러 명의 사상자를 낸 탓으로 경비가 대폭 강화되어 있었다. 순경이 아홉 명으로 증원되어 있었고, 순경들을 협조하는 청년단원들이 여러 명 있었는데, 이들은 지서 주위에 돌아가며 설치된 일곱 개 초소에 나누어 배치되어 있었다. 그 날 저녁에는 모슬포 방면에서 왓샤 시위가 떠들썩하게 있어서 특별 경계령이 내려져 있는 상태였는데 완전무장한 우리 일행은 이를 무릅쓰고 지휘관의 구령에 맞추어 보무도 당당하게 지서 안으로 진입했다. 서

둘러 뛰어나온 주임 순경에게 나는 악수를 청하며 말했다.

"수고들 하시오. 우리는 연대본부에서 급히 파견되어 나온 특공대요. 산폭도들이 대정지서를 습격한다는 정보가 입수되어 상부의 명령으로 지원 나왔소. 대정지서 경내에서 어디가 가장 취약구역인지 알려주면 우리 병력을 배치하겠소."

주임 순경은 나에게 일곱 개의 보초막 위치를 알려주었고, 우리 일행은 이들 초소에 분산 배치되었다. 결국 일곱 초소마다 순경 한 명과 경비대원 다섯 명 정도가 배치되는 형국이 되었다. 높은 위치에 있는 성담 위 초소들에는 협조 역할을 하는 청년단원들도 끼여 있었다. 경비대원들이 각 초소에 배치되고 일 이 분 정도 지났을 때 호각소리를 신호로 하여 경비대원들은 순경들에게 총부리를 들이대었다. 지서 근무자들 중에서 반항하는 사람들은 모두 살해하기로 했었지만, 반항자가 의외로 적었음이 나중에 밝혀졌다. 사상자를 확인할 겨를도 없이 우리는 지서 내의 무기들을 재빨리 찾아내는 대로 챙겨가지고는 트럭에 올라 내빼었다.

다음 차례는 서귀포경찰서 습격이었다. 애초에는 모슬포에서 서귀포로 가는 도중에 안덕지서와 중문지서도 습격할 계획이었으나 시간에 쫓겨 그냥 통과했다. 서귀포경찰서로 곧장 갔는데도 시간이 지체되어 동녘 하늘이 벌써 희뿌윰하게 밝아오고 있었다. 우리가 경찰서 정문을 통과하려 하자 정문 초소에서 막았다. 우리는 초병에게 위급상황이 돌발하여 상부의 지시를 받고 응원 나왔다고 둘러댔다. 이날 숙직감독 경위는 관사에서 잠자는 중이던 경찰서장을 깨워 왔고, 경찰서장은 서장실로 들어간 우리 일행에게 양담배를 나누어주는 등 극진한 대접을 해주려고 했다. 우리는 마음이 조급하여 양담배 한 까치 피울 겨를도 없이 우리의 다급한 용건부터 챙기지 않을 수 없었다. 우리가 여기에서 노리고 있었던 것은 트럭과 기관총이었다. 서귀포경찰서에는 일제 군용차 트럭이 한 대 있고 당시에는 군대에도 지급되지 않던 미제 기관총이 있다는 사실을 알고 있었던 것이다. 경찰서장은 우리를 전혀 의심하지 않는 듯 넌지시 한마디 청을 넣자 선뜻 트럭을 빌려주면서 민간인 운전수까지 딸려 보내는 친절을 보여주었다.

트럭 두 대에 운전수 두 명이 본의 아니게 강제 차출된 셈인데 서로 대비되는 이들의 선택이 한동안 우리들 사이에서 이런저런 화제를 만들어주었다. 경찰서에서 보내준 민간인 운전사는 이내 산으로 들어가는 우리의 행방을 알게 되었지만 도망가지 않고 운전대를 잡아주어서 우리 일행은 무사히 무장대 본부까지 갈 수 있었다. 그런데 펑크는 뜻밖에도 연대본부에서 반강제로 끌려나온 트럭 운전수에게서 나고 말았으니, 그는 도중에 우리를 버리고 도망을 가고 말았던 것이다. 우리는 서귀포경찰서를 나온 다음에 곧바로 남원면 신례리 지경의 공천포까지 와서 거기에서 산으로 통하는 작은 길을 따라 올라갔는데, 그 길로 얼마쯤 가다가 이 친구는, 엔진이 열 받아서 물을 길어다가 부어야 한다면서 물통을 들고 개천 쪽으로 가더니 영영 돌아오지 않았다. 우리는 한 시간쯤 기다리다가 바람맞은 줄로 알고 신례리 인근 산악지대에 가 있던 무장대 본부까지 걸어갔고 중요한 전리품인 트럭을 몰고 가기 위해서는 입산자들 중에서 운전경력자를 찾아서 내려보내야만 했다. 도망 간 경비대원을 원망하는 사람도 여럿이 있었지만, 그곳까지라도 무사히 운전해 준 것은 고마운 일이라고 말하는 사람도 있었다. 경찰서에서 보내준 운전수는 겁이 나서 그랬는지 실제로 우리의 탈영을 도와줄 결심으로 그랬는지 모르지만 하여간에 이번에 우리의 거사 성공에 일등공신이 아닐 수 없다.

5월 21일

김달삼 동지를 만났다. 오늘 오전 그의 집무 공간인 움막집에서였다. 그의 움막집은 남원면 신례리 북쪽 수악교 부근 울창한 숲속의 조그만 분지에 있었다. 간이식 돌담 벽 위에 잡목 서까래들을 종횡으로 걸치고 그 위에 억새 지붕을 대충 얹어놓은 움막이었는데, 무장대 사령관인 그의 집무실 겸 그의 식당이자 침실이었다. 비슷한 구조이면서 규모가 더 큰 움집과 초막들이 숲속 여기저기에 흩어져 있고 이들 캠프 한쪽 편에 꽤 높이 올라간 둥근 보초탑이 있었는데 보초탑 꼭대기에는 보초병이 아래를 향해 총을 겨누고 있어서 야전부대의 살벌한 분위기가 물씬 느껴졌다. 어제 우리 일행이 이곳 무장대 본부로 들어왔을 때는 마침 김달삼 동지가 북제주 조천에서 열리는 참모회의에 참석차 출타 중이어서 우리 일행을 마중하지 못했다고 한다.

나는 어제 이곳에 도착했을 때, 우리 탈영병 집단을 대표하여 김달삼 동지를 오늘 오전 열 시에 단신으로 만난다는 전갈을 받고 밤새껏 이런저런 상상과 기대로 잠이 잘 오지 않았다. 내가 듣기로는 김달삼 동지는 무장대 사령관으로는 별로 어울리지 않는 경력의 소유자였다. 중등교육부터 일본에서 마치고 대학 과정 중에 학병으로 출정, 일본군 장교 경력을 갖고 해방 후 귀향하여 대정중학교에서 역사 교사로 근무했던 것을 보아 명문가 출신에다 학문적인 지식과 이론으로 무장한 혁명가 타입일 것이라는 예감이 들었었기 때문에 그가 반란군이자 야전군 격인 입산무장대를 지휘한다는 말을 들을 때에는 의아하게 생각되었던 것이다. 그런가 하면, 9연대 김익렬 연대장과의 평화회담에서 그가 보여주었다는 당차고 사려 깊은 평화협상 추진력은 점잖은 선비보다는 용맹과 지략을 겸비한 장수라는 인상을 떠올리게 했다.

실제로 대면해본 김달삼 동지는 얌전한 용모와는 어울리지 않는 무시무시한 강기의 발언을 함으로써 나를 놀라게 했다. 안색이 하얗고 마치 화장을 한 것처럼 불그스레 홍조를 띤 얼굴빛이며 검고 짙은 눈썹과 수려한 이목구비는 빠질 데 없는 미남형의 청년이었다. 덥수룩한 수염의 산적 두목을 연상했었지만 이와는 거리가 멀었다. 게다가 대단히 겸손했고 침착했으며 상대방에게 첫인상부터 호감을 심어주는 호인형이었고, 부드러운 서울말씨를 쓰는 것도 좋은 첫인상에 보탬이 되었다. 그러나 첫인상의 호감과는 달리 그의 입에서 나오는 말들은 비수처럼 날카로웠으며 무서운 투지를 지니고 있었다. 내가 그의 움막 속으로 들어가지 그는 자리에서 일어서며 악수를 청했다. 내 손을 굳게 잡은 그의 손에서 아플 정도의 악력이 전해왔다. 우리 탈영병들이 편히 거주할 건물이 없음을 미안해하는 그의 인사말로부터 우리의 담화는 시작되었다.

"우리 거처는 이렇게 산적 수준입니다. 요즘은 따뜻한 봄인데도 여기 숲속이나 동굴은 아직 썰렁해서 감기 조심하셔야 할 겁니다."

"추운 계절엔 산속에서 고생되셨겠습니다."

"우리 산사람들은 이제 단련이 되었지요. 그리고 춥거나 배고픈 것이 우리의 투쟁의지를 더욱 강화시키는 것도 있습니다."

그의 말에 의하면, 불편함을 무릅쓰고 이런 움막집에 살지 않을 수 없는 것은, 경찰에게 소재를 알리지 않기 위해서 수시로 거처를 옮겨 다녀야 하기 때문인데, 계절 변화에 따라서 더 좋은 지형지세를 골라서 간다는 이점도 있다고 했다. 우리는 한동안 입산자들의 거처와 먹고 자는 일을 놓고 담소를 나누었다. 그의 말대로 그들은 이제 산사람으로 단련이 된 듯 아랫동네에서는 힘들었을 불편들을 예사로 알고 사는 모습에 찬탄의 심정이 되지 않을 수 없었다.

나는 산사람들의 근황을 물어보는 것을 서두로 삼고 기회를 보아 몇 가지 질문을 던졌다. 무장대 사령관 김달삼 동지에게 물어보려고 오랫동안 간직했던, 대답하기 쉽지 않을 질문들이었다.

"우리의 봉기가 정말 성공하리라고 보십니까. 중과부적이 아닌가요?"

"아닙니다. 나는 중과부적이라고 보지 않아요. 국방경비대 안에는 우리 쪽 세포가 많이 포진해 있기 때문에 우리의 적이라고는 볼 수 없지요. 미국은 제주도 사태를 국제문제화하지 않기 위해 불간섭주의로 나올 겁니다. 전국적으로 단선반대 여론이 팽배한 가운데 실시된 5·10 총선은 강압과 공포 분위기 속에서 실시된 부정선거예요. 우리 제주도의 봉기는 전 국민의 봉기에 기폭제가 될 것입니다."

나는 사령관 동지의 말이 자신의 희망에 기울어져 사실을 너무 왜곡하는 것이 아닌가 생각되었지만 그의 당당한 기세와 유창한 달변에 압도되어 뭐라고 대답할 바를 몰랐다. 잠시 동안의 침묵 끝에 나는 다시 물었다.

"그동안 무장대가 나서서 일어난 살상이 너무 많았다고 생각하지 않으십니까?"

"살상 사건이 많았던 것은 사실이지요. 그러나 한 사람을 죽임으로써 두 사람 열 사람 죽는 것을 막자는 것이 우리가 싸우는 목적입니다."

그는 나의 질문을 받고는 오래 망설이는 기색도 없이 술술 대답하는 것이었다. 마치 이런 질문을 기다리고 있었다는 느낌조차 들 정도였다. 나는 다음 질문으로 곧장 이어갔다.

"그렇게 많은 인명피해를 꼭 입혀야만 합니까? 상대편을 죽이는 일은 우리 편도 따라서 죽는 것으로 돌아오는 것 아닙니까?"

"인간답게 살지 못할 바에야 차라리 죽어버리자는 것이 우리 입장입니다. 인간다운 세상 만드는 것이 그리 쉽지는 않지요."

"폭력이 폭력으로 이어지는 악순환이 일어나는 것 아닌가요?"

"우리의 폭력을 단순한 폭력으로 봐서는 안 됩니다. 위대한 혁명의 역사에서는 폭력이 새 역사 창조의 동력과 같은 것이지요. 그리고 잘 생각해보면 우리 무장대의 폭력행사가 정당방위라는 것을 인정해야 합니다. 말로 해서 들어주지 않으니까 때에 따라서는 다소의 폭력이라도 써야 우리의 존재를 알아줄 거 아닙니까. 물론 어떤 경우에는 필요 없는 폭력을 쓰는 동지들이 있어서 우리들 간에도 왈가왈부지요. 그런 군대기강의 면에선 정식으로 체계적인 군사훈련 받지 못한 문제점이 많이 있지요. 그건 저도 인정합니다."

"그러면 언제까지 이렇게 폭력행사가 오가는 건가요? 폭력이 언제 끝날지 희망이라도 걸어봐야 할 거 아닙니까?"

"우리가 사람대접 못 받고 개 취급당하는 한에는 우리 무장봉기가 끝나지 않을 겁니다. 사람을 사람대접 하지 않는 나라는 시끄러울 수밖에 없지요. 탄압이면 항쟁이다, 이것이 우리의 입장입니다."

나는 그의 말이 머릿속에서 정리되지 않은 채로 맴도는 것을 느끼면서 더 이상 그곳에 앉아 있기가 거북했다. 잠시 후 나는 좀 쉬고 싶다는 말과 함께 자리에서 일어섰다.

내가 예상했던 대로 사령관의 사명감과 투지는 결연해 보였다. 나는 이런 모습의 사령관을 기대했고 이렇게 강철 같은 의지의 사령관을 만나면 존경심이 더 우러나리라고 생각했다. 그러나 한 점 흔들림이 없이 결의에 찬, 그러면서도 반복되는 기계음 같은 그의 말들을 듣고 나오면서 웬일인지 내 마음 한구석이 허전해지는 것을 느꼈다. 폭력이 혁명의 원동력이라는 말은 내가 나 자신에게 하는 말이지만 이런 말을 하는 사람에게서 조금 망설이는 기색이 보이거나 겸연쩍은 웃음이 내비치거나 했으면 더 인간적인 믿음이 갔을 것이라는 생각이 드는 것이다.

5월 28일

며칠 전에 딘 군정장관의 이름으로 발표된 선언에 의하면, 지난 5월 10일에 실시된 제헌국회의원 총선거에서 전국에서 유독 제주도 북제주군 갑-을 양 선거구에서만 선거무효임을 확인하면서 불원간 재선거를 실시할 계획이라고 한다. 이 선거에 반대하느라고 밤잠을 못 자면서 주민들을 동원해서 산으로 올려보내고 선거사무실을 습격하고 선거사무원을 폭행하는 등 투쟁을 벌였던 동지들은 보람을 느끼고 환호했을 것이다. 두 선거구의 무효 정도를 가지고 제헌국회 구성 자체가 무산될지는 알 수 없는 일이나, 적어도 이 나라의 역사에 영원히 적혀 있을 우리의 투쟁노력은 헛되지 않을 것이다. 이 나라가 남북으로 두 동강이 나고 남북 간에 무력충돌이 일어날 경우에는 온 국민이 우리 제주사람들의 애국심과 역사의식을 알아줄 것이라는 생각이다.

6월 3일

얼마 전에 취임한 제주 주둔 미군 사령관 브라운 대령의 발언이 자못 걱정스럽다. 제주도의 서쪽에서 동쪽까지 모조리 휩쓸어버리는 작전을 계획하고 있다고 말했다는 것이다. 미군 사령관이나 한국 경비대 연대장이나 제주 사태에 대한 강경 노선에서 짝짜꿍이 잘 맞는다고 하니 제주의 미래는 이제 바람 앞에 등잔이 되어버린 셈이다. 지난번에 경찰이 슬그머니 쓰다가 말썽이 되었던 초토화 작전을 이제는 군인들이 본격적으로 쓸 것이 틀림없다.

6월 20일

그저께 박진경 연대장이 숙소에서 부하들에 의해 피살되었다고 한다. 제주도 민란에 대한 강경 진압책으로 미군정의 신임을 받아 연대장으로 내려왔던 박진경은 제주도 부임 한 달 만에 중령에서 대령으로 고속 승진을 했고 바로 그 승진을 축하하는 파티에서 만취한 상태로 잠자다가 살해되었다는 것이다. 그런데, 상관살해 사건의 주범이 다름 아닌 그의 직속 부하 정문길 중위였다는 것이 나에게는 충격이었다. 우리와 함께 탈영해 나오다가 다시 돌아간 정문길 중대장은 그렇다면 이 같은 하극상 살해, 누가 봐도 총살감인 거사를 위해 뒤에 남았더란 말인가. 정문길 중위는 살해 현장에서 도망칠 수 있었는데도 어디로 피하지 않고 체포된 다음에, 민족반역자를 죽이는 것이 자신의 양심이었다고 말했다고 한다.

폭력이 폭력을 부르고 죽음이 죽음으로 이어지는 악순환이 벌어지고 있다. 박진경 암살사건은 분명히 미군정의 강경책을 강화하는 계기가 될 터이다.

철승은 〈황정수의 투쟁수기〉를 단숨에 읽고 나서 큰 한숨을 몰아쉬었다. 이 같은 수기를 쓰는 동안 그 탈영병은 얼마나 가슴을 졸이고 불안에 떨었을지, 불문가지의 일이었다. 경비대 막사에서는 어두운 밤에 불이나 제대로 켜놓고 이 수기를 썼을까. 춥고 배고픈 산중의 움막생활에서는 다리 뻗고 잠자기도 어려웠을 텐데 어떻게 이 같은 수기를 쓸 수 있었을까.

수기의 내용을 찬찬히 들여다볼 때 공감이 가기 어려운 부분들도 없지 않았다. 황정수 씨가 탈영을 결심할 때 어떤 사리사욕이나 공명심보다도 순수한 정의감이 동기로 작용했음을 믿어준다 하더라도 그런 정의감의 소유자가 어떻게 무고한 동료 군경을 살상하는 만행을 서슴지 않았을까 의문이 들지 않을 수 없었다. 한 가지 이상한 것은 수기의 마지막 부분에서 엿보이는 어조의 변화였다. 입산자들과 생사고락을 함께하는 투쟁을 벌이려고 탈영까지 감행했지만, 막상 만나본 사령관의 불굴의 투쟁의지를 보고서 허탈한 듯한 어조가 된 것은 어찌된 일이었을까. 영웅주의에서 시작된 그의 탈영은 점점 허무주의 쪽으로 기울어져버렸으니 만약에 그의 무용담을 듣고 싶은 사람이 그의 수기를 읽었다면 실망했을 것이라는 상상조차 드는 것이었다. 그의 마지막 거취는 행방불명이라고만 알려져 있다고 하지만, 그것이 어떤 방향의 것이었든 비운의 최후를 피할 수는 없었을 것이라는 생각이 들자, 철승의 마음은 이 영용했던 탈영병의 처지가 너무도 안타까웠다. 더구나 정의를 내세운 그의 탈영 모험이 결국에는 4·3 시국의 상황을 더 심각하게 만듦으로써 제주 사회에 더욱 많은 희생과 피해를 초래하는 계기가 되었으며, 그 자신의 아들과 손자 대에 이르기까지 불행한 가족사를 이어가게 만들었다는 점에서 그 안타까움은 더욱 커지는 것이었다.

# 닫혔던
# 입을 열다

〈황정수의 투쟁수기〉를 읽어본 철승은 그 필자의 아들과 손자에 대해서 새로운 동정심을 갖게 되었다. 그들의 집에 찾아가는 일도 더 익숙해지고 주고 받는 이야기도 더 많아지게 되었다. 황지상 씨의 마음을 열려는 노력이 주효했음인지 철승을 대하는 그의 태도가 사뭇 달라져서 때로는 슬그머니 웃기도 하고 간혹 우스개 같은 말을 입에 올리기도 했다.

철승은 황지상 씨에게 그의 부친의 수기를 감명 깊게 잘 읽었다는 인사를 했지만, 그 끝을 어떤 말로 이어갈지 적당한 생각이 떠오르지 않았다. 여러 가지 악조건을 무릅쓰고 그러한 집필을 할 수 있었다니 참으로 존경스럽다는 말까지는 할 수 있었지만 읽고 나서 느낀 그 자신의 착잡한 감회를 솔직하게 말할 수는 없었던 것이다.

황정수 탈영병의 수기 도처에서 똑똑히 감지되는 진정 어린 정의감과 순수한 거사 동기에도 불구하고 그의 탈영과 무장대 합류가 가져왔을 것으로 추정되는 4·3 비극의 확대를 알고 있는 철승이었다. 황지상 씨가 부친의 수기를 얼마나 읽어봤고 읽고 나서 어떤 감회가 있었는지도 궁금했지만 이에 대해 물어보기도 거북했다.

철승과 황지상 씨의 만남은 계속되었으나 서로의 마음속을 헤아리는 일은 그리 쉽지 않았다. 철승은 4·3 사건 중에 있었던 끔찍한 사건들을 화제로 삼았다가 얼른 중단해버리기도 했다. 다른 사람의 불행을 아는 것이 자기 불행의 고통을 덜어준다는 말이 떠오르면서, 그 난리통에 있었던 여러 가지 불행한 일들의 예를 그의 앞에서 말하려고 하면 미안한 심정이 앞서기도 했다. 그 같은 고통을 비슷하게나마 겪어보지 않은 사람으로서는 주제넘은 일이라는 생각이 드는 것이었다.

그런 가운데에서도 4·3 사건에 대한 두 사람의 화제에 오른 일들이 몇 가지 있었으니 그것은 두 사람 자신에 관한 것이 아니라 다른 사람들의 비밀스러운 아픔에 관한 것이었다. 다른 사람의 아픔을 남에게 이야기하는 것이 결코 마음 내키는 일은 아니었지만 세상에 이런 사람, 이런 불행도 있더라는 이야기는 두 사람의 마음속에 어떤 공감과 동정심을 일으키면서 더욱 친숙한 사이가 되는 느낌을 주었다. 그날도 가을비가 추적추적 내리는 날이었는데 먼저 입을 연 것은 황지상 씨였다. 그는 잠시 허공을 보며 침묵한 다음에 이야기를 시작했다.

그의 이야기는 어느 의협심 많고 대담한 여인의 불행한 과거에 관한 것이었다. 시기는 4·3 시국의 주요 쟁점이었던 5·10 선거가 있기 직전이었다고 하니까 1948년 5월 초였던 모양이었다. 그즈음에 한라산 입산 무장대는 5월 10일의 단독선거 저지투쟁을 벌이기 위해 온갖 방법을 다 동원하고 있었는데 그중 하나가 선거업무 관련자들을 급습하여 살상하고 관련 서류를 탈취하는 것이었다. 화제 속의 여인은 그날 저녁 식사 중에, 그 마을 민보단장인 남편이 야간보초망을 순시하러 나가면서 무심코 들려준 말을 머릿속에 새겨둔 것이 액운의 단초가 되어버렸다는 것이다. 그날 밤 입산무장대가 이 마을로 들어와서 이 지역 선거관리위원장인 전직 이장 김모 씨를 해칠 것이라는 정보가 입수되어 특별 경계령이 내려져 있어서 아침까지 집에 들어오지 못할 것이라는 말을 들은 이 여인은 무슨 생각에선지 밤중에 슬그머니 대문 밖을 내다보다가 때 마침 어떤 낯모른 사내가 나타나서 김모 이장 댁을 정중히 묻길래 불현듯이 의협심이 발동하여 김 이장 댁 아닌 다른 집을 가리켜주었다는 것이다. 그 집은 그 마을의 현직 이장네 집이었는데 김 이장네 집보다 크고 울담도 훨씬 높은 데다 무서운 맹견이 지키고 있다는 것을 알고 있는 이 여인은 대문을 닫고 집 안에 들어와서 오늘은 참 좋은 일을 하나 했구나, 하고 즐거운 미음으로 잠을 잤는데 야밤중에 급히 전해들은 날벼락 같은 소식은, 그 여인이 안전하리라고 넘겨짚었던 바로 그 집에서 김 이장과 자기 남편이 살해되었다는 것이었다.

나중에 알려진 바로는, 그날 밤 전직 이장 김 씨는 선거관련 업무협의 차 현직 이장네 집을 방문하여 밤늦게까지 그 집에 머물렀다는 것인데, 선거관리위원장뿐만 아니라 그녀의 남편까지 애꿎은 변고를 당한 것은 무섭다는 그 집의 맹견 때문이 아닌가 하는 추측을 불러일으켰다고 한다. 2인조였던 무장대 살해범들이 김 이장네 집을 물어보았다는 시간보다 두어 시간 늦게까지 나타나지 않고 가만히 잠복했던 것은 그 집의 맹견 때문이었을 것이라는 추측이었고, 한밤중 하필 그 늦은 시간에 보초근무 순찰하다가 자신의 직무 관련 보고차 그 집에 들른 민보단장을 창으로 찔렀고 개 짖는 소리에 급히 나온 선관위원장을 잽싸게 살해하고 도망쳤을 것이라는 추측이었다. 그 여인은 살해자인 무장대원들을 원망

할 생각은 나지 않고 자기가 남편과 김 이장의 죽음을 가져온 장본인이라고 생각되어 그날부터 시름시름 속병을 앓게 되어 몸이 덜컹 축나고 남몰래 숨어서 한숨 쉬는 것이 일이 되어버렸다는 얘기였다. 낮에도 혼자 앉아 있으면 헛것이 보이는 것 같았고 잠자리에서는 악몽에 시달려 잠을 잘 이루지 못했다는 것이었다.

황지상 씨는 얘기를 마무리하면서 말하기를, 이야기 속의 여인은 바로, 이웃 마을 사는 그의 이모인데, 그가 자기 이모에게서 이 같은 과거의 비화를 들은 것은 4·3 사건으로부터 십 년이나 지난 어느 해 그의 모친 제삿날에 모였을 때였다고 했다.

황지상 씨네하고는 4·3 시국의 와중에서 좌우익 노선이 달랐다는 이유로 오랫동안 서로 왕래를 안 하던 이모였는데, 그 난리에 죽은 동생이 뜬금없이 꿈에 나타나는 바람에 미안한 마음이 들어 동생 제삿날에 맞추어 와보았다는 것이다. 언제 어디서 죽었는지 모르는 귀신이라서 생일날에 맞추어 지내는 제사였는데, 엎드려 절할 제관이라고는 달랑 두 사람 황지상 씨 부자밖에 없는 적막한 집 안 모습이 측은해 보였는지 이 가족의 기구한 운명을 위로하는 심정으로 이모 자신이 못다 했던 과거 이야기를 꺼내게 되었다는 것이다.

"우리 이모는 그 사건으로 가슴이 다락허게 털어져분 모양이우다. 십 년 동안 아무에게도 말허지 못허고 혼잣속으로만 품엉 있단 나에게 털어놓은 겁주. 그 이모가 생각허기론 이 조케가 그치룩 답답허게 보인 모양이라마씸. 조케가 오랜만에 보는 이모 앞에서도 꽁-허게 입을 봉해영 무시거옌 말헐 줄 모르는 걸 보난 슬며시 마음이 통허는 디가 있었던 겁주. 나 조케야, 가슴속에 묻어둔 거 시원히 풀어불지 않으민 병 나키라 라, 영 그르멍 말문을 열기 시작헌 겁주. 그 말을 들언 보난 나도 이모치룩 가슴 시원허게 풀어불구지 헙디다."

"그러면 그 이모님께선 십 년 동안 자기 비밀을 아무한테도 고백하지 못허고 혼잣속으로만 고민하셨다는 겁니까?"

"경 혼자만 속을 태운 건 아닌 모양입디다."

"그럼 누군가가 도와주는 사람이 있었다는 건가요?"

"사름 힘이 아니라 신령님 힘을 빌린 겁주."

"네? 신령님 힘이라고 하셨습니까?"

"귀신덜 힘 말입주. 우리 이모님은 오랫동안 그 마을 신당에 열심히 뎅겼젠 헙니다. 그전엔 귀신 곹은 거 믿어본 적이 어서신디 그 사건이 이신 후젠 창에 찔려 죽은 사름 귀신이 꿈에 나탕 놀래키는 통에 귀신이 있젠 믿어진 겁주. 매달 초하루 보름에 무을 당에 촞아강 죄를 빌었젠 헙디다. 사름덜 눈에 보이민 지은 죄를 들키는 것만 곹아네 날이 밝기 전이 슬그머니 다녀오기를 두어 해 계속허단 보난 꿈에 시꾸는 일이 어서지더라는 말입주. 경 헌디도 4·3 사건 말만 나오민 그날 밤 일이 자꾸 떠오르곡 마음이 아파네 어떤 절간에 뎅기기 시작헌 것이 이젠 불교 신자가 되었젠 말입주."

황지상 씨가 전하는 말로는, 4·3 사건이 있고 나서 한동안 절간 출입하는 사람들이 많이 있었다고 했다. 그들은 부처님 상 앞에 엎드려 절하고 앉아 염주를 돌리고 목탁소리 들으면서 명상하고 기도하고 하는 동안에 응어리 진 가슴을 풀었다는 것이다. 또한, 이렇게 절간에 나가는 동안 세상에는 마음에 상처를 입고 남몰래 눈물짓는 사람이 자기 혼자만이 아니라는 것을 알게 되어 마음을 돌리는 경우도 많다는 얘기였다. 실제로 황지상 씨가 그의 이모에게서 들었다면서 전해준 4·3 사건 후일담 가운데는 그 난리에서 입은 마음의 충격으로 정상적인 가정생활을 포기하고 절간에서 은둔생활을 이어오고 있는 한 여인의 이야기도 있었다.

그날도 먼저 입을 연 것은 황지상 씨였다. 철승이 당사자에게서 직접 듣지 못하고 두 사람의 중간 전달자를 건너 온 이야기라서 그 진실이 얼마나 가감됐는지는 모르지만 그 여인이 겪은 사연은 그 대체적인 줄거리만으로도 듣는 이의 가슴을 찡하게 울려주는 데가 있었다. 또한, 이 여인의 사연은 이제 듣기만 해도 지긋지긋한 서청단의 행패에서 시작된 것이라서 철승의 각별한 관심을 끌었다.

그 여인의 불행한 사건은 시골 마을을 둘러싸는 성 쌓기 노역동원이 있던 어느 추운 겨울날에 일어났다고 했다. 문제의 서청단원은 아직 경찰직 자리도 얻지 못한 상태에서 마을주민들의 노역동원 현장에 공사 감독으로 나왔는데 공사장 감독하는 시간에도 자기 흑심을 만족시키는 일에 혈안이 될 정도의 망나니인 모양이었다. 동원 나온 부녀자들 가운데에 반반한 얼굴을 골라 힘든 일에서 잠시 벗어나는 심부름을 시키는 척하면서 동물적인 욕망을 채우는 후안무치의 이 서청단에게 걸려든 마을 처녀가 컴컴한 자기 집 구들방에서 꼼짝없이 겁탈을 당할 시간에 때마침 이 집에 찾아왔던 남자, 이 처녀하고 백년가약 날짜까지 받아놓고 때를 기다리고 있던 이 마을 청년에게 발견되어 두 남자가 서로 뒤엉키는 일대 혈투가 벌어지게 되었고, 얻어죽지 않으려다가 엉겁결에 공무집행 방해죄 및 살인죄를 범하게 된 청년에게는 앞으로 남은 날 자기 목숨을 부지하려면 산사람이 되는 길밖에 없었고 이는 곧 그의 부모형제 일가족이 몰살을 당하고 그 자신도 결국 토벌대에게 죽음을 당하는 비운의 단초가 되어버렸다는 것이다.

저주받은 자신의 몸뚱이 하나로 인하여 엄청난 불행을 불러들인 여인은 마을사람들 얼굴 보기가 죄송스럽고 밝은 해를 바라보기가 부끄러워서 숨을 곳을 찾아 절간에 들어가 허드렛일을 도맡아하는 보살이 된 지가 벌써 삼십 년을 넘기고 있다는 얘기였다.

황지상 씨가 들려준 여러 사람들의 숨은 얘기들은 철승에게 적지 않은 부끄러움을 안겨주었다. 이제까지 4·3 사건에 대한 이해와 지식에 있어서 앞서 있는 자기가 황지상 씨를 계몽시키려고 생각했음이 부끄러워지는 것이었다. 제주 4·3의 역사를 객관적으로 바라보는 시각에 있어서는 자기가 다소 앞서 있을지 모르나, 4·3 비극의 소용돌이를 온몸으로 부딪쳐 직접 체험해보거나 그 비극의 주인공들의 아픔을 공감하는 면에 있어서 황지상 씨와 자신은 비교도 되지 않는다는 생각이 들었다.

"오늘도 좋은 말씀 잘 들었습니다. 학원에 가볼 시간이 되어서 이만 가보겠습니다."

철승은 진정어린 마음으로 인사하고 몸을 일으키면서 황지상 씨의 얼굴을 다시 쳐다보았다. 오랜 세월 인간세상의 그늘진 사연들을 속으로만 삭혀온 것처럼 깊은 골이 박히고 여기저기 거무스레 얼룩져 있는 얼굴이었다. 황지상 씨도 철승을 따라 일어서서 마당으로 나왔다. 그는 고통스러운 이야기를 끝낸 다음의 후련한 마음에서인지 하늘을 쳐다보면서 비가 그치고 멀리에서부터 푸른 하늘이 열려오는 날씨 이야기로 떠나는 사람에게 대한 인사를 마무리했다.

철승은 황지상 씨에게 다시 한 번 머리를 굽혀 인사하고는 마당을 지나 밖으로 나가는 올레길로 접어들었다. 무심코 고개를 돌리는 그의 시선에 들어온 것은 바로 앞 돌담 위에 무성하게 자라는 담쟁이 덩굴이었다. 오래된 시골 돌담 위에서 흔히 보는 송악나무였는데 빈틈없이 빽빽이 엉키면서 무성한 덤불을 이루는 덩굴줄기와 잎들을 그동안 보지 못했던 것이 무슨 실수이기나 한 것처럼 자신의 아둔함을 탓하고 싶었다.

돌담 위를 가득 덮은 짙은 초록색 잎들 사이사이에는 노르스름한 작은 꽃들이 덩이덩이 피어서 굵은 물방울들을 주렁주렁 매달고 있었으며, 덩굴줄기가 돌담 아래 부분에 달라붙은 곳에서는 희끄무레한 억센 뿌리가 촘촘한 그물처럼 돋아나 있었다. 철승은 바로 눈 앞 올레 돌담의 송악 담쟁이와 마당 건너 초라한 초가지붕을 번갈아 바라보았다. 낡고 허름한 초가집이 이 집 사람들의 몰락한 역사를 말해준다고 생각하던 그였다. 쓰러질 듯이 위태해 보이는 초가집을 바라볼 때마다 황대청의 초라한 모습이 생각났었는데 이제 오래된 돌담을 옹골차게 감싸고 있는 비에 젖은 송악 줄기를 보니 씩씩하고 다부진 황대청의 또 다른 모습이 떠올랐다.

철승은 저도 모르게 송악 꽃송이를 하나 꺾어서 손에 쥐고 코 가까이 갖다 대어보았다. 별다른 향기도 없었고 눈에 띄게 예쁘지도 않았지만, 노르스름한 작은 방울을 정교하게 파내어 만든 것 같은 꽃 모양이 다부지게 눈을 부릅뜬 놀란 아이 얼굴을 보는 듯했다.

"무시걸 경 든든이 봠수과?"

어느 틈엔지 마당을 가로질러서 철승이 서 있는 옆으로 다가온 황지상 씨가 하는 말이었다. 나간다는 인사까지 해놓고도 아직 미적거리고 있는 철승의 모습이 이상스러운 모양이었다.

"아, 예, 이 송악덩굴을 보니까 옛날 송악총 만들언 놀던 생각이 나서 잠시 구경하고 있습니다. 제가 어릴 때 다른 장난감 놀이는 다 서툴렀는데 송악총 놀이 하나만은 소문난 선수였습니다. 제가 그 시절에 이 송악총 실력으로 골목대장 했다는 거 아닙니까."

"아, 이거, 명사수 대장님 몰라봐서 죄송합니다. 나도 송악총 맨들단 때 기억은 나는디 선수는 못되고 아주 젬병이라 나십주."

황지상 씨는 말하고 나서 허허 너털웃음을 웃었다. 철승도 따라서 큰 소리로 웃었다. 황지상 씨를 알고 나서 이렇게 홀가분하게 웃어보기는 처음인 것 같았다. 황지상 씨가 송악총에 젬병이었다는 말은, 송악총 잘 쏘아서 골목대장 했다는 철승의 말이 그냥 해보는 허풍떨기임을 알아보았기에 나왔을 것이라고 생각하니 뭔가 막혔던 것이 풀려나간 것처럼 시원하고 유쾌했다. 두 사람이 이렇게 함께 실컷 웃을 수 있다는 것이 어찌나 기뻤는지 눈물이 핑 도는가 싶어서 얼른 말을 이었다.

"옛날 추억도 생각나고 오늘 기념 삼앙 이 송악 꽃들 좀 꺾어가도 되겠습니까?"

"물론입니다. 얼마든지 꺾어가십서. 이런 거 찾아주는 사름 이신 것만도 반가운 일이우다. 옛날엔 장난감 같은 거 어서실 때난 송악총 갖고도 재미있게 놀아나십주. 흔동안은 동네 아이덜이 딱총놀이 허켄 송악 열매 얻으레 우리 집이 와났는디 요즘엔 그런 아이덜도 어서젼 송악줄기 커봐도 별로 쓸데가 어십주."

송악 꽃송이를 한 줌 꺾어 든 철승은 다시 고개 숙여 인사하고 밖으로 나왔다. 철승은 다음 날 재향경우회 사무실로 박종혁 씨를 찾아갔다. 황지상 씨가 들려준 얘기를 통하여 그 옛날 서북청년단의 횡포가 다시 그의 머리에 의문점으로 떠올랐던 것이다. 서청단이란 게 도대체 어떻게 된 존재였길래 그 많은 불행의 원인이 되었는지 알아보고 싶었던 것이다. 박종혁 씨라면 오랜 경찰관 근무를 통하여 이 문제에 대해 많이 알고 있을 터였다.

철승이 재향경우회 회장실을 찾아갔을 때 우연히 만난 사람은 그의 고교 동창인 김기찬이었다. 회장실로 통하는 경우회 사무실에서 잠시 기다리던 철승은 박종혁 회장을 면회하고 나오는 김기찬과 그의 모친을 만나서 인사를 나누게 되었던 것이다. 박종혁 씨와 마주 앉은 다음에 철승은 김기찬 모자의 방문에 대해 넌지시 물어보았더니, 김기찬의 부친은 옛날 4·3 시국에 경찰후원회라는 관변단체의 회장을 맡아서 많은 애국활동을 하다가 순직한 국가유공자였는데 그 당시 그의 공훈에 관련된 사실들이 최근 발간된《제주경찰 30년사》라는 책 속에 기재되었기에 오늘 그들 모자를 여기로 초치하여 그 책을 전하게 되었다고 설명해주었다.

이윽고 시작된 박종혁 회장과의 면담에서 철승은 옛날 잊혀진 시대의 묻혀진 이야기들을 많이 들을 수 있었다. 철승은 에둘러가는 인사말 같은 것도 없이 바로 의중의 화제를 꺼냈다.

"오늘은 해방 후 서북청년단이란 게 어떤 단체인지 알고 싶어서 찾아왔습니다. 서청단의 횡포가 4·3 사건을 일으킨 기폭제였다고 말한 사람도 있었습니다만은."

"그런 말이 나올 만도 했지."

"서청단 사람들이 제주사람들을 어떻게 괴롭혔으면 서청 물러가라는 것이 그 당시 무장봉기의 구호가 됐을까 하는 겁니다. 서청은 확실한 법적 근거도 없이 막강한 권력을 휘두르고 횡포를 부렸다고 들었습니다. 별다른 죄도 없는 학교 교장이나 현직 검사까지 잡아다가 고문하고 죽이고 할 정도였다고예. 죽여놓고는 빨갱이였다고 말하면 아무도 건드리지 못하고 무사통과 됐다고 하니 그런 무법천지 세상이 어떻게 있을 수 있었을까 하는 겁니다."

"자네가 말하지 않아도 내가 잘 알고 있지. 서청으로 말하면, 우리 제주도 경찰사의 큰 수치라고 할 수 있어."

"도대체 어디서 온 어떤 사람들이길래 그런 악질 인간이 될 수 있었는지 이해가 안 간다는 것입니다."

"미군정과 이승만 대통령이 길을 잘못 들인 거지. 최고통치권자가 좌익세력을 퇴치하려고 우익청년단체에게 내려준 특권이라 아무도 건드리지 못한 거여. 나도 그 당시에 그 사람들 때문에 힘들 때가 많았네. 우리 제주 출신 경찰은 뭣 하나 자기 소신대로 일을 못하고, 육지 출신, 특히 서청 출신 경찰의 눈치를 봐야 했으니까. 그런데, 서청단 사람들에 대해서도 그네들이 여기까지 오게 된 내력을 알게 되면 이해가 가는 점도 많이 있어."

"어떻게 이해가 간다는 말씀이신지……"

"그 사람들은 해방 후 이북에서 목숨 걸고 넘어온 사람들이라. 뭐하러 넘어왔냐, 죽지 않고 살아남기 위해 넘어왔어. 토지개혁 한다고 해서 있는 재산 다 뺏겼지, 일제 때 친일했다고 빼돌림당했지, 공산당 치하에서 모든 기득권을 뺏거버리고 남한으로 도망치듯이 내려왔다는 거라. 그러니까 그 사람들은 공산당이라 하면 천하에 원수로 알고 이를 갈았던 거라. 남한에 내려왔을 때 이 사람들에게 확실하게 인정해줄 만한 것은 뭐였냐, 그건 투철한 반공정신 아니겠어? 이렇게 공산당에 대한 증오심과 복수심으로 똘똘 뭉쳐진 사람들을 요긴하게 활용한 것이 초기에는 미군정이었고 나중에는 이승만 대통령이었던 거라."

"그러니까, 잘못의 근원은 이 나라 최고통치권자에게 있었다는 거네요."

"바로 그거라. 최고통치자가 국민들 생각은 안 하고 치안유지나 권력강화에만 혈안이 되다 보니까 그런 어거지가 생겼던 거란 말이지. 이승만 대통령 입장에선, 철저하게 반공을 해야만 미국의 지원을 받겠고 미국의 지원을 받아야만 자기 정권이 유지될 것이니까, 반공과 멸공이 그 정권 최고의 지상과제가 되어버렸던 거지. 서청이 충성심 경쟁하는 것처럼 반공과 멸공 전선에 목을 매달게 된 건 이승만 정권의 존재이유에서 나온 일이었지."

"아무리 그래도 국가기강 잡는 경찰 자체에 기강이 없었다는 건 말이 안 되는 거 아닙니까?"

"그러니까 허는 말 아닌가. 처음에 어떤 객지신세 뜨내기가 객기를 부려서 기강을 무너뜨렸다 할 때 그걸 응징하고 단속을 해야 하는 건데 최고통치자가 그 사람들 신분을 보장해주는 세상이라 놔서 아무도 응징하지 못하다 보니 서청단 전체에 기강이 무너져버린 것이지."

"북한 땅에서 기득권을 뺏기고 월남했다고 하면 교육 수준이 어느 정도는 되었다는 거 아닌가요. 기득권층이라는 건 그만큼 많이 누리고 살았다는 거 아닙니까?"

"물론 그 당시 월남한 청년들 중에는 그런 사람들도 많았지만, 그런 이들은 자기 능력으로 할 일을 찾아서 진로를 개척해나갔다고 봐야지. 그럴 능력이 없는 이들, 그러니까 집도 없고 직업도 없이 서울거리를 떠돌던 부랑자 같은 이북청년들을 골라서 제주도 좌익운동 때려잡는 일에 투입했으니 이승만 정권에서는 일석이조의 묘안이었다고 할 수 있지. 이렇게 의지가지없이 무직자나 다름없는 서청단원들이 일천 명도 넘게 이 좁은 섬에 들어왔으니 민폐가 이만저만이 아니었다. 처음 들어올 때에는 경찰 보조역할만 하다가 나중에는 정식 경찰관이 되거나 경비대 군인이 된 사람들도 많았지만, 원래 뜨내기같이 떠도는 신세이다 보니까 문제가 많았다는 거여."

"서청단은 아무 집에나 들어가 돈 내라 밥 내라 했다면서요."

"생활안정이 안된 서청단 사람들 생각엔, 자기네에게 일정한 수입이 없으니 이곳 주민들이 먹여살려야 한다는 거였지. 이승만 대통령 사진이나 태극기를 갖고 이 마을 저 마을 찾아다니면서 강매했을 정도니까 얼마나 구차한 인생이었겠어. 이런 물건을 사지 않는 사람은 공산주의자다, 이렇게 몰아세웠으니 누가 봐도 어이없는 일이었지. 그 사람들 주장은 그런 거였어. 공산당 세상이 되어봐라, 있는 재산 다 뺏기고 사람 목숨이 파리 목숨이다, 그런 공산당 세상이 되지 않게 지켜주는 반공투사들을 이 지역주민들이 먹여살리는 건 당연하다, 이랬던 거라."

"먹을 거를 강제로 우려내는 일만이 아니고 행패가 그렇게 심했다고 들었습니다. 길 가는 부녀자를 농락하기는 예사였다니 어디 그럴 수가 있습니까."

"한창 때 남자들이 장기간 독신으로 살다가 길 가는 여자 보면 가만있기 어렵다는 얘기 아닌가. 근데, 여자들에게 행패 부린 서청도 많았지만 진부가 그런 건 아니었고, 이곳 여자에게 정식으로 청혼해서 가정 꾸리고 산 사람들도 없지는 않았지. 그 당시 이 지역에 딸 둔 가정에선 서청 남자들 때문에 걱정 많았지. 얼마나 골치 아팠으면 도내 유지들 간에 결혼추진위원회라는 거 만들어서 이 사람들 짝 맞춰주자는 말까지 나왔겠나고."

"그런 못된 행패 부리고 미움받는 남자들이었는데 그런 청혼을 받아준 사람들도 있었다는 겁니까?"

"이 사람아, 북한 남자라고 모두가 꼭 같겠나? 내가 아는 어떤 서청 출신 순경이 생각나는데, 이 친구는 어떤 마음에 드는 처녀가 무슨 혐의론가 경찰에 붙잡혀 온 것을 보고 일부러 자기 동료에게 힘든 심문을 하게 해서 지레 겁부터 주어놓고는 틈을 보아 조용히 접근해서 위로하는 말을 해주고 어찌어찌 풀려나는 길을 알으켜주어서 환심을 사놓은 다음에 정식으로 청혼을 했다는 거라. 그래서 결국엔 성공했다는 거여."

"하여간 서청단원들 못된 행패를 알고 보면 제주사람들이 목숨 걸고 무장봉기에 나선 이유를 알 것 같단 말입니다. 제가 듣기로는, 4·3 사건의 원인 세 가지가 좌익사상 유포, 5·10 총선거 반대, 폭력경찰이라고 하던데예, 좌익사상이나 총선반대는 일부 지식층에게 해당되고 대대수 민중의 동참을 가져온 건 폭력경찰에 대한 반항이었다는 거 아닙니까. 폭동을 일으킬 정도로 주민들 분통을 터뜨린 폭력경찰이 제일 큰 원인이었다고 말입니다."

"나도 그 점은 인정하지. 제주사람들에게는 억울한 일임에 틀림없어. 그런데 곰곰이 생각해보면 제주사람들에게는 억울한 역사임에 틀림이 없지만 대한민국 전체의 역사로 보면 4·3 사건이 있었음으로 해서 안정과 발전의 길로 나가게 된 것 같아."

"그건 참 이상한 해석이십니다예. 그 사건으로 인한 국론분열과 국력낭비가 얼마나 컸는데 말입니다."

"부분적으로 그런 면이 있었던 건 사실이지만, 대국적인 면으로 볼 때에는 그런 폭동사건을 겪음으로 해서 더 이상의 내란을 미연에 방지하게 된 거지. 적어도 법과 제도상으로는 반공국가로서 일사불란하게 안정을 다지게 됐다는 거여. 4·3 사건이나 여순반란사건이 있고나서 우리 남한사회 지도층에서는 다시는 빨갱이들 때문에 이런 혼란이 일어나선 절대 안 된다는 여론결집이 이루어진 거 아니겠어? 4·3 사건 나던 해에 대한민국 정부가 수립되고 얼마 안되어서 국가보안법이 제정되어서 좌익세력의 활동은 법적으로 원천봉쇄되었지. 사상적으로 좌익 혐의가 있으면 국회에 진출할 길도 막혀버리고 어떤 공직에도 발을 못 붙이게 되었으니까. 하여간에 해방 직후 겪었던 지긋지긋한 혼란을 수습했기 때문에 대한민국 전체의 역사로서는 일보후퇴 이보전진이라고 할 수 있다는 거지."

"그런 말씀이시면 4·3 사건의 직접적인 원인이었던 폭력경찰이 대한
민국 역사발전에서 유공자가 된다는 결론이 되잖습니까, 적어도 결과적
으로는 말입니다."

"표현이 좀 이상하긴 하지만 해방 후 한국 역사를 쭉- 훑어보면 그런
생각도 든다는 말이지. 폭력경찰이 없었으면 4·3 사건은 일어나지 않았
을 거고, 4·3 사건이 일어나지 않았으면 좌익세력 소탕이라는 정부방침
이 나오지 않았을 거고, 그렇게 되었으면 해방 직후의 혼란은 계속되었
을 것이라는 얘기가 되지. 그런 혼란상태가 6.25 동란 때까지 계속되었
다고 해보라고, 남한이 어떻게 일사불란하게 뭉쳐서 북한과 싸울 수 있
었겠느냔 말이지."

"정말 무시무시한 말씀인 것 같습니다. 제 생각엔 거시적인 대한민국
역사로 볼 때에도 4·3 사건은 일어나지 말았어야 했다는 겁니다. 지금
돌이켜보면, 제주도의 좌익세력이 무장봉기 방법 대신에 평화적인 방법
을 썼다면 얼마나 좋았을까, 폭력수단을 썼다가 뿌리가 뽑히는 것보다
당당하게 평화적으로 정치참여를 해서 국회에도 진출하고 했으면 제주
사람들도 희생을 치르지 않고 대한민국 역사발전에도 기여했지 않았을
까 하는 생각인 거지요."

"그렇다면 그때 좌익이 5·10 총선거에도 참여하는 게 좋았을 것이라
는 말인가?"

"그렇습니다. 4·3 사건 당시 제주도 주민들 사이에 좌익사상이 절대로
우세했다는 말을 들었습니다만, 제주사람들이 억울한 거 있어도 좀 참
고 무장봉기 대신에 5·10 총선거 참여와 국회 진출의 방법을 택했으면
4·3이라는 불행한 역사가 없었을 게 아닌가 하는 생각이 드는 겁니다.

제주도에 폭동 같은 것이 없고 평화롭게 총선거가 실시된다고 할 때 정부에서 먼저 인명 살상이든 강압정책이든 들고 나올 이유가 없었을 거 아닙니까."

"5·10 총선거에 참여하면 이승만 정부, 그러니까 남한만의 단독정부 들어서는 걸 도와준다는 게 좌익의 주장이었지. 자기네 존재는 깡그리 무시당한다는 거였어."

"저는 좌익세력까지 합친 대한민국 국회가 진정한 민주국가를 만들었을 것이라는 생각이고, 미래에 좌익과 우익을 아우르는 민족통일의 날을 대비한다는 의미에서 볼 때에도 그런 생각이 드는 겁니다."

"허, 참, 자네는 뭘 몰라도 너무 몰라. 자네는 좌익이라는 사람들 근성을 너무 모른단 말이여. 한마디로 말해서 빨갱이들은 독종이여 독종. 목숨 걸고 덤비는 독종들은 극소수가 국회로 진출해도 그 국회를 뒤흔든단 말이여. 백 사람 집단 안에 열 사람, 아니 다섯 사람만 좌익이라 해도 그 집단은 좌익 손아귀에서 놀아난단 말이여. 그 당시 좌익진영에서 신탁통치를 찬성하게 된 것도 자기네 독종근성, 그러니까 일당백의 파괴력을 믿었기 때문이었어. 신탁통치 기간 중에 남북한 전역을 적화통일 시킬 수 있을 거라고 내다봤다는 거지. 그러니까 내 말은, 제주도 좌익진영이 무장봉기로 5·10 총선거를 거부한 결과 폭력집단 낙인이 찍혀갖고 역사의 심판을 받은 건 대한민국 전체의 역사로 볼 때에 천만다행이라는 거여. 제주사람들에겐 불행한 일이지만 말이여."

"이래저래 제주도는 대한민국 역사에 희생양이 되었다는 거 아닙니까?"

"말하자면 그렇지. 제주사람들 모두가 수난을 당한 거지만 그러는 가운데 우리 제주경찰이 당한 수난도 알아주어야 한단 말이지. 우리 경찰이 백성들에게 미움받고 욕도 많이 들었지만 그렇게 욕먹으면서도 빨갱이들 잡아서 치안질서를 유지했기에 망정이지 안 그랬으면 이 나라가 어떻게 되었을 거냐고. 지금 북한처럼 암흑세상이 되었을 거 뻔한 일 아니냐고. 말이야 바른 말이지 빨갱이 잡는 일이 얼마나 어려웠는지 겪어보지 않으면 모를 거여. 모르고말고. 제주도는 빨갱이 섬이라는 말 괜히 나온 게 아니었다니까. 빨갱이 집단에서 그 많은 군중들 동원했던 걸 보아도 알 수 있지. 그런 세상에서 우리 경찰이 애먹은 일들은 정말 필설로다 말할 수 없을 정도였지. 삼십 년이 지났지만 그 분하고 울화통 터지는 일들이 잊혀지지 않는다니까. 징하다고, 징해……"

철승은 박종혁 씨가 몹시 개운치 않은 표정을 짓는 것을 보고 한마디 건네고 싶어졌다.

"《제주경찰 30년사》가 나왔으면 거기에 그런 일들이 다 기록되지 않았습니까?"

"그것도 그렇게 간단치가 않다네. 하고 싶은 얘기를 다 할 수도 없고 말이지. 이 4·3 관련의 역사는 골 때리는 일이 한두 가지가 아니었어. 요즘 사고방식으로는 도저히 이해가 안 되는 역사였지. 세상 사람들에게 알려지지 않은 부끄럽고 억울한 일들, 자네는 상상하기도 어려울 거여."

"알려주지 않으면 모르게 마련 아닙니까."

"허긴 자네도 제주경찰의 수난사 속에서 나고 자랐으니까 이런 역사를 알아야 되는 건데……"

"정말입니다. 듣고 싶습니다."

"그런가. 내 입으로 말하는 거보다 자네가 직접 이 책을 읽어보는 게 나을 거여. 이 책을 다 읽을 필요 없이 우선 이 부분을 읽어보라고."

박종혁 회장은 마침 눈앞의 책상 위에 놓여 있던 두툼한 책 한 권을 집어 들더니 해당되는 부분을 펼쳐 보이면서 철승에게 건네주었다.

"《제주경찰 30년사》의 이 부분은 나의 직속부하가 겪었던 일, 내가 직접 보고 들었던 일을 기록한 거니까 내가 하는 말로 생각하라고. 거기에 나온 문장들은 글재주 있다는 우리 집 아이가 썼지만 내가 구술하는 걸 듣고 쓴 거니까 내 입으로 말하는 거나 다름없지. 이런 글을 《제주경찰 30년사》에 넣는 걸 반대하는 사람도 있었지만 내가 우겨서 넣은 거라네. 그러니까, 세상에 알려지지 않은 일들, 이렇게 부끄럽고 억울한 일들이 우리 제주경찰의 역사에 일어났었다는 걸 알아달라는 거지."

박종혁 회장은 이렇게 말하고 나서 옆에 있는 사무실에 잠깐 다녀오겠다는 말과 함께 잠시 자리를 비웠다. 월부책 장사가 이 시간에 방문 오기로 예정되어 있다는 것이다.

철승은 혼자가 된 다음에 《제주경찰 30년사》 중에서 펼쳐진 부분을 읽기 시작했다. 책 전체의 연대기 서술과는 별도의 자리에 박스기사로 나와 있는 부분이었는데 앞머리에는 '아비가 못다 한 말'이라는 제목이 붙어 있었다.

……그 사건이 있기 전날 밤 이 작은 마을에서는 순찰 돌던 순경이 몰매 맞아 죽은 사건이 있었다. 산에서 내려온 건장한 젊은이들에게 당한 어처구니없는 사건이었다.

비상경계령이 내려진 가운데 이 마을 치안을 담당하도록 급파된 순경 두 사람은 초임 발령을 받은 신참들이었다. 북한 출신인 이들은 불과 오 일 전에 서북청년단 단원으로 제주도에 들어온 이십 대 전반의 젊은이들이었는데 순경 근무를 시작하는 바로 그날 이 작고 외딴 마을의 순찰을 맡게 된 것이다. 그런 관계로 그들은 경찰관에게 필요한 최소한의

법규 지식이나 총검술도 잘 익히지 못한 상태였다. 그들은 제주도 주민들이 서청 출신 경찰을 두려워하고 혐오한다는 입소문을 듣고 왔으며, 제주사람들끼리 이상한 사투리로 시부렁대는 말들은 모두 서청을 욕하는 말로 들렸다. 오늘 아침에 경찰감찰청에서 긴급출동 명령받을 때 들은 말이 하루 종일 귀 안에 생생하게 남아 있었다. '제줏것들은 모두가 빨갱이'라고 했다. 제주사람들은 믿을 수가 없어서 경찰서 지휘관은 모두가 육지 출신이라는 말이 괜히 나온 게 아닐 것 같았다.

하루 종일 아무 일도 일어나지 않아서 이들 순경은 조마조마하던 심정이 많이 풀렸다. 날이 어둑해질 무렵 이들이 마을 안길을 순찰 중이었을 때 사건이 터졌다. 혼자서 소총을 메고 가던 박 순경은 그의 동료가 소피를 보러 골목길 안쪽의 대왓(대밭) 안으로 들어가 있는 동안 길가에 가만히 서 있었다. 대왓 쪽에서 갑자기 비명소리가 들리자 그는 메고 있던 소총을 두 손에 급히 거머쥐고 대왓 방향으로 달려갔다.

대왓에서 나오던 동료 순경은 땅바닥에 쓰러져 있었고 낯선 사내 한 사람이 재빨리 반대 방향으로 달아나고 있었다. 박 순경은 잽싸게 총을 겨누고 방아쇠를 당겨 보았으나 뭐가 잘못 되었는지 작동이 되지 않았다. 사방을 둘러보며 동정을 살피고 있는데 한길 쪽에서 어떤 수상한 사람이 어른거리는 모습이 보이길래 생각할 겨를도 없이 총을 겨누고 방아쇠를 당겼다. 이번에는 총알이 잘 맞아서 수상한 남자는 그대로 쓰러졌다.

박 순경은 두려움이 왈칵 몰려왔다. 죽창으로 한쪽 어깨를 찔린 동료 순경도 피를 많이 흘리고는 있었지만 생명이 위독한 쪽은 총 맞은 사람이었다. 총알이 허리께 어디를 관통한 모양이었다. 사람을 죽였다는 생각에 가슴이 철렁 내려앉았다. 순경 근무 첫날이 아닌가. 총 맞은 젊은

이는 아무래도 입산자인 것 같지는 않았다. 아무런 무기도 지니지 않은 범상한 농사꾼 차림이었던 것이다. 총소리에 겁을 먹었는지 거리로 나오는 사람은 아무도 없었다.

박 순경은 초조해졌다. 가까운 집으로 들어가서 소리를 질렀다. 걷기가 불편한 노인 한 사람이 나왔다. 젊은이가 없느냐고 했더니 이 마을 젊은이들은 모두 어디로 가버렸다는 걸 모르느냐고 맞받았다. 총 맞은 사람 얼굴을 보였더니 며칠 전 부친상을 당한 이 동네 젊은이라고 일러주었다. 박 순경은 사람을 잘못 알고 총을 쏘았다는 생각에 마음은 더욱 초조해졌다. 이 마을 청년들 대부분이 어디론가 피신해버린 판에 아직 마을에 남아 있는 것을 보면 경찰의 총격을 받을 사람은 아닌 것 같았다.

박 순경은 행동을 서둘렀다. 동료 순경의 상처 입은 한쪽 어깨를 대강 동여맨 다음에 소총을 들고 걸어가도록 하고서 총 맞은 사내를 등에 들쳐 업고 아랫마을로 향했다. 사내의 몸무게가 등허리를 짓눌러서 다리가 휘청거렸지만 꾹 참고 걸음을 재촉했다. 조금이라도 빨리 가야 출혈을 줄이고 목숨을 살릴 수 있다는 일념으로 힘을 모았다. 어디서 힘이 나오는지 아랫마을에 이르기까지 거의 쉬지 않고 걸음을 재촉했다.

휘청거리는 걸음을 옮겨놓는 중에도 그의 머리는 바쁘게 돌아가고 있었다. 등에 업힌 사내가 죽어버릴 경우에 나의 책임은 어떻게 될 것인가. 입산자가 무시로 출몰하는 마을에서 일어난 사건이므로 이 청년에게 총격을 가한 사람이 순찰 돌던 순경이라는 보고서를 올리면 문책을 당하지 않을 것이다. 빨갱이는 닥치는 대로 죽이라는 것이 상부의 명령이라고 했다. 그러나 이 사내가 살아나려면 그 같은 보고서를 써서는 안 될 것 같았다. 순찰 돌던 순경이 마을 안에 들어온 공비를 죽이기 위해 충격을 가했다, 이런 보고가 올라갈 때 그 공비에게 병원치료의 길은 열릴 수가 없지 않은가. 이 청년이 병원치료를 받도록 해주려면 총을 쏜 것이 공비였고 이 청년은 마을을 지키는 자경대원이었다고 보고해야 할 것이다. 결심을 굳힌 박 순경은 옆에서 걸어가는 동료 순경에게 사정 얘기를 하고 양해를 부탁했다.

거짓 보고서는 곧 탄로 나고 말았다. 그즈음 입산무장대는 무기가 모자라는 형편이라서 마을에 들어오는 공비가 총기를 소지하는 예는 거의 없다는 사실을 생각지 못했던 것이 큰 실수였다. 자기가 비상사태에 투입되는 것만 알았지 현지 상황을 숙지하지 못한 신참 경찰의 한계였다. 이날의 사건은 최악의 결말로 끝났다. 총격당한 청년은 바로 다음 날 죽었고, 총알 한번 잘못 쏜 박 순경과 그의 동료는 경찰직을 그만두어야 했다. 저지른 것은 중범죄였지만 직위해제로 일단락된 것은 그가 속해 있는 아랫마을 지서의 주임이 간절하고 강력하게 옹호 발언을 해준 덕분이었다.

한번 뿌려진 비극의 씨는 오랫동안 묻혀 있다가 뜻밖의 고비에서 싹을 내밀었다. 박 순경이 경찰직에서부터 불명예로 퇴출당한 후 삼십 년 가까운 세월 시골 농사꾼으로 평탄한 생활을 이어온 다음에 하필이면 외아들 혼인까지 무사히 마치고 나서였다. 4·3 당시에 그가 저지른 민간인 오살(誤殺) 사건의 길고도 오랜 파장이었다. 돌아갈 고향도 없는 몸인지라 따뜻한 남쪽나라를 제2의 고향으로 삼아 용케 만난 참한 여자와 결혼하고 농사짓는 일에 재미를 붙이면서 사는 동안 제주도는 그런대로 평생을 의탁할 만한 섬이었다. 위로 딸 둘을 시집보내고 난 후 불의의 사고로 인한 상처(喪妻)의 고단함을 달래느라고 하나 남은 아들에게 결혼을 재촉하지나 말걸, 부랴부랴 서둘러 며느리를 맞아들일 때까지만 해도 말년에 그 며느리 덕을 보리라는 혼자만의 기대에 부풀어 있었다. 어느 한가한 날 무심코 며느리의 친정댁 사정을 이것저것 물어보다가 가슴이 철렁 내려앉는 말을 듣게 되었다. 그 며느리는 옛날에 자기가 오살한 청년의 딸이었던 것이다.

어느 해 겨울 박 순경은 강원도 동해안 어느 시골에서 비명에 숨을 거두었다. 며느리가 해준 밥을 먹을 수 없고 늙은 홀아비 수발을 며느리 손에 맡길 수 없다는 생각, 아니 그보다는 며느리 모습을 영영 보지 말아야 한다는 생각으로 멀리 동해안 최북단 어디쯤에 옛날 어린 시절 살았던 고향이 바라보이는 곳으로 단신 옮겨간 지 삼 년 만의 일이었다. 술에 대취한 상태에서 뜨내기 노숙자처럼 길바닥 잠을 자다가 얼어 죽은 시체를 아들 며느리가 달려가서 땅에 묻고 돌아올 때에도 이들은 아비의 가슴속에 묻혀 있던 오래전의 사연을 알 길이 없었다. 고인의 행장 속에서 발견된 유언장에는 자기가 묻힐 곳은 자기가 마지막으로 살던 땅이라고 적혀 있어서 시신 운반의 부담을 덜어주고자 하는 부친에게 고마움을 느끼는 것이 고작이었다.

다 읽고 난 철승은 눈을 들어 멍하니 허공을 바라보았다. 그야말로 소설처럼 기막힌 사연이었다. 이 박스기사를 집필했다는 이가 원래의 사연에 대해 어느 정도의 윤색을 가했는지는 모르지만, 철승에게는 박종혁회장이 말하는 제주경찰의 부끄러운 이면사보다 자식을 염려하는 부친의 외로운 죽음이 더욱 가슴 찡하게 다가왔다. 제주도를 기어코 떠나야 했던 박 순경의 심정은 자신의 껄끄러운 과거사에 대한 아픔이었지만, 그 같은 심정은 아들과 며느리가 부모 세대의 과거사로 인해 당할 불행을 염려하기 때문에 더 애절한 것이라 생각되었다.

잠시 뒤에 들어온 박종혁 회장은 자리에 앉자마자 좀전의 화제를 다시 이어갔다.

"내가 오늘 주문한 월부 서적은 전쟁문학전집이네. 사람들이 전쟁 때 어떻게 살았는지를 알면 평화 시대에 사는 것이 얼마나 축복인지를 알 거 같아. 내가 전쟁소설을 보려고 하는 건 그런 때문이지. 어, 이 기사 읽어본 소감이 어떤고. 내 생각은 제주경찰의 부끄러운 과거사를 경찰관도 알고 경찰관 아닌 국민들도 알아야 한다고 보는 거지."

"제가 보기에는 여기에 나온 기사가 그렇게 부끄러운 이야기라고는 생각되지 않습니다만은…… 머리가 내리는 명령에 따라서 손발이 움직이는 거야 어쩔 수 없는 거 아닙니까."

"손발 노릇하는 것도 영광되게 할 수 있지 않나 하는 거지. 하여간 그때 생각을 하면 경찰관 한다는 게 부끄럽고 억울했다는 기억만 떠오른단 말일세. 정부에서는 현실을 모르는 명령을 내려보내고, 나중에 군인들 세상이 된 다음에는 경찰서장도 하급군인이 시키는 대로 꼼짝없이 따라야 하고, 민간인들은 검은 개라고 하면서 사람 취급 안 하고, 우리 제주경찰이 그런 수난의 역사를 겪었다는 걸 이제라도 세상이 알아달라는 말이지, 내 말은."

"그때는 비상사태였고 전시체제였지 않습니까. 회장님 말씀대로 그런 수난을 견뎌낸 경찰력 덕분에 우리나라가 망하지 않았고 말입니다."

"난 여기 나온 박 순경 스토리를 박 순경네 아들과 며느리도 알아야 한다고 봐. 박 순경 자신은 영영 비밀로 해두고 싶어 했지만 그건 그 사람 개인의 입장이여. 그렇지만 제주경찰 전체가 보는 입장이란 것도 있단 말이지. 지금까지는 차일피일 미루어왔지만, 이제 아들딸 자식까지 둔 박 순경 아들네 부부가 숨겨졌던 부모세대 일을 안다고 해도 부부 인연을 어떻게 할 수도 없을 거고 하니까, 난 근간에 여기로 불러다가 이 책에 난 기사를 보여줄 참이라."

철승은 박종혁 회장의 단호한 말투에 눌려서 뭐라고 다른 말을 할 수가 없었다. 두 사람 사이에 잠시 침묵이 흘렀다. 고맙다는 인사를 건네고 나오는 철승의 심정은 착잡하고 씁쓸했다. 정부의 손발 노릇하는 경찰이 있었기에 나라가 망하지 않은 것은 틀림없는 사실이겠지만 경찰력의 힘으로 지탱되는 나라가 옳은 것인지는 또 다른 문제일 것 같았다.

밖으로 나온 철승은 박종혁 씨가 서청단 횡포에 대해 변명 같은 얘기를 들려주는 것이 어떤 심정에서일지 궁금했다. 서청 출신 경찰인 강용직이 그의 생부가 아니라는 사실을 알고 있는 사람은 하늘 아래 아무도 없다는 것이 모친의 말이었다. 철승은 오늘 박종혁 씨가 4·3 당시의 서청단 실태에 대해 동정적으로 변명하는 얘기를 해준 것은, 부모의 혼인 내력을 부끄러워하고 있을 철승의 마음을 위로해주기 위한 것일 수도 있다는 생각이 들었다. 서청 출신 경찰의 기구한 떠돌이 전력에 대한 박종혁 씨의 동정어린 발언이 실제로 상당한 근거 위에서 나온 것이라고 생각되자 역사의 희생자로서의 서청 출신 부친에 대한 부끄러움이 많이 가시고 그동안 웅크려들었던 철승의 마음이 다소간에 풀리는 성싶었다.

버스를 타고 집으로 돌아오는 동안에도 철승의 마음은 시종 어수선하고 찝찔함을 떨쳐버릴 수 없었다. 4·3 시국에 제주도로 파견된 서청단 무법자들의 끔찍한 만행을 생각하며 눈살을 찌푸리던 그의 머리에 그가 언젠가 보았던 전쟁영화의 한 장면이 불현듯 떠올랐다.

그 영화는, 무자비한 전투에서 죽이고 죽는 가운데에도 우군과 적군을 분명하게 가리지 못했던 1930년대 스페인 내전 상황을 그렸다는 점에서 제주도의 4·3 사건과 비슷한 데가 있었다. 쿠데타를 일으킨 우익

진영의 반란군이 스페인의 수도 마드리드로 침입하여 공화정부의 시민군을 추격하는 과정에서 총을 들고 어느 가정집에 쳐들어간 점령군 병사 하나는 그곳에 숨어 있는 청년 남녀 두 사람을 발견한다. 시민군 복장을 한 그 청년은 자기 애인을 데리고 도망 중이었는데 반란군 병사가 시민군을 따라가는 미모의 처녀에게 흑심이 생겨서 자기 여자로 만들려고 하자 그 여자는 동행중인 시민군을 살려준다는 조건으로 청을 들어주겠다고 하고 이를 받아들인 반란군 병사는 연적관계의 시민군이 살아서 도망가도록 놓아준다. 시민군 병사는 그냥 도망갔으면 살아날 수 있었을 터인데도 헤어진 자기 여자를 못 잊어서 다시 나타나 어른거리자 후환이 있을 것을 염려한 반란군은 현장에서 그를 총살하는데 이 모습을 본 여자가 자기가 말한 약속을 지키지 않는 남자를 따라갈 수 없다고 말을 바꿔버리기 때문에 이에 실망한 반란군의 총을 맞고 그 자리에서 죽는다는 것이다.

전쟁이라는 극한상황에서 인간이 얼마나 잔인해질 수 있는지를 보여주는 이 영화의 기억은 철승으로 하여금 자기 부모의 결혼과 관련된 애정 삼각관계를 다시 돌아보게 했다. 모친 자신의 고백에서 추측해보건대, 철승의 의부는 서청단의 막강한 권세를 이용하여 원하는 여자와 결혼하는 억지를 쓰기는 했지만 이에 대한 대가로 좌익으로 숙청당할 뻔한 자신의 처가 쪽 사람들의 안전은 보장해주었던 모양이다.

아직 알 수 없는 것은 철승의 생부와 의부 사이의 관계였다. 그의 의부는 그의 생부가 같은 하늘 아래 살아 있다는 것을 알고 있었을까. 의부가 그런 사실을 알고 있었다고 할 적에, 그는 철승 모친의 친정 쪽 사람들의 안전을 무사히 지켜주었던 것처럼, 자기 연적의 안전도 잘 지켜주었다는 것인가. 그랬다면, 생부는 자기의 약혼녀였던 여자를 그냥 먼발치에서 바라보기만 하고 별다른 반발을 보이지 않아서 살아남을 수 있었다는 것인가.

철승은 전쟁과 같은 극한상황에서 자기의 생부가 취한 현실타협적 선택은 옳았다는 결론에 이르렀다. 자기의 생부가 스페인 영화의 주인공처럼 약혼녀를 끝까지 지키려는 용감성을 보이지 않은 것이 심약하거나 비겁한 선택이 결코 아니며 이 같은 현실 수용이 있었기에 철승 자신을 포함한 여러 사람들이 더 이상 비참해지는 것을 막을 수 있었다는 생각이 드는 것이었다.

# 8장

# 배신자의
# 눈물

학원강사로서의 새로운 생활에 적응하고 있던 철승은 뜻밖의 인물을 만남으로써 묻혔던 과거사의 일각과 다시 부딪치게 되었다. 묻혔던 과거의 인물은 모친을 매개로 하여 나타났다. 어느 토요일 날 저녁 식사를 마친 철승과 모친이 마주 앉아 차를 마시는 자리에서였다. 이런저런 얘기 끝에 모친은 한가로운 표정을 바꾸어 정색을 하며 말했다.

"느 허승우 씨라고 모를로구나."

"네? 허승우 씨마씸? 생각 안 나는디, 어떤 사름이우꽈?"

"느네 아방 운명을 바꿔논 사름이여, 삼십 년 전에."

"네? 삼십 년 전에마씸? 삼십 년 전이민 4·3 사건 나던 때 말이우꽈?"

"기여. 허승우 씬 느네 아방신디 최고 훈장 타게 헌 사름이고 느네 아방 죽어가게 헌 사름이여."

"아부지신디 최고 훈장 타게 해준 사름이엔 허민 유격대 사령관 행방을 찾게 해준 사름 말이우꽈?"

"기여. 이덕구 숨은 디 밀고해네 죽게 멘든 사름이 허승우 씨여. 그 일로 해연 느네 아방은 훈장 탔주만은 결국엔 그 일로 해연 죽어가게 된 거여. 그 허승우 씨가 우리 집에 온다. 내일 오전에."

"네? 어떤 일로마씸?"

"그동안 서울에서 살단 제주도에 잠깐 댕기레 왔는디 느도 흔번 만나보고 싶덴 해라."

"나허고 만나보고 싶덴마씸?"

"무신 물어볼 얘기가 있젠 해라만은, 아마도 오랜만에 고향에 오게 되난 그냥 잠깐 들러보고 싶은 거 닮아라."

"허승우 씨영 우리영 경 친헌 사이라마씸? 오랜만에 귀향길인디 우리 집까지 촛아오게."

"그때 사정이 경 되어 났저. 느네 아방은 ? 자단 총 맞아도 재기 죽지 않아네 병원에서 흔두 덜 고생허단 돌아가셨저. 그동안에 허승우 씬 병실을 들락거리멍 날 도와주기도 허고 자리에 누운 사름허고 말벗도 해주었주. 느네 아방 총 맞은 것이 이녁 때문이엔 허멍 그치룩 댕기단 보난 성님 아시나 다름 어시 허물 어신 사이가 되어났저. 느가 물애기 때 일이 난 느 몰를 거여만은 허승우 씬 느 보민 생각날 거여."

잠시 후 자리를 뜨고 자기 방으로 들어온 철승은 갖가지 상념이 연달아 떠올랐다. 허승우 씨로 인하여 일어났다는 오래전 사건들과 얽혀 있는 상념들이었다. 나의 부친 강용직 경관에게 최고의 무훈을 안겨준 장본인이면서 부친의 죽음을 부른 사람이 허승우 씨라고 말하는 모친의 심정은 어떤 것이었을까. 한 집안의 가장을 죽게 하여 결손가정을 만든 사건은 불행한 일임에 틀림이 없지만, 그 부친이 현재까지 살아남았을 경우에 생겨났을 여러 가지 파생 문제들은 결코 복스러운 것이 될 수 없었을 것이라고 상상되기도 했다. 모친은 마음에도 없는 결혼의 멍에를 평생 걸머지고 행복할 수 있었을까. 차라리 저처럼 청상과부로 살아온 것이 더 낫지 않았을까. 마음에 없었던 결혼과 원치 않았던 남편도 나중에는 운명이려니 체념하고 살면서 행복할 수 있었을까. 나 자신은 서청 출신 경찰의 자식이라는 수치스러운 딱지를 달고 있으면서 아들로서의 존경과 효도를 바칠 수 있었을까. 아니면, 서청 출신 부친과 일찍 결별한 것은 오히려 다행한 일이었다고 생각해야 할 것인가.

허승우 씨 개인에 대한 상념들도 두서없이 떠올랐다. 누구에겐가 들어서 아직도 잊혀지지 않는 허승우 씨 개인의 이력 가운데에는 그만큼 철승의 관심을 끄는 데가 많았던 것이다. 유격대 사령관 이덕구의 아지트를 밀고한 허승우 씨는 이덕구의 심복이나 다름없는 그의 연락병이었다고 했다. 그가 대정중학교 졸업반 재학 시에 자진하여 입산하게 된 것은 그의 아버지의 애꿎은 죽음 때문이었다는 얘기도 기억에 떠올랐다. 그 당시 대정중학 학생들은 남로당 대정면 조직책이었던 김달삼 교사의 영향으로 좌익사상에 물들어서 입산하는 예가 많았으며 그들 중에 다수 학생들이 경찰에 붙잡혀갔고, 허승우 씨는 잡혀가지 않으려고 친구네 집 벽장 속에 숨었었는데, 그의 아버지는 아들이 입산한 줄로 알고 있었고 경찰의 심문에도 그렇게 답변했다가 억울한 죽음을 당했다는 것이다. 아들이 입산했다고 말해버린 아버지가 어리석었다고 할 수 없는 이유는, 그때 경찰에서는 가족의 입산 사실을 사실대로 고백하면 살려주고 사실을 숨기면 죽인다고 말했기 때문이라고 했다. 경찰의 치사한 사기극에 분기충천한 허승우 씨는 곧바로 입산하여 충성스러운 유격대원이 되었고, 이런 사실이 유격대의 총지휘자 이덕구에게까지 알려진 결과 그의 연락병으로 발탁되었다는 얘기였다. 허승우 씨가 이런 의리의 사나이였다면 어떻게 자기가 숭배하는 이덕구 사령관을 죽음으로 몰고 가는 밀고행위를 저지를 수 있었을까. 그토록 정의감에 불타던 청년이 어떻게 생사고락을 같이하기로 맹세했을 직속상관을 그렇게 배신할 수 있었더란 말인가. 이같이 불가사의한 성격의 인물이 내일 방문 오는 것은 무슨 일 때문이며 그는 도대체 철승에게 어떤 물어볼 말이 있다는 것인지 짐작이 가지 않았다.

허승우 씨의 방문을 앞두고 철승의 머리에 떠오르는 또 다른 관심사는 유격대 사령관 이덕구 개인에 대한 것이었다. 김달삼 다음으로 한라산 무장대 사령관 역할을 맡았던 이덕구가 마지막 순간까지 투쟁하다가 장렬한 죽음을 당한 후 그 시신이 관덕정 광장 경찰서 정문에 내걸려 이를 바라보는 제주사람들의 가슴을 섬뜩하게 했다는 말을 철승은 들은 적이 있었다. 허승우 씨와의 만남을 통하여 이 같은 화제의 인물 이덕구의 최후에 대해 그 작은 부분이나마 알아볼 수 있지 않을까 하는 것이 그의 생각이었다. 어릴 적에 도일하여 오사카의 명문대 경제학과에 수학 중 학병으로 출전한 경력에 썩 어울리지 않게 4·3 사건 당시에는 축지법을 쓴다는 말이 나돌 정도로 지붕 위를 휙휙 날아다니고 동에 번쩍 서에 번쩍 신출귀몰의 기동력을 구사하면서 군경 토벌대원들의 간담을 서늘케 한다고 알려졌던 이덕구, 곰보 얼굴에다 말더듬까지 있었다는 그가 제주의 명운을 건 유격대 작전의 사령관 역할을 했을 적에 그 같은 카리스마의 비밀은 어디에 있었을지, 지펴오르는 철승의 호기심은 이래저래 산란한 심사와 함께 얽혀서 밤새 뒤척이는 잠자리가 되었다.

다음 날 오전 느지막해서 허승우 씨 방문을 맞은 철승은 그의 수더분하고 범상한 모습을 보고 어젯밤 잠을 설친 자신이 슬며시 멋쩍어졌다.

허승우 씨가 철승에게 물어보려는 말도 그렇게 걱정하고 할 것이 아니었다. 허승우 씨는 문안인사 같은 얘기와 그동안 살아온 얘기를 대강 마치고 나서 자기 아들의 대학진학 문제에 대해 물어보겠다면서 별로 어려울 것 없는 화제를 꺼냈던 것이다. (문안인사 중에 오간 말들 가운데 특기할 사항은, 철승 모친이 '아방허고 성님 아시 허여시난 아덜허고는 삼춘조케엔 불러살꺼라' 하고 말해줌으로써 두 남자 사이의 관계가 급속하게 가까워졌다는 것이다.) 남자 나이 오십 줄에 들어서 자식들 교육 걱정하는 일로써 고향방문 여정의 주요 항목으로 삼는 평범한 가장의 면모는, 특이한 인상을 풍기는 의분과 열정의 사나이를 연상하고 기다렸던 철승에게 실망과 안도의 한숨을 내쉬게 했다.

"이것도 인연 치고는 희한한 인연 아닌가. 자네가 다닌다는 한국대학교 통역대학원에 우리 아이가 지난번에 시험 봤다가 떨어졌단 말일세. 그래서 지금 재수 공부하는 중인데 우리 아이 고등학교 때 친구 하나는 합격해서 지금 1학년에 다닌다는 거여. 그 아이가 우리 집에 놀러왔을 때 자기네 클래스에 제주도 출신 학생이 있다는 말을 하길래 이것저것 물어보고 생각해보니까 그 제주도 학생이 꼭 자네 같다는 생각이 들더란 말일세. 강철승이라는 자네 이름도 어렴풋이 기억나고 말일세."

"아드님하고 친구의 이름이 어떻게 됩니까?"

"우리 아이는 허명칠이고 명칠이 친구는 이태진이지. 그런 이름 기억나나?"

"이태진이라는 이름, 어렴풋이 기억납니다. 저는 군대 갔다 온 예비역인 데다가 대학 졸업 후에 세월을 많이 까먹어가지고 젊은 층 학생들하고는 잘 어울리지 못했습니다만은 그런 이름 기억납니다."

"우리 아이도 영어공부 꽤 열심히 했는데 떨어졌다구. 한국대학교 통역대학원 입학시험이 그렇게 어려운 건 장래 전망이 좋기 때문이 아닌가. 난 아들을 꼭 그 학교에 보내고 싶은 생각에서 자네 만난 김에 그런 거 물어볼려는 참이었어."

"제 생각엔 외국어 실력이 앞으로 점점 중요해질 거 같습니다. 우리나라처럼 약소국가에선 외국어 실력이 특히 중요할 거라고 봅니다. 약소국가는 자기네 뜻대로 세상을 살지 못하고 강대국들이 주도하는 대세를 따라가야 하는데, 강대국들 세상이 어떻게 돌아가는지 알려면 외국어를 잘해야 할 거라는 생각입니다. 힘없는 머슴들이 인정사정 모르는 주인네 말버릇을 잘 알아두어야 하는 격이주마씸."

"자넨 그런 거시적인 안목에서 통역대학원을 지망한 거구나. 역시 아방 닮안 통이 큰 거 같아, 허허."

"그건 어디까지나 저의 생각이고예, 진로 선택은 각자 타고난 적성과 취향에 따라가는 거 아니겠습니까."

철승은 인사치레 같은 말을 빨리 끝낸 다음에 그가 생각해둔 질문을 던지고 싶었다. 준비된 점심 식사를 같이 하느라고 많은 시간이 지났지만 식사 중에 어울리지 않는 화제는 꺼낼 수가 없었다. 혹시나 이 귀한 손님이 자리를 뜰 시간이 됐다고 일어서지나 않을까 걱정되던 중에 적당한 기회가 왔다. 마침 모친이 점심상을 치우느라 자리를 비운 시간이었고, 두 사람의 대화는 옛날 4·3 시국에 대한 화제를 중심으로 전개되고 있었던 것이다.

"제가 요즘에 4·3 사건에 대해 좀 알아보려고 하고 있습니다만은 워낙 복잡하게 얽혀 있는 역사라 놔서 도무지 갈피를 잡을 수 없습니다. 그때 일들이 기억나시는지, 몇 가지 여쭤봐도 되겠습니까? 삼춘은 4·3 사건이 끝날 무렵에 이덕구 사령관 직속 유격대 연락책으로 활동을 하셨다고 들었습니다만은."

"그땐 우리들 사이에서 레포라고 불렸지. 요즘 말로는 연락병이나 정보참모라고 할 수 있을 거여."

"레포라는 말, 처음 들어봅니다만은, 구체적으로 어떤 일을 맡으셨습니까?"

"유격대 내부의 연락업무도 맡았고 산에서 마을로 왔다 갔다 하면서 마을 사람들의 동태를 보고 듣고 한 다음에 사령관에게 전하는 일도 했었지. 그런 일 말고도 우리 사령관의 지시에 따라서 특정 지역의 지리를 알아보러 나갈 때도 있었고. 유격대의 작전 계획을 짤려면 작전 지역의 지형지세 같은 것을 잘 알아야 되니까. 난 육상선수 출신이라 걸음도 빠르고 몸이 단련됐다 해서 그런 일을 맡겼던 거 같아."

"지형지세라면 그 지역 출신이 잘 알 거 아닙니까?"

"당연하지. 지역 조사 나갈 때는 그 지역 출신 대원이 함께 나갈 때가 많았고, 또 우리 사령관이 함께 현장 확인을 갈 때도 많았지. 허지만, 그럴 때도 내가 같이 가야 했던 건 우리 사령관 시력이 무척 나빴기 때문이었어. 난 또 토벌대가 다녀간 마을에 뒷조사를 하러 가는 일도 많았어. 그땐 토벌대가 중산간 마을을 중심으로 초토화 작전이라는 걸 한창 밀어붙일 때였거든. 토벌대 작전이 끝나고 나면 그 마을로 내려가서 피해 상황을 알아보고 그 일대 사람들의 반응이나 동태 같은 걸 보고하는 일이 필요했으니까."

"그때 그러면 비참한 장면들도 많이 보셨겠습니다."

"여부가 있는가. 그 난리에 끔찍한 일들, 두 눈 뜨고 보지 못할 소름끼치는 장면들, 나보다 더 많이 본 사람 없을 거라. 사람을 그렇게 쉽게 죽이다니, 이렇게 잔인한 세상도 있구나, 볼 때마다 깜짝깜짝 놀랐지. 어린 아이 죽은 걸 보면 세상에 태어나서 어지러운 나라 한 모퉁이만 잠깐 보고 가는구나 불쌍하고, 젊은 청년이 죽은 걸 보면 한창 나이에 고생만 하다 죽었구나 애석하고, 노인네가 죽은 걸 보면 한세상 무사히 살아놓고 마지막을 비명에 가셨구나 가엾고, 슬프지 않은 죽음이 어디 있겠어? 초토화 작전이라는 건 집이고 짐승이고 사람이고 싹쓸이로 불살라버리는 거니까 그런 작전이 마을을 한번 휩쓸고 지나가면 정말 가슴 섬뜩한 장면들 많이 봤지. 불에 타서 시꺼멓게 그을린 시체나 무너진 돌담 아래 깔려서 찌그러진 시체가 참혹하기는 정말 눈 뜨고 보지 못할 정도였지. 산폭도의 말로를 보여준다고 죽창에 죽은 사람의 머리를 꽂아놓고 마을 입구에 세워놓은 것도 봤다네."

"마을에 불 지를 땐 주민들을 미리 소개시키지 않았습니까?"

"물론 말로야 빈집을 태운다고 했지만, 미리 빠져나오지 못한 노약자 같은 사람들이 적지 않게 있었어. 노약자 말고 미처 집을 비우지 못한 사람들이 불타 죽는 경우도 많았지. 자기 집에 자기가 들어 있는데 누가 뭐라고 할 건가, 그런 생각이었겠지."

"초토화 작전이라면 민간인을 무차별로 죽인다고 해서 국제법으로도 금지된 거 아닙니까?"

"이건 아주 전쟁판이었는데 국제법이 무슨 소용 있겠나. 제주도는 빨갱이 섬이니까 싹쓸이해야 된다는 거였어. 마을 주민들 중에 빨갱이 아닌 사람이 섞여 있다고 해도 그걸 구별해낼 수 없으니까 싹쓸이로 없앨 수밖에 없다는 것이었지. 게다가 초토화 작전 대상이었던 중산간 마을은 입산무장대를 배출하고 먹여살리는 기지라고 보았던 거지."

"그 비참한 장면들을 사실 그대로 보고하셨습니까?"

"처음엔 그 참혹한 장면들을 차마 사실 그대로 보고하지 못하고 눈으로 본 것보다 좀 줄여가면서 보고하기도 했지. 그런데 나중에는 나도 마음이 독해지면서 사실 그대로 보고하게 되다가 막판에 가선 사실을 부풀리고 더 비참한 것처럼 말해지더라고. 내 말 알아듣겠나?"

"잘 모르겠습니다만은."

"그건 우리 사령관 마음을 채찍질하고 아프게 하기 위한 거였지. 이렇게 사람들 무더기로 죽어가도 더 싸울 겁니까, 그런 뜻이었단 말이여. 해도 해도 너무 헌다, 이렇게 사람들 떼거지로 팡팡 죽어가고 사람 사는 집들 홀랑 불에 타 잿더미가 되고 허는디 무신 투쟁이고 정의사회고 떠들엄수광, 이런 생각이 들었던 거지. 어느 쪽이 옳고 그르고 하는 생각도 제정신이 날 때 하는 거지, 눈앞이 캄캄하고 머리가 콱 막히는디 무슨 생각이고 판단이고 있겠는가 말이지. 하루라도 빨리 이런 난리통 끝나기만 비라게 되니까 자연히 보고하는 것도 사령관 마음을 겁나게 하고 항복할 생각이 들도록 하자는 거였지. 처음에는 용감하고 사명감 있는 혁명투사로 보이던 우리 사령관이 나중에는 영웅주의 착각에 빠진 몽상가로 보이게 된 거 자네 알아듣겠는가. 이 고집불통 사령관 마음 돌리는 날이 제주사람들 죽는 일이 끝나는 날이라는 생각만 떠올랐단 말일세."

"그런 생각을 이덕구 사령관에게도 직접 얘기하셨던 겁니까?"

"난 그때 까놓고 단호하게 말했네. 하루라도 빨리 항복하자고 말이지. 우리가 하루라도 더 버티는 날에는 그만큼 제주도 사람들이 많이 죽어간다고 솔직하게 말했어. 이렇게 중과부적인 판에 싸워봐야 뻔한 게 아닙니까, 하고 여러 번 건의했고, 사령관님이 항복 안 하시면 제가 먼저 나가서 자수하겠습니다, 하고 엄포를 넣기까지 했지."

"그런 건의를 하셨을 때 이덕구 사령관 반응은 어떻게 나왔던고예."

"그 고집이 어디 갔겠어? 우리 사령관은 노상 이렇게 되뇌셨지. 우리가 싸우는 것은 우리 제주사람들이 개가 아니라 사람이라는 것을 보여주기 위해서라는 거였지. 제주처럼 조그만 섬이 막강한 정부군과 미국 같은 강대국을 상대로 싸우는 것은 싸움에서 이기려고 하는 것이 아니라 우리 주장이 뭔가를 똑똑히 보여주기 위해서다, 우리 모두 개처럼 사느니 차라리 사람처럼 죽자, 우리 모두 죽어서 한라산에 뼈를 묻자, 우리가 패해서 죽어가도 역사에는 남을 것이다, 정의가 없는 평화는 있을 수 없다는 것이 역사 기록에는 남을 것이 아니냐, 이렇게 말이지."

"정의가 없는 평화는 있을 수 없다, 듣고 보니 어디 혁명가의 전기에 나올 것 같은 말이네요. 그런 말이 나올 때 삼춘은 어떻게 대답하셨나요?"

"혁명가치고는 몽상적 혁명가라는 게 내 생각이었지. 그랬지만 잘못 말하면 호되게 욕 들을 것 같아서 그런 말을 하진 못했지. 내가 하고 싶은 말은 '정의롭지 않으면서 평화로운 세상은 있을 수 없다'가 아니라 '인간역사에 정의로우면서 평화로운 세상은 없었다'라는 거였지. 우리 사령관 주장으론 정의가 없는 나라에서는 싸움이 그칠 수가 없다고 했지만, 인간세상에 언제 그렇게 정의사회가 되어가지고 평화가 찾아온 적이 있었느냐고 묻고 싶더란 말이여."

"지금 와서 생각은 어떠십니까? 그때 선택을 잘하신 것이라고 생각하시는지예."

"암, 잘한 선택이었지. 좀 더 일찍 그런 결단을 내리지 못한 것이 후회스러운 거지. 난 사실 이덕구 사령관을 버리고 떠날 때 내가 이 몽상가들에게 속았구나 하는 심정이었어. 빈부귀천 구별 없는 이상사회라니, 되지도 않을 일을 가지고 솔깃하게 믿은 내가 어리석었지. 단독선거 단독정부 반대도 그렇지. 그게 어디 우리 제주도가 나서서 될 일이냐고. 우리

민족 전체가 나서서 할 일을 왜 이 쬐그만 섬사람들이 하겠다고 나서냔 말이지. 처음부터 될 수 없는 일, 이길 수 없는 싸움에 순진한 사람들을 끌어들인 몽상가들이 잘못이라는 결론이 자수할 때의 내 생각이었어."

"제가 듣기로는 애초에 삼춘이 입산하게 된 건 폭력경찰에게 속은 것이 분해서라고 들었습니다만은……"

"그것도 맞는 말이여. 우리 부친이 경찰의 치사한 꼬임에 넘어가서 어이없게 죽음을 당하는 걸 보고 입산 결심을 했으니까."

"삼춘은 그럼 양쪽에서 속임을 당했단 말씀인가요?"

"그런 셈이지. 그랬지만 속임 당한 심정은 달랐지."

"어떻게 달랐단 말씀이신지……"

"누구한테 속아도 분통이 터지기는 마찬가지지. 허지만 경찰에게 속았을 땐 속인 자들에게 분통이 터지고, 몽상가들에게 속았다는 걸 알았을 땐 나 자신에게 분통이 터지더라고. 경찰은 자기네가 백성들을 속이는 줄 알면서 속였고 결국엔 속이는 짓이 다 드러날 것임을 알면서 속였으니까 속인 자들에게 분노하지 않겠어? 그런데 김달삼이나 이덕구 같은 몽상가들은 자신도 모르게 백성들을 속인 것인데 모르고 하는 거짓말에 대해 어떻게 분노하겠냔 말이지. 그 사람네 말이 거짓말인지 아닌지 구별 못한 자신에게 분통이 터질 수밖에 없는 거 아니겠어?"

"김달삼이나 이덕구나 결과적으로는 다 민중을 속인 몽상가였다는 말씀인데 이들 두 사람을 비교한다면 어떤 점이 달랐던고예. 한 사람은 삼춘허고 사제지간이었고 한 사람은 직속상관 격이었고 허니까 말씀하실 것이 많이 있을 것 같습니다만은."

"암, 할 얘기 많지. 우선 김달삼은 세련된 도시 사람 스타일이고 유창한 달변가였는데 비해서 이덕구는 얼금뱅이 곰보 얼굴에 말까지 더듬는 어리숙한 촌사람 스타일이었으니까 많이 달랐지. 그 당시 제주사람들의 울분을 무장투쟁의 열기로 몰아간 호소력은 이덕구의 어눌한 언변으론 나올 수 없었을 거여. 김달삼에게서는 혁명가의 열정이 뜨거운 열변으로 표출되고 이덕구에게서는 불같은 행동으로 표출된 거 같아. 김달삼은 그 도도한 구변을 가지고 무장봉기에 불을 붙인 다음에는 자기 할 일을 다 했다는 건지 반년도 못되어 슬그머니 사라져버렸으니 순진한 제주도 백성들을 우롱한 거여. 말치레 좋은 사람 실속 없다는 말 그대로여. 나도 그 사람 제자였지만, 선생한테 속은 학생의 심정 알 만하잖아. 이덕구가 그 자리를 물려받은 건 전임자가 내팽개친 악역을 덤터기 쓴 셈이여. 그래도 이덕구는 사령관 자리 끝까지 지키고 목숨까지 바쳤으니 그 점 하나만은 존경할 데가 있다고 봐."

"이덕구는 승산이 없는 투쟁인 줄 알면서 사령관 자리를 물려받았다는 겁니까? 그건 좀 이상하잖습니까?"

"이덕구는 구변으로 못한 일을 행동으로 보여주고 싶었을 거여. 영웅심이지. 영웅이 되려니까 공을 세워야 했고, 공을 세우려니까 희망적인 부분을 부풀려 보게 된 것 같아. 그 당시 정황이 희망을 부풀릴 만한 요소가 없지도 않았으니까. 김달삼이가 북한으로 가서 인민공화국 주요 간부가 되었으니까 제주도 봉기를 지원해주려니 기대도 했을 거여. 얼마 안 있어서 여순반란사건도 제주도 무장대에게는 큰 희망이었지. 제주도 폭동을 진압하라는 명령을 받고 출동했던 국군 연대가 몽땅 이승만 정부 쪽으로 총을 겨누고 말았으니 제주도 반란군들은 얼마나 흥분했겠냐고. 그 일로 해서 우리 이덕구 사령관은 용기를 얻고 자기 이름으로 대정부 선전포고를 하기도 했다니까. 이에 맞춰서 군부대와 경찰에서 잇달아 남로당 프락치가 숨어 있었던 게 드러나서 사람들을 놀라게 했지, 마을을 떠나 입산하는 사람들이 줄을 이어 나왔지, 한동안은 정말 세상이 뒤바뀌는 줄 알았다니까. 그러던 것이 그해 가을이 끝날 때쯤에 토벌대가 본격적인 강경 진압으로 나서면서 전세가 역전된 거여. 초토화 작전이라는 것이 시작되어 중산간 지대 마을들이 온통 잿더미가 되었고, 마을별로 집단학살이 연이어 발생하면서 온 섬이 공포 분위기에 휩싸이게 됐지. 정말 그때 보통 사람 같으면 그냥 항복해버렸을 텐데 말이지."

"그러니까 사령관 한 사람 고집 때문에 토벌대한테 희생당하는 사람만 늘어났다는 거 아닙니까. 무장대가 승산이 없다는 걸 알았고 빨리 항복하자는 충정 어린 건의를 들었는데도 고집을 굽히지 않는 사령관을 존경할 수가 있는 겁니까."

"아, 그 점은 좀 미묘한 데가 있었어. 49년도 봄이 되면서 우리 무장대 투쟁력이 한계에 달했다는 걸 이덕구 사령관도 인정하는 말을 했어. 그러고는 부하들 가운데 기진맥진한 사람을 보면 항복할 사람은 항복하라는 말도 했어. 항복해서 죽음을 면하고 미래를 기약하자고 말하면서도 자신은 한사코 항복을 하지 않겠다는 거지. 아마도 사령관 자신은 죽음으로써 불의를 고발하겠다는 의지였던 거 같아. 말이야 바른 말이지, 이덕구 사령관의 최후를 생각하면 눈물이 앞을 가린다고. 그 난리에 가족들 스무 남은 명이 모조리 몰살돼버렸지, 온 마을을 불태워버리는 죽음의 초토화 작전이 몇 달째 계속되었지, 그런 걸 보고서 우리 사령관은 얼마나 가슴 아팠을까, 짐작이 가고도 남지. 우리 사령관은 여러 번 잠꼬대처럼 중얼거렸어. 아, 불타는 섬, 불타는 섬, 내 가슴도 불에 타서 재가 될 것이다, 이렇게 말이지. 타오르는 불길을 잡을 수 없는 것처럼 사람 가슴에 불길도 잡지 못하니 항복 소리가 나올 수 없었던 거 같아."

철승은 허승우 씨가 하는 말이 갑자기 낮게 잠기면서 목 메인 듯한 소리가 나는 것 같아서 그 쪽으로 쳐다보았다. 지긋이 감긴 그의 두 눈에서 눈물이 방울져 흘러내리고 있었고, 가볍게 닫힌 입술은 부르르 떨리는 듯했다. 이를 바라보는 철승의 마음도 따라서 비감해지면서 갑자기 눈앞이 어른거리는 것 같았다. 대화 분위기가 너무 무겁다고 느낀 그는 화제를 돌렸다.

"삼춘은 그때 경찰서로 가지 않고 어떻게 지서로 가서 자수하셨던고예?"

"음, 그러니까, 경찰서는 어쩐지 무섭기도 하고…… 그땐 목숨이 왔다갔다 하는 상황이었으니까 조마조마한 심정으로 자수를 했던 거지. 경찰서로 자수하면 만약의 경우 비밀 유지도 문제될 것 같고, 조용히 일을 진행하려면 지서 쪽이 나을 것으로 본 거지."

"다른 마을 지서도 여러 군데 있었을 건데, 화북지서로 가서 자수하신 건 어떤 사정이었던고예?"

"애초에는 삼양지서에 아는 순경이 있어가지고 거기로 자수하는 걸 알아봤지. 그러다가, 삼양지서 주임이 선뜻 내 자수를 받아주지 않는다고 해서 화북지서로 간 거라. 그때 화북지서 주임인 자네 선친이 적극 나서서 내 자수를 받아주고 이덕구 아지트 습격 계획까지도 추진허게 된 거지. 난 그때 자수하여 귀순할 생각만 했고, 아지트 소재를 밀고할 생각까진 하지 않았는데, 자네 선친의 강권에 넘어간 셈이여."

"일개 지서의 병력 가지고 유격대 아지트 공격이 가능했다는 겁니까?"

"그땐 이미 사령관 휘하의 병력이 거의 바닥나서 열 명도 채 안 된 대원들이 마지막 교전에 나선 거라. 그러니까 화북지서의 십여 명 병력 가지고도 공격이 가능했던 거지. 무기로 보면 경찰 쪽이 훨씬 우월했던 거고."

"그 마지막 유격대 토벌에 저의 부친이 선뜻 나선 이유 같은 것이 있었는지 기억나십니까?"

"자네 선친이야말로 용기 있는 결단을 내리셨지. 유격대 사령관을 사살했다 하면 그건 호된 보복을 당할 것이 뻔한 일이었으니까. 그런데, 이건 그냥 추측인데, 다른 이유도 있었던 걸로 짐작이 되는 것이, 자네 선친은 그때 이덕구 사령관과 함께 부현봉 부관을 사살 목표로 삼으신 것 같았어. 내가 유격대 아지트의 소재를 밀고할 때 부현봉 부관의 동반 여부를 먼저 확인하셨단 말이지."

"그럴 만한 사정이라도 있었든가요?"

"그것까진 잘 모르지. 부현봉하고 나는 다 같이 이덕구 사령관 직속 부하였지만 맡은 일이 달랐기 때문에 얼굴 맞대고 이야기해본 적은 별로 없었고 그저 사람 좋게 보인다는 인상만 남아 있어. 지금 생각하면 그런 세상이 이 땅에 있었는지 아뜩아뜩 잘 떠오르지 않을 정도니까."

"이덕구 사령관이 경찰에게 저격당할 때 삼춘도 그 자리에 계셨습니까?"

"이 사람 참 어려운 질문 하네, 그거. 내가 이덕구 사령관 소재를 밀고하기야 했지만, 차마 그 자리에 머물러 있을 수야 있었겠는가. 자네 선친에게 아지트 위치만 대충 안내해주고 그 자리를 떴다네. 내가 난리를 일찍 끝내려고 밀고꾼이 되기야 했지만, 옛날 의리를 아주 저버릴 수야 있겠는가. 난 그때 한동안 정신착란 상태였다네. 말로는 자수하고 밀고해서 제주도 난리를 끝장내자는 결심이 섰다고 논리 정연하게 말했지만, 그 와중에 나도 내 정신을 믿지 못할 정도로 뒤숭숭한 마음이었지. 자네 선친이 피격당해서 돌아가시기까지 한 달인가 입원해 있는 동안 내가 병실을 많이 지켰지만, 그건 내 뒤숭숭한 마음을 한 곬로 다잡으려는 결심이었던 거여. 운명의 대세 쪽으로 말일세. 제주도의 운명, 나의 운명, 역사가 정해준 운명 같은 거 말이여. 자네가 내 말 알아듣기나 하겠나. 모를 거여, 모르고말고."

"정말 힘든 일을 해내신 거지요."

"내가 이제껏 제주도를 떠나 살아야 했던 이유가 바로 그거 아닌가. 나 나름으로는 해야 할 일을 했다고 하지만, 옛날 동지들을 저버린 배신자라는 죄책감에서 나는 다시는 제주도에 발을 내딛지 말자는 결심을 했지. 이번에는 우리 백부님이 돌아가셔서 문상하러 내려온 거라네."

철승은 허승우 씨 얘기를 통한 4·3 시국의 해명은 이 정도로 끝내기로 했다. 그때 마침 모친이 안방으로 들어오기도 했지만, 허승우 씨의 과거 해명은 들을수록 철승의 심중을 더욱 착잡하게 만들고 있었던 것이다. 더구나, 그의 부친 강용직이 부민회의 부친 부현봉을 저격 목표로 삼았다는 사실은 그 속에 또 다른 흑막이 있을 것만 같아서 그의 마음을 산란하게 만들었다. 떠날 시간이 다 되었다고 주섬주섬 옷깃을 여미고 돌아가는 허승우 씨를 멀리까지 전송할 기분도 내키지 않은 철승은 대문까지만 나가보고 집 안으로 돌아와버렸다. 자기 아들을 잘 부탁한다는 허승우 씨의 거듭된 당부 말도 아득히 먼 곳의 소리처럼 잘 들리지 않았다.

## 9장

# 우물 안 개구리가
# 밖을 보다


철승은 허승우 씨의 내방으로 산란해진 마음을 학원강사 일에 열중함
으로써 수습하기로 했다. 학원 강사로서의 하루 일과는 하려고 마음먹기
에 따라서 일거리가 많을 수도 적을 수도 있는 성질의 것이었다. 강의 준
비에 얼마나 많은 공을 들이느냐에 따라서 강의실 안에서의 수업의 질
이 달라지고 그 뒷맛이 달라진다는 것을 실감했다.

강의 들어가는 시간과 함께 철승의 하루하루 일과에 보람과 기운을
더해준 것은 황대청이 마음잡고 공부하는 모습을 보는 것이었다. 철승은
황대청의 학원 수강을 지켜보면서 그가 정규 고교를 마치는 것과 대입
검정고시를 거치는 것 사이에 어떤 차이가 있을는지 다각도로 생각해보
았다. 제일 큰 차이가 성격상으로 사회성이 결핍되고 사회활동상의 인
맥형성 기회가 적어지는 것이라는 생각에 이르렀으나 이런 문제는 그리
간단치 않을 것 같아서 그의 중3 시절 담임교사를 찾아가서 상담해보기

로 했다.

황대청을 잠시 불러내어 물어보았더니 그의 출신 중학교는 제주 시내 도심에 있는 역사 오랜 ○○중학교였고, 그 중학교에 전화를 걸어 확인해보았더니 이 년 전 황대청의 중3 시절 담임교사는 아직도 그 학교에 재직 중이라고 했다. 미리 연락을 해놓고 그날 수업이 끝날 때쯤에 학교로 찾아간 철승에게 그 교사는 그리 반가운 낯을 보이지 않았다. 시간 사정이 넉넉하지 않은 눈치인 데다가 현재 담임하고 있는 학생을 위한 방문도 아니었으므로 당연한 일이라 생각되었다. 방문자를 맞는 무덤덤한 태도로 보아서 이 사람이 담임교사였을 때 황대청 학생을 사랑하거나 동정하지 않았음이 역력해 보였다. 자기의 방문이 환영받지 못함을 직감한 철승은 찾아온 용건을 간단히 말했는데 그가 들은 대답은 예상했던 것보다 훨씬 실망스러운 것이었다. 한마디로 황대청에게는 정규 고등학교 과정을 마치는 것이 사회진출 하는 데에 별로 도움이 되지 않을 것이라는 얘기였다. 학생 시절에 사회성을 기르는 것은 보통 학생들에게 당연히 기대할 수 있는 일이지만, 누구하고도 어울리기 싫어하는 황대청의 경우에는 오히려 반사회적이고 비사교적인 성격을 강화하는 꼴이 될 것이며, 학교에 나와도 재미있고 즐거운 일이 없는 사람에게 학창시절의 아름다운 추억거리가 남을 리도 없을 것이라고 했다. 일생 동안 사회 생활하는 인맥을 형성하는 것이 학생 때 친구들이 아니냐는 철승의 물음에 대해서도 그 교사는 고개를 가로저었다. 황대청의 이름이나 얼굴을 기억해줄 동창들이 있다고 해도 실상은 말 붙이기 거북한 기피인물로 기억되고 있을 터이니 그런 인간관계가 그의 사회생활이나 직장생활에 무슨 도움이 되겠느냐고 되물어오는 것이었다.

나이도 지긋한 그 교사의 말들이 모두 귀담아들을 만한 데가 있어서 철승은 고개를 끄덕이지 않을 수 없었다. 담임교사로 있을 때 황대청 때문에 고심을 많이 했던 것으로 보이는 그는 황대청의 학과 성적까지도 잘 기억하고 있었다. 전체적인 평균 성적은 중간 정도가 되지만 일부 과목은 우등생 수준이고 일부 과목은 열등생 수준이라는 것과 일 년 중 학과 성적의 변동 폭이 들쭉날쭉 심한 것도 황대청의 성적표의 특징이라고 했다. 이 같은 학생들의 학습 진척은 학교의 일관성 있는 수업 진행 속도에 맞추지 않고 자기 개인의 기분과 학습열의 주기에 따라 변하기 때문에 학교 수업의 효율성을 제대로 활용하지 못하는 것이라 했고 이는 곧 정규학교 이수의 필요성을 떨어뜨리는 것이라 했다.

황대청의 모교 방문을 마치고 나오는 철승의 마음은 사뭇 우울했다. 황대청의 장래에 대해서는 이래저래 희망을 걸기 어렵다는 얘기가 아닌가. 이제 한 가지 뚜렷해진 것은 그를 정규 고교에 보내려는 부질없는 노력은 하지 말아야겠다는 것이었다. 이렇게 결론을 내린 다음에도 철승의 관심에서 떠나지 않는 문제는 황대청이 정규 고교 과정을 포기함으로써 다른 어떤 점에서 결손현상이 생길 것인가 하는 것이었다. 여러 날을 두고 생각해보니 정규 학교 대신에 독학의 길을 택하는 것은 개인적인 학습방법이나 세계인식 성향에 있어서도 차이를 보일 것 같았다. 이 문제를 놓고 참고할 만한 것이 황대청과 여타 수강생들의 영어공부 방법이 어떤 차이가 있을지를 비교해보는 일이었는데 가만 생각해보니 그 차이는 영어문장을 이해함에 있어서 문법지식에 의존하는 정도일 것 같았다. 독학생은 다른 동료학생들의 사고방식을 참고할 기회도 없고 다양한 영어문장에 접할 기회도 적기 때문에 영문독해에서 믿을 것은 오직 문법지식일 터였다. 영어문장은 문법 규칙에 따라야 한다는 고정관념에 얽매이는 독학생들은 문법규칙에서 벗어나는 문장을 만나면 헷갈리고 당황함에 반하여, 정상적인 고교 과정을 제대로 거치게 되면 문법지식 말고도 다각도의 종합적인 언어감각을 터득하게 된다는 생각이었다. 황대청의 모의시험 답안을 보아도 사고력과 상상력의 틀이 협소하다는 것이 상기되었는데, 철승은 이런 현상을 독학생들 모두가 부딪치는 문제로 확대 해석하고 싶었다. 황대청은 중학 과정 재학 중에도 외톨이로 지냈을 테니까 독학하는 사람의 약점이 오래 쌓였을 것으로도 생각되었다.

어느 날 철승은 양 원장하고 담소하는 자리에서 이 문제에 대해 질문을 던져보았는데 그도 철승과 비슷한 견해를 갖고 있었다. 즉, 독학 출신들은 다양한 동료 학생들과의 접촉이 없음으로 인하여 사물의 규칙성에 대해 독단적인 믿음을 갖게 되어 현실세계의 무한한 다양성과 가변성에 대한 감각이 떨어지는 독불장군이 되기 쉽다는 것이 양 원장의 지론이었다. 그는 이에 대해서 평소에도 많은 생각을 해본 모양이었는데 그의 적절한 표현방식으로 미루어 이를 알 수 있었다. 혼자서 등산에 나선 사람보다 여럿이 함께 가는 사람이 등산길 주변의 풍경을 더 잘 익히게 되고, 외아들로 큰 사람보다 여러 형제와 함께 큰 사람이 자기의 평생 파트너를 고르는 안목이 훨씬 앞서간다는 얘기였는데, 철승은 그의 말에 많은 공감이 가면서 마음 한편에서 찔끔 꿀리는 것이 느껴지는 것이었다.

철승은, 정규 고교 과정을 거치지 않는 황대청이 독불장군처럼 사고의 유연성이 떨어지면 앞으로 사회진출에 지장이 있을 것이라는 생각이 들었지만, 이제는 하나의 개성으로 자리 잡고 있는 그의 고집을 어떻게 해볼 도리가 없다는 쪽으로 결론을 내렸다. 다만 황대청의 고집과 개성이 앞으로 어떻게 변할 것인지 주시하기로 했다. 이런 생각을 하면서 철승의 머리에 떠오르는 것은 제주도 사람들은 역사적으로 외톨이 인생 황대청과 같은 독불장군 고집으로 살아온 것은 아닌가 하는 상상이었다.

우선 생각나는 것은 4·3 사건의 주동세력이었다는 제주도 남로당 간부들의 성급하고 독단적인 결정이었다. 1948년 4월 그 시점에서 남한의 어느 지역에서도 게릴라 무장봉기라는 극단적인 방법으로 세상을 바꾸자고 나선 곳은 없었다고 했다. 남로당 지도자들이 아무리 많은 지역주민들의 동조를 얻었더라도 중앙당과의 조직적인 연대 없이 독자적인 투쟁의지와 젊은 혈기만으로 게릴라 전투에 뛰어든 것은 중대 과실이라는 생각이었다. 그 같은 중대 결정을 내리기 전에 충분히 본토의 동향과 세계역사의 흐름을 살피지 않은 것은 독단적인 믿음에 빠져 헛수고하는 독불장군의 모습을 연상시키는 것이었다.

이와 더불어, 해방 공간의 제주도 지식인들이 이상적인 평등사회를 꿈꾸는 공산주의 이념의 매력에 빠져들어 불행한 역사의 길을 갔다는 것도 철승의 안타까움을 자아내는 일이었다. 그것은 마치 문법 규칙의 한계를 모르고 이를 모든 영어문장에 두루 적용시키는 황대청의 영어공부 방법과도 같아 보이는 것이었다. 공산 혁명을 추진하는 사회경제적 기초가 자본가나 지주들에게 착취당하는 무산자 계급이라고 할 때 지역 주민의 절대 다수가 자영농민이었던 제주사회에는 공산주의 이념이 적용되기 어려움을 왜 몰랐을까 하는 생각이었다. 세계사 발전의 다양한 길을 인식하지 못하고 공산주의를 어느 사회 어느 시대에나 다 같이 적용되는 보편적인 진리, 마치 황대청이 생각하는 불변의 문법공식처럼 해석했다는 데에 불행이 있었지 않나 하는 생각이었다. 철승은 문득 제주도 역사를 강의하던 교수에게서 언젠가 들었던 말이 떠올랐다. 그 교수의 말로는, 옛날 제주도는 지리적으로 본토와 격절되었고 중앙의 역사발전 과정에서 소외된 외딴섬이었기 때문에 의붓자식 신세와 우물 안 개구리 신세를 벗어나기 어려웠다는 것이다. 그런 말을 들을 때는 공연히 기분이 상하고 선뜻 동조하지 못했었는데 지금 와서 생각하면 자조적으로 들렸던 그 표현이 섬나라 제주 지역 사람들의 운명적인 삶을 집약하고 있을 것 같았다.

황대청의 외톨이 모습은 섬사람인 철승 자신의 성격과 운명을 되돌아보는 계기가 되었다. 자기라고 해서 섬사람의 한계를 벗어날 수는 없다는 사실을 깨달으면서 독불장군이나 우물 안 개구리 같은 부정적인 자기표현이 대뜸 떠오르는 것이었다. 곰곰이 생각해보니까, 서울 가서 반년 동안 대학원 다니면서 접해본 동료 학생들은 그 자신과는 달리 넓은 세상을 넓게 볼 줄 아는 사람들 같았으며 어딘가 트여 있고 활달한 기상이 엿보였던 것으로 기억되는 것이었다.

가을이 깊어지는가 했더니 겨울로 접어들었고 이렇게 하루하루 울적한 날들이 지나더니 연말연시의 분망한 날들이 가까워지고 있었다. 철승은 되도록이면 이런저런 구실을 대고 바깥나들이를 피하고 있었다. 아직도 마음 정리가 잘 안 된 것 같은 생각이 들어서 뭔가 정신력의 중심을 잡은 다음에 바깥 세상에 나가고 싶었다. 여러 가지 외출 면피의 구실을 생각하다가 서울 나들이를 한번 다녀오는 것이 좋을 성 싶었다. 그가 출강하는 학원에서도 연말연시에 일주일가량 방학이었고, 설 명절을 구정으로 치르고 있음으로 하여 집안일 보는 데에 지장이 되지도 않아서 다행이었다. 전부터 하고 싶었던 서울 명승지의 관람이나 서울 시내 유명 대학의 캠퍼스 구경도 좋을 것 같았고, 휴학 중인 대학원에 가서 학생들이 방학 중에 공부하는 모습을 둘러보는 것도 좋을 성싶었다.

연말 방학을 두어 주일 앞두고 학원 사무실에 들렀을 때 철승은 1월달에 개설되는 특별단과반 강의에 대한 소식을 듣게 되었다. 매년 1월달은 겨울방학 중이라서 학교 교실은 텅 비는 대신에 학원가는 재학생 수강생들로 문전성시를 이루며 이때는 특히 국영수 주요 과목의 강사들이 한밑천 잡는 대목이니 설강 의사가 있으면 정식으로 의사표명을 하라는 얘기였다. 1월 한 달 동안만 따로 설강되는 관계로 하루 두 시간 강의로 책 한 권을 마쳐주는 강행군 일정이라서 힘들기는 하지만 받는 강사료는 두둑하다고 했다. 다만 방학 중 대목 때에 단과반 강의가 설강되려면 최소한 오십 명이 채워져야 되는데, 국영수 세 과목 중에 어느 과목 강좌가 이 정원을 먼저 채우느냐 하는 것이 해마다 관심의 대상이 된다는 것이었다. 평상시에는 워낙 단과반 수강생들이 적기 때문에 단과반 세 과목의 강의실이 부족하지 않지만, 1월달 대목 때에는 국영수 주요과목 중에 수강신청이 많은 두 과목 강좌는 수용인원이 칠십 명인 대형강의실 두 개를 사용하고 수강신청이 제일 떨어지는 어느 한 과목은 폐강시키고 나시 주간에 최상급반 학급이 쓰는 소형강의실 하나는 진학상담실로 사용한다는 것이다. 그것은 결국 국영수 세 과목 강사들 간에 노골적인 경쟁이 벌어진다는 얘기였다.

학원 사무실에서 1월 중 단과반 설강 의사를 정식으로 밝히고 나온 철승은 교무실로 들어서다가 마침 저쪽에 앉아 있는 부성배의 옆모습을 보고 잠시 걸음을 멈추었다. 무슨 일인지 신문을 열심히 들여다보는 그의 모습이 오늘따라 새로운 무게로 느껴졌다. 학원생들 앞에서 경쟁자이기도 하지만 오랜 친구이면서 동료강사요 협력자임에 틀림없는 사람이었다. 그런데도 그동안 강사들 전체 모임이나 회식 자리에서 말고는 두 사람이 만나 차 한잔 한 적이 없었음이 새삼 미안하게 느껴졌다. 철승은 모처럼 생각난 김에 얼른 부성배에게로 걸어가서 말을 걸었다.

"신문에 뭐 대단한 게 나 있는가? 우리 차나 한잔 하러 갈까?"

"그냥 심심해서 보는 거지 뭐. 어, 그거 차 한잔 좋지만 나 지금 전화

기다리는 게 좀 있어서……"

부성배는 말하고 나서 겸연쩍게 살짝 웃는 것이었다. 철승은 도리 없이 제자리로 돌아왔다. 전화를 받고 나서 같이 나가면 될 게 아니냐고 말할까 하다가 그냥 밖으로 나와버렸다. 친구의 청을 단번에 거절해버리는 부성배의 말투가 미웁스러웠다. 덩달아서 평소에 그에게서 느껴지는 떨떠름한 인상이 새삼스럽게 떠올랐다. 더구나 며칠 전 야밤중에 시내 술집에서 있었던 조그만 소요 사건이 얼핏 생각난 철승은 부성배하고 만나는 것이 문득 두려워지는 것이었다. 철승이 제주제일학원 강사가 되고나서 가라오케 술집에 두어 번 가게 된 것은 양 원장에게서 십팔번 노래 발표회 준비를 해두라는 강사 부임 초의 이야기를 염두에 두었기 때문이었다. 아직 그런 발표회 같은 것이 열려본 적은 없었지만 가라오케라는 신기한 기계를 이용하여 노래 실력을 기르는 재미도 있고 해서 그전에는 잘 안 가던 술집 출입을 좀 했던 것이다. 며칠 전 그날 철승이 혼자서 가라오케 술집에 갔다가 부성배를 보게 된 것도 자신 있는 노래 곡목 몇 개를 집중 연습하려고 갔다가 우연히 일어난 일이었다. 그전에는 친구들과 어울려 갔지만 이날은 술의 힘을 빌려서 호기롭게 노래 연습을 할 작정으로 혼자 들어가는데 카운터에서 술집마담과 뭔가 옥신각신 이야기하는 사람이 부성배임을 먼발치에서 알아볼 수 있었다. 부성배도 혼자였다. 아하, 이 친구도 노래 연습하려고 나온 것이 아닌가, 하는 생각을 하게 된 것은 제주 시내에 가라오케 기계가 설치된 술집이 몇 안 된다는 말을 들었기 때문이었다. 그렇다면 이 친구하고 오늘 신나게 놀아보는 것도 괜찮겠다는 생각을 하면서 가까이 다가가려고 하는데 부성배의 말투가 갑자기 거칠어졌다. 평소에 없는 째지듯이 날카로운 고성이 나오는 것을 보면 술에 대취한 것 같았다.

"그러니까, 나를 우습게 본다 그거 아냐. 그래, 난 그런 놈이여. 난 이 자리에서 죽어도 눈물 흘릴 사람 아무도 없어. 어쩔 거여. 그렇지만 나, 술값 떼어먹는 거지는 아니다 이거여. 외상술 안 주는 술집이 어딨어. 어떤 고급술집도 외상술은 있는 거여. 그런 것도 모르고 술장사 하나. 좋다구, 좋아. 잘 처먹고 잘 살아라 말이다, 이것덜아."

부성배는 탁, 하고 카운터 탁자를 세게 내려치기까지 했다. 땅땅거리는 부성배의 말투에 비하면 카운터 마담의 응답은 그리 드세지 못했다. 누구 술값 가지고 시비 걸려고 한 사람이 없으니까 그냥 조용히 돌아가시라고 오히려 허물없이 다독이는 말투였다. 부성배는 제 풀에 민망함을 느꼈는지 몸을 돌려 밖으로 향했다. 그는 뚜벅뚜벅 걸어나가는 동안 구석지에 비켜서 있는 철승을 보았을 것 같은데도 그런 내색은 전혀 없었다. 눈살 찌푸린 얼굴과 실룩거리는 입술도 달라짐이 없었다. 철승이 카운터 마담 쪽으로 가서, 같은 학원에 근무하는 친구인데 무슨 일이 있었냐고 물었더니, 저 사람 술버릇 고약한 거 모르느냐, 오늘 저 정도는 약과다, 저 사람도 학생들 가르치는 선생이라면 좀 선생답게 놀라고 하시오, 이렇게 무안 주는 푸념만이 돌아와서 공연히 말을 건 것이 후회스러웠다. 가라오케로 노래 연습할 기분이 홱 달아나버린 철승은 이내 밖으로 나와버렸지만 그 자리에서 부성배가 보여준 모습은 오랜 시간 그의 뇌리를 떠나지 않았다. 철승은 그날 이후로 부성배에 대한 꺼림칙한 인상을 바꾸기가 어려웠다. 그전에 양 원장에게 삿대질하며 시비 걸던 부성배의 모습도 떠올랐다. 가까이 지내기가 어려운 친구라는 생각과 함께 철승으로 하여금 부성배의 시선을 피하고 싶게 만드는 것으로는, 부성배 자신의 자격지심에 대한 배려 같은 것도 있었다. 그날 외상 술값 같은 얘기로 술집여자하고 소란을 떠는 모습을 친구에게 들켜버렸다니, 부성배도 자존심이 있다면 나를 다시 만나 얼굴을 마주하기가 얼마나 멋쩍을 것인가, 하는 생각이었다.

철승은 부성배라는 친구를 어떻게 보고 대해야 할지 헷갈릴 때가 많았다. 친구에게는 대하기 껄끄러운 사람이었지만 학원강사로서는 괜찮은 사람인 것도 같았다. 학원에서 책 읽기를 열심히 하는 점에서는 철승에게 못지않을 정도였다. 부성배가 맡는 국어과 단과반이 철승이 맡는 영어반보다도 더 큰 성황을 유지하는 것도 우연한 일은 아닐 터였다.

연말 방학을 며칠 앞둔 어느 날 철승은 학원 근처 중국음식점으로 저녁을 먹으러 가는 길에서 황대청을 우연히 만났다. 몇 가지 물어볼 것도 있던 참이라 그를 데리고 가서 음식을 먹으며 넌지시 말을 꺼내보았다. 학원 수강을 잘하고 있음에 대해 몇 마디 격려의 말을 하고 나서 철승은 정작 듣고 싶은 이야기로 말머리를 돌렸다. 1월달 특별단과반에 어떤 강의를 들을 것인지 물어보았더니 자기는 오랫동안 소홀히 했던 국어 강의를 들었으면 내년에 대입종합반에 다니는 게 좋겠다는 생각을 하고 있지만 꼭 그렇게 될지는 모르겠다는 대답이었다. 이유가 뭐냐고 물었더니, 요즘 와서 부쩍 가까워진 친구들 세 사람이 같은 과목을 수강하기로 했는데, 그중 한 사람이 국어과 강사를 매우 싫어하는 관계로 현재로서는 국어반과 영어반을 원하는 사람이 하나씩 있는 셈이고 나머지 한 사람은 이래도 좋고 저래도 좋다는 생각이어서 좀 더 두고 보아야겠다는 대답을 하는 것이었다. 수강과목을 같이 하고 싶을 정도로 우정을 키우는 것도 괜찮을 것이라고 생각한 철승은 한 친구가 국어과 강사를 기피하는 이유가 뭔지 내처 물어보았다. 이에 대한 황대청의 대답이 좀 뜻밖이었다. 국어과 강사는 자신이 정규학교 교사로 나가지 못하는 것에 대한 한풀이로 한국사회 전체를 싸잡아 욕하고 부정적으로 비판하기 때문이라는 것이다. 철승이 그냥 묵묵히 듣고만 있자 황대청은 이를 더 자세한 대답을 요망하는 것으로 해석했는지 국어과 강사가 쓰는 부정적인 표현의 예까지 알려주는 것이었다. 국어과 시간에는 종종 어려운 사자성어를 예를 들어가며 풀이해주는데, 가령 사상누각, 풍전등화, 누란지세, 백척간두와 같이 비슷한 의미를 가진 어휘들을 열거하고 나서 바로 현재의 한국사회가 이 같은 위기상황에 있는 것이라고 말한다는 것이다.

철승은 황대청과 헤어져 교무실로 돌아오면서 곰곰이 생각해보았다. 이 학원 학생들은 이렇게 자기네 강사의 신상문제까지 알고 있으면서 강의시간의 말버릇 같은 것도 문제 삼을 수 있다는 사실이 자못 걱정스러웠다. 부성배, 이 친구는 무슨 억울한 억하심정에서 한창 예민한 감성을 가진 아이들에게 흠 잡힐 언사를 쓰고 있는 것일까. 정규학교 교사로 진출하지 못하는 말 못할 이유라도 있다는 것인가. 그러고 보니 부성배는 고등학생 때 성적이 괜찮았던 것으로 기억되고 교사자격증도 갖고 있을 만한데 아직도 학원강사로 전전하고 있음이 이상하다는 생각이 들었다. 철승은 이런 생각을 하면서도 더 이상 자세히 친구의 신상에 대해 알아보고 싶은 심정은 되지 못했다.

연말방학을 맞은 철승은 진작부터 마음먹은 대로 서울행 나들이에 나섰다. 그러나 철승이 연말연시에 서울에서 보낸 일주일의 휴가 기간에는 연이은 눈 날씨로 인하여 바깥 구경은 거의 하지 못했다. 주로 대학 캠퍼스 안에서 왔다 갔다 하는 나날이 되고 말았지만 어쩔 수 없는 일이었다. 대학 도서관에 여러 날 들락거리다 보니 같은 전공 학생들과의 친분을 만드는 기회가 될 수 있었음은 다행한 일이었다. 허승우 씨의 아들 허명칠과 대학원 동료학생 이태진을 대학 캠퍼스로 불러내어 한나절을 같이 지낸 것도 보람된 일이었다. 반갑게 만난 세 사람은 이런저런 신변 이야기를 나누었는데 이야기는 철승이 마련한 저녁식사 자리에서까지 이어졌다.

세 사람이 나눈 이야기 중에서도 허명칠의 통역대학원 진학 문제를 실마리로 한 화제가 철승의 관심을 끌었다. 이태진의 의견은, 통역대학원 인기가 앞으로도 계속 좋을 것이라는 점에서 철승의 의견과 같았다. 다만, 한국인에게 외국어 실력이 중요한 이유에 대해서 두 사람은 생각을 달리했는데, 이태진은 취직하기 쉽다는 점을 중요하게 보았고 철승은 약소민족이라는 한국의 실정을 더 크게 본다는 것이 좀 달랐다. 이상한 것은 허명칠의 말이었다. 통역대학원에 다니는 자기 친구 이태진과 친하게 지내면서도 그곳에서 연마하는 외국어 실력에 대해서는 담을 쌓고 있다는 것인데 그 이유는 외국어 공부가 자기 적성에 맞지 않기 때문이라는 얘기였다. 자기가 작년에 그곳에 응시를 했던 것도 아버지가 하도 강권을 해서 마지못해 한 것이라는 뜻밖의 고백이었고, 지금도 자신은 통역대학원에 갈 결심이 서 있지 않은데 아버지는 그것도 모르고 아들의 시험준비를 다그치고 있다는 것이다.

철승은 다른 사람의 진로 결정에 조언한다는 것이 지극히 어려운 일이라고 생각하면서도 그의 솔직한 소견을 털어놓았다. 약소민족이 국제사회에서 억울한 피해를 입지 않으려면 외국어 실력이 필수이다, 국제간 조약문서나 상거래 계약문서의 의미를 제대로 파악하지 못함으로써 막대한 손해를 입는 것이 한국의 실정이라고 하더라, 사람의 적성이란 것은 다소 애매한 데가 있어서 자기 적성을 스스로도 잘 모를 경우가 있다, 여러 가지 언어 능력들 간에는 전이효과라는 게 있어서 국어공부 잘하는 사람은 영어공부를 못하는 것이 아니라 오히려 그 반대이다, 영어공부에 취미가 안 붙은 것은 아마도 훌륭한 영어선생을 만나지 못한 탓일 것이다, 이렇게 장황할 정도의 일장 연설을 펼치면서 허명칠의 통역대학원 진학을 권유하였다.

허명칠은 철승의 열띤 권고를 듣고도 마음이 움직이는 기색을 보이지 않았다. 굳게 다문 입술을 열고 한다는 말은 오직 적성이 맞지 않아서를 반복할 따름이었고, 그렇게 하는 것이 마치 무슨 대단한 소신을 지키는 것인 양하였다. 허승우 씨의 괄괄한 말투가 기억에 떠오른 철승은, 부친의 강압적인 성질이 허명칠의 마음에 일으켰을 것 같은 반발심에 생각이 미쳤다. 허명칠에게 집 전화번호를 물어보는 그의 입가에 가벼운 미소가 떠올랐다. 철승은 어정쩡한 기분인 채로 두 사람과 헤어진 다음에 공중전화 박스로 가서 허승우 씨에게 전화를 걸었다. 허명칠의 진학 관련 문제에 대해 오늘 진지한 토론이 벌어진 결과 아버지가 원하는 방향으로 본인의 결심이 선 것 같으니 안심하시고 더 이상 강권하지 않아도 될 것이라는 얘기를 했더니 앞으로도 좋은 선배 노릇 잘 부탁한다는 대답이 돌아왔다.

서울 체류 중의 마지막 날 대학원 교학과에 들렀던 철승은 사무실 벽에 걸린 게시판에서 눈이 번쩍 뜨이는 공고를 보게 되었다. 겨울방학 중의 해외문화탐방 프로그램이었다. 해마다 여름 및 겨울방학 중에 두 차례 실시되는 이 프로그램은 통역대학원의 본격적인 통역실무 교습에 들어가기 전에 자유 지망자들을 대상으로 하고 있는데, 외국어 통역의 기초는 외국문화에 대한 체험적 이해에 있다는 취지에 입각하여 연례행사로 실시되는 것이라 했다. 문화탐방의 대상 지역은 자주 바뀌는데 이번 겨울방학 중에 계획된 곳들이 홍콩과 도쿄라는 것도 마음에 들었다. 해외체류 중에는 체류지역 주민들과의 대화는 물론이고 프로그램 참가자들 사이의 대화에서도 영어를 사용해야 하는데 영어 연수를 하기 위해

영어 상용 국가인 홍콩으로 가는 것은 그럴 만하지만 왜 영어를 잘 못한다는 일본으로 문화탐방을 가느냐는 질문에 대한 답변이 그럴듯했다. 일본에서도 영어는 외국어이기 때문에 일본 사람들의 영어소통 능력은 빈약한 수준이지만, 대화 쌍방이 모두 외국어로서의 서투른 영어를 사용함으로써 얻는 체험적 언어감각도 중요하다는 얘기였다. 탐방 기간이 2월 초의 2주간이라는 것도 별로 지장이 안 될 것 같았다. 학원강사 나가는 일을 1월까지만 하고 2월달은 다음 학기 복학 준비를 하는 기간으로 삼기로 했다.

그런 대로 보람 있는 서울 나들이었다는 생각을 하면서 귀향한 철승은 바로 다음 날 오후 느직하게 제주제일학원으로 가보았다. 1월달 특별 단과반의 수강신청 마감 시간이 임박하고 있는 조마조마한 시간이었다. 원장실에 들렀더니 방금 특별반 수강신청 마감 한 시간 전의 상황을 보고 왔다면서 영어과와 국어과의 수강신청자 수가 막상막하였는데 지금 현재로서는 영어과가 국어과보다 두어 명이 적은 상태라고 일러주었다. 겉으로는 태연한 척했으나 철승의 실망은 컸다. 이제 수강신청 마감이 한 시간밖에 안 남았다는 것이다. 수학과는 워낙 유명한 강사인 관계로 오십 명 설강 정원을 일찌감치 넘어섰다고 하면서 상황을 전하는 양 원장의 말투가 자못 미심쩍었다.

"어차피 교육 현장에 경쟁이 없을 수는 없지요. 경쟁이 없다면 학생이나 선생이나 재미도 없고 추억도 없을 거구만요."

강사들에게 경쟁을 붙여놓고 즐기는 것인지, 경쟁이 불가피한 학원 내의 사정을 위로하는 것인지 애매한 웃음을 흘리는 양 원장의 표정이 오늘따라 능글맞아 보였다. 영어과와 국어과 중에서 어느 쪽 설강을 바라는 것인지는 더욱 알 수 없는 표정이었다. 강의실 사정을 구실로 과목 하나를 폐강시키는 것도 어쩌면 경쟁 붙이기 위한 양 원장의 술수인지 모른다는 생각까지 들었다. 갑자기 심란해진 철승은 조용히 원장실을 나왔다. 교무실 책상 앞에 앉아서 책을 뒤적거리는 척했으나 글자가 머리에 들어올 리 없었다. 머릿속이 자욱한 연기로 가득 차오르는 것 같았다. 비록 역사의 어정쩡한 틈바구니에 끼여서 가슴 웅크리고 살고 있는 인생이지만 그런 가운데에서나마 남부끄럽지 않을 만큼 사람 구실을 해보려고 지난가을 이래 정성껏 노력했다고 자부하는 철승이었다. 그 결과가 이것밖에 안 되는지 그는 눈앞이 막막했다. 맥 풀리는 마음을 겨우 수습하여 냉정하게 생각을 정리해보았다. 사실은 1월달 특별반 강의를 못하게 되어도 별로 궁핍한 사정은 아니었고, 그에게 학원강의 말고 할 일이 없는 것도 아니었다. 자신의 인기가 부성배보다 떨어진다는 것 때문에 자존심이 상하기는 하지만 다른 일을 가지고 이를 만회할 수도 있을 터였다. 그러자면 일찌감치 서울에 올라가서 2월 초에 있을 해외문화탐방 준비를 하면서 시간을 보내는 것도 좋을 성 싶었다.

먹먹한 심정이 채 가라앉지 않는 가운데 얼마간의 시간이 지났다. 이 학원의 총무가 교무실로 들어오더니 철승에게로 다가와서 나직하게 말하는 것이었다.

"영어과가 설강되게 됐습니다. 내일 개강하실 거 준비하셔야겠네요."

철승은 뜻밖의 소식에 얼떨떨해지면서 원장실로 찾아들었다. 태연한 척하기 어려울 만큼 기분이 좋았다. 원장의 표정을 훔쳐보았더니 그의 기분도 싫지는 않은 듯 빙그레 웃고 있었다. 부성배 선생의 특별반 강의가 폐강되는 것이 미안하게 됐다는 말을 하자 양 원장은 걱정 말라고 그를 안심시켰다. 부성배 선생은 그전에도 단과반 강의를 못하게 될 때에는 국어과 그룹지도를 하더라는 말과 함께 그쪽이 그의 적성에 맞을 거라는 말까지 덧붙이는 것이었다. 교무실을 나오는데 마침 황대청의 모습이 저쪽 복도 끝에서 보이기에 외진 곳으로 조용히 불러서 1월달 단과반 수강신청에 대해 넌지시 물어보았다. 주저 끝에 조용히 말하는 황대청의 대답을 들은 철승은 잠시 어리둥절했다. 오늘 오후까지도 수강 과목을 정하지 못하고 있었는데 원장실로 호출을 받고 갔더니 단과반 학원 수강료 면제 받으려면 영어과를 신청하라고 하여 그렇게 했다는 것이다. 원장이 학생 한 사람의 수강신청까지 챙기는 것이 이상하여 물어보았더니, 지난번에 수강료 면제 관계로 원장실에 들른 이후 자잘한 심부름 같은 일로 원장실 출입을 가끔 해왔으며 1월달 특별단과반에 친구들 세 사람이 같은 과목을 신청한다는 등 자기의 공부 계획을 진작에 알렸었다고 했다. 돌아서서 교무실로 다시 돌아오는 철승의 심정은 착잡했다. 원장이 손을 써준 덕분에 설강되는 강의를 맡게 된 게 씁쓸했고, 이런 사정을 전혀 내색하지 않고 능청을 떠는 양 원장의 마음보에 존경이 가면서도 어쩐지 떨떠름한 심정이 되는 것이었다.

교무실로 다시 들어와서 책상 앞에 앉은 철승은 좀 얼떨떨한 기분으로 1월달 계획을 궁리해보았다. 1월달에는 종합반의 주요 세 과목 강좌가 대폭 줄어들고 암기위주인 기타 과목 중심으로 강의가 있기 때문에 주요 과목 강사들은 종합반 강의에 거의 나오지 않을 것이라고 했으니 그 추운 날들을 주로 집에서 보내다가 저녁에나 학원에 나오는 이상한 일정표가 될 성싶었다. 그리고, 1월달에는 학원에서 부성배를 만나는 일이 거의 없어진다는 것인데, 그렇게 되면 철승은 부담스러운 일 하나를 면하는 기분이 될 것 같았다. 이런 상상을 하면서 밖으로 나갈까 하는데 마침 교무실 출입구에서 안으로 들어오는 부성배하고 시선이 마주쳤다. 두 사람은 마주 보면서 어색한 시선을 교환했지만 아무도 먼저 말을 걸지는 않았다. 철승은 방금 자기가 했던 상상이 문득 미안하게 생각되면서 부성배를 불러내서 차나 한잔 하자고 할까 하다가 그만두었다. 그가 1월달에는 학원강의 대신에 그룹지도를 해야 할 딱한 형편이라면 공연히 불러내서 우울한 마음을 더 심란하게 할 필요가 없을 것 같았다. 부성배한테로 향하던 시선을 거두고 돌아앉은 철승은 마침 바로 옆 벽면에 걸려 있는 대형 달력으로 시선을 돌렸다. 오늘 연말연시 방학이 끝나고 내일 1월 4일에 시작되는 단과반 특강이 1월 31일에 끝난다는 사실을 이 달력이 다시 일깨워주었다. 그러자 단과반이 종강되는 1월 말일 바로 다음 날인 2월 1일이 통역대학원 해외문화탐방의 출국 날짜임이 생각났다. 종강 날짜 바로 다음 날이 출국 날짜라면 제주에서 김포공항으로 가는 것은 종강하는 날 저녁 늦게든가 출국하는 날 아침 일찍이든가 해야 한다는 것인데 그렇다면 어느 쪽을 택할지 지금이라도 알아봐야 할 것이 아닌가.

갑자기 마음이 조급해진 철승은 즉시 전화를 걸어서 항공편 시간표를 알아봤다. 제주에서 서울로 가는 마지막 항공편은 저녁 여덟 시 반 출발이었고 아침에 제일 이른 항공편은 아침 일곱 시 사십 분이었다. 학원 강의가 저녁 일곱 시에 시작되니 종강하고 비행기 타러 가는 것은 앞뒤 시간이 맞지 않는다. 학원 강의에 결강이란 있을 수 없다는 것을 잘 알고 있는 철승이었다. 2월 1일 아침 제주발 비행기를 타는 것은 어떤가. 홍콩으로 출발하는 것이 아침 아홉 시 반이라고 했으니 아침에 제주공항을 떠나는 것도 앞뒤 시간이 맞지 않는다. 여덟 시 사십 분에 도착하는 국내선 비행기에서 내려서 아홉 시 반에 출발하는 국제선 비행기에 올라타는 것은 아무래도 불가능한 일이었다. 혹시나 해서 서울로 전화를 걸어 알아봤더니 그날 홍콩행 항공편 출발은 아침 아홉 시 반임에 틀림이 없

202

었다.

철승은 당황스러워지기 시작했다. 아무리 생각해봐도 해외문화탐방 계획을 취소할 수는 없는 일이었다. 해외 첫 나들이고 단체 여행인데 일행보다 늦게 출발할 수도 없는 일이었다. 시급하게 결단해야 하는 순간이었다. 1월 한 달 특강을 깨끗이 포기하면 부성배의 국어과 강의가 회생할 것이라는 것도 한참을 고려해보았다. 그동안 부성배에게 못다 한 우정을 이번 기회에 확실히 보여주는 것도 아름다운 일임에 틀림없고 철승 자신은 집안 형편이 그리 쪼들리고 있는 것도 아니라는 점에 생각이 미쳤다. 한참을 고민한 끝에 철승은 결국 학원 강의에 변칙을 쓰기로 결심했다. 원장에게 사정을 말하고 마지막 일주일 육 일간은 날마다 이십 분씩 강의시간을 추가하여 마지막 날의 결강시간을 보충해주자는 결심이었다. 다만 이 같은 결심에 대해서는 종강날 가까이 되어서 이야기하기로 하고 그때까지는 정말로 열심히 정성을 다하여 원장이나 학생들에게 원망 사는 일이 없도록 하자는 쪽으로 마음을 정했다.

다음 날부터 시작된 영어반 특강은 순조롭게 진행되었다. 열심히 준비한 결과인지 학생들의 반응도 좋아 보였다. 예상한 대로 부성배가 학원에 거의 나타나지 않는 것도 마음에 부담을 덜어주었다.

그러던 어느 날 철승은 시간을 내어 황지상 씨를 그의 집으로 찾아갔다. 두 주일 간의 해외문화탐방을 가게 된 얘기도 할 겸해서 오랜만에 찾아보는 문안 인사였다. 오늘은 가벼운 화제로 시간을 보내려고 마음먹은 철승은 준비하고 온 흰 종이 한 장을 꺼내어 내밀면서 입을 열었다.

"이거 좀 보시라고 백과사전에서 복사해 왔습니다. 송악이 이렇게 좋은 약재가 되는 줄은 몰랐습니다. 고혈압, 간염, 관절염, 안면신경마비에 먹는 약이 송악나무에서 나온다고 했습니다."

"어디 한번 나도 봅주. 간염에도 좋고 종기 난 데도 좋다고 나왔네예."

"여기 나온 요령으로는 약 만드는 것도 아주 간단합니다. 송악나무 잎과 줄기와 열매를 따서 햇빛에 말렸다가 달여 먹는다는 거니까 얼마나 간단합니까."

"허, 이거 좋은 거 알려주어서 감사합니다. 봄 되민 저기 송악덜 열매가 무더기로 열릴 텐디."

"거기 보난 오래된 늙은 송악일수록 효과가 더 있젠 허니까 이 집에 저 송악이 얼마나 좋겠습니까."

"좋습니다. 제가 간염 앓아본 적이 있는데 바로 여기에 좋은 약이 있는 걸 몰라봤습니다."

송악나무 이야기에서부터 기분이 유쾌해진 철승은 화제를 바꾸어 일본으로 가는 사신의 여행일정에 대한 이야기로 넘어갔는데 이것이 그에게 뜻밖의 큰 요행을 기약해주었다. 철승이 해외순방 중에 일본 도쿄에도 여러 날 체류한다는 말을 들은 황지상 씨는 자신의 숙부가 도쿄에 살고 있으니 원하거든 만나보라는 권고를 해온 것이다. 철승은 이 말을 듣고 귀가 번쩍 뜨이는 것 같았다. 황지상 씨의 숙부라면 국방경비대를 탈영한 황정수 중사의 동생이 아닌가. 그런 데다 이제 황지상 씨에게서 들어보니 도쿄에 거주한다는 그의 숙부 황정익 씨는 4·3 항쟁 최후의 주인공들인 이덕구 결사대의 일원으로 활동하던 중 사령관 일행의 비극적인 최후를 목격한 후 잠적했다가 일본으로 밀항하여 죽음을 면했다는 것이다. 이덕구 결사대의 일원이었다면 그는 강철승 자신의 진짜 숙부이고 이덕구 사령관의 부관이었던 부현봉 씨와는 운명의 최후 순간까지 결사대 동지였으며, 이덕구 사령관의 레포로 한동안 활동했던 허승우 씨와도 상당 기간 동지관계로 있었을 것이 아닌가. 철승은 황지상 씨에게서 그의 숙부의 이름과 주소가 적힌 메모지를 받아들면서, 일본 땅에서 황정익 씨를 만나보고 그에게서 묻혔던 과거사의 일단이나마 직접 들어볼 수 있을 것이라는 생각에 벌써부터 머릿속이 온갖 상념으로 가득차고 있었다.

특별반 강의의 마지막 일주일은 어수선한 가운데 지났다. 원래 정해진 백 분 수업에다 덤으로 더해진 이십 분을 합하여 백이십 분 강의가 되었다. 길어진 수업시간을 견디지 못하여 도중에 나가버리는 학생들도 간간이 나왔다. 원장도 비상수단을 써야 할 딱한 사정을 양해해주긴 했지만 그리 좋은 내색이 아님은 분명했다. 대학입학 시즌이라 종합반 강의실도 어수선한 분위기였고 그나마 1월이 다가기 전에 종강이 되었다.

1월이 다 지나기 전에 철승의 마음을 잠시 산란하게 만든 한 가지 일은 그의 모친의 입에서 나왔다. 모친은 그전부터 해오던 그의 결혼 얘기를 다시 꺼내면서 마땅한 배필감을 물색해두었으니 이번 겨울에 두 사람이 대면해보고 마음에 들면 새봄이 되는 대로 결혼까지 성사시키자는 화려한 청사진을 내놓는 것이었다. 철승에게는 모친의 은근한 권고가 물리칠 수 없는 강청으로 들렸다. 모친의 높은 식견과 취향으로 보아 외양뿐인 아무 처녀나 며느릿감으로 골랐을 리도 없거니와, 소위 '홀어멍 외아들'이 일으키는, 인구에 회자되는 고부간 갈등의 사연들을 익히 들어 알고 있는 터여서 혼처 문제에 관하여는 모친의 의사를 최대로 존중하고 싶었던 것이다. 모친은 정녕 배필감을 선택하는 문제에서 강력한 발언권을 행사하려 할 것이고 혼인 후 있게 될 며느리와의 가족관계 형성에서도 상당한 고지를 점유하려 할 터인데 이 모든 미래의 문제들을 철승은 진작부터 예상하고 어느 정도 각오까지 하고 있는 터였다. 더구나 모친에게서부터 부모의 결혼과 자신의 출생에 관한 오래전의 비밀에 대해 알게 된 이후로 철승은 모친과의 관계가 그전과 같은 자연스러움을 잃어버리는 것 같았고 집 안에서의 대면과 대화가 어색하고 서먹한 느낌을 지울 수 없던 차여서 혼인 대사를 계기로 하여 모자관계의 원만한 회복을 기하고 싶다는 것이 철승의 진심이기도 했다.

이래저래 분주한 날들이 지나고 기다리던 해외여행의 장도에 오르는 날 철승의 마음은 희망과 기쁨으로 가득 찼다. 통역대학원 학생들을 위한 해외문화탐방 프로그램은 바꾸어 말하자면 문화탐방이라는 단서가 붙은 관광여행이라 할 수 있었다. 낮에는 대학 캠퍼스나 관광명소를 삼십 명가량의 일행과 함께 단체로 관람했고, 밤에는 자유롭게 시내 요소요소를 구경하고 관찰하는 것이 그 대체적인 일정이었으며, 방문한 곳에서 알게 된 내용이나 인터뷰한 내용을 기초로 하여 상당한 분량의 보고서를 영문으로 써내는 과제물이 부과되어 있었다.

예정대로 첫째 주일에 체류한 곳은 홍콩이었다. 홍콩에서 관람한 관광명소로는, 홍콩섬 일대가 널리 내려다보이는 태평산의 산정공원, 거대한 우주과학관인 스페이스 뮤지엄, 홍콩 시내를 조망할 수 있는 빅토리아 파크, 세계 각지의 풍물 집결지인 빅토리아 파크 인근의 야시장 등이었고, 대학 캠퍼스로는 홍콩국립대학과 홍콩과기대 탐방했다. 밤에는 화려한 불야성을 이룬 쇼핑가와 연예흥행가가 관광객들을 유혹하고 있었는데, 고층빌딩의 숲 사이로 질주하는 고급승용차들과 휘황찬란한 거리 풍경은 성공한 자본주의 도시의 표본 같은 인상이었다. 철승은 미리 책에서 읽어본 홍콩 시의 현황과 내력을 상기하면서 이 같은 성공을 가져온 역사적 배경을 생각해보았다. 불과 백 년 전만 해도 광대한 중국 땅의 가난한 변방 조그만 섬에 불과했던 이곳이 아시아 최고 수준의 선진 문명을 이루어낸 저력의 근원은, 그 당시에 세계화 역사의 선봉에 섰던,

'해가 지지 않는 나라' 영국의 국력을 배경으로 한 개방정책에 있었다는 것이 그의 결론이었다. 옛날 거대 왕국이었던 중국이 중공과 대만과 홍콩으로 갈라진 후 홍콩이 가장 앞선 선진화를 이루었음에 반해 폐쇄사회인 중공이 가장 뒤쳐진 것은 세계를 향한 개방정책을 어떻게 얼마나 추진했느냐에 따라 나타난 현상이라는 믿음이었다. 영토나 인구, 자연자원 등이 정말로 보잘것없는 소도시에서 출발했음에도 불구하고 홍콩은 현재 세계 10위권 이내의 주식시장을 가진 아시아 최대의 국제금융센터이며, 이곳은 또한 세계 굴지의 영화산업 기지라 했고, 아시아 지역에서 10대 선진 대학을 꼽을 때면 홍콩 소재의 대학이 두세 개는 반드시 들어간다고 했다. 활발한 국제 교류를 촉진하는 개방정책이 사회발전의 강한 추진력이 됨을 상기할 때, 본토 문화나 주요 문명권에서부터 격리되어 살아온 제주사람들의 운명적인 침체 역사가 다시금 안타깝게 여겨지는 것이었다. 홍콩과 비교할 때 훨씬 더 훌륭한 자연환경과 입지조건을 지니고 있는 제주도의 미래를 구상함에 있어서 많은 시사를 안겨준 홍콩 탐방이었다.

홍콩 주민들의 영어는 미국식 영어에 길들여진 한국 학생들에게는 알아듣기 어려운 것으로 알려져 있지만, 영어사용의 다양한 변주곡들을 접해보는 것도 언어감각을 익히는 좋은 방법이라는 것이 인솔 교수의 설명이었다. 발음이나 문장패턴이 영국식 영어인 데다가 중국의 광동지방 말투가 섞여 들어서 독특한 홍콩영어가 되었다는 것이지만, 적어도 대학 사회에서는 표준영어에 가까운 영어를 거의 모국어처럼 잘 구사하는 홍콩 사람들이 부러웠다. 세계 굴지의 국제금융센터를 만들고 아시아의 대표적인 대학들을 육성함에 있어서 영어실력의 바탕이 큰 역할을 했다고 생각되기 때문이었다.

둘째 주일 체류지인 도쿄는 천만 인구의 거대도시여서 그야말로 수박 겉핥기 같은 문화탐방이 될 수밖에 없었다. 이곳의 관광명소로는 천황이 사는 황궁과 역사 오랜 사찰과 다종다양한 박물관 미술관들 중에 아주 일부만을 볼 수 있었고, 화려한 현대식 빌딩가의 곳곳에 틈틈이 들어선 이 같은 역사 오랜 명소들은 역사의 향기를 내뿜기에는 역부족이라는 것이 도쿄 시내를 둘러보며 떠오르는 생각이었다. 철승은 더구나 이곳 도쿄에서 만나려고 벼르고 있는 황정익 씨를 두고 갖가지 상상과 기대가 떠오르면서 다른 일정에 대해서는 건성으로 지나치는 기분이 되었다. 도쿄 체류 첫날 낮 동안의 일정 일부를 포기하고 개인 시간을 내어 황정익 씨의 거처를 겨우 찾아냈으며, 앞으로 남은 기간 중에 저녁시간은 그와 만나 면담하는 일에 바치기로 했다.

황정익 씨는 도쿄 변두리 주택가의 조그만 집에서 일본인 아내하고 단둘이서 조촐하게 살고 있었다. 오십 대 후반의 나이로는 건강해 보이는 그는, 장조카인 황지상 씨가 국제전화로 융숭한 귀빈 대접을 부탁해 왔다고 하면서 반갑게 맞아주었다. 첫째 날 저녁은 수인사 끝에 이런저런 신변 이야기로 시종했다. 황정익 씨는 옛날 일정 때에 자기 형 황정수 씨가 오사카에서 노동으로 돈을 벌어 자기한테 대학 공부를 시켰는데 그 은혜를 다 갚지 못한 것이 한이 된다고 하면서 한숨을 내쉬었다. 형에게 못다 한 보답을 형의 아들인 황지상 씨에게 한다고 하지만 여의치 못하다는 말을 하는 것을 보니 그 자신의 일본 생활 형편이 그리 넉넉지 못한 모양이었다.

둘째 날 저녁은 도쿄에 거주하는 제주사람들에 대한 얘기로 시작해 화제는 자연히 4·3 사건과 그때 난국을 피하여 들어온 재일교포들에 대한 얘기로까지 옮겨갔다. 황정익 씨의 회고담에 의하면, 4·3 사건이 끝날 무렵 그가 일본으로 들어왔을 때에는 다른 제주사람들처럼 오사카에 잠시 머물렀었는데 얼마 못 가서 도쿄 지역으로 옮겨온 것은, 관서지방이라 불리는 오사카와 교토 일대에 많이 거주하는 좌익성향 교포들을 피하고 싶어서였다고 했다. 황정익 씨 자신이 고향 땅 제주도에서 벌인 좌익활동의 의미에 대해 회의를 갖게 되었을 뿐만 아니라 북한의 정치현실이 점점 실망스러워진 결과 일본에서의 거주지까지 옮겨 다녔다는 것이다. 4·3 시국의 검거망을 피하여 도일(渡日)한 좌익인사들이 많이 모인 곳이 일본 관서지방이었던 관계로 인하여 그 후 상당 기간 이곳의 제주출신 재일교포들은 실패한 4·3 봉기에 대해 안타까워했지만 이러한 사정이 이들의 운명을 그르친 예도 많았다고 했다. 많은 교포들이 일본 정부로부터 불법체류 외국인으로 홀대받는 설움에 받치면서도 고향땅 제주도로 돌아가지 못한 것은 용공성향의 사상범으로 몰릴 것이 두려웠기 때문이라는 얘기였다. 그중에는 북한 땅으로 가서 살기를 지원한 사람들도 많았으나 그 결과는 환멸과 좌절감뿐이었다고 말하는 황정익 씨의 목소리는 못내 비감해져서 목이 메인 듯했다. 공산주의나 북한 현실에 대한 한심한 무지가 낳은 어처구니없는 비극이었다는 말로 시작된 그의 회고담은 하나하나 철승의 관심사 아닌 것이 없었다.

"북한도 공산당 세상을 만들어봤지만 저렇게 지옥 같은 나라가 되어버렸소. 지금 와서 생각해보면 4·3 사건 당시 우린 무슨 허깨비에 홀렸던 것 같소. 되지도 않을 공산주의 세상을 만들겠다니, 허황된 꿈을 쫓아다니느라 세월만 낭비한 거요."

"우리 제주도에는 공산주의 혁명이론이 적용되지 않는 거 아닙니까. 피지배계급의 증오와 분노를 일으키는 지배계급, 그러니까 민중이 타도의 대상으로 삼을 특권층이 없었으니까 말입니다. 유럽에서처럼 착취계급인 부르주아가 있었던 것도 아니고 중국이나 북한의 경우처럼 농민을 수탈하는 지주계급이 있었던 것도 아니었지요."

"그건 강 선생 말이 맞소. 전통적으로 평등사회에 가까웠던 우리 제주도에서는 분노와 증오의 대상으로 삼을 지주계급 같은 것이 없었소. 우리 제주도에서는 큰 부자도 없었고 아주 빈털터리 가난뱅이도 별로 없었으니까."

"제주도에서는 땅 많은 부자들이 더 부지런히 일한다는 말이 있어요. 촌부자는 일부자라고 할 정도니까예. 땅 많은 사람이 소작인들에게 밭을 빌려줄 때에도 육지에서보다 훨씬 싼 지대를 받았다고 들었습니다."

"강 선생도 많이 알고 있는 것 같지만, 이론이란 건 앞뒤를 맞추어 갖다 붙이면 다 그럴듯한 거 같소. 계급투쟁이 역사의 수레바퀴를 돌린다고 떠들었지만, 국민들끼리 편 갈라놓고 싸움 붙이는 계급투쟁이론 대신에 계급협동이론을 가지고 역사발전을 설명한 사상가도 있었소. 강 선생 말도 일리는 있어요. 강 선생처럼 제주도에 공산주의 혁명이론이 적용 안 된다는 말을 할 수도 있지만, 계급의 뜻을 달리 보면 4·3 사건에 대해 계급투쟁이론도 적용할 수가 있어요. 그러니까, 민중의 증오와 분노를 폭발케 한 것이 부르주아나 지주계급 말고 다른 종류의 착취계급이었다고 본다면 4·3 사건도 계급투쟁이 되는 거요."

"그 착취계급이란 바로 육지 사람들을 말하는 건가요?"

"그렇소. 더 정확히 말하면 미국의 힘을 등에 업은 육지 사람들, 그러니까 외세정권이었소. 투쟁하는 계급의 정체가 무엇이냐 하는 것만 달랐다는 거요. 제주도 사회에서 지배계급은 미군정과 이승만 정권이었고 피지배 계급은 일반 민중이었던 거니까."

"제 생각은 좀 다른데요, 4·3 사건을 공산주의 계급투쟁으로 본 건 남로당 지도자들 일부에게만 해당되고 봉기에 나선 사람들 대부분은 폭력 경찰 부패정권의 탄압에서 벗어나려는 생각이었지 지배계급의 전복 같은 무슨 혁명을 하려는 건 아니었잖습니까."

"그 점은 그렇소. 그 당시 제주도민들 중에 공산주의나 계급투쟁이 뭔지 아는 사람부터가 극히 소수였으니까, 4·3 봉기에 나선 사람들에게도 공산주의 혁명은 정말 산 너머 뜬구름 같은 거였소. 그러긴 하지만 폭력경찰에 대한 민중의 분노를 유도한 사람들이 어떤 사람들이었느냐 하는 게 중요하오. 4·3 항쟁에 불을 붙인 남로당 지도자들을 무식한 백성들이 우러러보고 따라준 것은, 바로 그 공산주의 사상, 억울하게 차별받지 않고 누구나 평등하게 사람대접 받는 공산주의의 꿈을 안겨주었기 때문이란 말이오. 제주도의 남로당 지도자들은 대개 일본유학을 다녀온 지식인들이고 넓은 세상 둘러보고 온 선각자들로 인정받았으니까 이 사람들이 갖고 있는 사상도 옳은 것이 되어버린 거요. 또 하나, 제주도 백성들이 자기네도 잘 모르는 공산주의가 옳은 것이라고 믿어버린 이유는, 제주사람들을 못살게 구는 미군정과 이승만 정권이 제일 미워한 것이 공산주의였기 때문이란 말이오. 자기가 미워하는 사람에게서 미움받는 사람은 예뻐 보이는 법이오."

"선생님 자신이 그 당시 일본유학 출신 남로당원이 아니셨습니까."

"나 자신이 바로 그런 사람이었기 때문에 4·3 사건을 보는 감회가 남다르다는 말이오. 우리 형님, 그 국방경비대 탈영병 말이오, 그 형님이 별별 고생 다하면서 나를 일본유학까지 시켰는데 그게 이렇게 한이 될 줄을 어떻게 알았겠소. 우리 형님이 몇 번이나 하시던 말, 지금도 나의 뼈마디에 알알이 박혀 있는 말이 있다오. 잘은 모르겠다만은 너의 말이니까 내가 믿는다, 우리 형님은 이런 말을 하면서 공산주의자가 되셨단 말입니다. 천추의 한이고 역사의 아이러니요."

"역사의 아이러닙니까?"

"그렇소. 제주도 민중이 폭력경찰에게 반항한 건 누가 봐도 잘못이 아니고, 그건 이승만 정부 관리들도 인정했단 말이오. 그런 항쟁에 대해 우익정권이 필요 이상으로 과잉진압을 한 것은 그 항쟁을 선동한 사람들이 공산주의자였기 때문이란 말이오. 공산당을 원수로 여기는 서청단을 제주도에 보낸 것도 바로 그 때문이었으니까. 그런데 제주도에 그런 공산주의 바람을 일으킨 주동자들은 바로 나 같은 일본 유학 출신이었으니 이게 바로 역사의 아이러니 아니겠소? 나도 그랬지만 그때 우리 일본 유학생들은 제주도를 차별과 탄압에서 해방시킨다는 사명감과 역사의식을 갖고 궐기했던 거요. 일제로부터의 해방 다음에 제2의 해방을 구현한다는 것이 우리의 구호였소. 그 결과란 것이, 제주도 발전의 싹을 무참히 잘라버리는 비극이 되고 말았으니 내 마음이 어떻겠소. 나는 지금 무슨 염치로 고향에 다시 찾아갈 수 있을까, 이런 생각이 든단 말이오. 그 난리 끝난 지 삼십 년이 지났는데 말이오."

"오래도록만 사십시오. 살아생전에 선생님네 진심을 알아주는 세상이 올 수도 있을 겁니다."

"세계 역사에는 공산주의자 아니고도 부패정권에 대해 항쟁한 예가 많은데 그런 생각을 하면 제주도 역사는 시운이 안 닿았소."

"그 말씀은, 만약에 공산주의자 아닌 사람들이 부패정권에 대한 항쟁을 일으켰다면 그런 탄압을 받지 않았을 거라는 겁니까?"

"바로 그렇소. 그게 제주사람들의 불행이었소. 그 당시 제주도에는 민중항쟁의 에너지 구심점이 될 만한 다른 집단이 없었으니까 남로당 지도자들이 총대를 메게 된 거요. 4·3 봉기의 투쟁 수단으로 게릴라 전투를 선택한 것은 남로당 제주도 간부들이었소. 4·3 사건 초기에 남로당 제주도 총책이었던 김달삼은 황해도 해주까지 가서 공산혁명의 영웅으로 찬양받고 조선인민공화국 핵심 멤버로 추대되지 않았소? 제주도 좌익운동의 지도자가 한반도 적화운동의 영웅이니까 제주도 4·3 사건도 국제공산당 조직이 벌이는 혁명운동이라고 우익정권에서 몰아붙일 만 했던 거요."

황정익 씨가 들려주는 말들은 그가 그동안 얼마나 많은 시간을 4·3 사건의 아픔을 안고 살아왔는지를 짐작케 했으며, 그만큼 고뇌에 찬 사고를 담고 있었다. 그의 주장에 의하면, 미군정이 4·3 사건 당시 초토화 작전이라는 강경책을 쓴 것은 제주사람들을 미워해서가 아니라 소련이라는 적대국을 패퇴시키기 위해서였고, 그런 강경책은 다시, 한국이 소련에게 지배당해서는 미국의 세계지배 야망을 이룰 수 없다는 2차 대전 이후의 동서 간 냉전논리에서 나왔다는 것이다. 미국과 같은 패권주의 국가가, 자국의 명운이 달린 싸움에 이기기 위해 적성국가의 몇 만 정도 인구를 무고하게 죽이는 일은 세계역사에서 비일비재하다는 것이 황정익 씨의 말이었고, 그는 그 적절한 예를 매우 가까운 곳에서 찾아내는 것이었다. 즉, 태평양 전쟁 말기 미군이 오키나와에 상륙한 날로부터 삼 개월 간 일본과의 격전 속에서 엄청난 사상자가 나왔고 이들 희생자 가운데에는 오키나와의 무고한 민간인 십만 명 이상이 포함되어 있었는데, 미군이 그 많은 현지 주민을 살상한 것은 그들을 적으로 보았기 때문이 아니라 오키나와를 점령해야 일본을 이길 수 있기 때문이었다는 것이다. 만약에 오키나와 주민들이 일본 편이 아니라 미국 편이라는 확증이 있었다면 미군은 애꿎은 오키나와 주민들을 죽이지 않았을 것처럼, 미군정은 제주도 주민들이 공산주의 소련 편이 아니라는 확증을 얻었다면 제주도 주민들을 그렇게 무차별 살육하지 않았을 것이라는 얘기였다. 그러나, 4·3 무장봉기가 일어났을 때 미국은 그것이 공산주의 운동이라는 의혹을 버리지 못했고, 그 당시의 국제정세가 공산주의 소련의 팽창을 억제하는 미국의 정책을 강요했다는 것이다.

"4·3 사건은 미소대립의 냉전체제라는 국제정치 논리에서 이해해야 되고, 국제정치에서 선악문제를 논하기는 어려운 일이오. 힘이 곧 정의다, 라는 말은 국제정치에서 가장 잘 들어맞는 것 같소. 우리 유격대에서도 반미구호를 내걸었지만 미군정 관리나 미군들에 대해서 손가락 하나 까딱하지 못했던 것은 세계최고 강대국의 힘을 의식해서가 아니겠소? 해방 정국을 놓고 볼 때, 한국의 국력이 약한 탓으로 일본 지배에서부터 자력으로 독립하지 못한 설움이 한두 가지가 아니오. 종전 후에 패전국인 일본에서조차 미군정이 실시되지 않았는데 한국에서는 미군이 들어와서 통치를 했단 말이오."

"어떻게 그런 일이 있을 수 있었을까요?"

"약한 자의 슬픔이오. 미국은 애초에 전범국 일본에 미군정을 실시할 준비를 단단히 했다는 거요. 미국정부는 일찍부터 군정통치 준비를 위해 미군 장교 수천 명에게 일본말과 일본의 역사 지리를 교육하고 행정기술도 가르치고 했는데 그렇게 준비된 행정 인력이 고스란히 한국에 투입되었다는 거요. 소련의 북한 점령에 대한 대응책이라는 실리도 챙겼지만, 한국에서는 해방이 되어 일본인 통치자들이 물러간 후 갑자기 행정체제의 공백상태가 되었기 때문에 미군정 실시의 명분이 섰다는 거요. 그래 놓으니 일정 때에 미움받던 친일 한국인 관리들이 계속 눌러앉았고, 이를 지휘 감독하는 건 미군정이 되어버린 거요. 만약에 미국이 간섭하지 않고 한국에 독립된 자치정권이 들어섰더라면 공산당까지 합법 정당이 되는 진정한 독립이 이루어졌을 거란 생각이오."

"바로 그 점이 제가 묻고 싶은 건데요. 4·3 당시에 제주도 주민들이 폭력수단을 동원하면서 5·10 총선거를 반대하지 말고 말입니다. 아무리 단독선거가 부당하더라도 선거에 참여해서 국회 안에 좌익계 의석을 확보하는 방향으로 나갔어야 했다는 말을 어디서 읽은 적이 있는데 이 점은 어떻게 생각하시는지요. 그 당시는 남한에도 좌익세력이 대단했고 사회주의라는 이념이 순수한 박애주의 색깔로 많이 인식되었다고 하니까 국회 진출도 가능했을 거 아닙니까. 그랬다면은 좌익은 폭력배다, 하는 일반의 인식도 없었을 거고, 그렇게 해서 대한민국이라는 나라에 평화적인 방법으로 좌익계가 발붙일 수 있다는 걸 보여주었다면, 북한도 전쟁이라는 엄청난 모험을 하지 않았을 게 아닌가 하는 겁니다. 그런데도 4·3 사건이 일어났기 때문에 폭력배 공산당은 절대 용납이 안 되는 반공 독재 체제가 굳혀졌다는 거 아닙니까."

"강 선생 그 순진한 생각은 좋지만, 아마도 그런 역사는 일어나지 않았을 거요. 4·3 무장봉기가 없었더라도 미국이 남한에 손을 뻗치고 있는 한 좌익계가 발붙일 여지를 남겨두지 않았을 거란 말이오. 북한에 좌익정권이 들어서는 것을 본 미국은 뒤늦게나마 남한에 우익정권을 세워서 자기네 영향권 안에 두려고 한 거고, 미국 영향권 안에 공산당 세력은 얼씬도 못하게 하는 거, 그게 바로 미소 냉전체제의 본질이었던 거요. 그 당시 미군정에서는 남로당에서 5·10 선거 반대투쟁을 치열하게 벌여주기를 은근히 바란다는 말도 있었소. 좌익세력이 선거에 참여하여 평화적으로 국회에 진출하면 두고두고 골칫거리지만 단독선거 반대투쟁으로 폭력을 쓰는 남로당은 불법집단이 된다, 불법집단은 합법적으로 뿌리 뽑을 수 있다, 그렇게 되면 미군정이 물러간 다음에도 그 효과는 남는

다, 이렇게 봤던 거요. 그때 4월 3일 봉기가 있고 나서 상당 기간 반란군의 파괴력이 경찰을 많이 앞질렀는데도 미군정에서는 미온적인 관망 자세를 보인 것은 반미 반정부 공격을 고의적으로 유도하기 위함이었다는 풍문이 있었는데 충분히 있을 수 있는 일이오. 만약에 미군정이 원하기만 했으면 단선반대 폭력투쟁을 초기에 박살내는 것 정도는 일도 아니었을 거란 말이오. 미국하고 제주도의 싸움, 그거야 말로 호랑이 앞에 생쥐도 못 되는 거 아니겠냐는 거요."

"그거 정말 허탈해지는 말씀이네요. 제주도 운명이 미국정부의 손바닥 위에서 놀아났다는 거 아닙니까."

"그게 바로 약한 자의 슬픔 아니겠소."

이어서 황정익 씨가 들려준 좌우익 정권 부침의 역사는 철승의 무지를 깨우쳐주는 바가 많았다. 종전 후 자치정권이 들어선 일본에서는 공산당도 합법정당이었다는 황정익 씨의 말을 듣고 철승은 놀라지 않을 수 없었다. 만약 한국에서처럼 일본에서도 미군정이 실시되었더라면 이 같은 일이 가능했겠느냐는 얘기였다. 일본에서만이 아니라 서유럽 여러 나라에서도 진보적인 좌파와 보수적인 우파가 정책대결을 통해서 교대식으로 집권하는 것이 관행으로 되어 있는데 어찌하여 한반도에서만은 좌익을 퇴치한 우익정권이나 우익을 퇴치한 좌익정권만이 용인되게 되었는지, 한심하고도 안타까운 일이라고 했다. 이웃나라 중국도 이념대립을 평화공존의 방법으로 해결하지 못하고 배타적인 투쟁만을 추구하다가 좌익 정권인 중공과 우익 정권인 자유중국으로 분열된 정치후진국 동지라는 얘기였다.

"이념이나 체제 다툼을 놓고 유혈투쟁으로 해결하느냐 정책대결로 해결하느냐, 하는 갈림길은 그 나라의 문화수준에서 결정된다고 생각해요.

어떤 이념이 강자이고 오래 살아남느냐 하는 문제는 진화론적인 자연도 태의 방법으로 가려져야지 이상국가 이념을 구현한다고 해서 무력혁명을 불사했던 소련이나 중국이나 한국의 경우는 문화수준이 낮은 거고, 대립되는 이념집단이 공존하면서 대결하는 일본이나 서유럽 국가들은 문화수준이 높은 거요. 문화수준이 높은 선진국에서처럼 비폭력적인 방법으로 정치발전을 추구해야 하는 건데 생각할수록 안타깝고 분통 터지는 4·3 비극이었단 말이오."

"저는 제주도 역사를 좀 다르게 보았습니다. 제주도의 역사가 불행해진 제일 큰 원인은 지리적인 고립에 있는 것이 아닌가, 본토의 역사 발전과 격리되어 살다보니 우물 안 개구리처럼 세상 돌아가는 정세에 무지하기 때문에 하나를 알고서는 열을 아는 것처럼 착각하는 것이 제주사람들이 아닌가 하는 생각이지요. 4·3 사건도 그런 성격이 있는 것 같고요."

"단면적으로는 그렇게 볼 수도 있을 거요. 섬사람의 한계를 인정할 것은 인정해야지요. 그렇지만 좀 더 긍정적인 면을 보자는 게 내 생각이오. 제주사람들의 생활력은 여기 사는 재일교포들 사이에서도 유명한데, 난 이같이 강한 생활력이 뜨거운 열정에서 온다고 말하고 싶어요. 어떤 사람이 제주사람들의 열정을 시로 읊는 걸 봤는데 그 서두가 이랬소. '아아, 불타는 섬, 제주도여, 너는 어이하여 오뉴월 미지한 온기를 받아놓고 칠팔월 뜨거운 열기로 불타는가.' 이 사람은 4·3 사건에 빗대어서 제주도를 불타는 섬이라고 했지만, 제주사람들의 기질을 가리키는 표현이라고 봐도 좋을 거요. 그러니까, 제주사람들은 세상을 그저 그냥 미적지근하게 보고 넘기는 게 아니라 자기가 바라는 세상 속으로 열정적으로 몰입하고 도취하기 잘한다는 말이오. 제주도 역사를 좀 아는 이들은 그런 걸 발견할 거요. 제주 출신 재일교포들의 열정적인 성공사례들을 먼저 꼽아야겠지만, 아까 말한 제주사람들의 높은 교육열도 그렇고, 제주 역사에 빈번했던 민란도 그렇게 설명할 수 있을 거요. 제주도말로 굽을 봐야 직성이 풀린다는 말 있잖소."

"그런 말씀이라면 제주 해녀들 물질허는 것도 그런 열정으로 볼 수 있지 않겠습니까."

"맞는 말이오. 제주 해녀들의 악착같은 열정을 빼놓을 수 없을 거요."

철승은 황정익 씨의 얘기를 듣고 많은 것을 새롭게 발견하는 것 같았지만, 그러는 한편 자꾸 혼란스러워지는 느낌도 어쩔 수 없었다.

셋째 날 저녁은 문화탐방 보고서 자료를 얻기 위하여 백화점 등 쇼핑가를 둘러보느라 면담 시간을 내지 못했고, 넷째 날 저녁은 황정익 씨 부인이 차려준 저녁 식사를 맛있게 먹고 마시면서 거나하게 취한 정신이 되어 재일교포 생활의 애환과 고락을 화제로 하여 환담하느라 시간을 다 보내버렸다. 마지막 다섯째 날 저녁은 아침부터 단단히 벼르고 있던 화제를 뚝심 좋게 꺼냈다.

"저, 혹시 부현봉이라는 분 기억나십니까? 이덕구 결사대에서 마지막까지 활동했다고 들었습니다만은."

"부현봉이라고? 그럼, 알고말고. 나하고는 그야말로 생사고락을 같이 했던 동지였는데, 강 선생은 부현봉이를 어떻게 알고 있소?"

"아, 네, 저의 친구의 이웃집 선배가 되는데에 예전에 친구하고 얘기하다가 그분에 관한 의문점들이 나왔었습니다. 특히 이덕구 사령관 최후의 투쟁 동지였다고 해서 저희들 간에 화제에 오르곤 했지요. 삼십 년도 더 지난 일이지만 어떤 일들이 기억나시는지⋯⋯"

"오래전 일이지만, 기억날 건 나지. 워낙 아슬아슬하고 극적인 사건들이었으니까. 부현봉이는 나하고 나이도 비슷했고 두 사람이 좋은 사이였소. 나중에 이덕구 사령관에 대한 충성심에서 나하고 좀 거리가 생겼지만, 인정도 많고 아주 기분파였소. 난 장기간의 고된 게릴라 전투로 투쟁의지가 고갈되어가지고, 이덕구 사령관과 부현봉 부관이 죽기 직전에 그 자리를 피했으니까 목숨을 건진 거요. 귀순할까 하던 생각을 바꾸고 은신했다가 나중에 일본 오는 밀항선을 타게 됐소. 죽을 고비를 몇 번이나 넘겼는지 이렇게 살아남은 게 기적이오."

"이덕구 사령관에게 항복하자고 건의해본 적은 없으신가요? 이덕구 결사대가 항복해버리면 토벌대 작전도 일찍 끝났을 것이고 인명피해도 막을 수 있었을 거 아닙니까?"

"그런 생각을 한 사람도 있었겠지만, 역사란 그리 간단한 게 아닌 것 같소. 이덕구 사령관이 죽은 것은 6월 초인데 그때 이미 그 전해에 시작된 4·3 사건이 사실상 종결상태에 이르렀소. 무장대의 전투력은 거의 소진된 데다가 입산자들은 대거 하산하여 귀순했고, 그에 따라서 말썽 많던 서청들도 거의 물러갔고 육지에서 파견됐던 군경 토벌대도 많이 철수하면서 말하자면 공비토벌의 승전가가 울려퍼질 때였다는 거요."

"대세가 그렇게 기울어졌는데도 이덕구 사령관이 항복할 생각을 하지 않은 건 이상한 일 아닙니까?"

"그러니까 우리 사령관의 투쟁의지가 영웅적이란 말이 나오는 거요. 목숨이 붙어 있는 한은 싸우다 죽어야 정의 수호라는 무장봉기의 신념을 증명한다는 게 우리 사령관의 생각이었을 거요. 내가 막판에 투쟁의지가 고갈되었다는 것은 정의의 신념보다는 목숨 붙고 살아남는 것이 더 중요했다는 거요. 나같이 평범한 사람하고 이덕구 같은 영웅이 다른 점이 이런 최후의 순간에 나타나는 거 같소."

"그런 경우에 이덕구 같은 영웅의 행동과 평범한·사람의 행동이 가져오는 결과의 차이는 뭐지요? 무장대의 전투력이 이미 소진되었다고 할 때 끝까지 항복하지 않고 버텨봐야 결과적으로 무엇이 달라지느냐는 거지요?"

"바로 그것이 살아 숨 쉬는 역사 아니겠소? 정의를 위해 끝까지 투쟁한 선인들의 역사가 있을 때 그 후세인들이 사는 세상은 적당히 타협하며 살았던 선인들의 후세와는 뭔가 다르지 않겠느냐는 거요. 과거 역사를 기억하면서 현재를 사는 것이 인간이고 그런 의미에서 과거의 역사가 현재 속에 살아 있는 거니까. 살아 있는 역사에서 볼 때에는 나같이 평범한 사람의 죽음보다 백배로 값어치 있는 것이 이덕구 같은 영웅의 죽음인 거요. 그 당시 언젠가 우리 사령관이 했던 말이 지금도 잊혀지지 않소. 우리가 하는 투쟁의 최후가 비참하면 할수록 역사의 기록에 남아서 우리 후손들이 그 비참한 역사를 되풀이하지 않게 될 거라고 했소."

"어떤 사람은 그때 이덕구 사령관이 피골이 상접한 가운데 항복하지 않고 버틴 것을 심리적 공황상태 같은 걸로 설명하던데요. 오랜 투쟁이 완전히 수포로 끝나는 가운데 신체적으로 탈진상태가 되어 상황판단력이 상실되고 정의수호의 집념 같은 것도 일종의 아집으로 바뀌었다는 거지요."

"난 그것을 영웅적인 집념이라고 보는 거요. 투쟁을 끝까지 포기하지 않는 것은 그것이 옳다는 집념이 강하기 때문이라고 생각하는 거지요."

"이런 거 여쭈어보기 거북하지만, 아까 말씀대로라면 그때 허승우 씨가 귀순하는 걸 보시고 마음이 좀 동하셨겠습니다."

"솔직히 말해서 그랬소. 허승우는 나에게 귀순하자고 귀띔하기도 했었는데 결심을 못하고 있는 가운데 세월이 가버린 거요. 배신한다는 자격지심이 나의 결심을 가로막았지만, 난 나중에 허승우의 결단을 부러워했소. 허승우는 그때 서울로 가서 산다고 들었는데, 강 선생도 좀 아는가보구나."

"예, 허승우 씨는 저의 외가 쪽으로 붙은 데가 좀 있어서 압니다. 지금 서울에서 스포츠 용구점을 하고 있다고 들었습니다."

철승은 자신의 질문이 의심받지 않도록 다시 거짓말을 섞지 않을 수 없었고, 다행히 황정익 씨는 이에 대해 눈치채는 기색이 없었다.

"역시 그렇구나. 허승우는 육상선수 출신이라서 레포 역할을 잘했었지. 번개처럼 이리 번쩍 저리 번쩍 돌아다녀야 했으니까. 그게 결국 그 친구 직업으로도 발전했구만."

"부현봉 씨와 허승우 씨는 그럼 성격이 매우 대조적이셨겠습니다."

"생각하는 것이나 성질이 아주 달랐소. 부현봉이는 감정적으로 행동하는 편이고 사람이 좀 우직한 데가 있었는데, 허승우는 두뇌회전이 빠르고 의리보다는 자기주장이 강했던 거 같소. 부현봉과 허승우 사이가 별로 좋지 못했던 것도 그런 성질 차이 때문인 것 같았소."

"그러면 부현봉 씨하고의 추억이 많이 있으시겠습니다."

"그런 거 같소. 그 친군 기분 내키면 자기 비밀 얘기도 술술 잘 털어놓고 좀 센치해지면 저 혼자 구성진 노랫가락도 속삭이고 그랬소."

"어떤 일들이 있었는지 좀 말씀해주실 수 있겠습니까? 제 친구한테서 듣기로는 부현봉 씨에게 딸이 하나 있었다고 했었습니다만……"

"맞소. 부현봉에게 딸이 하나 생긴 것도 바로 그 친구의 센치멘탈 기질 때문이었다니까."

"무슨 스토리가 있었던 모양입니다."

"스토리가 있고말고. 이건 순전히 그 친구 말만 듣고 하는 얘기니까 어디까지가 진짜 사실인지는 나도 잘 모르지만 이 러브 스토리를 자주 들려주었던 걸 보면 순 거짓말은 아닌 모양이오. 하여간 이 스토리에는 여러 사람이 나오는데, 부현봉과 그의 형 부현구가 나오고, 여자 많이 밝히는 어떤 서청 출신 순경이 나오니까 남자가 모두 세 사람이고, 여자로는 부현구의 약혼녀인 김 누구라는 여자와 부현봉과 결혼한 또 다른 여자, 이렇게 두 사람이지. 아마도 처음엔 부현봉의 형하고 서청 출신 순경하고 그 사이에 낀 여자 하나하고 해서 삼각관계로 시작되는 스토리였던 것 같아. 스토리가 시작된 건 김 누구라는 여자의 부친이, 명망 높은 제주 지역 유지였던 모양인데, 무슨 불법집회 사건으로 해서 경찰에 불려가 며칠 간 고생하면서 시작된 모양이오. 그 여자가 경찰에 잡혀가 있는 자기 부친을 면회하러 몇 차례 가는 동안에, 부현봉이가 몇 번 동행을 했다는 거요. 부현봉이가 하는 말로는 자기 형 부현구가 일정 때 일본 유학 떠날 때에는 그 처녀와 결혼약속을 했었는데, 학병으로 참전 중에 다리 부상을 입은 자기 형이 몸이 불편하여 바깥나들이를 잘 못하는 관계로 자기가 형 대신에 그 처녀의 부친 면회에 동행을 해주었다는 거요. 그런데 그런 일 때문에 그 처녀와 약혼한 남자가 형이 아니라 동생인 부현봉이라는 소문이 나버린 모양이오. 그래갖고는 이 동생이 난처해져서 세상 사람들 입막음하는 목적도 겸해서 자기에게 진작부터 달라붙으려고 하던 처녀하고 후딱 결혼을 해버렸고 그 여자하고 사이에 딸이 태어났다는 거요. 부현봉이는 미남이고 구변 좋고 해서 여자들 많이 따랐을 거요. 나와 같이 결사대 끝판에 이르렀을 때 부현봉이는 자기 아내하고 딸의 생사를 걱정하고 있었더랬소. 우선 해변 마을 외갓집으로 피신을 시키긴 했지만, 언제 죽을지 모를 남자를 아내가 언제까지나 기다려줄는지 걱정스럽다고 번번이 얘기했었소. 난리가 그렇게 오래 끌 줄 알았으면 결혼하고 딸까지 낳는 일은 없었을 건데, 하는 후회도 여러 번 했었다는 거요."

"스토리가 상당히 길고 복잡하네요."

"그런가? 난 그때 부현봉에게서 이 스토리를 하도 자주 들어서 간단하게 생각했던가보지."

"마지막으로 이덕구 사령관의 최후에 대해 알고 싶습니다만은…… 워낙 여러 가지 낭설이 많아서요."

"낭설이 많을 거요. 직접 본 사람이 얼마 안 되니까."

"마지막까지 남은 결사대원은 몇 명이나 되었습니까?"

"사령관까지 합해서 여섯 명이었지 아마."

"정말 긴박한 순간이었을 텐데, 그때 기억이 좀 나십니까? 워낙 오래전 일이라서 말입니다."

"오래전 일이지만 잊지 못하는 것도 있지요. 지금 기억나는 건, 부현봉이가 먼저 총 맞아 죽고 다른 사람들도 최후의 총알받이 충성으로 사령관 앞을 막고 있다가 쓰러진 것 같았소. 그러고 나서 잠시 후에 사령관이 자살했던 것으로 기억되오."

"그때 경찰이 이덕구 사령관을 사살했다는 말도 있던데요."

"눈으로 본 건 아니지만 귀로 들은 소리로 알 수 있었소. 다른 사람들이 쓰러질 때는 분명 M1 소총 소리였고, 그다음에 이덕구가 서 있던 자리에서 권총 일발이 발사되더니 짧은 신음소리와 더불어 쓰러지는 것 같았소. 그러더니 더 이상 아무 총소리도 들리지 않았고, 내가 그 자리를 급히 피해서 숨었다가 한 시간쯤 후에 캄캄한 숲길을 타고 피신하면서 내내 그런 상상을 했던 것이 기억나오. 내가 M1 소총 소리하고 권총 소리를 구분 못하겠소?"

"이덕구 사령관의 전령이 생포되었다는 말도 있던데예."

"아, 맞소. 토벌대가 포위망을 좁혀 들어갈 때 이덕구 사령관의 전령한 사람이 어쩌다가 모습을 보여서 생포가 됐소. 그건 아직 날이 어둡기 전이었고, 토벌대는 그 전령을 앞세워서 아지트 바로 앞까지 접근해간 거요. 그렇게 해서 이덕구 아지트가 정확하게 발견된 거 같았소."

황정익 씨와의 면담을 마치고 나오면서 철승은 그에게서 들은 내용을 그전에 들은 것과 이어 맞추면서 이덕구 결사대 최후의 장면을 머릿속에 그려보았다. 이 운명의 장면을 실마리로 하여 전후 사건들을 연결시켜볼 때 아귀가 맞아들어가면서 수수께끼처럼 풀리지 않았던 비밀이 차츰 드러나는 성싶었다. 화북지서 주임 강용직 경관이 자신의 연적이라고 여겼던 사람은 부현구가 아니라 그의 동생 부현봉이었다는 사실에서부터 상철승 가족이 겪은 삼십 년간 혼란의 역사가 시작되었던 것이다. 강철승의 생부가 무사히 살아남은 것은 그의 약혼녀를 가로챈 서청 출신 경찰관 강용직의 관대한 묵인 때문이 아니라, 난마처럼 뒤얽혔던 시국에 자신의 연적을 잘못 알아보았기 때문이었음이 드러난 셈이고, 결사대 최후의 장면에서 그의 총부리가 겨누어진 목표에 부현봉이 들어 있던 까닭은, 결사대 격멸의 용기를 부추긴 것이 국난 타개의 충성심이나 공명심보다도 사랑의 적수를 깨끗이 제거하고 말겠다는 외로운 실향 청년의 고집스러운 염원이었음을 추측할 수 있었다. 이 말고도, 화북지서 강용직 주임이 허승우의 귀순 사실을 경찰서에 알리지 않고 자신의 공훈 세우기에 이용한 내력을 알 것 같았고, 이덕구가 자살한 사실을 숨기고 자기가 사살한 것으로 사건 보고를 조작했을 가능성과 그 이유에 대해서도 충분히 짐작이 갔다. 철승의 머릿속에서는 이 같은 사실 확인과 더불어 만약에 강용직 경관이 부현봉이란 인물을 자신의 연적으로 잘못 알고 사살하려는 사심을 품지 않았을 경우에 대한 가상적 사건 구성이 피어올랐다. 두 조각 난 존재의 뿌리에 대한 그의 갈등의 역사는 결국 한 남자의 어긋난 사랑 욕심에서 시작되었던 것이다. 자신의 연적을 깨끗이 제거하려는 강용직 경관의 끈질긴 염원이 없었더라면 유격대 패잔병들의 저격 복수에 따른 그의 죽음이라는 결과가 나오지 않았을 것이고, 나 강철승이는 이 세상에 오직 강용직 한 사람만을 나의 생명의 뿌리로 알면서 한세상을 살았을 것이 아닌가. 비밀의 베일에 가려졌던 진실을 알게 된 지금 나는 가증스러운 부자관계의 수치감에서 다소나마 놓여나고 혐오와 부끄러움의 대상을 연민의 대상으로 바꿀 수 있는 여유를 갖고 있다. 반면에, 내가 끝내 나의 출생의 비밀을 모르고 복잡했던 가족사의 진상을 몰랐을 경우에 나는 나 자신의 출생, 나의 부끄러운 존재의 뿌리에 대해 얼마나 혐오스럽게 바라보았을 것인가.

철승은 해외문화 탐방 일정을 끝내는 날 큰일을 치른 것 같은 뿌듯한 심정이 되었다. 다른 학생들처럼 저녁때마다 도쿄 시내의 화려한 볼거리를 찾아나서는 대신에 개인적인 일정을 따로 가졌다는 것이 더욱 큰 보람으로 느껴졌다.

문화탐방 일정을 마치는 날 밤 늦게 김포 국제공항에 내린 철승은 자신을 마중 나온 뜻밖의 인물을 보고 놀랐다. 허승우 씨의 아들 허명칠이 한 시간 이상 기다린 끝에 그를 맞았던 것이다. 철승 일행이 탄 비행기가 악천후로 인하여 장시간 연착했기 때문에 같이 마중 나왔던 대학원 친구 이태진은 더 기다리지 못하여 돌아갔다고 했다. 두 사람은 지난 연말에 한 번 만나본 사이라서 어렵지 않게 서로의 얼굴을 알아볼 수 있었다. 그들은 공항 대합실 벤치에 앉아서 이런저런 이야기를 나누었다.

우선 허명칠이 한국대학교 통역대학원 시험에 합격했다는 뜻밖의 소식이 철승을 기쁘게 했다. 지난달에 입학시험을 치렀는데 며칠 전 합격자 발표가 났다는 것이다. 지난 연말에 만났을 때 통역대학원 진학에 대해 그렇게 부정적인 말을 하던 사람의 일이었기 때문에 철승의 기쁨은 더욱 컸다. 허명칠은 자기 마음이 바뀐 과정에 대해 설명하면서 시종 웃음을 감추지 못했다. 그동안 허명칠이 거쳐온 마음의 행로는 철승의 관여가 크게 작용한 것이었으면서도 그의 의도와는 좀 다르게 전개된 것이었기 때문에 흥미롭기도 했다. 우선 허명칠은 철승이 대단한 독심술(讀心術)을 갖고 있다는 말을 꺼내어 그를 잠시 어리둥절케 하였다. 허명칠의 숨김없는 이실직고를 듣고 보니, 철승하고 그들 부자 사이의 의사전달에 약간의 혼선이 있었음을 감지할 수 있었다. 지난 연말에 허명칠은 자신의 통역대학원 진학 문제로 설왕설래하는 자리에서 마음속으로는 철승의 의견과 권고를 거의 받아들였으면서도 그 같은 심경 변화를 즉석에서 그대로 드러내는 것은 너무 줏대 없는 사람 같아서 자제했었는데, 철승은 그 같은 속마음을 정확히 알아맞히고 자기 아버지에게 전화로 전달한 것이 아니냐는 것이었다. 철승으로서는 허명칠의 속마음을 알고서 허승우 씨에게 전화한 것이 아니고, 자신의 희망을 아들에게 강요하는 부친의 과잉간섭이 아들의 반발심리를 일으키는 것을 막자는 뜻에서 전화한 것이었다. 그렇지만, 허승우 씨가 그 같은 전화를 받았다는 것이, 아들 스스로의 진학 결심 표명이 있기까지 일방적인 진로 강요를 자제하는 결과를 가져왔고, 이로써 아들은 자기 아버지가 설계한 인생을 산다는 자기모멸에서 벗어날 수 있었다는 얘기였다. 어쨌거나 철승의 전화 한 통화가 이들의 소원하던 부자관계를 한결 도타워지게 만드는 계기가 되었다는 것이고, 철승 자신도 다정스러운 후배 한 사람을 얻게 되었으니, 결국 끝이 좋으면 다 좋다는 격이 된 셈이었다. 또 하나 행운인 것은, 허명칠은 통역대학원에 입학할 정도의 영어실력이 못 될까봐서 걱정이었으나 이번에 아랍어과 전공이 신설되는 바람에 입시 경쟁이 많이 쉬워졌다는 것이었다.

철승은 축하의 뜻으로 허명칠과 악수하는 손에 더욱 힘을 주었다. 하는 일마다 그르쳐왔는데 이렇게 잘되는 일도 있구나 생각하니 움츠러들었던 자신감이 일어서는 느낌조차 들었다. 허명칠을 둘러싼 여러 가지 사정이 좋은 방향으로 맞아들어가면서 그의 진학문제가 잘 풀리게 됨으로써 오래전에 허승우 씨에게서 입었던 은공에 대한 조촐한 되갚음이 이렇게라도 이루어지다니, 철승의 마음은 얼떨떨하기까지 했다. 자신의 의부(義父)인 강용직 순경으로 인하여 일어난 그의 가정의 비운의 역사를 혐오와 부끄러움의 대상이 아니라 연민의 대상이 되도록 만들어준 먼 출발점이 삼십 년 전 허승우 씨의 귀순 결심임을 알고 있는 철승이었다.

허명칠이 들려주는 소식 중에는 기뻐할 수 없는 것도 있었다. 그의 부친의 근황에 대한 뜻밖의 소식이었다. 지난가을에 제주도에 다녀온 다음에 우울증에 빠져있는 그의 부친 때문에 걱정인데 그때 부친의 귀향 중에 무슨 일들이 있었는지 알고 싶어 하는 것이었다. 그의 말을 듣고 철승은 가슴이 뜨끔했다. 그때 자신의 욕심만 채우느라 허승우 씨에게 너무 직설적인 질문을 했다는 자책감이 드는 것이었다.

허명칠이 전하는 말에 의하면, 허승우 씨의 우울증은 전에 없던 아주 새로운 현상은 아니라고 했다. 이전에도 분명한 이유 없이 혼자서 우울한 표정으로 한참씩 생각에 잠기면서 하던 일을 멈추거나 할 때가 가끔은 있었다는 것이다. 그러니까 근래에는 그전에 있던 증상이 더 악화되어 나타난 셈이었다. 그전에는 그의 직업인 운동구점 점포에 안 나가는 날이 거의 없었는데 요즘에는 아예 점포 일을 종업원이나 가족들에게 맡기고 다른 곳으로 나갈 때가 부쩍 많아졌다는 것이다. 어디로 나가는지 이상하여 뒤따라서 가봤더니 남산공원 같은 데로 가서 하는 일 없이 여러 시간씩 어정거리다가 돌아오더라는 것이었다. 그런 일 정도야 이제 운동구점 사업이 안정 궤도에 이른 상태라서 휴식 겸 유람 정도로 치면 걱정할 게 못 될지 모르지만, 집 안에 들어와서 가족 간에 이야기 나누는 일을 기피하거나 밤에 잠을 이루지 못하여 자리를 뒤척이는 모습은 옆에서 보기에도 딱하다는 얘기였다.

허명칠과 함께 공항 대합실을 나온 철승은 감사의 악수로 잡은 손을 힘주어 흔들었다. 허명칠은 여관에 가서 묵느니 자기 집으로 가서 하룻밤 같이 지내자고 청했지만, 친구네 자취방으로 가서 같이 자기로 약속이 되었다고 거짓말을 하고 헤어졌다. 여러 식구가 있을 허명칠네 집에 가면 주객 간에 서로 불편할 것이라는 염려도 있었지만, 허승우 씨에게 옛날 기억을 다시 되살리게 한다는 것이 미안하고 부담스러웠던 것이다.

# 10 장

# 아물지 않는
# 상처

해외문화 탐방 여정을 무사히 끝낸 철승은 새로운 결의를 다짐하는 기분으로 귀향하였다. 세상을 보는 시야가 넓어졌다는 자부심과 더불어 배전의 적극적인 사고로 살아가자는 다짐이었다. 이제 다시 제주 섬 고향 땅에 마음을 붙이면서 우물 안 개구리 신세를 면하려면 옹색한 생활공간을 원망할 일이 아니라 그 한계를 극복할 방도를 적극적으로 찾아보자는 것이었다. 그러나 막상 현실세계의 문제에 부딪쳤을 때 한 때의 결심이 얼마나 부질없는 일이었는지는 금세 드러나고 막막한 벽을 마주한 느낌이 드는 것이었다.

집으로 돌아온 철승에게 첫 번째로 막막한 벽처럼 다가온 문제는 그의 사촌 누이 부민희와의 관계에서 나온 것이었다. 지난번에 부민희가 그의 앞에 나타난 것은 집 나갔던 모친과 함께 돌아오는 방식이었는데 이번에는 집 나갔다가 돌아온 그의 앞에 그의 모친과 함께 사는 모습으로 나타났다. 두 번 모두 모친과 부민희 두 여자가 어디서 어떻게 만나서 함께가 되었는지 모르는 방식이었고, 철승이 모르는 가운데 부민희가 그의 가정 속으로 들어온 만큼 그녀의 가족 내 위치에 대한 철승의 마음의 준비는 어정쩡하고 애매한 상태로 있었던 것이다. 부민희와 만나는 자리를 아들에게 속 시원히 보여주지 않는 모친의 마음도 철승은 헤아리기 어려웠지만, 삼십 가까운 나이에 남매임을 알게 된 여자를 어떤 마음으로 어떤 식으로 대해야 좋을지 막연할 따름이었다. 거의 언제나 모친과 같이 있는 자리에서 부민희를 보기 때문에 그나마 어색한 대면을 면할 수 있었고, 어쩌다가 두 사람만 얼굴을 마주할 때는 그냥 겉도는 인사를 건네는 식으로 나날을 보내다 보니 그것도 그리 못할 일은 아니라는 느낌이 드는 것이었다.

부민희가 다시 돌아온 것은 모친이 개업하려는 한복집 일 때문임이 곧 드러났다. 모친은 2월 중에 개업하기로 하는 한복집 일에 부민희를 같이 동참시킨다고 했다. 이런 말을 전하는 모친의 속마음이 철승에게는 의아스러웠다. 새 식구 들여다가 일손을 나누어 개업하는 계획에 대해 아들에게 침묵으로 일관해오다가 떡하니 한복집 인테리어 준비물들을 점포 건물로 들여오는 날에야 비로소 부민희와의 동업계획에 대해 아들에게 말해주는 깊은 뜻을 알 수 없다는 것이다. 이제까지 알고 있기로는 집 안팎의 대소사에 그렇게 경우 밝은 모친이 아니었던가. 어쩌면 모친 역시 부민희와의 가족관계를 확연히 정립하지 못한 탓일 거라는 정도로 생각할 수밖에 없었다.

모친에게 부민희는 어떤 사람인가. 만약에 김정례라는 여자가 부현구라는 남자에 대한 한때의 사랑의 추억을 아직도 간직하고 싶어 하고 이러한 추억을 지켜주는 환경을 다소나마 바라고 있다면, 부민희의 존재는 모친에게 특별한 의미가 있을 터였다. 부현구라는 이름의 남자가 이웃 마을에 사는 자기 아들을 아들이라 부르지 못하고 그 대신에 고아가 된 자기의 여조카 부민희를 자기 친자식처럼 생각하고 데려다 기르는 것을 먼발치에서 바라보아야 했을 모친의 심정은 어떠했을까. 더구나 그런 비극적인 정황은 모친이 아들 사랑을 독점하는 가운데 벌어지고 있었던 것이다. 철승이 서른 살이 다 되도록 아들 입장에서 전혀 눈치채지 못했던 모친의 내심의 갈등이 이제야 드러난 셈이었다. 사랑하는 남자에 대한 사랑의 표현은 영영 허락받지 못했지만, 사랑하는 남자가 자식처럼 키우고 있던 여자에 대한 억압된 동정의 표현이 이제야 해금된 셈이었다. 부민희에 대한 모친의 관심은 어쩌면 자연스러운 인지상정일 터이었고, 이를 감지하게 된 철승으로서는 모친의 집요하고 안타까운 염원을 그 작은 일단이나마 풀도록 해준 부민희의 등장을 소홀히 할 수는 없는 일이었다.

모친의 한복집 개업 계획은 부민희와의 의논을 거쳐 이루어진 게 분명했다. 모친이 유일한 가족이었던 아들을 의논 상대에서 제외시킨 것이 섭섭한 일이었지만, 막상 자신이 의논 상대가 되었다 해도 별다른 할 말이 없었을 것이라고 생각한 철승은 모친의 개업 준비에 대해 기꺼이 협조했다. 한복집을 차리는 제주 시내 동문노타리 근처의 점포는 조천면 한산리에서 버스로 쉽게 드나들 수 있는 위치에 있었다. 부민희로 하여금 이 점포에 거주하면서 청소를 포함한 건물 안팎의 관리를 하도록 하고 모친 자신은 아침 느지막한 시간에 출근하도록 하는 시간표 계획까지 마련해놓고 있었다. 뼈대 있는 집안 출신인 모친은 전통한복을 만들거나 차려입는 법식을 잘 알고 있어서 바느질 일꾼 같은 인력을 따로 들일 필요는 없다고 보는 모양이었다. 또한, 부민희도 일정 기간 수습을 거치면 앞으로 생계를 위한 밑천 기술을 얻을 수 있을 것이라는 미래상까지 그려본 것 같았다. 부민희는 한산 마을에서 철승과 한 지붕 밑에 며칠 동안만 같이 있다가 점포 내부의 인테리어 공사 등 개업 준비가 끝나는 대로 동문통 한복집으로 거처를 옮긴 관계로 두 남매 사이의 어색한 대면을 익숙한 것으로 바꿀 여유는 아직 없었던 셈이다.

철승은 세월이 약이라는 말을 상기하면서 제주 시내에 가는 기회에 한복집 점포에 자주 들르기로 마음먹었다. 부민희와의 어색한 대면을 면하기 위해서는 모친이 있는 시간을 택하여 가기로 했다. 내부공사 중에도 여러 번 들려서 필요한 물건을 조달해 오는 등 많이 도와주었고, 그러다 보니 남매간에 이야기도 많이 오갔다. 점포를 개업한 다음에도 며칠에 한 번씩 들러보았다. 철승은 자신이 한복집 영업에 대해 아는 것이 별로 없기 때문에 가게에 들릴 때마다 어느 정도의 이야깃거리를 준비해서 가기로 했다. 그렇게 어떤 말을 할 것인지 사전에 준비하고 만나면 멋쩍고 거북한 시간은 많이 줄어들 터였다. 처음에는 개인 신상에 관한 화제는 피하고 한복집 주변 환경에 대한 화제를 주로 골라서 말을 걸어보았다. 화제가 점점 다양해지면서 부민희가 이제까지 살아온 과정에 대해서 차츰 알아가는 것도 두 사람 사이의 관계를 가까이 진척시키는 데에 도움이 되었다.

어느 날 두 사람은 부민희의 지난시절에 대해서 이야기하게 되었다. 부민희는 제주 시내의 실업계 고등학교를 졸업한 후에는 줄곧 한산 마을에 살면서 큰아버지 부현구 씨가 하는 일을 돕거나 때때로 해녀 물질을 나가거나 하면서 세월을 보냈다고 했다. 철승의 질문으로 인해서 해녀 이야기가 뜻밖에 활기를 띠고 길어졌다.

"요즘에 제주 해녀 물질이 새로운 관심 대상이 되는 모양인데. 전통문

화라 해서 국가적으로도 가치를 인정허는 모양이고……"

"국가가 인정허는 거보다 남자들이 인정해야주마씸. 해녀엔 해영 남자들에게 인기가 있는 거 같진 않아예."

부민희는 별로 생각할 짬도 없이 술술 대답이 잘 나오는 것이 이런 화제의 이야기를 해본 적이 있었던 모양이었다.

"남자들에게 다 인기가 이실 필요가 이서? 남자 혼 사름만 인정해주민 되는 거 아니라?"

"남자 혼 사름이 인정해준덴 해도 세상 많은 남자들이 매기는 값으로 해부난 그것이 문젠거라예."

"물질 잘허민 돈도 많이 번다는디……"

"경 허주마씸. 그거 잘만 허민 소소헌 농사일보다 하영 번덴 해여예. 경 헌디, 물질 일이 위험해여그네 아무나 덤비지 못험니께. 안전사고도 많이 나곡, 물질 허는 것이 경 재미있지는 않아예."

"누이가 물질 많이 나가본 건 그만큼 체력도 좋고 수영 실력도 좋다는 거 아니라?"

"그런 편이라예. 경 허난 물질을 해도 놈딜만이는 해질 거 같아예. 몰릅주. 다른 일들 해보당 다 시원치 않으민 정말 본격적으로 물질을 배왕 상군 해녀가 될지도 몰릅주."

부민희는 전에 없이 진지하게 듣고 시원스럽게 대답했다. 자신의 일에 대해 이렇게 솔직하게 많이 털어놓는 일이 없었던 것이다. 큰아버지가 하시던 목공일을 도와드리는 일은, 그 어른이 일하시는 동안 심심하거나 짜증나지 않으시도록 옆에서 잔심부름이나마 해드리는 것이지 그것은 해녀일보다도 더 재미가 없었다는 말까지 솔직히 꺼내는 것이었다.

부민희와의 이야기를 마치고 나오면서 철승은 가만히 생각해보았다.

그녀가 오늘 전에 없이 솔직하고 활발하게 자신의 일에 대해 털어놓았다는 것은 그에게 놀라운 일이었다. 더구나 그녀가 요즘 젊은 여자들이 모두 싫어하는 물질일을 잘한다는 것은 뜻밖의 사실이었다. 그녀가 이제까지 말수가 적고 누가 말을 걸어와도 무덤덤한 반응을 보였던 것을 보면 이 같은 자기표현을 못할 것 같았는데 이제 보니 할 말은 하는 사람이었던 것이다. 그러나, 아무리 좋게 봐주려고 해도 부민희에게서 다정함이나 따뜻함을 느끼지 못함이 못내 섭섭했다. 오늘 나눈 이야기들도 듣기에 따라서는 유머스러운 표현이건만 그녀는 이 같은 말을 입에 올리면서도 단 한 번 활짝 웃는 얼굴을 보인 적이 없었고, 무감각하고 무뚝뚝한 표정을 바꾸는 기색이 없었던 것이다. 서울여자들처럼 간드러진 웃음은 아닐지라도, 그 못나지도 않은 얼굴에 살짝 웃음꽃을 피우기만 했더라면, 일마나 보고 싶고 만나고 싶은 누이가 될 것인지, 철승은 자기와 마주하여 이야기하기를 즐기지 않는 이 여자와 누이 오빠 하면서 만난다는 것이 다시 막막한 벽처럼 느껴지는 것이었다.

철승이 부민희에게서 들은 이야기 가운데 그의 심금을 심하게 흔들어 놓은 것은 그의 생부인 부현구 씨의 비참한 최후에 관한 암시였다. 부민희는 자기 큰아버지가 죽는 장면에 대해 자세히 전하지는 않았고 철승의 입장에서 전후관계를 유추하여 짐작해볼 따름이었다. 젊었을 때는 그래도 부지런히 일하고 벌어서 두 식구 사는 재미를 쏠쏠하게 느끼게 해줌으로써 고아가 된 부민희로 하여금 어릴 적의 구차한 동가식서가숙 신세를 잊을 수 있게 해주었다고 했다. 그뿐만 아니라, 사회적으로 유명인사 인정은 못 받았지만 마을 사람들에게 크게 빼돌림당하지 않을 만큼은 품위 있는 처신을 보여주었고 교양잡지를 한두 개 정기구독할 정도로 정신적인 질서도 유지했었다는 얘기였다. 그러던 사람이 중년 나이에 접어들면서 급격한 쇠락의 길에 접어들었다는 것이다. 수십 년 홀아비로서의 고독을 풀 길이 없어서 정신이 혼미해져버린 것인지, 한때는 식사 중의 반주 정도를 즐기던 술버릇이 무절제한 과음과취로 바뀐 탓인지, 빨갱이 딱지의 설움을 이기지 못한 그의 말년은 술에 절고 병에 찌든 자포자기의 인생이었다는 것이다. 변변한 병원 치료 받을 여유도 없는 관계로 집에서 거의 송장이나 다름없는 몸으로 몇 달을 견디다가 죽어갈 때에는 옆에서 지켜보는 사람도 거의 없었다는 얘기를 들으면서 철승은 비감한 나머지 말문을 열지 못했다. 마지막 순간이 가까워 올 때에는 먹는 일을 거의 멈추었다고 하니 자살이나 다름없는 죽음이었을 것이라고 짐작되는 것이었다. 모친은 이 같은 사실을 얼마나 알고 있었는지 알 길이 없었지만, 철승은 차마 모친에게 이런 말을 꺼낼 수가 없었다.

한복집 개업을 순조롭게 마치고 얼마 없어서 구정 명절날이 되었다. 이번 명절에도 철승의 가족들은 지난번 추석 때처럼 모친이 시키는 대로 제사상을 안방과 건넌방 두 군데에 차리고 차례를 지냈다. 어색하기는 마찬가지였지만 그전과 같은 놀람과 당혹스러움은 없었다. 이것도 세월이 가면 자연스러운 행사가 될 것이라는 생각까지 들었다.

구정 연휴가 지나고 이틀째 되던 날 철승은 아침 신문을 보다가 깜짝 놀랄 기사를 발견했다. 부성배라는 이름의 삼십 세 남자가 간첩혐의로 구속 수감되었다는 것이다. 정말 놀랄 일이었다. 모 학원 강사라고 나왔으니 철승의 고교 친구 부성배임이 틀림없었다. 부성배는 재일교포 간첩단에게 접선되어 상당한 금액의 공작금을 받았다는 구체적인 행위까지 언급되어 있었고 같은 혐의로 구속된 사람은 그를 포함하여 남자 3인이며 모두 한 일가의 친척들이라고 나와 있었다. 철승은 아침식사를 마치는 즉시 제주제일학원으로 가서 원장실을 찾았다. 마침 자리에 있던 양 원장도 아침 신문을 보고 알았다면서 놀람을 감추지 못했다. 그러면서 그동안에 있었던 일들에 대해 들려주는 양 원장의 말들은 철승에게 놀람과 의혹을 더해주었다. 양 원장은 두어 주일 전에 경찰의 소환을 받고 참고인 자격으로 조사받은 일부터 이야기했다. 그전에도 부성배는 학원 강의시간에 북한을 찬양하고 반정부적인 발언을 했다는 혐의로 조사받은 적이 있었다는 원장의 말은 철승에게 정말 뜻밖의 것이었다. 그때에는 발언 내용이 별거 아니었음이 밝혀져서 입건까지는 가지 않았지만, 부성배의 사소한 발언도 문제가 되는 것은 그의 부친이 4·3 사건 때 극렬 무장대원이었기 때문이었음을 그 일을 계기로 해서 알게 되었다는 것이 원장의 말이었다. 양 원장은 이번에도 그와 비슷한 혐의가 아닌가 해서 평소에 부성배 선생의 강의 내용은 전혀 문제를 일으키지 않았다고 진술했다는 것이다.

이와 함께 철승이 처음으로 알게 된 사실은 원래 부성배가 학원강사로 취직이 될 때는 일반사회 과목의 교사자격증으로 들어왔다는 것이다. 독학으로 공부하여 자격시험으로 교사자격증을 얻었지만 부친의 좌익운동 전력이 문제되어 정규 학교에는 임용이 안 되었기 때문에 학원가를 찾게 되었고 공교롭게도 원장직에 있는 사람이 일반사회를 가르치고 있었기 때문에 부성배는 국어과목을 맡게 되었다는 얘기였다. 부성배는 지금도 원장 대신에 일반사회를 가르치고 싶어 하지만 만약에 이 과목을 그에게 맡기면 진짜 반정부적인 발언이 많이 나올까 염려되어 원장은 앞으로도 자기 과목을 내놓지 않을 작정이라는 뒷사정까지 말해주는 것이었다. 부성배의 가족상황에 대해 물어봤더니, 몇 년 전에 삼촌뻘 되는 사람이 죽어버리자 친척이라고는 아무도 없는 그에게는 초등학교 입학을 몇 년 앞둔 어린 딸 하나가 있는데 아마도 동거 중이던 여자가 얼마 전에 사라져버렸기 때문에 그런 결손가정이 된 것 같다는 얘기였다. 이 모든 사실들이 철승으로서는 여간한 충격이 아니었다. 이제 와서 돌이켜보면 고교 시절의 부성배는 수줍음 타는 외톨이었던 것으로 기억되는데 그렇게 조용해 보이던 사람이 때로는 난폭한 행동을 보이면 그 이면에 어떤 사연이 있을지 의문을 가져볼 만한 일이었다. 지난 몇 달 동안 그런 의문은커녕 사소한 성격 차이를 구실로 피하기만 했다니, 철승은 자신의 무심함과 무정함이 부끄러워지기 시작하는 것이었다.

부끄럽고 놀라는 마음으로 하루를 보낸 철승은 바로 다음 날 경찰서 유치장으로 부성배를 면회하러 갔다. 유치장에 수감된 지 며칠 되지 않았는데도 그의 얼굴과 표정이 보기에 민망할 정도로 초췌해 보였다. 그가 그동안 남몰래 겪었을 인고의 세월을 상상해볼수록 철승은 이제야 비로소 그에게 진정으로 친구다운 친구가 되는 것이 아닌가 싶었다. 초췌한 그의 얼굴의 어딘가에 숨겨진 억눌린 감정이 분노인지 슬픔인지 철승은 잘 알 수가 없었다. 그늘진 표정과는 달리 철승의 질문에 답하는 그의 대답은 단호한 의지와 결심이 실려 있는 듯했다. 자신이 재일교포 간첩에게 접선되었다는 것은 말도 안 되는 한국 공안경찰 특유의 뒤집어씌우기 수법이라는 것, 4·3 시국 때 물 건너간 친척 재일교포 두 사람이 삼십여 년 만에 고향방문을 왔는데 이들의 제주도 구경을 안내해주고 일주일 동안 자기네 집에서 재워주는 일 이상의 어떤 의심 살 행동도 없었다는 것, 그 대가로 받은 돈 삼백만 원이 많다고는 하지만 그의 구차한 살림살이를 보고 도와주는 셈으로 주는 돈을 받은 것이 그렇게 잘못이냐는 것이 부성배가 내놓는 자기변명의 요지였다. 그렇지만 당국의 의심을 살 만한 근거가 없는 것이 아니어서 재판은 오래 끌 게 틀림없다는 것이 그의 전망이었다. 우선 부성배 등 구속된 세 사람의 가족들은 옛날 4·3 시국에 좌익운동 전력자였다는 것이고, 이번에 고향 방문을 왔던 재일교포 두 사람 또한 그 당시에 좌익운동하다가 일본으로 도피했음이 밝혀졌으며, 이들과 가까운 친척들 중에는 오십 년대에 그 말 많았던 재일교포 북송에 끼인 사람이 다수 있었음도 드러났기 때문에 공안경찰에서 씌우는 혐의도 전혀 엉뚱한 것은 아니라는 얘기였다.

부성배는 이 같은 설명을 하고 난 다음에 자기가 지금 고민하는 것은, 자신이 간첩죄 혐의를 벗어나려면 몇 년 걸릴지 모르는 장기 재판을 기다려야 할 터인데 자신은 그 오랜 세월을 견딜 수 없다는 것이고, 그가 하루라도 빨리 죽어버리는 것이 최선의 길이라는 비장한 언질로 말을 끝맺는 것이었다. 끝까지 살아서 결백함을 증명해야 하지 않겠느냐는 철승의 어줍은 위로의 말을 듣고 부성배는 잠시 묵묵히 있다가 다시 비장한 어소로 말했다. 지기는 지금 폐렴 환자인데 수감생활을 계속하면 지금도 중증인 폐렴 질환이 더 악화되어 고생할 것이 틀림없고, 공안사범을 본때 보여주기의 희생자로 다루는 것이 지금 이 정부의 방침이므로 이 간첩단 사건은 질질 오래 끌 것이 분명한데, 그렇게 될 경우 자기보다도 더욱 난감하게 되는 사람은 자기의 어린 딸이라는 얘기였다. 이번 간첩단 사건이 아무리 속 빈 포장 꾸러미에 불과하지만, 아직 여섯 살배기 어린 딸에게는 빨갱이 자식 또는 간첩의 딸이라는 무시무시한 딱지를 붙이는 결과를 가져온다는 것이고, 딸에게 그런 어마어마한 죄를 짓느니 차라리 일찍 죽어 없어져버린다면 아빠의 존재가 딸에게 강요하는 사회적인 따돌림은 면하게 될 게 아니냐는 얘기였다. 부성배는 이런 말 끝에 정색을 하고 입을 열더니 이제 고아신세가 된 자기 딸의 신상에 대해 신신당부하는 말을 남겼다. 그의 딸은 지금 제주시 어느 보육원에서 보호 양육중인데 자기가 죽거든 제발 부탁이니 제주시청 사회복지과를 통해서 의지가지없는 이 딸을 제주도가 아닌 육지 어디에 있는 보육원에 들어가게 해달라는 유언 같은 당부를 덧붙이는 것이었다.

순간적으로 울컥 나오는 비분의 토로처럼 여겨졌던 부성배의 한마디는 말 그대로의 유언이 되어버렸다. 그로부터 사흘 뒤 아침 일찌거니 철승은 동문통 한복집에 들렀다가 지방신문 사회면에서 수감 중인 부성배의 자살 기사를 보았던 것이다. 마침 그 시간에 부민희가 전화기를 붙들고 앉아서 무슨 긴 통화인지 하고 있길래 통화가 끝나길 기다리는 동안 방바닥에 펴놓은 신문을 무심코 들여다보다가 그 기사를 발견하게 되었다. 전화를 끝내고 돌아오는 부민희의 얼굴에서 무슨 잘못된 큰일을 하다가 들킨 아이처럼 상기된 표정을 본 철승은 자기가 옆에서 전화 통화를 들은 때문이거니 여기고 부성배의 자살 기사를 대충 들여다본 다음에 급하게 한복집을 나와서 제주제일학원으로 향했다.

마침 자리에 있던 양 원장도 아침 신문에서 부성배의 자살 기사를 보고는 철승을 찾아보려던 참이라고 했다. 두 사람이 택시를 잡아타고 경찰서로 향하는 동안 철승은 원장의 놀람이 자기보다 덜한 것 같은 인상을 받았다. 그 사람은 죽어버리고 싶다는 말을 예전부터 많이 했었다, 간첩단 사건으로 걸려든 것이 억울하여 더욱 악에 치받혀서 일을 저질렀을 것이다, 이렇게 원장이 말하는 품새를 보니 부성배의 자살에 대해 어느 정도 예상한 모양이었다. 경찰서에 도착하여 담당부서로 가서 알아보니 부성배는 한밤중에 감방 안에서 혀를 깨물고 죽었다고 했다. 그렇게 빨리 이렇게 모진 결단을 내렸다니 이 친구는 그동안 얼마나 한 맺힌 시간을 보냈던 것일까, 철승은 고인이 된 친구를 내려다보면서 아연할 수밖에 없었다.

원장은 신속하게 일을 처리했다. 고인의 시신을 접수할 연고자가 자기밖에 없다는 것을 알고 있었던 것이다. 부성배의 시신 접수와 장례 같은 일을 제주제일학원에서 맡을 수밖에 없다는 양 원장의 말에 대해 경찰서 담당자들은 아무런 반대도 하지 않았다. 그는 즉시 시신을 인수하고 장의사를 불러 몇 마디 하더니 신문에 부고도 내지 않고 삼 일 후 제주시 산천단 위쪽 중산간에 있는 화장터에서 장례절차를 밟는다는 결정을 내렸다. 그날이 마침 일요일이기 때문이었다.

철승은 양 원장과 함께 사실상의 상주가 된 셈이었다. 그렇지만, 화장하는 당일에도 장의사와 화장장 직원들이 거의 모든 일을 알아서 해주었으므로 두 사람이 하는 일은 별로 없었다. 칸막이 안쪽에서 시신이 불태워지는 현장의 모습도 직접 볼 수 있는 것이라고는 아무것도 없었다. 시신이 화장로 속에서 섭씨 1천 도라는 고열의 불로 태워진 다음에 타다 남은 유골이 분골함으로 옮겨져 밖으로 나올 때까지 두 사람은 주로 화장장 대합실에서 시간을 보냈다.

부성배의 시신에 화장 절차가 끝나는 데에는 한 시간 남짓이 걸렸다. 목 놓아 우는 사람도 없었고 조문 오는 사람도 별로 없었으며, 끼리끼리 모여 앉아 수군대는 제주제일학원 강사들 몇 사람과 고교 동창생 문상객들만이 눈에 뜨일 뿐 대합실 안은 한산한 편이었다. 유족대기실, 상가제례실, 화장관망실과 같은 팻말들이 군데군데 걸려 있어서 이곳이 화장터임을 일깨워줄 뿐 죽은 사람의 몸을 불태워 가루로 만드는 곳에 있을법한 음산한 분위기는 별로 느껴지지 않았다. 철승은 고인의 고교 동창이라는 관계도 있고 그동안 보여주지 못한 친구로서의 의리도 생각나고해서 양 원장과 행동을 같이하기로 마음먹고 있었다.

철승의 고교 동창인 김기찬이 모친과 함께 택시를 타고 화장장을 찾아오더니 그 뒤를 이어 한 떼의 사람들이 들이닥쳤다. 다음 순서로 화장장을 이용할 상가(喪家)의 사람들이었다. 김기찬의 모친은 얼마 전에 아들과 함께 재향경우회 박종혁 회장을 방문했을 때 철승과 만난 적이 있었으므로 초대면은 아니었다. 김기찬은 철승에게 수고한다는 인사 끝에 모친을 인도하여 화장장을 둘러보면서 낮은 소리로 무슨 얘기인지 많이 하는 것 같았지만 철승으로서는 알아들을 수 없었다. 그의 모친은 아들이 들려주는 말을 묵묵히 들을 뿐 입을 여는 기색이 없고 얼굴은 넋 나간 사람처럼 멍한 표정인 것이 이상스러웠다.

대합실 안이 사람들로 붐볐기 때문에 철승은 양 원장과 함께 유족대기실로 들어갔다. 잠시 후에 김기찬이 들어오더니 자기는 부성배와 외사촌 사이라는 말을 하여 철승을 놀라게 했다. 불가피한 사정 때문에 이제까지 부성배와 연락 없이 지내야 했음을 사과하듯이 알리고 나서 오늘 부성배 시신의 유골함은 자기네가 챙겨갈 것이고 모친이 오랫동안 다니는 절간에 봉안할 생각이라고 말하는 것이었다. 양 원장은 별다른 설명을 더 듣지 않고도 김기찬의 말대로 앞으로 남은 상주의 책임을 인계하기로 했고, 고인이 남긴 많지 않은 세간살림의 처분에 대해서는 나중에 의논하기로 했다. 수고되시겠습니다, 양 원장의 인사말이 나왔지만, 그런 인사는 철승이 보기에도 당치 않아 보였다. 아무래도 이상한 일이었다. 이제까지 아무 말도 없다가 장례일이 다 끝날 때가 되어야 불쑥 나타난 이 사람들의 마음보가 이상할 수밖에 없었던 것이다. 이와 함께 문득 한 가지 생각이 떠오른 철승은 이때다 싶어서 입을 열었다. 고아 신세가 된 부성배의 딸이 지금 제주시 어느 보육원에 있는데 제주시청 사회복지과에서 육지 소재의 적당한 보육원으로 보낼 수속을 하는 중이니 찾아보는 게 좋을 거라는 말을 하는 동안 철승은 자신이 부성배의 절친한 친구가 되어버린 듯했다.

김기찬네 모자가 유족대기실을 지키게 됨에 따라 철승과 양 원장은 대합실로 나왔다. 김기찬은 두 사람이 이제까지 수고한 것에 대해 고맙다는 인사를 했지만 그의 모친은 아무 말도 하지 않고 먹먹한 표정이었기 때문에 함께 동석하는 것이 거북하기도 했다. 대합실에는 새로 들어온 사람들로 붐비는 관계로 한편 구석으로 가서 앉을 자리를 겨우 찾을 수 있었다. 두 사람은 자연스럽게 부성배 신상에 관한 이런저런 일들에 대해 이야기를 나누기 시작했다.

부성배의 신변 정리에 대해 홀가분한 심정이 되었기 때문인지 양 원장의 어조는 한결 부드러워졌다. 부성배의 짧은 생애가 외롭고 고단했던 것은 어쨌거나 삼십 년 전 불행한 과거사의 길고도 오랜 파장이 아니겠느냐고 말하는 양 원장의 목소리는 느긋하면서도 무겁게 가라앉아 있었다. 부성배가 위태로운 인생을 살다가 자살까지 하게 된 데에는 자기가 타락해도 걱정할 사람이 없고 죽어도 슬퍼할 사람이 없다는 자포자기 심리가 많이 작용했을 것이라는 말을 할 때에는 말끝을 잘 맺지 못했다. 동거하던 여자가 사라져버리면서 어린 딸 키우는 막막한 문제에 부딪치지만 않았어도 그렇게 막된 생활로 빠지지는 않았을 거라는 말이었지만 뭐라고 물어볼 수는 없었다. 그는 이어서 제주제일학원의 강사들 중에는 부성배 말고도 과거의 아픈 역사를 청산하지 못하고 고통당하는 사람들이 꽤 된다는 뜻밖의 사실을 들려주었다. 그들은 부성배처럼 선대의 가족들 중에 삼십 년 전 좌익활동의 전력자가 있는 관계로 일반 공무원이나 정규학교 교사를 넘보지 못한다는 얘기였다.

"학원 원장 한 지 몇 년 안 되지만 그동안에도 직업적인 감각이 생긴 모양이오. 이 사람은 가족사에 뭔가 문제가 있어서 학교 선생 대신에 학원강사의 길로 들어왔다, 직감이 간단 말이오. 몇 가지 낌새 되는 게 있어요. 우선 자기네 가족사에 대해 일체 말을 꺼내지 않으면 일단 의심이 가지요. 가족사항을 물어보면 놀라거나 경계하는 표정을 짓지요. 그런 사람은 또 대개는 불평불만 드러내는 일이 별로 없고 고분고분 말을 잘 듣지요. 불만이 없는 것은 아닌데도 그렇단 말이지요. 부성배처럼 툭하면 원장에게 소신이 없다느니 시비 걸고 술김에 싸움판 벌이는 사람은 특별한 예라고 봐야지요. 부성배는 성질이 어찌나 거칠고 호전적인지 내 인내력을 시험할 때가 한두 번이 아니었어요. 내가 제일학원에서 아침마다 '오늘도 좋은 아침' 구호 외치듯이 거창한 아침인사 시작한 건 그 사람 기를 꺾느라고 그랬다는 거 짐작이나 하셨소? 나, 그거, 아침마다 기 싸움을 했던 거요."

여기에서 양 원장은 소리 죽여 흐흐 웃으면서 대합실 안을 둘러보고 나서 말을 이었다.

"실력도 있고 교사자격증도 있는데 학원강사를 하겠다고 온 사람이면 이것도 수상한 일이지요. 신원조회라는 제약 때문이었지만, 이 사람들은 그런 거 없어도 일반 공직에 나갈려는 생각은 좀처럼 없었을 거요. 사회생활에서 워낙 숫기나 패기가 없고 사람들 이목에 노출되는 걸 피하는 사람들이지요. 강철승 선생님처럼 강의가 끝나고도 학원 교무실에 많이 남아 있는 강사도 별로 없었지 않습니까. 오늘도 부성배 선생이 마지막 가는 자리에 끝까지 남아 있는 우리 학원 강사는 보이지 않는 거 있지요. 강의가 있는 날이야 할 수 없지만 오늘 같은 주말에는 자리를 같이 할 수도 있을 텐데 말입니다."

원장은 이런 말을 하면서 보란 듯이 대합실 안을 다시 둘러보았다. 아닌 게 아니라 제주제일학원 강사들은 어느 틈엔지 다들 사라지고 보이지 않았다. 그러고 보니 시간이 많이 가기도 했다. 잠시 후 화장이 다 끝났다는 전갈이 왔고 이윽고 황색 보자기에 싸인 유골함이 나왔다. 이 시간을 기다리던 김기찬 모자에게 유골함을 인계하고 나서 철승과 양 원장은 장의차를 타고 밖으로 나섰다. 양 원장은 하고 싶은 이야기가 끝나지 않았는지 장의차를 역사 오랜 산천단 곰솔나무 언덕 쪽으로 돌리게했고 두 사람은 아름드리 노송들이 바라보이는 음식점으로 들어갔다. 그곳에서 제일 구석지고 조용한 방을 달라고 해서 자리를 잡고 앉은 양 원장은 음식에 곁들여 술을 주문하는 대로 대뜸 입을 열었다. 오늘은 낮술이라도 마셔야지 기분이 영 찜찜하구만, 하면서 소주잔을 기울이는 그의얼굴이 웃는 듯 찡그린 듯 묘하게 일그러졌다.

"4·3 사건에 대해 나만큼 많이 생각하고 많이 고민해본 사람도 별로 없을 거요. 소설을 썼다면 4·3 소설 몇 권은 썼을 거요. 우리 부모가 겪은 4·3, 나를 세상에 태어나게 한 4·3, 우리 학원 강사들의 가족사에 얽혀 있는 4·3, 내 머릿속에는 4·3 문제 전담 칸이 따로 들어 있단 말이오."

이렇게 거창하게 말문을 여는 원장을 쳐다보던 철승은 문득 그에게서들었던 말 한마디가 떠올랐다.

"원장님은 4·3 사건 수혜자라고 하셨는데, 그건 무슨 말씀이지요?"

"아, 난 4·3 사건 수혜자 맞소."

"4·3 사건에서 어떻게 은혜를 받았다는 겁니까?"

"그만큼 4·3은 대형 태풍이었다는 거지요."

양 원장은 하던 말을 끊고 잠시 두 눈을 지그시 감았다 뜨고는 철승의얼굴을 바라보면서 말을 이었다.

"우리 부모가 용케 만나서 혼인까지 하게 된 건 그 같은 대형 태풍의그늘에서니까 가능했다는 거지요. 그러지 않았다면 나이 차이가 열다섯살이나 되는데 어떻게 혼담이 나왔겠느냐는 겁니다. 중산간 마을에 살던 우리 모친은, 첫 번째 남편이 일찌감치 행방불명이 되었대요. 그 당시 행방불명된 젊은이가 갈 곳은 뻔했었나봐요. 그런 판국에 우리 모친이 살아날 길은 해변마을로 내려가 살면서 빨갱이 혐의에서 벗어나는 것이라고 생각했다는 거요. 그렇게 해서 만난 남자가 일찍이 홀몸이 된 다 늙은 홀아비였고, 식구는 없고 집은 남아도는 그 홀아비한테 신세지다가 아이를 보게 됐다는 거니까 그 난리 아니었으면 태어나지 못했을 몸이 아니겠소? 희한한 일인 것이, 첫 남편에게서 아이를 못 낳던 여자와 첫 부인에게서 아이 갖기를 포기한 남자가 만나서 아이를 보게 되었단 말이죠. 언제 죽음과 이별이 닥칠지 모르는 전시 상황에서 가문의 씨를 전하게 됐으니 얼마나 큰 경사겠소."

"정말 4·3 사건 수혜자라는 말이 나올 만하십니다."

"이 몸은 그렇게 천행만행으로 복 받고 세상에 태어났지만 나와서 본 세상이 너무 험했던 게 탈이었지요. 태어난 복을 다시 물리지도 못하고……"

"물리긴 왜 물립니까, 복 받고 태어난 세상 복스럽게 살아야지요."

양 원장이 이어서 말하는 내력을 들어보니, 그가 자신의 축복받은 출생에 대해 한 마음으로 축가만 부를 수 없었던 이유를 알 것 같았다. 그의 축복받은 출생은 곧 그의 부친의 때 이른 죽음을 불러왔다는 얘기였다. 4·3 사건 당시 군경 토벌대가 사상이 건전하다는 아랫마을 사람들, 민보단원이라 불리는 남정네들을 총알받이 겸 안내역으로 삼아서 불온 딱지가 붙은 윗마을 숙청에 나섰고, 얼마 후 윗마을 남정네들을 주축으로 하는 입산 무장대의 보복 습격이 있었을 때, 양 원장은 태어난 지 아직 한 달이 안 된 갓난아기였다고 했다. 부친은 윗마을 토벌 작전 시에 앞잡이 대열에 끼어 있었던 관계로 보복 습격의 표적이 되었고, 뒤늦게 얻은 복둥이 외아들을 지키느라 신속하게 피신하지 못하여 어이없는 죽음을 당했다는 것이다. 보복 습격으로 쳐들어온 무장대는 무차별 살상을 자행하는 중에도 윗마을에서 내려가 사는 사람들의 얼굴을 알아보고 죽음을 면해준 경우도 간혹 있었던 모양으로 양 원장이 모친과 함께 살아남을 수 있었던 것은 그런 속사정 덕분이라고 했다.

"난 말이요, 하는 일이 잘 안 될 적에는 내가 태어나고 살아남은 기막힌 행운을 생각할 때가 많았소. 나는 특별히 선택받은 사람이다, 이런 생각을 하며 어린 시절을 보냈는데 나이 들면서는 씁쓸한 실망감으로 자꾸 돌아가려고 하니 좋다가 만 꼴이 된 거요. 이 세상 얼마나 좋은 곳이냐, 하고 마냥 즐기다가 문득 이건 아니다, 하고 김새는 심정, 그런 심정 이해가 되시오?"

그는 어린 시절 미을 어른들로부터 각별한 귀염을 받았다고 했다. 그의 부친과 같이 토벌대의 앞잡이로 윗마을 분탕질에 나섰던 남정네들이 길에서 그를 보았을 때에는 으레 가던 걸음을 멈추고 그의 얼굴을 유심히 들여다보며 한마디씩 건넸다는 것이다. 흠, 불 난 집에서 피어난 꽃이여, 아방 목숨까지 살앙 오래오래 살 거여……

양 원장은 어린 시절 한동안은 마을 어른들이 그에게 인사치레 같은 덕담을 한 다음에 달라지는 얼굴 모습을 잘 보지 못했다고 했다. 뒤늦게야 알게 된 바로는, 그들은 덕담을 끝내고 돌아서면서 어딘가 어두운 표정을 하고 입을 굳게 다물었다는 것이다. 양 원장은 그때마다 그네들이 자기에게 무슨 하지 못할 말을 했다는 건가, 이상하게 여기던 차에 마침내 이 같은 궁금증을 풀어줄 만한 사건이 발생했다고 했다. 벌써 십 년이나 지난 일인데 이에 대한 그의 이야기의 서두는 다시 삼십 년 전으로 거슬러올라가야 했다.

제주성안에서 서쪽으로 그리 멀지 않은 그 곳 두 이웃 마을 간에 벌어졌던 4·3 비극은 오랜 역사를 배경으로 하는 것이었다. 양 원장의 부친이 살았던 아랫마을과 그의 모친이 태어나고 자란 윗마을은 따로 떨어져 있는 두 개의 마을이면서도 오랜 세월 서로 밀접하게 얽혀서 살아온 이웃 마을이었다고 했다. 일제시대에 소학교가 세워졌을 때에는 두 마을의 아동들이 같은 학교에 다녔기 때문에 그들은 장성하고서도 평생친구인 사이가 많았고, 혼기가 닥친 두 마을의 처녀나 총각 들에게 연애나 결혼 이야기가 나왔을 때에는 제일 많은 상대자가 나온 것이 바로 이들 이웃 마을이었다고 하였다. 두 마을의 학생들은 운동이나 공부에서 서로 열띤 경쟁관계에 있었기 때문에 더욱 열성적인 학창 시절이 되었고 더욱 감동적인 추억거리가 생겨났던 것인데 4·3 사건의 소용돌이는 형제 같은 두 마을의 역사를 송두리째 뒤엎는 결과를 낳았다는 것이다. 중산간에 위치한 윗마을에서는 오래전부터 양반마을이라 하여 교육수준이 높았고 일정 때에 공부하거나 돈을 벌러 일본으로 나갔던 사람들이 많았음에 반해 바닷가의 아랫마을 주민들은 대체로 오래된 가업의 전승에 충실했던 내력이 8·15 해방이 되고 4·3 사건이 터지면서 이상한 대립구도로 이어졌다고 했다. 해외유학에서 진보적인 신사상을 배워온 젊은이들을 중심으로 새 세상 평등사회의 꿈을 쫓던 윗마을은 어느 새 빨간 물이 들어 폭도마을이 되었고, 정부의 빨갱이 소탕 작전에 충성하는 아랫마을은 양순한 백성들의 모범마을로 남아 있게 되었다는 것이다.

　아랫마을 사람들이 군경 토벌대의 앞잡이가 되어 윗마을을 덮쳤던 사실의 후유증은 깊고도 오래갔다고 했다. 그때 그들의 손에 죽은 사람들 중에는 인정 어린 친구나 애인, 공경하는 친척이나 사돈도 없지 않았으니, 그날 그 순간에는 제 정신을 잃고 마음 따로 손가락 따로 놀았다고 하지만, 억울하게 죽음을 당한 사람들에 대한 기억은 그들을 죽였기 때문에 살아남은 자들의 가슴에 풀리지 않는 응어리가 되었다는 말이었다. 그때 군경 토벌대의 앞장을 서라는 명령을 거역하다가 총살당한 동네사람들을 생각하면 더욱 치가 떨렸다는 고백도 들었다고 했다.

그때 이후 오랫동안 두 마을 간에는 혼인줄이 끊겼고, 그때 본의 아니게 윗마을 토벌에 함께 나섰던 아랫마을 남정네들은 윗마을 쪽으로 발트집을 하지 못했으며 윗마을 남정네들도 아랫마을 쪽으로는 눈길 주기를 피했다는 것이다. 수십 년 세월이 지나면서 오래전의 일들은 잊혀진 것 같았고 과거사의 아픈 상처가 아물어가는 것 같았는데 어쩌다가 돌발한 사건 하나가 세월이 아무리 지나도 잊혀질 수 없는 과거 일이 있다는 것을 보여주었다고 했다. 열성 민보단원으로 앞장서서 토벌대를 이끌고 쳐들어 간 이웃 마을에서 어린 시절 친구들을 눈 딱 감고 죽였던 전력의 소유자인 한 대학 교수가 이 사건의 주인공이었는데, 그는 4·3 시국이 있은 지 이십 년이나 지난 어느 해 학생들 가운데에서 자기가 죽인 한 친구의 아들을 발견하게 된다는 기막힌 이야기였다.

"만나서는 안 될 사람들이 만나서는 안 될 곳에서 만났으니 말하자면 외나무다리에서 원수를 만난 격이지요."

"자기 아버지를 죽인 사람을 만났다면 원수를 만난 게 맞지만 교수와 학생으로 만난 것이 어째서 외나무다리지요?"

"두 사람 다 물러서기 어려운 위치에 있었다는 거지요. 불행한 과거가 드러났다고 해서 학생이나 교수나 학교를 그만두기는 어려운 일 아닙니까."

"결과는 어떻게 됐든가요?"

"결국 교수가 길을 양보한 거지요."

"교수도 생각 나름 아닌가요. 과거 일이 드러나더라도 모른 척하고 교수직 계속 못할 것도 아니잖습니까."

"그럴 마음이 없지도 않았을 겁니다. 그런데 마음이 어쨌든 간에 몸이 말을 들어주지 않았던가 봐요."

"몸입니까? 몸이 어떻게 됐던가요?"

"문제의 그 학생이 자기 학과에 입학한 걸 알게 된 다음부터 귀가 윙윙거리는 이명증이 생겨 가지고 잠을 제대로 못 잤다고 하두만요."

"이명증이요? 그 이명증 현상이 옛날에 자기한테 죽은 친구의 아들을 봤기 때문이라는 건가요?"

"그전에도 4·3 사건에 관련된 이야기나 무슨 뉴스 같은 것이 나오는 날에는 이명증으로 잠을 잘 못 잤나봐요. 귓속이 윙윙거리는 것은 의지력으로 어떻게 해볼 수도 없는 일이니까 교수직을 그만두었던 모양입니다. 벌써 십 년이나 지난 일이지요."

"자책감이라는 심리현상이 이명증이라는 신체현상을 일으킨다는 거네요."

"그렇지요. 세상에서 나는 모든 소리를 듣지 않으려는 자기방어 욕구가 모든 소리를 얼버무리는 이명증으로 나타난다고 하두만요. 전쟁이나 내란이 끝나고 나서는 정형외과 환자도 많지만 신경정신과 병원을 찾는 사람도 많다는 것이 전쟁소설 같은 데에 나온다고 들었어요. 불면증 같은 현상은 흔히 있고, 이명증이나 실어증 같은 현상도 전쟁 후유증으로 알려져 있다는 거지요. 4·3 사건 치르고 나서도 마찬가지였을 겁니다. 모두 신경과민이 원인이라는 거지요."

"실어증은 처음 듣는 말인데 어떤 증상인가요."

"단어 뜻 그대로 말이 안 나오는 증상이지요. 이것도 과거에 숨겨졌던 일에 대해 자기가 솔직하게 말을 하면 큰일 날 것이라는 두려움 때문에 말이 나오지 않는 증상이 생긴다는 것이니까 자기방어 욕구의 결과라는 점에서는 마찬가지라는 겁니다. 4·3 사건 때도 거짓 밀고를 해서 여러 사람 죽게 했던 이에게서 실어증 증상이 있었다는 말을 들은 적이 있습니다."

"원장님은 신경과민도 연구하십니까?"

"그런 건 아니고, 4·3 사건 후유증으로 고생하는 사람들에게 관심 갖다 보니까 좀 알게 된 거지요. 신경정신과 의사하고 친교가 생긴 것도 그렇고요."

"십 년 전 일까지도 잘 기억하시네요. 이명증 앓았다는 그 대학교수에 대해서 말입니다."

"제가 그때 제주대학에 재학 중이었습니다. 그때 제가 듣던 그 교수 강의가 도중에 흐지부지되고 이상한 소문이 나돌았던 것도 기억납니다. 게다가 그 당시 우리 집이 그 교수네 집하고 한 동네라서 두 집안끼리 왕래가 좀 있었더랬지요."

"그러니까 이십 년 전의 그 토벌작전 기억이 교수직 그만두게까지 만들었단 말입니까?"

"그렇다는 거지요. 그 교수의 부인이 우리 모친에게 귓속말로 해준 얘기가 저한테까지 전해진 겁니다. 그 부인은 서울 출신으로 제주도 시골에 와서 살려고 하니까 이 지방 말이랑 풍속이랑 모른 게 많아서 이웃에 사는 우리 모친하고 친해졌다는 겁니다. 그래서 자기 남편에게 있었던 일 갖고도 우리 모친하고 얘기가 많이 오갔나봐요. 우리 모친은 4·3 사건에 대해 얘기할 것이 한없이 많은 사람 아닙니까."

"그러면 그분은 대학교수 그만두고 어떻게 되셨나요?"

"서울로 가서 학원강사 했지요. 그분네가 서울로 가신 다음에 얼마 동안은 우리 집하고 연락이 있어서 저도 그분네 동정을 어느 정도는 알게 되었지요. 사실 제가 우리 제일학원을 겁도 없이 인수하게 된 것도 그분 덕분이라 할 수 있지요. 대학입시 경쟁이 치열해지면서 학원 사업이 잘된다는 걸 알게 된 것도 그렇고요."

"그럼 그분은 지금도 학원강사 하고 계신가요?"

"그건 아니고 다시 대학교수로 돌아가신 걸로 알고 있습니다. 애초에 제주도에서 교수 그만둘 때부터 학원강사 하면서 학력을 더 보강해가지고 다른 대학에 교수직을 바라보는 계획을 세웠던 거지요."

"세상 사는 요령이 좋은 사람이었네요."

"물론입니다. 4·3 사건 때 충성을 보인 덕분인지 농업학교 학력 가지고도 6.25 때에는 장교로 참전했고, 그러면서 돈도 좀 벌었는지 서울에서 대학원 과정까지 마치고 제주도에 대학교수로 오게 되었다고 들었습니다."

"하여간 과거의 기억을 피하기 위해 제주도를 떠난 것은 대단한 결단력이고 훌륭한 판단력인 것 같습니다."

두 사람은 음식 먹는 데보다는 술 마시는 데에 더 열심이어서 어느덧 소주 두 병이 바닥나고 있었다. 서로 재촉하며 자기 앞의 음식을 먹는 동안 양 원장이 입을 열었다.

"부성배가 고등학교 때 공부는 잘했던가요?"

"아, 괜찮게 했지요, 아마도."

철승이 기억하기로는 부성배의 학과 성적은 그로서는 감히 따라잡을 생각을 못 할 정도로 우수했던 것 같았다.

"이 친구가 뭐에 열중하면 지독히 파는 성질이 있으니까 공부도 잘할 거 같아서 물어본 거요."

양 원장이 이런 말로 시작하여 털어놓은 몇 가지 사실들은 철승에게 뜻밖의 것이었다. 부성배는 지난 1월 말에 서울 소재 어떤 대학교의 대학원 입학시험에 합격하여 입학 등록금까지 냈었고, 다가오는 신학기부터는 비행기로 매주 서울 나들이를 하면서 대학원 강의를 듣기로 되어 있었다는 얘기였다. 지난번 겨울방학 단과반의 수강생을 모집할 때까지만 해도 대학원 진학을 할까 말까 미처 결심을 못했던 부성배는 그의 단과반 설강이 성원미달로 불발이 되면서 대담하게 대학원 진학을 결단 내리게 되었는데 그 모든 계획이 물거품이 되고 말았다는 것이다. 철승은 부성배의 대학원 진학 결심이 양 원장이 자상하게 구상하고 손을 쓴 결과였음을 알고 놀라면서도 이를 내색하지는 않았다. 양 원장이 토로하는 웅숭깊은 배려에 대해 놀라는 마음보다는 존경하는 마음이 더 컸기 때문이었다.

"부성배는 피해의식 콤플렉스가 심해가고 정말 다루기 힘들었지요. 억압된 에너지가 언제 폭발할지 몰랐거든요. 이런 사람은 감정 에너지 배출을 파괴적인 방향에서부터 생산적인 방향으로 궤도수정 할 필요가 있다고 생각했지요. 이 사람에게 대학교수로 나가기를 권한 건 몇 해 되지요. 최근에 연좌제가 풀렸다고는 하지만 부성배 같은 사람은 중등교사 하기도 어려울 거요. 중등교사나 다른 공직은 학문실력보다도 사람 상대하는 일이 더 중요하다는 생각이지요."

"원장님도 참 무던하시네요. 어떻게 그런 대담한 발상을 다 하셨습니까."

"아까 제가 말한 그 사람, 제주대학 교수 그만두고 학원강사 하러 서울로 간 그분 말이죠, 저도 그분이 나갔던 학원에 잠시 강사를 해본 적이 있었는데, 제가 그때 그 학원에서 보고 듣고 한 것이 힌트를 준 겁니다. 학원이라는 데는 우리 사회에 불평분자들이나 콤플렉스 환자들이 많이 모인다, 이런 사람들은 실력만 있으면 대학교수가 적격이다, 이런 힌트 말이지요."

"강사들이 대학원에 다니면 학원 운영에 지장은 없는가요."

"시간표 조정에 좀 애로가 있는 정도입니다. 우리 학원에서 운영 중인 것이 단과반과 종합반이 있고, 고입반 대입반이 있는데 대학원 다니는 사람의 시간 사정에 맞추어서 적당한 클래스와 적당한 시간대를 맡기는 정도의 편의를 봐주는 거지요."

"강사들이 대학원 다닌다고 하면 노력이 분산된다고 해서 싫어하는 학원도 있는 것 같던데요.'

"허긴 그런 점도 있을 겁니다. 그렇지만 장삿속으로 봐도 밑지는 장사는 아닌 것 같아요. 어차피 학원이라는 직장은 호봉 계산이 있는 것도 아니고 평생 충성을 바칠 곳은 못 되니까 잠시 머무는 곳이다, 이왕 나갈 사람이면 잘돼서 나가는 게 좋다, 이런 발상인 거지요. 이 학원에서 강사하던 사람들이 나가서 유명하게 되면 이 학원도 따라서 유명하게 되는 거 아니겠습니까."

"장삿속치고는 고단수 장삿속인 것 같습니다. 쌍방이 모두 이익을 보는 거니까 말입니다."

"제가 누굽니까. 4·3 사건 수혜자, 그 난리 덕분에 태어난 사람 아닙니까. 부채진 걸 갚는다는 생각을 하면 그 정도는 약과인 거지요."

어느덧 시간이 많이 갔다. 자리를 털고 나오면서 철승의 머리에는 문득 스치는 얼굴들이 있었다. 중등교사 직을 기어이 감당하지 못하고 교육행정직으로 옮겨간 성우칠과 자기 선생한테 인사하는 것조차 제대로 못하는 황대청의 얼굴이었다. 언제 기회를 보아서 황대청의 미래 진로에 대해서 양 원장에게 의논해보면 좋은 방도가 열릴 것이라는 생각도 떠올랐다.

시내로 들어온 다음에 양 원장과 헤어진 철승은 부민희와 모친이 있을 동문통 한복집으로 향했다. 그곳에서 그는 뜻밖의 소식을 듣게 되었다. 혼자서 아들을 맞은 모친은 이제 부민희하고는 다시 만나는 일이 없을 것이라고 말하는 것이었다. 나직이 말하는 모친의 표정은 언제나처럼 담담하고 태연했다. 처음에는 놀랐던 철승도 며칠 동안 있었던 일들의 전말을 듣고 보니 결국 그렇게 될 수밖에 없었구나, 하는 심정이 되었다.

애초부터 부민희의 인사성과 붙임성에 문제가 있을 것이라는 예측은 안한 것이 아니었다. 그러나, 한복집도 일종의 장사인 것을 알 터이고 고객 상대의 에티켓에 대해 주의를 단단히 들었을 터인데 어찌하여 제 발로 들어온 손님을 내쫓는 그런 불상사가 일어날 수 있었는지, 설명을 들어본 철승은 답답할 뿐이었다. 사건의 내력은 간단했지만, 모친의 실망은 대단했다. 개업하고 두어 주일이 지나는 동안에도 찾아온 손님에게 부민희가 멀뚱멀뚱 쳐다보기만 하고 상냥하게 접대하는 태도를 보이지 않음으로써 나중에 꾸지람을 들은 적이 몇 번 있었음은 철승도 알고 있었다. 모친은 그럴 때마다 속상하고 화가 나서 부민희에게 꾸짖음 반 통사정 반으로 간곡한 당부를 했었는데 이번과 같은 사고를 내는 것을 보자 아예 희망을 끊고 포기 결정을 내렸다는 것이다.

부민희가 이번에 놓쳐버린 고객은 미리 모친에게도 연락을 하여 무슨 단체 회원들을 위한 한복을 여러 벌 만들 일이 있음을 통보했다고 했다. 이런 사실을 깜빡하여 부민희에게 잘 귀띔해두지 않은 것이 모친의 실수라면 실수였다는 것인데, 아무러면 제 발로 들어온 큰손 고객을 놓쳐버리다니 모친은 심기가 몹시 불쾌해진 모양이었다. 한복집 문을 열고 안을 들여다보는 사람에게 부민희는 앉은 자리에서 무표정한 얼굴 그대로 그냥 무심한 시선을 던지며 가만히 앉아 있었기 때문에 그 고객은, 이곳이 아닌가봐, 하면서 발길을 돌리고 근방의 다른 한복집을 찾아가버렸다는 얘기였다. 한복집을 쫓겨나듯이 그만둔 부민희가 어디로 갔는지, 철승은 알 도리가 없었다. 모친이 먼저 말해주지 않는 걸 물어보지 못했고, 어쩌면 모친조차 그녀의 행방을 알지 못하는 것 같았다. 모친의 단호한 결정은 철승이 사흘 전 한복집에서 신문기사를 보고 놀라던 그날 내려졌고 부민희는 바로 오늘 아침에 짐을 싸고 나갔다고 하니 이들 남매는 그날 그때 마지막으로 만난 셈이었다. 부성배의 자살사건으로 해서 철승 자신이 매우 분망하고 심란해 있는 동안 일어난 일들이었다.

부민희의 생계 문제에 대해서 모친은 그다지 걱정하지 않는 눈치였다. 부민희에게 어디 믿는 데가 있는지는 모르지만, 어떤 남자가 찾아와서 같이 나갔으니 저희들끼리 알아서 살겠지, 하고 말하는 모친의 표정이 그러했다. 자기들끼리 얼마나 확실한 약속이 있었는지는 모르지만, 부민희가 한복집에서 나가기로 되어 있는 오늘 아침에 비슷한 나이 또래로 보이는 건강한 남자가 와서 같이 짐을 챙겼다는 사실은 철승네 모자에게 다소 안심되는 일임에 분명했다. 철승도 혼자서 생각나는 것이 없지 않았다. 부민희 자신의 말대로 해녀 물질을 남 못지않게 할 수 있을 정도의 체력과 담력이 있는 여자가 사교성이 좀 모자란다고 해서 어디 가서 굶어죽기야 하겠느냐는 희망적인 상상을 해보는 것이었다.

부민희의 신상에 대한 희망적인 상상과 함께 철승은 한 가지 의문이 떠올랐다. 부민희를 데려갔다는 남자는 그녀의 어떤 점에 매력을 느꼈을까 하는 의문이었다. 해녀 상군이 될 정도의 탄탄한 몸과 체력도 그녀의 매력이었을 것이고 어딘가 숨어 있을 여자로서의 열정도 있었을 것 같았다. 부민희의 이삿짐을 같이 챙기고 나갔다는 정체불명의 남자에게 자신의 소중한 누이를 빼앗긴 것처럼 여겨지기도 했다. 이제까지 하지 못했던 생각이었다.

부성배의 죽음은 이래저래 철승에게 적지 않은 충격을 안겨주었고 시간이 갈수록 그의 충격은 더욱 커지는 것이었다. 쓸쓸한 자책감이 일기 때문이었다. 지난 며칠 동안의 사건들을 하나하나 더듬어가며 그 전후 관계를 곰곰이 따져봤을 때 철승 자신의 사소한 욕심 때문에 엄청난 비극이 벌어졌음이 드러난 것이다. 여러 가지 사정상 겨울방학 중 특별반 영어강의를 맡는 것이 무리였음에도 불구하고 이를 강행한 것은 순전히 나의 얄팍한 욕심과 자존심 때문이 아닌가. 만약에 내가 특별반 영어강의를 깨끗이 포기했으면 국어과목이 설강되었을 것이고 그랬다면 부성배는 1월 한 달 동안 학원강의에 밤낮으로 바빴을 것이고 재일교포 친척이 귀국 방문해 있는 동안 안내역을 맡거나 자기 집에서 숙박시키는 일도 없었을 것이고, 그랬다면 삼백만 원 공작금 이야기도 나오지 않았을 것이 아닌가. 부성배는 생계를 위해 나가는 직업적인 학원강사지만 나의 학원 출강은 대학원 재학 중에 여가선용을 위해 나가는 불요불급한 일이었지 않은가. 자존심 때문에 그런 과욕을 부리다니, 사람의 자존심이란 것이 이렇게 치사할 수도 있는가.

철승은 밤에 자리에 누워도 잠이 잘 오지 않았다. 불행한 역사의 희생자들 편에 서겠다는 자신의 행동이 실제로는 얼마나 위선적으로 흘렀는지 자책하던 철승은 문득 부민희의 어설픈 해프닝에 생각이 미쳤다. 지난 사흘 동안의 사건들 전후 관계를 다시 곰곰이 생각해보니 부민희가 큰손 고객에게 결례를 범해 모친에게 호된 서리를 맞은 것은 바로 철승 자신이 부성배의 자살 기사를 보고 놀라던 것과 같은 날 가까운 시간대였고, 전화 통화를 마치고 철승에게 큰 잘못을 들킨 아이 같은 표정을 보였던 시간에서부터 얼마 지나지 않았을 때 문제의 그 결례 사건이 일어났다고 기억되었다. 그러자 번쩍 떠오르는 생각이 그를 벌떡 일어나게 했다. 부민희는 전화통화 때문에 철승에게 겁먹은 것이 아니라 부성배의 자살 기사를 보고 충격을 받지는 않았는가 하는 생각이었다. 분명히 문제의 그 신문기사가 훤히 보이도록 그날 아침 그 신문은 한복집 방바닥에 놓여 있었던 것이다. 부민희는 바로 그 신문기사를 보다가 철승의 방문을 맞았던 것이고 그날 아침 그녀가 부성배의 자살기사 때문에 넋을 뺏기고 있었길래 철승을 보고도 말문을 열지 못하고 멍청히 바라보고만 있었지 않았는가 하는 추정이었다.

철승은 부성배가 걸려들었다는 간첩단 사건에 부민희가 끼어들었을 가능성에 생각이 미치자 얼른 모친 방으로 가서 혹시 부민희가 근래에 재일교포 친척들의 귀향방문에 대해 말하는 것을 들어보았는지를 물어보았다. 모친은 의아해하면서 잠시 기억을 더듬더니 부민희가 한복집에서 일하던 것을 잠시 멈추고 어디 밖으로 나가서 점심을 얻어먹고 들어온 적이 있었는데 그때 점심을 사준 사람이 누구인지 묻자 일시 귀국한 재일교포 친척들이라고 말했던 기억이 난다고 했다. 자기 방으로 돌아온 철승은 다시 연관될 수 있는 일들을 곰곰이 떠올려보았다. 그러고 보니 부씨 성 가진 사람은 그리 흔하지 않다는 사실과 부성배의 출신 마을은 부민희네 한산2리하고 그리 멀지 않다는 사실이 떠올랐다. 모친 말대로라면 부민희와 부성배는 친척관계가 된다는 것이고 두 사람은 함께 그 재일교포 친척들이 내는 점심 식사에 동석했을 가능성이 있고, 이런 전후관계라면 부민희까지도 간첩단 사건으로 경찰조사를 받았을 가능성이 있을 것 같았다. 철승은 다시 모친 방으로 건너가서 부민희가 경찰서 부름을 받고 외출 나갔던 적이 있는지를 물어보았다. 모친은 더욱 의아한 표정이 되면서 부민희가 경찰서의 부름을 받았는지는 알 수 없지만 얼마 전에 한 번 분명치 않은 용건으로 밖에 나가 시간을 지체하여 잔소리를 들은 적이 있다는 말을 했다. 철승의 짐작은 점점 맞아들어갔다. 사회활동이 거의 없는 부민희에게 간첩단 접선의 혐의를 씌우기는 무리였을 것이나 한 번쯤 참고인 소환은 있었던 모양이다. 자기 가까이에서 얼마나 큰 사건이 일어나는지 모르다가 부성배의 구속 수감 소식에 이어서 그의 수감 중 자살 기사를 보고서야 겁이 덜컥 났을 것이고, 그런 사건이 자기 자신에게까지 화를 끼칠 가능성까지도 생각해봤을 것이다. 부민희가 그런 정신상태였다면 한복집 문을 열고 들어온 사람의 얼굴이 눈에 잘 들어오지 않았을 것이고, 이 모든 불행한 일들이 일어나게 만든 최초의 시발은 자신이 영어 특별반 설강을 무리하게 강행한 탓이라는 생각이 철승의 마음을 몹시 아프게 했다.

부민희가 사라진 일에 대해서는 철승 모친의 마음도 편치 못하기는 마찬가지인 모양이었다. 그녀를 내보낸 지 사흘이 못 돼서 모친 입에서 나온 말은 그의 안쓰러운 마음을 더욱 아프게 했다.

"내가 큰 실수 해진 것만 같다. 그 사름 겅 오래 고생허는 거 보멍도 몰른치룩 했던 것이 내 평생에 한이 될 거 같안 데려당 살아보젠 했는디, 이젠 평생에 한을 더 키워분 것만 같다. 어디로 가는지 물어라도 볼걸, 나도 너무 무심헌 거주. 그 사름은 얼마나 서운해실 거니. 어디로 간덴 말도 아니 헌 거 보민 나를 원망해연 겅 헌 거 아니냐. 나도 나여, 이제 그 사람 간 디를 어떵 수소문이라도 해볼 거니."

부민희를 한복집 일에 같이 데리고 있으면서도 다른 방법을 쓸 수도 있었을 거라는 것이 모친의 안타까운 말이었다. 고객 접대하는 일에는 관여하게 하지 말고 단순노동하는 일손을 빌리는 데에만 함께하면 무난할 것이고, 그러다 보면 차차 말씨나 몸가짐이 나아질 수도 있었을 것이 아니냐는 얘기였으나 이미 엎질러진 물이 되고 말았다는 것이다.

부성배의 시신을 화장한 지 일주일 정도 지난 어느 날 아침 철승은 고교 동창 김기찬이 모친상을 당했다는 소식을 들었다. 김기찬의 모친은 눈 쌓인 개천 바닥에서 얼어 죽은 시체로 발견되었다고 했다. 이런 사고사를 당하게 된 내력을 여러 사람들이 여러 각도에서 조사하고 추정해보는 과정에서 4·3 사건 당시에 복잡하게 얽혀 있던 불행한 가족사까지 드러나면서 이를 듣는 사람들의 마음을 안타깝게 했다. 일폿날(日削祭日)고교 동창들과 함께 문상을 간 철승은 친구들 사이에서 오가는 말들을 놓고 생각해보았지만 사건의 전후관계가 아리송하여 감을 잡기 어려웠다. 김기찬 모친이 눈 내리는 추운 밤에 마을 신당에 다녀오다가 변을 당했다는 추정이 나온 것은 동사한 시신이 발견되기 전날 밤에 당신(堂神) 앞에 치성 올렸던 것으로 보이는 돌레떡 그릇이 김기찬네 집에서 간 것임이 밝혀졌기 때문이었다. 하필 추운 겨울밤에 혼자서 마을 신당을 찾았을까 하는 의문에 대해서는 뭐라고 말하는 사람이 아무도 없었다. 이에 대한 추측을 할 만한 사람은 같이 살던 아들인 김기찬일 테지만 그에게 그런 것을 물어볼 수는 없었다. 김기찬 자신에게서 나온 이야기로는, 자기 모친이 요즘에 와서 넋 나간 사람처럼 이상한 행동을 한 것은 부성배 자살사건이 있고 나서였다는 것인데 철승은 이 말을 듣는 순간 자신의 실수의 파장이 여기까지 미친 것은 아니었는지 가슴이 철렁 내려앉기까지 하는 것이었다. 부성배가 자살한 것이 원인이 되어서 그의 고모라고 하는 김기찬 모친이 실성까지 하여 한밤중에 신당을 찾고, 돌아오는 길을 헷갈려서 눈 쌓인 개천 바닥으로 발길을 돌리다가 실족하고, 눈 속에 파묻힌 채 얼어 죽는 일까지 일어났다면…… 철승의 마음은 점점 조마조마해지고 있었다.

빈소를 찾은 조문객들 중에 박종혁 경우회장이 보이길래 철승은 기회를 보아서 가까이 다가가 인사했다. 박종혁 씨는 그의 경찰직 재임 시에 김기찬의 부친이 경찰후원회장으로 있어서 돈독한 관계였으니까 당연히 조문 온 것이라고 했다. 철승은 그에게서 혹시 무슨 말을 들을까 하여 넌지시 물어보았다. 김기찬 모친의 실성과 실족사가 부성배의 자살사건하고 무슨 관계가 있을 것 같으냐고 하는 좀 당돌한 질문이었다. 박종혁 씨는 잠시 생각 끝에 한다는 말이, 옛날 무지막지한 때 남편이 경찰 편에 있고 오빠가 빨갱이 쪽에 있었으면 제정신이 될 수 있겠느냐는 애매한 말로 끝내버리는 것이었다. 자기 모친의 실성에 대한 김기찬 자신의 수상쩍은 말을 부인하는 것은 아니어서 철승의 궁금증과 불안감은 점점 더 커져갔다.

철승이 김기찬 모친상의 장례날 장지까지 따라갈 마음을 먹은 것도 그의 머리를 떠나지 않는 궁금증 때문이었다. 예전에 궁금했던 일까지 다시 기억에 떠올랐다. 부성배가 자기의 어린 딸을 육지에 있는 고아원으로 보내달라고 할 때 왜 그런 문제를 외사촌간인 김기찬에게 부탁하지 않았는지, 이상하게 여겼던 것이다. 이런 기억과 함께 부성배의 수감 중 자살사건을 전후하여 있었던 그 충격적인 사건들이 다시 머리에 떠올랐고, 방학 중 그의 특별반 설강을 둘러싼 아슬아슬한 고비 같은 것들이 다시 생각나는 것이었다.

김기찬 모친의 장지는 관음사 가는 산록도로와 가까운 가족공동묘지에 있었다. 소나무 무성한 오름의 한쪽 기슭에 가벼운 경사를 끼고서 꽤 넓은 부지를 차지하고 있는 가족공동묘지에는 아직 빈터로 남아 있는 넓은 잔디밭이 있고 담장을 따라서 배롱나무도 여러 그루가 자라고 있어서 그냥 시원하게 쉬었다 가기에도 좋은 곳이었다. 장의사 일꾼들이 분묘를 만드는 동안 적지 않은 복친들과 문상객들은 끼리끼리 모여 앉거나 선 자세로 이런저런 이야기를 나누면서 시간을 보내고 있었다. 문상객들 중에는 어제 일못날 보았던 박종혁 씨도 있었다. 외아들 상주인 김기찬은 분묘 만드는 곳과 문상객들 있는 곳을 왔다 갔다 하면서 인사말을 건네거나 필요한 일이 있으면 적당한 조치를 취하고 하면서 앉아있을 새가 없었다.

그러는 가운데 틈을 내서 철승에게로 다가온 김기찬은 잠시 머뭇거리다가 무겁게 입을 열었다.

"부성배 딸은 어머니에겐 4·3 사건 때 돌아가신 오빠의 하나 남은 혈육이었지. 어머니도 언제 틈을 내서 찾아보려고 하시던 중이었는데 이렇게 되어버렸네. 여러 날을 이상하게 두통이 심하고 정신도 오락가락하시다가 돌아가셨지. 그날 어머닌 부성배 화장장에서 유골함을 받아다가 절간에 봉안하게 되어 한시름 놓는 거 같았는데…… 오래 묻어둔 과거 일들이 한꺼번에 들이닥쳤던 모양이라."

"그랬구나……"

철승은 뭐라고 대답할지 막연하여 그냥 김기찬의 얼굴을 쳐다볼 뿐이었다. 김기찬의 말투로 보건대, 아마도 철승이 부성배하고 고교 동창에다 같은 학원에 동료 강사였고 딸의 장래를 부탁받을 정도였으니까 그들의 오래된 가족사에 대해 알 만큼 알고 있다고 넘겨짚었을 것이라는 추측이 들었다. 잘못한 사람 변명하듯이 무슨 말을 더할 듯하다가 그냥 저쪽으로 사라지는 친구에게 뭐라고 더 물어볼 수도 없었다.

김기찬과 부성배네 가족간의 미묘한 사연이 어떤 것이었는지 궁금한 채로 그냥 무연히 서 있는 철승의 시선에 저쪽 양지바른 돌담 앞 잔디밭에 앉아 있는 박종혁 씨 모습이 들어왔다. 박종혁 씨는 늙수그레한 어떤 시골노인, 두건을 쓴 것으로 보아 가까운 복친 중 한 사람인 듯한 노인과 나란히 앉아서 주변을 둘러볼 틈도 없이 두 사람끼리만 머리를 맞대고 무슨 얘긴지 나누고 있었다. 그들 앞에는 소주병이 보였고 이들의 얼굴에는 이미 취기가 얼근하게 올라 있는 것으로 보아서 아마도 막역한 옛날 친구를 만나서 오래 쌓였던 회포를 풀고 있는 성싶었다. 철승이 걸음을 옮겨 그들 쪽으로 가까이 가봤지만 그런 모습이 그들의 눈에 보이지 않는 건지 거들떠보지도 않았다. 철승은 그들의 말이 들릴 정도로 가까운 자리로 가서 돌담 앞에 앉았지만 그네들은 자기네 얘기에만 열중하고 있었다. 박종혁 씨의 취기 어린 말이 어렴풋이 들렸다.

"그 당시 경찰이사 ᄆᆞᆯ사름덜신디 원수였주 원수. 검은 개엔 허지 않아서게. 사름이 아니고 개엔 말이주. 군인은 누런 개엔 해시난 군인보다도 더 미운 것이 경찰이었주. 그때 기찬이 아방이영 어멍이영 애 많이 썼주. 백성들 미움받는 경찰 편에 서그네 경찰후원회장 허젠 허난 애 많이 써실 거 아니라. 우리 순경덜도 경찰후원회장네 집인 아무 때나 출입허멍 신세타령 해났주."

철승은 귀를 바짝 기울이고 있었다. 바로 그가 듣고 싶어 하는 이야기가 나올 것 같았다. 철승은 몸을 일으키고 이들이 등지고 앉은 돌담 반대쪽으로 돌아가서 이들의 얘기가 들릴 수 있도록 담장 가까이 다가앉았다. 그리 높지도 않고 적당히 엉성한 돌담이어서 반대편에서 나는 말소리를 어느 정도는 알아들을 수 있을 것 같았다. 철승은 두 다리를 펴고 눈을 감았다. 누가 봐도 잠시 앉아서 쉬고 있는 사람이라 여기려니 뭉쓰

기로 했다. 돌담 건너편에서 나는 취기 어린 말소리가 다시 들리기 시작
했다.

"경 허난 기찬인 부성배가 죽을 때까지도 지네덜이 외사촌간인 거 몰
랐젠 말이라? 개네덜은 고등학교 동창이엔 허지 않아서?"

"기찬이 어멍도 경 헐 수밖에 어섬직 해여. 지 아덜신디 느네 아방 죽
인 사름이 느네 어멍 오라방이여, 경 말허는 어멍 마음이 어떵 될 거라.
기찬이 어멍이 아덜신디 부성배가 외사촌이엔 말해주지 않은 것도 경
잘못이 아니메. 경 말해불민 개네덜 사인 어떵 될 거라. 커오는 아이덜신
디, 느네덜 아방은 서로 목숨 앗아간 원수였저, 경 알게 해불민 좋을 것
이 무시거라. 그런 건 그냥 몰라사 좋은 일 아니카."

"그 난리 끝난 것이 언젠디 그 오라방 외아덜 하나 이신 걸 촛아보젠
생각을 못 해시쿠 허는 말이주. 지네 동생 남편 죽이레 밤에 느려온 성배
아방이사 산에 올라간 살명 다 미쳐분 걸로 생각해영 그렇다 치고, 지네
오라방 아덜광 삼십 년 넘도록 원수치룩 죄면해영 살아온 기찬이 어멍
이사 어떵 경 해지는구 말이주. 대명천지 붉은 세상에 옛날 미쳤던 때 응
어리를 언제까지 품엉 이실 거냐 말이주."

"경 허난 기찬이 어멍이 제정신 아니로 살아실 거옌 허는 말 아닌가.
그 난리 다 지난 다음에도 어디 바깥엔 통 안 나가멍 절간에나 뎅기곡
허난 사름덜 만나는 일도 베랑 어섰주게. 어쩌다 사름덜 만나도 말 몰른
벙어리치룩 무시거옌 굳는 일도 별로 어서시난. 그 아주망이 경 말아그
네 놀레도 좀 뎅기곡 세상 달라지는 거 구경도 뎅기곡 해시민 꽁- 맺혔
던 응어리도 풀려실 건디 느시 경은 안 허도고. 허긴, 제정신이 좀 들었젠
해도 지네 아덜 장래 생각허민 아덜신디 외삼촌이 빨갱이옌 헌 내력을
숨긴 건 그럴 수 있는 일이주, 욕헐 일이 아니메. 산 사름은 살아사 허주,

땅 속에 들어간 사름덜 때문에 목숨 붙은 사름덜이 시달령사 될 거라."

"기찬인 경 해도 괜찮은 편이주만은 불쌍헌 건 부성배였주게. 그 난리에 양부모 다 잃어부렀지, 곹이 살단 여잔 돌아나부렀지, 뚤 호나 남은 건 여섯 살이엔 허난, 홀아방이 그런 애기 키우멍 벨벨 생각 다 나실 거주게."

"게난 말이주. 기찬이 어멍이 조끔만 정신을 추려시민 호나 남은 오라방 아덜 죽게는 허지 않아실 거주. 먹엉 살 재산은 이신 사름덜이난 돈벌레 나갈 필요도 어섰고, 허다 못해그네 어멍 어신 부성배 뚤이라도 좀 돌봐주곡 인살이 곹이 해주어시민 그 사름 감옥살이 허멍도 설운 생각이 좀 덜 나실 거주게."

"정신 나가분 사름덜이 어디 호나 둘이어서. 이제사 긷는 말이주만은, 기찬이 어멍은 그 오라방 때문에 욕 많이 봤주. 산사름덜 중에서도 아주 골수분자여시난. 기찬이 어멍이 경찰후원회장이영 곹이 살젠 허난 빨갱이 끄나풀이여 아니여 허멍 말이 하났주. 오라방이 산사름이난 누이도 빨간 물 들었젠 허는 사름덜도 하났고, 경찰후원회장 각시가 경 헐 리 없덴 허는 사름덜도 하났주. 우리 경찰에서도 기찬이 어멍 진짜 색깔이 뭐냐는 걸 놓고 오랫동안 말이 하나서. 기찬이 아방도 세상이 다 아는 빨갱이의 누이 드라당 살 정도난 엄청 통 크고 간 큰 사름이었주게. 암만 경찰에서 두터운 신임을 받단 후원회장이었어도 사름덜 간엔 빨강 물 든 처녀 드라당 사는 거 놓고 쉬쉬해 나시메."

"경 헌디 그건 어떵 된 일이어신고. 암만 생각해도 성배 아방 저지른 일이 수상허덴 말이여. 아멩 빨갱이 물에 들었젠 해도 어떵 지 누이동생 남편을 죽이젠 들어갈 수 있느냐 허는 말이주."

"그 사름덜 사연이 복잡도 허고 알쏭달쏭 해났주. 난 그때 그 므을 지

264

서주임 그만두언 나가부난 말로만 들었주만은, 육지서 온 고약헌 물건 하나가 지서주임으로 들어가네 일 저질른 것이 발단이었젠 허주. 툭허민 그 무을에서 반반허덴 헌 여자덜 불러내영 빨갱이 혐의 씌워그네 요즘 말로 막가는 성희롱을 즐겼젠 말이여. 지금은 그거 생각만 해도 끔찍해여. 기찬이 어멍이사 오라방이 산으로 올라간 것이 알려져불고 얼굴도 소문난 미인이었고 허난 요즘 말로 허민 호출 대상 영 순위였주게. 게난 성배 아방이 죽여야 헐 원수는 그 고약헌 육지 물건이지 기찬이 아방은 아니옌 말이여. 성배 아방 입장에서 기찬이 아방은 누이동생의 원수가 아니고 은인이었젠 말이주."

"원수가 아니고 은인이옌 헌 말은 무신 말이라."

여기에서 박종혁 씨의 말소리가 잠시 끊기더니 귓속말로 소곤소곤하는 소리가 들리고 난 후 다시 먼저 하던 말이 이어졌다.

"경 해네 그 막가는 성희롱 장면이 시작되려고 헐 때 그 옆에 있던 기찬이 아방이 들어네 지서주임을 돈으로 구슬려 가지고 그 무을 제일 미인을 얻게 되었다는 거라. 기찬이 아방은 그 당시 경찰후원회장인데다 돈이 있겠다 말발이 세어났주. 마침 상처를 당해네 홀아방 신세였던 참에 잘된 거였주게."

"그런 일이 이서났고. 난 그런 사정 있었던 걸 몰랐젠 허난. 우린 팔춘 간이고 제사 명절 곹이 먹는 사이인데도 몰랐젠 말이주. 정식 결혼식도 안 해연 살단 남편이 죽어부난 운도 되게 어신 여자옌 해났주. 성희롱 당헐 뻔헌 여자 데려당 사는 줄 안 사름은 몇 안 되실 거라."

"나도 잘은 몰르고 그냥 짐작만 했주. 성배 아방이 기찬이 아방 죽이레 들어간 건 경찰후원회장 세도 부리는 거 밉곡 그 권세로 지 누이동생 두 라당 사는 거 밉곡 해연 경 헌 것이 아닌가 헌 거주. 기찬이 어멍신디는 날벼락도 그런 날벼락이 어섰주게. 한밤중에 뜬금어시 쳐들어온 오라방 안티 남편이 죽어불지, 도망가던 오라방은 ᄆᆞ을을 벗어나지 못해연 순찰 대안티 총 맞안 죽어불지, ᄒᆞᆫ 날 ᄒᆞᆫ 시에 그런 변을 당해시난 어멍 될 거라. 지 남편 죽은 것도 지 때문이고 지 오라방 죽은 것도 지 때문이라는 생각이 들어실 거 아니라. 지금 저 사름 말 들어보난 기찬이 어멍이 그때 응어리 풀지 못허고 살았던 것도 이해가 되엄싱게. 어디 바깥 세상에 나갈 정신이 어실 만도 했젠 말이주. 경 헌디 그 추운 밤중에 ᄆᆞ을 당에 간 오당 쓰러진 것이 암만해도 이상허덴 말이여. 그 아주망은 절간에 뎅기는 걸 열심히 했젠 허지 않아서."

"절간에 뎅기는 아주망들은 ᄆᆞ을 당에도 잘 뎅기주만, 내가 알기론 그 아주망이 밤중에 당에 간 건 옛날 해사 헐 일을 다 못헌 것 때문에 상심되언 경 해실 거라."

"무신 해사 헐 일을 다 못했젠 말이라."

"내가 잘 아는 일이 ᄒᆞ나 있주. 그때 기찬이 아방이 야밤중에 창 맞안 죽으난 심방 불러단 귀양풀이 크게 했주게. 경 허멍도 ᄒᆞᆫ 날 ᄒᆞᆫ 시에 죽은 지네 오라방신디는 치성을 못 올렸젠 말이여. 속으로사 어떵 생각헌 줄 몰르주만 빨갱이 귀신신디 치성 바치는 건 못해실 거 아니라. 기찬이 어멍은 그 일이 나중에도 한이 되어난 거 같아. 속으로만 꽁-허게 응어리 졌던 것이 저번 부성배 자살 사건으로 터져나온 것으로 알주."

"그건 어떵 된 일이라. 부성배허고 기찬이허고는 서로 친구간인데도 사촌간인 거 모르고 살았젠 했는디 부성배 장례일엔 기찬이 어멍이 아덜허고 ᄀᆞ이 문상 갔젠 허난 말이주."

"나가 ᄀᆞ는 말이 바로 그 말이엔 허난. 그 일로 해네 기찬이 어멍 속이 터져분 거엔 말이주. 숨기던 일들이 다 드러나부렀거든. 지네 아덜이 외사촌 죽은 사망기사를 갖다대고 물어보는디 몰른치룩 허진 못헌 모양이라."

"그랬던가? 기찬이가 부성배 자살기사를 보고 지 어멍신디 물어봤젠 말이라?"

"나도 어제사 기찬이가  곧는 말 들언 알았주. 그 간첩단 사건으로 성배가 자살헌 신문기사를 기찬이가 보고선 어멍 해연 부성배 본적지 주소가 어멍 본적지허고  끝은지 물어본 모양이라. 크지도 않은 ᄆ을에 부씨 성 가진 사름덜이난 물어볼 만도 헌 일이주. 그 신문기사를 보난 기찬이 어멍도 이때도록 숨겨온 과거일들을 다 털어놓았젠 허도고. 아니, 지 입으로 그런 말을 허진 못허고, 기찬이가 다그치멍 물어보는 대로 그냥 고개 끄덕이멍 눈만 꿈쩍꿈쩍했젠 허도고. 오랫동안 숨겨졌던 일이 지 아덜신디 다 드러나는 통에 넋이 나가분 모양이라. 성배 장례에 뒤늦게 춫아본 것도 기찬이가 어멍 손 잡고 인도해연 뎅겨왔젠 허도고. 그날 이후로도 흔동안 말 몰래기가 되어불 정도로 정신 추리지 못했젠 허난 그동안 얼마나 꽁-허게 기를 펴지 못허멍 살아온 거라게. 한밤중에 ᄆ을 당에 간 건 다른 사름덜 몰르게 지네 오라방신디 누이 노릇 못헌 거 빌레 간 거 같고, 돌아오던 길에 눈 쌓인 내창에 빠진 건 쭉-허게 올라간 내창이 길로 보였던 모양이라. 눈 하영 온 날 밤길엔 우리도 착각헐 때가 있주만은 오죽 허민 매날 뎅기단 길을 몰라봐시코 말이주. 경 헌디, 기찬이 아방은 그때 무사 경찰후원회장 자린 맡아나신고. 산사름덜 미움 받으민 어떵 될 거 잘 알아실 건디. 경찰관이사 나라의 명령에 따르단 보난 ᄆ을사름덜허고 원수가 될 수밖에 어섰주만은 경찰후원회장 자린 공연히 맡아네 산사름덜광 원수 되어분 거 아니라."

"아, 저 사름도 알암실 테주만은, 기찬이 아방 첫 번째 부인이 시집 와네 얼마 살아보지 못해연 죽은 것이 빨갱이덜안티 총 맞안 죽은 거 아니라게. 이웃무을 친정집이 뎅기레 간 날 밤이 습격 당해연 죽었는디, 죄엔 헌 건 그 무을 이장 뚤이엔 헌 거밖에는 어신 사름이 아방허곡 혼 날 혼 시에 죽어부난 기찬이 아방은 빨갱이엔 허민 천하에 원수로 여기게 되어불고, 경찰후원회장 자린 그런 사름을 시켰주게. 산사름덜신디 동정심 가진 사람은 안 되고, 반공사상이 아주 강헌 사름덜 중에서 그 지역에서 명망 있곡 돈도 있곡 헌 사름이라사 했주. 경찰후원회에서 허는 일 중에 중요헌 것이 돈덜 모아그네 경찰관덜 밥해 멕이곡 술 사 멕이곡 허는 거였주게. 돈 이신 사름이라사 돈 이신 사름덜신디 말발이 이실 거 아니라."

여기까지 들었을 때 누군가가 저쪽 편에서 이제 하관제 시간이우다, 하고 큰 소리로 알려왔다. 철승은 놀란 듯이 벌떡 일어섰고 박종혁 씨네도 자리를 털고 일어서는 것 같았다. 여기저기 흩어져 있던 다른 문상객들도 봉분 만드는 곳으로 모여들었다. 철승은 모여 있는 사람들 뒤에 서서 가만히 눈을 감았다. 장의사 일꾼들이 관을 운반하여 땅속에 내려놓고 흙을 떠서 관 위를 덮는 소리가 들려왔다. 어디선가 불어오는 차갑고 스산한 산바람 소리도 거기에 섞여 있는 듯했다. 간간이 사람들 목소리도 들렸지만 사람이 내는 소리는 흙을 떠서 던지는 소리와 바람이 스쳐가는 소리에 묻혀서 어쩐지 낮게 움츠러드는 것 같았다. 그 소리들은 한동안 멀고 먼 나라에서 오래전에 있었던 것처럼 아득하게 들려오는 것 같더니 어느 틈엔지 사람들 서 있는 곳으로 일시에 날아오는 것이었다. 스산한 산바람은 철승의 가슴에 더욱 큰 울림을 안겨주었다. 김기찬 모친의 죽음도 결국 그가 일으킨 어처구니없는 연쇄 참극의 일부였던 것이다.

2월이 그물어가고 서울로 대학원 복학을 하러 갈 때가 닥쳐왔지만 철승의 마음은 날마다 우울했다. 생각할수록 지지리 못나 보이는 자신이 부끄러웠다. 사람들 만나는 일이 창피하여 밖에도 잘 나가지 않았다. 책을 봐도 머리에 잘 들어오지 않았으며, 음악을 틀어놓아도 못난 자신을 꾸짖고 비웃는 소리로만 들렸다.

며칠 동안 집 안에만 처박혀 있던 철승은 마음을 추스르고 외출에 나섰다. 대학원 복학을 위해 제주도를 떠나기에 앞서 제주제일학원 양 원장에게 작별 인사를 하기 위함이었다. 때마침 가랑비가 내리고 있었지만 날짜를 더 미룰 수는 없다는 생각이 들었다. 원장실을 방문했을 때 철승은 그의 앞에 마주 앉은 사람이 예전과는 다른 사람처럼 느껴졌다. 부성배의 죽음을 계기로 하여 두 사람 사이에 교감의 통로가 훨씬 넓어졌던 것이다. 철승은 그러나, 자신의 노고에 대한 양 원장의 치사의 말들이 길어지면서 그것들이 점점 당찮은 인사치레처럼 들렸고 앉은 자리가 차츰 거북스럽게 느껴졌다. 예전에는 부러워하고 존경스럽기까지 했던 그의 걸쭉한 수사 표현들도 오늘은 공연한 과장처럼 들렸다. 내가 학원 강사로 인기를 얻어보려고 무리하게 설치고 다녔던 것이 얼마나 부질없는 짓이었는지 이 사람은 빤히 들여다보고 있었지는 않은가, 하는 실없는 걱정까지 드는 것이었다.

양 원장은 철승의 찜찜한 마음에는 아랑곳없이 가라오케 노래방 이야기를 꺼냈다. 언제 가라오케 술집에 가서 십팔번 노래 경연대회를 거창하게 열어보려고 했는데 못 가본 것이 미안하다고 하면서 그렇게 된 까닭을 엉뚱하게도 날씨 탓으로 돌렸다. 비 오는 날이 많다 보니 노래할 기분이 안 났다는 것이다. 마침 밖을 내다보니 비가 오고 있어서 양 원장의 말에 그냥 무게를 실어주고 말았다. 철승도 양 원장이 부임 초에 말했던 약속을 이행치 않는 것을 두고 이상하게 여기고는 있었다. 공연히 헛바람만 들여놓고 좋다가 말아버린 꼴이 아닌가 싶었다. 그동안 가라오케 노래방에 몇 번 가보긴 했지만 양 원장의 주문대로 신나는 십팔번 노래를 제대로 준비해놓지 못한 형편에 오히려 잘된 일이라고 생각하고 있었다. 철승은 양 원장과 하직 인사를 하고 나오면서 이 사람이 가라오케 노래방의 약속을 이행치 못한 것은 어쩌면 부성배의 심술이 두려웠기 때문은 아닌가 하는 생각이 들었다. 철승이 알고 있는 부성배의 주벽대로라면 술집에서 거나하게 취하여 어떤 돌출행동이 나왔을 것인지 갖가지 불미스러운 상상이 떠오르는 것이었다.

철승은 제일학원에서 나오자 그동안 많이 출입했던 학원 앞 서점에 들렀다. 하직인사나 하려고 들어간 것인데, 여기에서 그는 뜻밖에도 대학 동창 성우칠을 만나게 되었다. 다음 달부터 중학교 교사직을 그만두고 교육행정직의 새로운 직장에 나가게 되었다는 이 친구도 그동안 참고서 주문 관계로 왕래하던 서점에 작별 인사차 들렀다고 했다. 뜻하지 않게 서로 새 출발을 축하하는 자리가 되어 두 사람은 자연스럽게 가까운 다방으로 발길을 돌렸다.

다방에 들어가 앉으면서부터 철승은 성우칠에게 물어보고 싶은 것이 있었다. 몇 달 전 성우칠이 언급했던 결혼 문제가 어떤 단계에 와 있는지 알고 싶었던 것이다. 겉도는 얘기들이 오가는 동안 철승은 어떻게 말머리를 돌릴지 망설이고 있는데 성우칠 쪽에서 먼저 그 화두를 꺼냈다. 그는 자신의 결혼 문제에 대한 철승의 관심이 아직도 가시지 않았음을 직감했는지 별로 망설이지 않고 속을 털어놓았다.

성우칠은 자기의 배우잣감으로 점찍었던, 김명희라는 여자의 성장 배경에 대해 알아본 내용들을 철승에게 차근차근 들려주었다. 철승이 이전에 들은 적이 있는 김명희의 과묵하고 내성적인 성격은 그녀의 성장배경에서 나왔다고 생각하는 것 같았지만 성우칠의 얘기는 시종 오락가락했다. 자신의 판단과 결심에 대한 확신을 얻기 전에 철승의 동조 발언을 듣고 싶어 하는 눈치이면서도 자신의 고민을 알아줄 사람이 이 세상 어디에 있겠느냐는 듯한 풀 죽은 표정이 철승을 잠시 무안하게 만들었다. 그러나, 성우칠의 얘기를 듣는 동안 철승의 주의력은 한순간도 흐트러지지 않았다. 더구나 김명희의 출신마을이 조천면 한산2리라는 말을 들을 때부터 철승은 이들 두 사람의 결혼 문제가 남의 일 같지가 않았다. 중산간 마을인 한산2리는 4·3 사건 당시 입산자가 많이 나왔다고 해서 토벌대의 초토화 작전에서도 주된 표적이 되었다는 것인데 이 같은 마을이 이제 어떤 다른 의미로 그의 앞에 나타나려는 것인지 조마조마한 심정마저 드는 것이었다. 노상 수심에 싸인 부민희의 얼굴과 4·3 이후 몰락해버린 그 마을 부씨 집안의 내력이 얼핏 떠올랐다. 김명희의 나이를 물어봤더니 성우칠보다 서너 살 아래라고 했다. 부민희와는 비슷한 나이인 것 같으니 이들 두 여자는 서로 아는 사이임에 틀림없을 터였다. 성우칠이 대충 알아본 바로는, 김명희네 집안에서도 4·3 시국에 군경 토벌대의 손에 죽은 사람들이 많았으며 그녀 자신의 조실부모하는 불운도 4·3 사건의 파장에 따른 것이었다고 했다.

가만히 듣고 있던 철승은 성우칠이 말하는 결혼의 꿈을 격려해주고 싶은 생각보다는 딱하고 안타까운 마음이 앞서는 것이었다. 성우칠 자신이 이웃 마을 입산자의 손에 부친을 여의었기 때문에 자신의 생애를 망쳤다고 생각하는 사람이 아닌가. 조천면 한산2리 마을은 애월면인 성우칠네 마을과 멀리. 떨어져 있어서 그의 부친을 죽였다는 이웃 마을 입산자가 한산2리 사람이 아니라는 것은 확실하다고 하지만, 성우칠에게 입산 자 무리들이 원수인 것만은 사실이 아닌가. 그런데 성우칠의 말투로 보면, 자기가 김명희와 맺어지는 데에는 그녀의 출신 마을이나 집안 어른들의 좌익 전력 같은 것이 아무런 장애요인이 안 된다는 얘기였다. 성우칠이 걱정하는 것은 그의 소심한 성질답게 여자 쪽의 죄책감인 것 같았다.

"그, 그러니까 이 여잔 마음이 여려서 자기 집안사람들이 저지른 죗값을 자기가 치른다는 생각을 버리지 못하는 거라. 즈, 자기가 지금 고생하는 것은 조상들이 옛날에 지은 죗값이니까 당연하다는 생각 말이지. 으, 언젠가는 이 여자가 우리 부친이 돌아가신 내력을 알게 될 것이 제일 마음에 걸린단 말일세."

성우칠의 입에서 나오는 이런 말의 뜻은 뻔한 것이었다. 피해자 입장인 자기가 김명희를 좋아하는 것은 문제가 아닌데, 가해자 의식에 시달리는 김명희가 성우칠 부친의 사망 원인을 알게 되면 얼마나 속을 앓을 것이냐 하는 생각임에 분명했다. 철승은 얼마 전에 박종혁 씨의 경우회장 사무실에서 들은 얘기가 떠오르면서 성우칠의 혼사 문제에 대해 몇 마디 하지 않을 수 없었다. 부모 세대의 원한 관계가 자식들 대에까지 드리우는 검은 그림자는 숙명적일 수밖에 없다는 말을 건네는 데에는 박종혁 씨가 들려준 비화를 예로 드는 것이 설득력이 있어보였다. 철승은, 자식 대의 평안을 위해 혼자 멀리 떠나버린 전직 경관의 외로운 죽음에 대해 대강 들려준 다음에 부드러운 어조로 말했다.

"그 사람도 속마음이 얼마나 쓰렸으면 멀쩡한 아들 며느리하고 생전 원수처럼 이별까지 했겠냐고. 죄스러운 과거사를 아예 모르고 살아버리면 차라리 낫지만, 자네하고 평생 같이 살 여자가 어떻게 모르고 있을 수가 있겠냐고. 그럴 수는 없을 것 같으니 처음부터 후회할 일을 만들지 않으면 될 게 아닌가."

"으, 우리 경우에는 양쪽 어른들이 직접적인 가해자나 피해자가 아니잖은가. 그, 그리고, 우리 경우에는 양쪽 집안에 부모가 아무도 안 계시잖은가. 즈, 자네가 말한 그 사람들 경우하고는 다르다는 거지."

"어떻게 생각하느냐가 문제지. 마음이 여린 여자에겐 직접적인 가해자가 아니라도 작은 일이 아닐 수 있는 거니까."

"흐, 하여간 난 지금 낙관하고 있다네. 으, 여자에게서 분명한 예스 반응이 아직 안 나왔지만 여자에게서는 침묵 자체가 예스라고 하더구만. 느, 남자의 청혼에 대해서 처음부터 예스로 나오는 여자, 그런 여자는 함량미달이니까 아예 상종을 말라는 말, 자넨 그런 말 안 들어봤는가."

두 사람에게서 허허 웃는 소리가 있고 나서 잠시 침묵이 흘렀다. 이윽고 철승이 먼저 입을 열었다. 그는 성우칠에게 두 집안 간 가족사의 껄끄러움을 상쇄할 만한 그 여자의 매력이 무엇인지를 물어보았다. 이에 대해 성우칠이 토로한 심정의 애절함은 그가 김명희와의 애정 문제에 대해 얼마나 부심했는지를 짐작케 했다. 성우칠은 김명희를 흙 속에 묻힌 진주라고 칭하고 나서 그녀에 대해 자신이 알아낸 사실들을 종합하여 그녀가 진주처럼 보배로운 여자임을 증명하고 싶어 했다.

김명희의 성장 과정에 끼친 4·3 사건의 파장은 크고도 오랜 것이었다. 그녀가 자라난 한산2리 마을은, 그 마을 출신의 입산자들이 대거 참여한 무장대 집단이 어느 날 밤 인근의 아랫마을 한산1리를 습격하여 수십 명 주민들을 살상한 사건 때문에 오랫동안 폭도마을이라는 딱지가 붙어다녔음은 철승 자신도 이전부터 알고 있는 사실이었다. 난리통에 인구가 대폭 줄어든 그 마을에는 초등학교가 폐교되어 마을 아이들은 아랫마을 학교까지 먼 길을 걸어서 통학해야 했고 김명희 역시 폭도마을 아이라는 손가락질 속에서 대역죄인처럼 숨죽이고 육 년 동안 장거리 통학을 한 것까지는 무사했는데 더 큰 마을에 있는 중학교에 입학시험 보러 가는 날에 불상사가 일어나고 말았다는 것이다. 그날도 먼 길을 걸어서 중학교 입학시험장에 나타난 김명희를 알아본 아랫마을의 한 사내아이, 그러니까 육 년 동안 같은 학교에 다녔던 초등학교 동창 아이 하나가, 폭도새끼도 중학교 다니나, 하고 자기들끼리 속닥거렸고 이 말을 들어버린 김명희는 야속하고 창피한 마음에 시험문제를 제대로 읽지 못하고 시험에 낙방했다는 얘기였다. 육 년 동안 우등생 자리를 지켜온 김명희의 딱한 사정을 동정한 담임선생의 격려와 도움 덕택에 검정고시로 고교 입학자격을 얻은 김명희는 고등학교와 대학교 과정에서는 학생들 간에 접촉이 많지 않은 야간학교를 다니게 되었고, 그녀가 대학을 마칠 때쯤에는 때마침 초등학교 때의 그 인정 많은 담임선생이 교육청에 고위직으로 올라가 있어서 교육행정 방면의 임시직에 특채되어 들어가게 되었다는 것이다. 그때에 정규직 자리를 넘볼 수 없었던 것은 그녀의 숙부가 4·3 사건 때 좌익무장대 전력이 있어서 이에 따른 연좌제 때문이었고, 지난번에 교육행정직 공무원 시험에 응시한 것은 금년 봄에 그 연좌제의 족쇄가 법적으로 풀렸기 때문이라고 했다.

"느, 나로 말하면 삼수해서 겨우 대학에 붙었고 교사임용 시험에 붙은 것은 원호대상자 특혜 점수가 있어서 된 거라. 으, 이런 둔재한테 김명희 같은 수재는 감지덕지한 파트너 아니겠나. 그, 그것도 세상이 알아줄 기회가 없었던 수재니까 흙 속에 묻힌 진주 아닌가. 스, 수재는 보통 오만하다지만 이 여자는 음지로만 돌아다녔으니 오만 끼 붙을 새도 없었다고."

성우칠이 말하는 김명희의 또 다른 매력은 그녀가 보기 드문 미인이라는 것이었다. 화장이나 치장을 안 해서 그렇지 김명희가 미인이라는 사실은 언젠가 한번 그녀가 직장 근무 좌석에서 낮잠 자는 모습을 훔쳐 보고 확실하게 알게 되었다는 얘기를 들려줄 때 그는 더듬거리는 말에 목소리를 살짝 낮추면서 수줍어했다. 김명희가 잠든 얼굴을 옆눈으로 훔 쳐보기 위해 그 사무실에 용무가 있는 사람처럼 왔다 갔다 하면서 그 옆 을 스쳐지나갔다는 것이다. 잠잘 때 미인이야말로 평생을 베개 맞대고 같이 잘 여자의 최우선 조건이 아니냐는 대담한 말도 거침없이 나왔다.

성우칠이 덧붙여 말하는 김명희의 매력은 그녀가 수수한 평민 집안 출신이라는 점이었다. 자기처럼 고아 출신에다 가문에 대해서 아무것도 내세울 것이 없는 남자는 여자에게서 경멸과 비하를 당하지 않으려면 김명희처럼 수수한 평민 출신 여자가 딱 맞는다는 자기방어적인 결혼관 을 아주 진지하게 펴는 것이었다. 이렇게 치밀하게 분석하고 계산한 결 과로 김명희를 배우자로 낙점했지만, 세상에서는 빨갱이 집안에다 재미 없고 침울한 여자로만 통하기 때문에 이런 여자야말로 흙 속에 묻힌 진 주이며, 요즘 말로 하면 저평가 우량주가 아니겠느냐, 어찌 보면 자기는 세상에서 이같이 풀죽은 여자를 좋아할 유일한 남자라는 생각이 들고, 자기를 좋아하는 유일한 남자를 싫어하는 여자가 어디 있겠느냐는 얘기 였다. 결론적으로, 자신에게는 김명희와 같이 되바라지지 않은 여자가 필요하고 김명희에게는 그녀의 숨겨진 장점을 알아주고 드러난 약점을 덮어주는 남자가 필요하지 않으냐, 부모세대를 옭아맨 족쇄를 자녀세대 에게 씌울 수는 없다, 원수 진 부모세대에서 얽혀진 갈등은 자녀들 세대 에서 풀리게 마련이다, 이렇게 말하는 것이었다.

철승은 이렇게까지 고심하는 성우칠의 혼사문제에 대해 진심 어린 동 정과 연민을 금할 수 없었다. 그와 헤어져 집으로 돌아오는 동안 철승의 뇌리에는 방금 듣고 나온 열띤 사랑 이야기의 여운이 무겁게 맴돌고 있었다. 다른 사람들 앞에서 자기주장을 못해 대인관계가 어렵다고 자탄하는 성우칠이 어떻게 애정문제 하나만은 이토록 대담하고 끈질긴 집념을 보여줄까, 역시 사랑이야말로 위대한 생명력의 원천인 것인가, 이런 생각과 함께 예전에 읽은 어떤 단편소설의 기억이 불현듯이 떠올랐다. 그것은 아들의 결혼을 축하해주기 위해 아버지가 죽는다는 스토리였다. 때는 일제시대, 간악한 일제의 앞잡이인 한 동향인에게 이용당해 재산과 직업을 다 빼앗겼던 주인공은 자기 아들이 가족사의 배경을 모른 채로 그 동향인의 딸과 결혼할 형편에 이르자 아들의 미래에 장애물이 되지 않기 위해 굶어죽는 길을 택한다는 이야기였는데 철승은 성우칠의 경우를 여기에 비추어보았다. 원수 집안끼리 혼사를 맺는다는 점에서 이들 두 가지 경우는 얼핏 비슷하면서도 다르다고 생각되었다. 소설 속의 이야기에서는 선대의 과거사를 후세대에게 노출시키지 않는 한에서 대를 이은 불화관계의 전승을 막을 수 있었지만, 성우칠의 경우처럼 결혼 당사자가 선대의 비극을 이미 알아버린 상황에서는 문제가 다를 터였다. 그렇지만 비극의 당사자들이 모두 죽어버린 상황에서 지나간 과거사가 현재의 삶의 발목을 잡는다는 것은 패배주의 사고가 아닌가, 하는 생각도 들었다. 지금 같아서는 성우칠이 남의 말을 들을 것 같지도 않아서 그대로 기다려보기로 했다. 다만, 성우칠이 지금과 같은 고집으로 이 혼사를 추진하여 성공할 경우에는 그와 다시 만나는 일만은 피하고 싶은 것이 철승의 심정이었다. 김명희라는 여자와 부민희가 한 마을 친구임이 거의 확실한 이상 남자들의 잦은 만남이 여자들끼리의 새로운 친분을 만들고 그러다 보면 철승 자신의 출생에 관련된 부끄러운 비밀이 알려질 염려가 있다고 생각되는 것이었다.

집으로 돌아온 철승은 모친이 내놓은 뜻밖의 화제로 인하여 다시 새로운 방향으로 마음이 쏠리는 결과를 가져왔다. 모친이 물색해놓았다는 철승의 신부감을 언제 어떻게 대면해보기로 이미 약속이 됐다는 것이다. 맞선 보는 날짜와 시간, 장소까지 이미 정해놓았다는 말에 좀 섭섭하기는 했지만, 그렇게 약속한 내용이 그에게 불편할 것도 없을 것 같아서 그대로 따르기로 했다. 어차피 자신의 결혼문제에서 모친의 의견을 최대한 따르기로 마음먹은 철승이었다. '홀어멍 외아덜'이라는 자신의 처지가 새로운 무게로 그의 마음에 다가오는 것이었다. 그는 아무런 이의도 말하지 않고 그의 결혼 상대가 될 여자와의 만남을 기쁜 마음으로 기다리기로 했다.

　맞선보는 날을 기다리기로 한 철승은 적어도 한 가지 점에서는 걱정이 없을 것이라는 생각이 떠올라서 입가에 저절로 미소가 떠올랐다. 모친은 아들의 배우자를 물색하면서 여자 쪽 가족사까지도 철저하게 조사했을 터이므로 성우칠과 같은 고민을 하게 되지는 않으리라는 생각이었다.

## 에필로그

　오 년여의 세월이 지났다. 그간의 세월을 나는 착잡한 갈등 속에서 보냈다. 제주 민중의 피 맺힌 원수였던 서청 출신 경찰의 아들이었음이 부끄러웠고, 결과적으로 엄청난 참사를 제주 지역에 불러온 좌익운동가의 숨겨진 아들이었음에 섬뜩했던 나날들이었다.

　나는 많은 것을 새로 보았고 내 마음은 많은 변화를 겪었다. 그러나 겉으로 보기에 나는 별로 달라진 것이 없다. 나, 강철승은 여전히 4·3 사건 때 순직한 국가유공자 강용직의 아들로 행세했다. 사회제도상으로 인정받는 부자관계에서 벗어나 자유로운 영혼으로 살겠다고 결심한 적이 있지만, 이미 누구의 아들로 알려져 있는 사회현실에서 나의 마음이 마냥 자유로울 수는 없는 일이었다. 다른 한편, 나는 좌익운동가 부현구의 아들이라는 자의식에서도 벗어날 수가 없었고, 이것은 세상 사람들이 몰라주는 사실이었으므로 나 개인으로서는 오히려 더욱 무거운 갈등을 안겨주는 나만의 비밀이었다.

강용직과 부현구, 이들 두 인물 중에 누구도 나로 하여금 그 부자관계를 자랑스럽게 여기게 할 만큼 떳떳한 생애를 살다 간 부친이 아니었다. 그러나 나는 세월이 가면서 강용직과 부현구 두 인물의 생애에서 공통점을 찾아내어 나름대로 내 마음속의 부친상을 새롭게 그려보게 되었다. 출신 배경과 지향하는 삶의 목표가 달랐고, 한때는 총부리를 맞대고 싸우는 적대관계였으며, 삼십여 년의 격차를 두고 이 세상을 하직했다는 점에서 전혀 다른 인생을 살다 갔지만, 잘 생각해보면 서로 공통되는 점이 없는 것도 아니었다. 우선 이들 두 인물은 자기 자신의 뜻과 의지로 한세상을 살지 못하고 역사의 격랑에 휩쓸려 다니면서 한세상을 보낸 비운의 주인공들이었다. 서로 반대되는 방향에서 역사의 흐름을 보았기 때문에 반대쪽 방향의 역사에 대해 무지했지만, 이들 두 인물은 역사의 소용돌이에 가장 격렬하게 부딪치며 살았다는 점에서 공통되었다. 그들은 자신의 남달리 큰 꿈과 뜨거운 열정 때문에 남달리 쓰라린 좌절을 겪었을 터이다. 이 같은 생각이 아무리 터무니없는 억지 논리라고 할지라도, 나 자신의 존재의 뿌리에 대해 이렇게 해서라도 긍정적인 인식을 할 수 있어야만 나의 현재의 삶 하루하루가 의미를 갖고 기력을 얻을 것 같았다. 나는 한때 나의 출생의 비밀을 알면서 추락했던 삶의 동력을 소생시키기 위해서 이렇게밖에는 다른 도리가 없었던 것이다.

서울에서 통역대학원을 마치고 제주도로 돌아온 지 이 년이 지났지만 나는 아직 여기에서 마땅한 직장에 들어가지 못한 상태이다. 현재 임시로 몸담고 있는 곳은 오 년 전에 나가던 제주제일학원이지만 얼마 전에 행정직 공무원 시험에 합격하여 지금 발령을 기다리고 있다. 학원강사를 다시 시작했던 것은 개인 시간이 많이 허용되는 곳이어서 공부하기 좋은 곳이라는 이유였지만, 조만간 7급공무원으로 발령을 받으면 나에게 기대를 걸었던 가족들에게 조금은 면목이 설 것이라고 본다.

내가 지금 바라는 것은 우선 제주도청에 발령받는 것이다. 그러고 나서 나의 갈고 닦은 영어실력으로 제주도청에서 제일 영어 잘하는 사람이라는 소문이 나면 도지사 해외 순방이나 외국손님 접대가 있을 때마다 통역으로 불려갈 수 있을 것이고 그렇게 되면 나의 할 일이 참으로 많아질 것이라는 생각이다. 도지사가 어느 외국으로 출장 나갈 때마다 통역 담당으로 가면 그 나라의 정치경제적인 현황은 물론이고 역사나 지리, 문화 등에 대해 충실히 설명함으로써 세계사의 흐름에 대응하는 제주 발전의 구상에 적절하게 활용할 수 있도록 도지사의 식견을 넓혀준다는 포부인 것이다. 착실하게 실력과 경력을 쌓은 다음의 계획은 그때 가서 생각해도 될 터이다.

오 년 전에 나와 결혼한 아내는 현모양처라고 할 수 있다. 애초에 결혼상대 선택을 모친에게 맡기면서 내 가정의 미래의 행불행은 운명에 달린 것이라는 체념어린 생각으로 부부생활을 시작했던 것을 돌아보면 운이 썩 좋았다고 할 수 있다. 가사일이든, 남편 뒷바라지든, 심지어는 외아들 익수 녀석의 양육에 대한 일이든, 아내는 모친이나 내가 뭐라고 말하기 전에 싹싹 알아서 잘 행하기 때문에 뭐라고 별로 할 말이 없을 정도이다. 결혼 후 이 년 동안 내가 서울에서 대학원 다닐 때에는 서울 지역 초등교사로 있다가 나의 귀향과 더불어 제주지역으로 전근 올 정도로 남편 위주로 살아온 아내에게 나는 오직 감사와 미안함으로 대할 따름이다. 아내는 현재 다섯 살인 아들아이를 잘 키우고 있고, 이 아들이 몇 년 후 초등학교 입학을 해도 교육전문가 엄마로서 자녀교육에 빈틈이 없을 것이라고 생각하면 아내에게 고마운 일들은 한두 가지가 아니다.

벌써 작년의 일이다. 한 해가 저물어갈 무렵 나는 한산 마을 훈장어른이 돌아가셨다는 소식을 들었다. 나는 이 어른의 안부를 오랫동안 잊어버리고 있었던 것이 송구스러운 마음에 소식을 듣는 즉시 상가로 찾아가보았다. 그날이 바로 일곱날이었고 일요일날이었는데, 하마터면 조문 가는 날짜를 놓칠 뻔했다. 그동안 우리 가족들이 한산 마을에서 제주 시내로 이사를 갔기 때문에 이 마을 소식에 어두웠던 것이다. 훈장어른의 빈소에 머무는 동안 나는 나에게 격조했던 여러 사람들을 만날 수 있었다. 별로 많지도 않은 조문객들 가운데에서 나는 재향경우회의 박종혁 회장, 교육행정직으로 옮긴 성우칠 선생, 황대청의 부친 황지상 씨 등 4·3 사건 이야기를 매개로 하여 알게 되었던 사람들을 모두 이곳에서 만났던 것이다.

나는 나의 마음속에 고뇌와 방황의 기억을 불러일으키는 이들 세 사람을 뜻하지 않은 곳에서 만나면서 내심 놀라면서도 매우 반가웠다. 알고 보니 이들은 개인적으로는 훈장어른의 빈소를 찾아올 만큼 가까운 친분관계에 있지 않았으면서도 용케 이 자리에 나올 만한 저마다의 이유를 갖고 있었다. 제일 이른 시간에 모습을 보인 박종혁 씨의 문상으로 말하면, 재향경우회 회장이라는 공인의 자격과 약간의 개인적인 친분이 합쳐져서 나온 것 같았다. 나와 단둘이서 얼굴을 마주했을 때 박종혁 씨는, 경찰과 좌익운동가들 사이의 오래전 구원(舊怨)을 염두에 두고 있음인지 변명 삼아 말했다.

"옛날에야 자리를 함께하는 것도 어려웠지만 이제야 세상이 많이 달라지고 있으니 내가 훈장어른 문상 오는 건 누가 봐도 이상하지 않을 거여. 오늘 경우회장이 이 어르신네 문상 오는 건 세상이 달라진 걸 알리는 일도 될 거라."

조심스럽게 입을 연 박종혁 씨는 자신의 변명이 좀 부족하다고 생각했음인지 잠시 후에 목소리를 낮추고 덧붙여 말했다.

"사실은 나도 이 훈장어른과 개인적인 인연이 아주 없는 것도 아니었어. 내가 제주경찰서에 초임 발령 받았을 때 소속 상관이 몇 안 되는 제주 출신 경찰 간부였더랬어. 그 당시에 제주 출신이 경감까지 올라가기는 힘들었으니까. 그 선배가 경찰간부 자리를 지킬 수 있었던 건 제주 출신이 소수라도 남아 있어야 제주도의 좌익인사들 동향을 잘 파악할 수 있다는 이유에서였지. 마침 그 선배가 이 훈장어른의 소학교 제자였고 해서 겸사겸사로 이 어른을 만나 볼 때가 있었는데 나도 두어 번 동행할 때가 있었더랬지. 그러니까, 이 훈장어른과 그 선배 경감은 서로 보호하고 도와주는 미묘한 관계였어."

박종혁 씨는 여기에서 잠시 입을 다물더니 목소리를 더 낮추고 말을 이었다.

"그 당시 제주도 좌익운동가들 중에는 이 훈장어른 제자가 많았고 그 사람들에게 대한 이분의 영향력도 컸었지. 그 사람들의 거사 결의도 이분의 암묵적 동의를 얻은 것 같았어. 그 당시 경찰이나 경비대가 유격대하고 비밀리에 접촉할 때는 이분을 통할 때도 있었지. 훈장어른이 숙청당하지 않고 끝까지 무사했던 건 그 선배 경감이 방패막이를 잘해준 덕분이었을 거여. 그런데도 그 선배가 웃사람들한테 흠 잡히지 않고 그 난리 치렀으니까 줄타기 요령이 좋았던 거지."

나는 박종혁 씨의 회고담을 통하여 4·3 사건 당시 묻혔던 비밀 하나가 이제야 드러나고 있음을 보면서 고인에 대한 애도의 마음이 새로워짐을 느꼈다.

성우칠은 점심시간쯤에 문상을 왔는데 한산 마을의 초등학교 교사들과 함께였다. 오 년 전에 그가 교육행정직으로 직장을 바꾼다는 말을 들은 이후 처음으로 만난 것이다. 성우칠은 그때 소원대로 교육행정직에 임용이 되었는데 다른 학교 두 군데를 거쳐서 지난 학기부터는 바로 이 한산 마을의 초등학교 서무과에서 근무하고 있다는 얘기였다. 한산초등학교라면 바로 나의 모교가 아닌가. 성우칠만이 아니라 이 학교 교사들의 얼굴 모습들 하나하나가 나의 어린 시절에 대한 추억을 아련하게 되살리면서 나의 마음에 더욱 큰 감회를 자아냈다.

성우칠은 그의 얼굴표정과 차림새가 예전보다 한결 밝아 보이는 것이 그의 현재 직장이 만족스럽다는 것을 보여주는 것 같았다. 학생들 다루는 부담에서 홀가분히 벗어날 수 있고 별다른 뚝심이나 입담이 필요 없는 교육행정직으로 바꾸고 싶다는 그의 충정 어린 옛날 고백을 떠올리게 하는 모습이었다. 한산초등학교 교직원들의 이날 문상은 이 마을 출신 원로교사의 주장으로 다함께 오게 되었다고 했다. 그 마을에서 훈장 어른이 쌓아놓은 오랜 공덕으로 볼 때 이 마을 유일의 공공기관인 초등학교 교직원들의 조의 표시는 지역사회와의 유대관계를 위하여 절실히 필요하다는 것이 그 원로교사의 설명이었다고 했다. 이들 교직원 집단이 나이 지긋한 이 마을 출신 선배교사의 주장으로 문상을 왔다고는 하지만, 4·3 시국에 좌익운동 지도자로 알려졌었다는 훈장어른의 빈소에 이들이 거리낌 없이 찾아온다는 것이 그전 같으면 가능했을 것인지, 나는 말없는 세월의 힘이 느껴지면서 나도 모르게 이들 일행의 면면을 다시 한 번 둘러보게 되었다.

성우칠의 얼굴을 대하면서 내가 정작 알고 싶었던 것은 그가 그전에 자기 배우자로 낙점했던 김명희라는 여자와 실제로 맺어졌는지 하는 것이었다. 잠시 두 사람이 따로 된 자리에서 내가 넌지시 귀띔한 질문에 대해 성우칠은 그의 옛날 버릇인 입 가장자리의 어색한 웃음과 함께 선선히 말문을 열어주었다. 그 자신은 애초의 결심대로 김명회와의 혼인을 밀고 나가려 했었는데, 여자 쪽에서 오래전에 있었던 성우칠 부친의 불행한 과거사를 알아버린 다음에는 아예 만나주지를 않았고 다른 남자와 결혼해버린 지 벌써 삼 년이나 되었다는 것이며, 자기가 더욱 강단성 있게 프러포즈하지 못한 것이 후회된다는 말을 덧붙이는 것이었다. 그가 몇 년 전에 자못 웅대한 결혼 계획을 펼칠 때의 모습을 기억하고 있는 나의 마음은 그의 안타까운 실연 소식에 몹시 안쓰럽고 허탈했다. 그러나, 성우칠을 보내고 나서 나는 그 일은 어쩌면 잘된 것이라고 결론짓기로 했다. 혼인의 짝짓기로 말하면, 성격이 강한 사람과 약한 사람이 만나서 짝이 되는 것이 같은 부류의 성격끼리 만나는 것보다 좋다는 말이 떠올랐던 것이다. 날이면 날마다 남자도 여자도 실없이 노닥거리는 소리 내거나 수수무탈한 우스개 한번 나오지 않는 집안, 웃음기가 사라진 미인의 얼굴, 성우칠이 예전에 그려보았을 이런 모습들이 그의 미래에서 영원히 사라진 것에 대해 차라리 축복을 보내고 싶었다.

황지상 씨의 문상은 나에게 정말 뜻밖의 일이었다. 세상을 등지고 사는 사람인 데다 운신하기가 불편했고 그의 거주지도 그리 가까운 마을이 아니었던 것이다. 그는 12월달 짧은 해가 저물어 갈 무렵에 혼자 찾아왔다. 그의 얼굴을 알아보고 맞아주는 사람도 없어서 내가 직접 나가서 안내할 수밖에 없었다. 황지상 씨와 내가 단둘이 대면했을 때 내가 제일 먼저 물어본 말은 황대청의 근황에 대한 것이었다. 내가 가르치던 황대청이 검정고시를 통해서 대입 자격을 얻었고 이어서 제주대학 야간부에 입학하여 학업에 정진하고 있다는 소식까지만 들었었는데, 이날은 그가 지난 2월 대학 졸업 후 9급 공무원 시험을 보았지만 아깝게 낙방했음을 듣는 자리가 되었다. 나는 오 년 전에 제주제일학원 양 원장에게서 들은 경험담 이야기들이 문득 생각나면서 한마디 당부했다. 황대청에게 꼭 전할 말이 있으니 그로 하여금 옛날 다니던 학원에 찾아와서 나를 한 번 꼭 만나도록 해달라는 얘기였다. 그러는 가운데, 옛날 그 학원에서 양 원장과 부성배와 황대청을 둘러싸고 일어났던 여러 가지 애환의 사연들이 떠오르면서 나는 잠시 멈칫했다.

황지상 씨가 그 다음으로 들려준 말은 오늘 훈장어른 빈소에 문상 오게 된 내력담이었는데 그 이야기는 나 자신의 과거 일하고도 묘하게 연관되어 있어서 우리 두 사람은 소리 죽이고 웃기까지 했다. 그의 말에 따르면, 내가 오 년 전에 일본 도쿄로 황정익 씨네 집을 방문했을 때, 황지상 씨가 나에 대한 융숭한 대접을 부탁했다는 것은 말 그대로 사실이었고, 숙질간인 이들 두 사람은 그때 전화 통화로 숙부 쪽의 융숭한 손님 대접에 대한 응답으로 황지상 씨 쪽에서는, 일본 거주 숙부의 대리로, 오늘 이 빈소의 고인에게 꼭 문상을 다녀와주기를 부탁했다는 것이고, 조카는 이 마을 이장에게 해마다 전화로 고인의 부음 전달을 부탁했었다는 얘기였다. 멀리 외국에서까지 조문 가는 일을 챙기려고 한 황정익 씨의 온정이나 오 년에 걸쳐 변함이 없었던 황지상 씨의 정성이 나를 감동케 했다. 고인이 된 훈장어른과 황정익 씨 사이에 어떤 사연들이 있었는지는 모르겠으나, 그 뭔지 모를 사연들은 분명 그 스산한 난리통 시국에 관련되었을 것이라는 점, 난리통 세상에서도 그 같은 인정미담은 가능했다는 점, 이런 일들이 황지상 씨와 헤어지는 나의 뇌리를 떠나지 않으면서 내 마음을 숙연케 했다.

황지상 씨를 전송해 보내고 나서 빈소로 돌아오던 나는 문득 떠오르는 생각이 있어서 그를 뒤쫓아가서 불러세웠다. 황지상 씨네 집에서 그

전에 보았던 무성한 송악덩굴이 생각나자 송악열매를 갖고 총알로 쓰는 딱총놀이와 금년에 다섯 살이 되는 아들 녀석 모습이 떠올랐던 것이다. 제작과 작동 방법이 단순한 송악총 놀이는 이 나이의 어린 아이에게도 별로 어렵지 않을 것이고, 작은 대나무 대롱에서부터 딱, 하고 송악방울이 튕겨져 나오는 것만으로도 재미가 있을 것 같았다. 나는 황지상 씨에게 새봄이 되면 송악열매가 익을 것이니 적당한 날 연락을 하고 송악열매를 얻으러 방문하겠다는 말을 건넸다. 황지상 씨는 이 말을 듣고 잠시 무슨 생각을 하는 것 같더니 웃으면서 입을 열었다.

"송악열매는 얼마든지 가져가셔도 좋수다. 경 헌디 우리 집 마당에 송악덩굴을 몇 뿌리 캐어다 심으시면 어떻겠습니까. 난 요즘 오리농장을 시작해영 생계수단으로 해보카 생각 중인디 마당 흔 펜이 오리집을 만들게 되민 그 앞에 돌담을 일부 허물게 되어네 허는 말씀이우다."

"오리 농장마씸?"

"그렇수다. 요즘 오리요리가 건강에 좋다고 알려져서 오리농장 사업이 유망허덴 헙디다."

"고마운 말씀이우다. 흔 번 생각해보쿠다."

"우리 집 송악은 내 나이허고 거의 같을 거난 사십 년은 되실 거우다. 오래된 송악이 약용으로 좋덴 해시난 그냥 버리긴 아까운 일입주."

"맞습니다. 그건 제가 꼭 가져다가 심도록 하겠습니다."

나는 돌아서서 걸으며 곰곰이 생각해보았다. 송악나무 뿌리를 캐어다 심어도 좋다는 황지상 씨의 말이 생각할수록 고맙게 들리는 것이었다. 얼마 전에 새로 이사 간 제주 시내의 우리 집 마당 돌담 밑에 심으면 머지않아 무성한 산울타리에서 사철 짙푸른 송악덩굴의 싱싱함을 볼 수 있고 아이들에게도 좋은 생물교육 현장이 될 터였다.

훈장어른이 돌아가신 지 두 달 정도가 지난겨울 끝자락에 나는 또 한 사람의 돌연한 죽음을 보게 되었다. 부민희의 죽음이었다. 나는 지방신문 사회란에 나와 있는 부민희의 사망 기사를 보고서야 그녀의 죽음을 알았다. '30대 해녀 물질하다 사망'이라는 제호의 짤막한 기사였다. 사고가 난 곳은 뜻밖에도 한산 마을이었고 사고 일시는 바로 전날 오후 세 시 경이었다. 이 마을의 삼십 대 해녀가 물질을 하던 중에 파도에 휩쓸려 다니다가 의식을 잃고 추위로 얼어 죽은 것으로 쓰여 있는 기사를 읽고 나는 즉시 어머니에게 전화 연락을 했다. 어머니와 나는 지체 없이 시내에서 만나 택시를 잡아타고 한산 마을로 갔고, 아직 마을회관에 안치되어 있는 부민희의 시신을 확인했다. 어머니는 경찰에 연락하여 자신이 사망자의 최측근 연고자임을 알리고 시신을 접수했으며 신속하게 장의 절차를 치러서 사흘 안에 부민희의 매장을 끝냈다. 장지는 그녀의 큰아버지 묘소의 바로 오른쪽이었다.

어머니와 나는 마을 사람들에게 수소문한 결과, 부민희가 다년간의 출타 끝에 다시 한산 마을로 들어와 산 것은 불과 석 달 전인 작년 초겨울이었고, 겨울 한 철을 어디 외출하는 일 없이 조용히 지내다가 추위가 채 풀리지 않은 때에 혼자서 무모하게 바다로 나갔다가 변을 당했다는 것을 알게 되었다. 이와 더불어 부민희네 동네 사람에게서 듣게 된 한마디 말은 우리 모자(母子)의 마음을 몹시 서글프게 했다. 부민희는 자기가 찾아보면 아이 키우는 일이랑 도움줄 수 있는 친척붙이가 없는 것도 아니지만 과거에 저지른 잘못이 있는 관계로 자기 사정을 알리기가 미안하여 연락을 못한다는 말을 했다는 것이다. 애꿎은 엇갈림이었다.

또 하나 부민희의 장례 기간 중에 알게 된 사실은 그녀가 한산 마을로 돌아올 때 다섯 살 난 아들을 데리고 왔다는 것이었다. 정만이라는 이름의 이 아이는 장례 기간 중 이웃집 할머니가 돌봐주고 있었는데 엄마의 시신이 땅속에 묻힘과 동시에 우리 집으로 따라와서 우리와 한 가족이 되었다. 부민희의 아들 정만이를 통해서 우리는 그의 엄마의 오 년 동안 행적을 많이 추측할 수 있었다. 우선 이 아이의 말투가 경상도 억양인 것으로 보아 부민희는 그동안 경상도 지방의 어디로 가서 오 년 세월을 보낸 것으로 짐작되었다. 또한, 이 아이의 몸이 제대로 발육되었고 영양상태도 양호한 편인 것으로 보아 이들 모자는 그동안 적어도 크게 궁핍한 생활은 면했을 것이라는 추측이 가능했다. 그리고, 아이는 엄마의 이름은 아는데 아빠의 이름은 모르는 것으로 보아서 부민희가 한복집을 나갈 때 동행했다는 남자는 이 아이가 태어나 말을 알아들을 때쯤에는 이미 자취를 감추어버린 것으로 추측되었다. 이 아이는 또한 엄마의 모습이 사라진 후 며칠 동안 울며 보채기는 했지만 얼마 없어서 마음에 안정을 되찾고 낯모르는 사람에게도 크게 두려워하거나 어려워하지 않고 접근을 잘했고, 처음 보는 같은 또래의 아이들과도 잘 어울려 노는 이상할 정도의 붙임성이 있었으며, 먹성이 좋아서 아무거나 잘 먹었는데, 이 같은 성질들은 이 아이가 여러 사람들이 모여 사는, 모자원 같은 사회복지 시설의 집단생활에 적응이 잘되어 있는 증거일 것이라고 추측이 되었다.

처음 며칠 동안은 이렇게 붙임성 좋고 먹성 좋은 아이를 우리 집에서 키우는 일은 어렵지 않을 것 같았으나, 여러 날 가지 못하여 정만이가 우리 가족이 되는 데에 걸림돌이 될 만한 몇 가지 문제들을 발견하게 되었다. 그러한 문제가 뜻밖에도 내 아들 익수 쪽에서 발생했기 때문에 나는 요즘 속상하고 심란한 마음이다. 나는 그동안 밖으로 나돌면서 잘 몰랐지만, 익수 녀석은 자상하고 정성 어린 엄마와 할머니의 과보호 밑에서 크다 보니 욕구불만에 대한 내성이 모자라는 모양이다. 가령 가족들 식사시간에 정만이가 맛있게 먹고 있는 음식을 익수가 보고 그것을 자기에게도 달라고 해서 같은 것을 갖다주면 그것이 아니라고 앙탈을 부리지만, 정만이가 그 음식을 맛있게 먹는 것은 음식 맛 때문이 아니라 왕성한 입맛 때문이니 익수의 이 같은 욕구불만은 어떻게 해볼 도리가 없다. 익수는 자기 앞에 흔히 나오는 영양 음식에 진력이 나서 깨지락거리는 한편, 정만이는 언제 내가 이런 걸 먹어봤냐는 듯이 허겁지겁 먹어치우고 나서 익수 앞자리의 먹다 남은 음식 그릇을 탐내듯이 힐끗거리는데 이 같은 모습을 바라보는 나의 심정은 착잡하고 심란한 것일 수밖에 없다. 놀이 장난감만 해도 정만이는 익수가 싫증날 때까지 갖고 놀다가 내버린 장난감을 갖고도 재미있게 노는데 익수는 이런 모습을 보고서는 샘이 나는지 자기가 버렸던 장난감을 도로 달라고 하는 것이다. 익수 녀석이 추워서 집 안에 틀어박혀 있는 날에도 정만이는 밖에 나가 잘 논다는 것도 문제가 된다. 정만이가 혼자서 따로 밖에 나가 놀고 동네의 또래 아이들과 잘 어울린다는 것은 입고 나갈 옷가지 하나라도 더 필요하게 되는 결과가 되고 장난감 하나라도 더 부수고 다니는 결과가 되는데, 익수 녀석은 이런 일 가지고도 심통을 부리고 노골적으로 정만이를 미워한다는 것이다.

정만이가 담력에 있어서도 익수 녀석을 앞서고 있음을 보는 나는 착잡한 기분이 된다. 정만이는 괴이한 물건이나 사건을 처음 볼 때에도 무서워하지 하지 않고 그것을 오히려 재미있게 여기고 즐기기까지 한다. 내가 우리 집 앞 골목길 풍경을 몇 번 구경하고서 알게 된 사실이다. 우리가 몇 년 전에 시골 마을에서 제주시 삼양으로 이사를 와서 살고부터는 고만고만한 집들이 들어선 사이사이의 골목길이 자연히 미취학 아동들의 자유로운 놀이터가 되고 있는데, 이 같은 골목길에 나와 노는 아이들을 가만히 바라보고 있노라면 이 동네 가지각색 가정들의 축소판 같이 느껴질 때가 있다. 얌전하고 조용한 아이가 있는가 하면, 기운이 드세고 활발한 아이가 있는데, 익수 녀석은 얌전한 아이들 축에 들고 정만이 녀석은 드센 아이들 축에 든다는 것을 알게 되었다. 따뜻한 온실 속처럼 과보호 속에서 자란 익수가 얌전한 아이로 자란 것은 쉽게 이해가 된다 하겠지만, 정만의 경우에는 고개가 갸웃해지는 게 그 아이는 아비 없는 편모슬하에서 자란 아이이기 때문이다. 정만이가 뚝심이 있고 기가 센 것은 아무래도 그의 보호자였던 부민희가 겉보기와는 달리 강인한 투지의 성격을 대물림 시킨 결과가 아닌가 하는 생각이 든다. 더구나 갓난아이 때부터 엄마가 낯선 곳 타향살이에서 산전수전 겪으면서 들판에 잡초같이 사는 것을 보았고 같은 집단의 또래 아이들과 부딪치고 다투는 생활을 했었다면 이같이 억센 아이가 된 것도 그럴듯해 보인다. 이런 일이 있을 때마다 부민희가 살아서 이런 광경을 보았다면 얼마나 기뻤을까 하는 생각을 하게 된다.

한번은 이런 일이 있었다. 익수와 정만이가 동네 아이들과 함께 골목길에서 어울려 놀고 있는 중에 한 이웃집 할머니가 어디서 났는지 모를 수탉 한 마리가 달아나는 뒤를 쫓아서 달음박질을 하는 기이한 광경이 벌어지게 되었는데, 이에 대한 익수와 정만이의 반응이 크게 대비되었음이 나의 주의를 끌었다. 이 큼직한 수탉이 꼬꼬댁하고 날카로운 소리를 지르며 멀찌감치 쫓겨 달아나다가 아이들이 서 있는 곳에 이르면 한동안 멈추어 서고 뒤이어 사람이 잡으려고 다가가면 다시 달아나고 하는 식으로 쫓고 쫓기는 숨바꼭질을 연출하고 있었는데, 이런 광경을 본 익수는 소동 피우는 수탉이 무서웠는지 으앙- 하고 울음을 터뜨렸지만 정만이는 같은 광경을 재미있게 보았는지 까르르- 유쾌한 웃음을 터뜨렸던 것이다. 익수 녀석은 정만이가 유쾌하게 웃는 것을 보자 그것이 무슨 불만사항이나 된 듯이 더욱 큰 울음소리를 내며 자기 집 마당을 찾아 잽싸게 피하는 것이었다.

모범교사의 아들인 익수 녀석이 모범적으로 크고 있다고만 생각했던 나는 이같이 난감한 문제들을 당하여 당혹스럽기만 하다. 내 아들이 동갑내기 친구와의 불화를 잘 극복하여 더욱 강인한 성장의 계기가 되기를 바라지만, 이 같은 긴장관계가 스트레스 요인이 되면 정신건강을 해칠 우려도 있을 터이다. 모친이나 아내하고도 이 문제를 두고 의논해보았지만 도무지 막막하기만 하다. 아내는 정만이를 고아원 같은 곳에 보내고 싶어 하는 모양이었고, 모친은 우리 집 살림을 둘로 나누어 맡아서 익수는 엄마가 키우고 정만이는 자기가 키우는 방식을 은근히 내비치는 것이었다. 나로서는 정만이를 멀리 보낼 수 없는 심정이다. 부민희의 죽음을 초래한 먼 원인을 따져볼 때 그녀가 모친의 한복집에서 쫓겨난 사건에서부터 시작되었고 그 사건은 다시 부성배의 자살사건에 얽혀 있음을 상기하면 그녀의 소생을 키우는 문제는 나의 책임과 무관할 수 없다는 것이 나의 생각이다. 나는 현재와 같이 두 아이를 함께 키우면서 경쟁과 갈등관계의 추이를 좀 더 두고 봤으면 오히려 더 균형 있는 가정교육 환경이 되지 않을까, 속으로 생각하고 있는 중이다. 하여간 이 문제는 나로 하여금 인간역사의 미묘한 아이러니를 생각하게 만든다. 몰락한 빨치산이 박살내버린 부씨 집안의 역사에서, 아득한 손주 대에 이르러 잡초 같이 강인한 생명력으로 다시 일어서는 가운(家運)을 보는 듯하다는 것이다.

예선을 거쳐 올라온 다섯 작품을 본심에서는 진지하게 논의했는데, 우선《사랑》과《기도원》은 논의에서 제외하기로 했다.《사랑》은 탈북 남녀의 사랑을 다룬 작품인데 구성력이나 묘사력이 수준 미달이었다.《기도원》은 일제 때 생화학무기 실험이 자행되었던 시설을 8·15 후 관계기관이 접수, 가세 기도원으로 위장하여 문제인물들을 수용해오다가 홍수로 종막을 내린 전말을 잠입 취재하는 형식으로 쓴 작품이다. 황당하고 부자연스러운 사건 전개와 인물들로 설득력이 떨어진다. 묘사력도 아섭기만 하다.

나머지 세 작품에 대해서는 일정한 장단점이 있기에 진지하게 논의했다.

먼저《칼, 춤》은 조선 영조 시대, 검무로 유명했던 밀양 관기 운심을 중심으로 당파정치의 흑막과 사랑을 다룬 역사소설이다. 문장력, 구성력, 대중성을 두루 갖춘 솜씨라 일정 수준에 오른 작가적인 역량이 나타나 있다. 탐미적이고 환상적인 분위기에다 권력과 저항의 문제를 다루고 있으나 저항의 실체가 모호하고 역사적인 뒷받침이 희미하다. 공력을 많이 들였음에도 불구하고 주제의식이 약하고, 사건을 치밀하게 분석 접근하는 역사적인 안목이 모자란다. 너무 대중성을 의식한 야사식 흥미 위주의 이야기에 치중하고 있다. 좀 더 정진하여 좋은 작품을 써줄 것을 당부드린다.

《가토의 검》과《불타는 섬》은 우열을 가리기 어려운 장단점을 골고루 갖춘 작품들이라 논란이 거듭되었다. 《가토의 검》은 한일 두 나라의 부패한 정치인들이 역사적인 정의는 외면한 채 야합과 흑막에 가려진 암거래로 감투를 획득하려는 음모의 내막을 추적하는 추리형식의 작품이다. 일본보다는 한국 국회의 음습한 내면에 초점을 맞추면서 국회의원과 국회출입 기자의 음모와, 이에 맞서서 범죄의 진상을 수사하는 형사의 대결구도로 사건 전개가 빠르고 긴장미를 더해준다. 경쾌한 속도감을 지닌 사건 전개와 재치 있는 대화체, 거기에다 기사체식 절제감 있는 문체가 돋보인다.

그러나 추리기법이 너무 무리하고 이 사건을 통하여 한일 간의 역사를 인식할 수 있는 정보가 너무나 허약하다. 주제의식이 빈약하다는 뜻이다. 아우가 형을 죽인 이유가 성장기에 아버지의 애정을 둘러싼 심리적인 갈등이라는 결말은 이 소설 원래의 취지인 한일 양국의 정치적 흑막 탄로와는 너무나 거리가 느껴진다. 일본 정치의 흑막도 간과해버려 아쉽다. 참 아까운 작품이라 이 작품을 당선작으로 하자는 의견도 강하게 표출되었지만, 주제의식이나 역사인식이 흐린 점이 아쉬웠다.

《불타는 섬》은 제주 4·3을 다룬 소설이라 일단 주목을 끌었다. 그러나 플롯이 단순하고 등장인물들은 사건 전개에 따라 기계적으로 움직이는 느낌이다. 등장인물들의 감정 묘사도 부족하고 4·3의 사건 내용이나 삽화들은 이미 알려져 있는 경우가 대부분이었다.

그러나 위의 단점에도 불구하고 이 소설은 그간 피해자와 가해자라는 이분법으로 구분하여 접근해왔던 역사인식의 지평을 허물었다는 점에서 이색적이다. 피해자와 가해자를 등거리적 시각으로 접근하면서 등장인물을 병치시켜나간 점도 돋보였다. 역사인식 방법에서도 어느 한쪽을 절대선으로 보지 않고 결과적으로 보면 양비론이 될 수밖에 없는 2010년대의 입장을 취하고 있다. 그 시비 여부는 차치하고, 4·3 미체험 세대나 아예 역사에 무관심한 대중들에게 4·3을 이해시키고 관심을 끌어들이는 데는 매우 유익한 접근방법이라고 본다는 점을 긍정적으로 평가했다.

도입부터 초반부는 좀 지루하고 답답하다. 묘사력이 부족하여 서술문 위주로 이뤄진 것도 아쉽다. 그럼에도 불구하고 한 작품으로 4·3의 중요한 장면을 두루 담아냈다.

이상 다섯 편의 문제점을 중심으로 심사위원회에서 토론한 결과 당선작으로 《불타는 섬》을 뽑았다. 널리 읽히기를 바란다.

심사위원: 현기영, 윤정모, 임헌영

## 작가의 말

오래전부터 나는 4·3에 대한 소설을 쓴다는 것이 제주 출신 작가에게
일종의 책무라고 생각해왔다. 나 자신이 어린 시절부터 4·3 역사의 상흔
을 곱씹으며 살아온 터이다. 지난 이 년 동안 이 장편소설을 쓰기 위해
역사공부도 많이 했고, 그 과정에서 다소 편향되었던 역사관을 시정하는
기회가 되기도 했다. 이 땅의 산하를 피로 물들였던 고난과 울분의 역사
를 승화시켜서 감동의 휴먼 드라마를 엮어내는 과제는 결코 쉬운 일이
아니었지만, 고심했던 작품을 세상에 내놓는 지금 나는 내가 마시는 이
땅의 물과 공기가 맛이 달라지는 느낌이다.

사건 발생 후 삼십여 년이 지난 1980년대 초반의 시점을 《불타는 섬》
의 배경으로 택한 것은, 4·3의 혹독한 후유증을 앓고 있는 한창 나이의
제주사람들을 작품 주인공으로 삼고 싶었기 때문이다. 우리가 살고 있는
이 시대에도 그 후유증을 온전히 털어내지 못한 것이 사실이지만, 비교

적 젊은 주인공들이 더욱 예민하게 겪는 4·3의 아픔을 그리기 위해서는 그 시점을 택하는 것이 좋겠다는 생각을 했다. 1980년대를 지나면서 활발하게 전개된 4·3 역사의 논의와 그 공감대 형성은 과거사의 아픔을 치유하는 과정일 터이다. 4·3 역사에 대한 제주사람들의 기억과 논의가 최대한 억압되고 자제된 거의 마지막 시점이 이 소설의 시대적 배경이 되는 셈이고, 오래 묻혀 있었던 4·3 역사의 진상이 하나씩 드러나면서 주인공들이 당하는 충격적인 놀람과 그 힘겨운 수습의 양상을 그리는 것이 이 작품의 요지라 하겠다.

《불타는 섬》을 쓰는 동안 나는 4·3 사건의 역사적 진실과 정면에서 부딪치고자 했고, 그것은 매우 고통스러운 시간이었다. 이 엄청난 사건의 역사적 배경과 원인이 무엇인지 드러내고 싶었고, 우리 선조들의 이 같은 비극에서부터 무엇을 배울 수 있을 것인지에 대해서도 고민해보았다. 4·3 정신을 잊지 말고 계승하자는 말도 들리는데 우리가 진정으로 계승할 4·3 정신이라는 것이 무엇인지도 어려운 질문이었다.

이 작품을 쓰는 동안 나의 뇌리에서 떠나지 않았던 한 가지 과제는, 4·3 역사를 보는 대립적인 시각들 사이에서 대립과 갈등을 해소하고 화해와 상생의 길을 모색하는 일이었다. 이와 관련해서 해방 후 건국운동의 지도자 한 분이 처했던 불행한 딜레마가 생각난다. 오늘날 이분은 그의 올곧은 역사인식과 민족의식으로 하여 통일운동의 위대한 지도자로 존경받고 있지만, 그 당시만 하더라도 좌익에서는 반동분자로, 우익에서는 회색분자로 낙인찍혀 그 탁월한 지도력을 충분히 발휘할 수 없었던 것이다. 대립하는 이념집단들을 모두 아우르는 입장을 세우기가 그렇게 어려웠다는 말이 될 것이다. 흑도 아니고 백도 아니면 뚜렷한 소신이 없는 것처럼 보이기 쉽다. 그러나 역사의 진실은, 선명한 흑이나 백에 있지 않고 흑과 백 사이의 어딘가에 있으며, 회색이란 어쩌면 흑과 백을 포함하여 가장 많은 중간색들을 포용하는 웅숭깊은 색깔이 아닐까. 바라건대 《불타는 섬》의 주인공들이, 부질없는 흑백논리를 넘어서서 서로 대립되는 역사인식 간의 화해를 찾는 고뇌의 한 예를 보여줄 수 있기를 기대해 본다. 차가운 이성의 논리로 풀리지 않는 역사해석의 문제에 있어 따뜻한 감동의 문학이 해낼 수 있는 일이 분명 있을 것이다.

미흡한 저의 작품을 뽑아주신 세 분의 심사위원님들, 크고 작은 여러 가지 일로 애써주신 제주4·3평화문학상 운영위원회의 조명철 위원장님과 여러 위원님들, 그리고 4·3사업소의 김용철 님에게 깊은 감사의 말씀을 올린다. 또한, 마지막까지 교정 작업에 수고를 아끼지 않은 은행나무 출판사에도 고마운 마음을 전한다. 제주4·3평화문학상 수상의 기쁨을 조심스럽게 간직하면서 더 감동적인 4·3 소설을 쓰도록 노력하는 것이 이분들의 은혜에 보답하는 길이 되리라고 믿는다.

양영수

제2회 제주4·3평화문학상 수상작

# 불타는 섬

1판 1쇄 발행  2014년 10월  9일
1판 6쇄 발행  2021년  1월 25일

지은이 · 양영수
펴낸이 · 주연선

**(주)은행나무**
04035 서울특별시 마포구 양화로11길 54
전화 · 02)3143-0651~3  |  팩스 · 02)3143-0654
신고번호 · 제 1997-000168호(1997. 12. 12)
www.ehbook.co.kr
ehbook@ehbook.co.kr

잘못된 책은 바꿔드립니다.

ISBN 978-89-5660-805-1  03810